La conquête de la liberté

Les Aventuriers de la mer

***

Robin Hobb

La conquête de la liberté

Les Aventuriers de la mer

***

ÉDITIONS FRANCE LOISIRS

Titre original :
Ship of Magic
Troisième partie, *The Liveship Traders*

Traduit de l'anglais par A. Mousnier-Lompré

Édition du Club France Loisirs,
avec l'autorisation des Éditions Pygmalion/Gérard Watelet

Éditions France Loisirs,
123, boulevard de Grenelle, Paris
www.franceloisirs.com

Le Code de la propriété intellectuelle n'autorisant, aux termes des paragraphes 2 et 3
de l'article L. 122-5, d'une part, que les « copies ou reproductions strictement réservées à l'usage privé du copiste et non destinées à une utilisation collective » et,
d'autre part, sous réserve du nom de l'auteur et de la source, que les « analyses et les
courtes citations justifiées par le caractère critique, polémique, pédagogique, scienti-
fique ou d'information », toute représentation ou reproduction intégrale ou partielle,
faite sans le consentement de l'auteur ou de ses ayants droit ou ayants cause, est illi-
cite (article L. 122-4). Cette représentation ou reproduction, par quelque procédé que
ce soit, constituerait donc une contrefaçon sanctionnée par les articles L. 355-2 et sui-
vants du Code de la propriété intellectuelle.

© 1998, Robin Hobb

© 2002 Éditions Pygmalion/Gérard Watelet à Paris
   pour la traduction française
ISBN : 2-7441-6110-4

CET OUVRAGE EST DÉDIÉ

Au *Devil's Paw*
Au *Totem*
Au *E J Bruce*
Au *Free Lunch*
Au *Labrador* (Des écailles ! Des écailles !)
Au (bien nommé) *Massacre Bay*
Au *Faithful* (Ohé des Ours en Gélatine !)
A l'*Entrance Point*
Au *Cape St. John*
A l'*American Patriot* (et cap'taine Wookie)
Au *Lesbian Warmonger*
A l'*Anita J* et au *Marcy J*
Au *Tarpon*
Au *Capelin*
Au *Dolphin*
Au *Good News Bay* (pas très bonnes,
les nouvelles !)
Et même au *Chicken Little*

Mais particulièrement à *Rain Lady*
où qu'elle soit aujourd'hui.

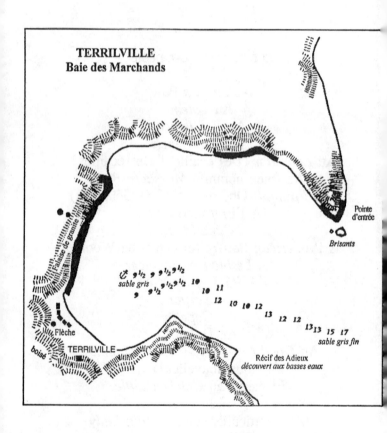

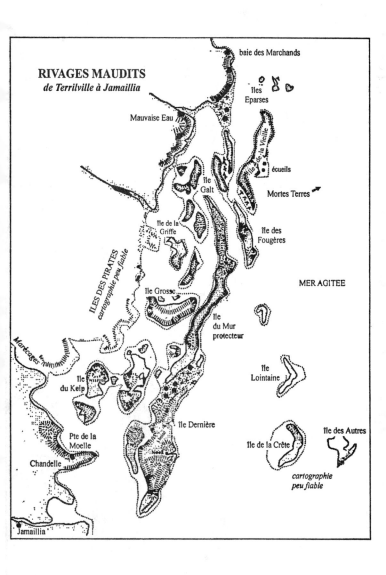

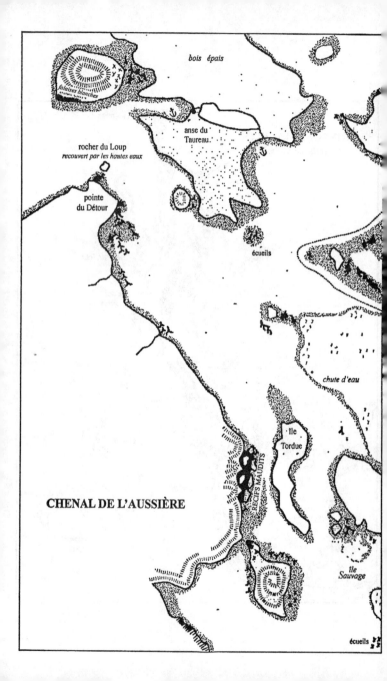

HIVER

1

Les esclaves de Jamaillia

Enfant, Hiémain avait appris une chanson sur les blanches rues de Jamaillia qui brillaient sous le soleil, et il se surprit à la fredonner en avançant à pas pressés dans une venelle jonchée de débris, de part et d'autre se dressaient de hauts bâtiments en bois qui cachaient le soleil et canalisaient le vent marin. Il avait eu beau la protéger, sa robe de prêtre avait pris l'humidité et la bure mouillée lui irritait les jambes à chaque pas. La journée d'hiver était d'une douceur inhabituelle, même pour Jamaillia, et il n'avait pas vraiment froid : dès que sa robe aurait séché, tout irait bien. Une telle couche de corne s'était formée sous ses pieds à bord du navire que même les tessons de vaisselle et les éclats de bois qui traînaient dans la ruelle ne le gênaient pas. C'étaient là des détails dont il devait tirer la leçon : ne pas penser aux grondements de son ventre vide et se réjouir de ne pas avoir trop froid.

Et songer qu'il était libre.

Il n'avait pris conscience du poids de son enfermement qu'au moment où il avait mis le pied sur la grève. Avant même qu'il se fût essuyé tant bien que mal et eût enfilé sa robe, il avait senti son cœur s'alléger. Libre ! Il se trouvait à bien des jours de trajet de son monastère et il ignorait par quel moyen s'y rendre, mais il était décidé à y parvenir. Avoir relevé le défi faisait chanter son âme ; même s'il échouait, même s'il se faisait reprendre ou qu'il lui arrivât quelque autre malheur en chemin, il avait accepté la force de Sa et il avait agi. Peu importait son sort après cela, il avait acquis cette certitude : il n'était pas un lâche.

Il se l'était enfin prouvé.

Jamaillia était de très loin la plus grande ville qu'il eût jamais visitée, et cela l'intimidait. Sur le navire, il s'était intéressé aux tours, aux flèches et aux dômes blancs du palais du Gouverneur, dans les hauteurs de la cité, merveilles auxquelles les vapeurs de la Chaude formaient un arrière-plan de soie ondoyante ; mais il se trouvait pour l'instant dans la basse ville, et le front de mer était aussi défraîchi et miséreux que celui de Cresson, en plus vaste. Tout ce qui l'entourait était plus sale et plus décrépit que ce qu'il avait pu voir à Terrilville ; sur les quais se dressaient les entrepôts et les boutiques d'armement des navires, mais au-dessus s'étendait un quartier qui paraissait exclusivement composé de bordels, de tavernes, d'échoppes où l'on vendait de la drogue, et de pensions délabrées. Les seuls résidents permanents étaient les mendiants qui dormaient, roulés en boule, sur le seuil des maisons et dans des cahutes de bric et de broc entre deux bâtiments. Les avenues étaient presque aussi malpropres que les ruelles. Peut-être, autrefois, des caniveaux et des égouts avaient-ils évacué les eaux usées, mais ils étaient aujourd'hui engorgés et formaient des mares stagnantes d'un liquide gris marron où le pied dérapait. Il n'était que trop évident que le contenu des pots de chambre aboutissait là le matin. S'il avait fait plus chaud, l'odeur aurait sans doute été plus forte et les mouches plus abondantes. C'était là, se dit Hiémain en contournant une vaste flaque, un autre élément dont il fallait se réjouir.

L'aube pointait à peine et le quartier dormait encore. Peut-être les gens de cette partie de la ville n'avaient-ils rien qui valût la peine de se lever. Hiémain se doutait que l'ambiance devait être très différente la nuit; mais, pour le moment, les rues étaient désertes et mortes, les volets clos et les portes barrées. Il jeta un coup d'œil au ciel qui s'éclaircissait et pressa le pas. On n'allait pas tarder à remarquer son absence à bord, et il tenait à s'éloigner le plus possible du front de mer avant ce moment-là. Quelle énergie son père allait-il déployer à le retrouver? Guère, sans doute, pour son fils lui-même; Hiémain n'avait d'intérêt à ses yeux que dans la mesure où il garantissait la satisfaction du navire.

Vivacia...

Le seul fait de penser à son nom lui donnait un coup au cœur. Comment avait-il pu l'abandonner? Il ne l'avait pas choisi, il ne lui était plus possible de continuer à vivre ainsi; mais comment avait-il pu l'abandonner? Il se sentait divisé contre lui-même. Tout en savourant sa liberté, il sentait le goût amer de la solitude, de la solitude extrême, sans être capable de déterminer s'il s'agissait de la sienne ou de celle de Vivacia. S'il avait existé un moyen de s'enfuir avec le navire, il n'aurait pas hésité. C'était peut-être ridicule, mais c'était vrai. Il avait besoin de sa liberté, elle le savait bien. Elle devait comprendre qu'il était obligé de se sauver.

Mais il l'avait abandonnée, prise au piège.

Il continua de marcher, déchiré. Vivacia n'était pas son épouse, ni son enfant ni sa bien-aimée ; elle n'était même pas humaine. Le lien qui les unissait leur avait été imposé par les circonstances et par la volonté de son père, rien de plus. Elle comprendrait et elle lui pardonnerait.

Au même instant, il se rendit compte qu'il avait l'intention de retourner un jour auprès d'elle – ni aujourd'hui ni demain, mais un jour. Un moment viendrait, dans quelque avenir encore indécis, peut-être lorsque son père aurait baissé les bras et rendu le navire à Althéa, où il pourrait revenir sans risque. Lui serait prêtre et elle serait comblée par un autre Vestrit, Althéa ou peut-être Selden, ou encore Malta ; ils vivraient chacun une existence bien remplie et, quand ils se retrouveraient, obéissant chacun à sa volonté propre, leur réunion serait parfaitement heureuse. Elle reconnaîtrait alors qu'il avait fait le bon choix. Ils auraient tous deux grandi en sagesse.

Sa conscience le tarauda soudain : ne se raccrochait-il pas à cette intention de la revoir uniquement dans le but d'apaiser ses remords ? Cela signifiait-il qu'à ses yeux sa décision n'était peut-être pas la bonne ? Mais comment cela se pourrait-il ? Il retournait à la prêtrise, afin de tenir les serments qu'il avait prêtés des années plus tôt! Comment cela pouvait-il être mal? Il secoua la tête, perplexe, et continua d'avancer d'un pas lourd.

Il décida de ne pas s'aventurer dans la ville haute. Son père prévoirait qu'il s'y rendrait afin de trouver refuge et aide auprès des prêtres de Sa, dans le temple du Gouverneur, et c'est là qu'il commencerait ses recherches. Hiémain lui-même mourait d'envie de s'y diriger, car il était certain que les prêtres ne lui refuseraient pas leur asile; peut-être même seraient-ils en mesure de l'aider à regagner son propre monastère, bien que ce fût beaucoup demander. Mais il ne s'adresserait pas à eux, il n'attirerait pas son père chez eux pour qu'il martèle leur porte en exigeant qu'on lui rende son fils. Autrefois, même un assassin aurait trouvé refuge dans l'enceinte du temple de Sa; mais, puisque les quartiers extérieurs de Jamaillia s'étaient dégradés, comme il avait pu le constater, il y avait des chances pour que la nature sacrée du temple de Sa ne fût plus aussi respectée que jadis. Mieux valait éviter de créer des ennuis aux prêtres; d'ailleurs, il n'avait aucun intérêt à rester dans la ville : il allait entamer tout de suite le long chemin qui le ramènerait à travers le gouvernorat jusqu'à son monastère, jusque chez lui.

La perspective d'un tel voyage aurait dû le décourager, mais non : il ressentait au contraire de l'exaltation à l'idée de l'avoir enfin entamé.

Il n'aurait jamais pensé que Jamaillia pût renfermer des taudis, encore moins qu'ils formassent une si grande partie de la capitale. Il traversa une zone détruite par un incendie : une quinzaine d'édifices avaient été complètement anéantis, et bien d'autres, voisins, avaient été noircis par les flammes ou la fumée. On avait laissé les débris en l'état et des cendres humides montait une odeur âcre. La rue s'était changée en sentier qui serpentait entre décombres et amas de cendre. Le spectacle était rebutant, et Hiémain, bien malgré lui, commença peu à peu à donner crédit aux histoires qui couraient sur le Gouverneur ; s'il était aussi décadent qu'on le disait, si ses goûts pour l'oisiveté, le luxe et l'hédonisme étaient aussi prononcés qu'on le prétendait, il n'y avait peut-être rien de surprenant à ce que les égouts débordent et que les rues soient encombrées d'immondices. On ne pouvait dépenser l'argent qu'une seule fois, et peut-être les impôts qui auraient dû permettre de réparer les égouts et d'engager des surveillants de rue avaient-ils été investis dans les plaisirs du Gouverneur. Cela expliquerait les immenses terrains vagues piquetés d'édifices branlants et le manque d'entretien général qu'il avait constaté sur le port. Les galères et les galéasses de la patrouille maritime de Jamaillia y étaient amarrées ; des algues et des moules s'accrochaient à leurs coques, et la peinture d'un blanc éclatant, qui proclamait autrefois leur rôle de protection des intérêts du Gouverneur, s'écaillait sur leur bordage. Pas étonnant que les pirates sillonnent librement les passes intérieures.

Jamaillia, la plus prestigieuse cité du monde, cœur et lumière de toute civilisation, se décomposait par ses franges. Toute sa vie, Hiémain avait entendu des légendes sur cette ville, sur son architecture et ses jardins extraordinaires, sur ses superbes promenades, ses temples et ses thermes. Le palais du Gouverneur, mais aussi nombre d'édifices publics avaient été équipés de l'eau courante et de bains. Hiémain secoua la tête en pataugeant dans un caniveau débordant. Si l'eau restait croupissante dans la basse ville, la situation pouvait-elle être meilleure en haut ? L'évacuation était peut-être mieux organisée le long des grandes avenues, c'était possible, mais il n'en saurait jamais rien s'il tenait à échapper à son père et aux hommes qu'il avait envoyés à sa recherche.

Peu à peu, l'aspect de la ville s'améliora. Il vit des boutiquiers commencer à proposer des pains au lait, du poisson fumé et du fromage, dont l'odeur lui fit venir l'eau à la bouche ; des portes s'ouvrirent, des gens sortirent pour ôter les volets des vitrines et laisser voir leurs articles aux passants. Alors que la circulation des carrioles et des piétons augmentait, Hiémain se sentit plus à son aise : assurément, dans une ville de cette taille, au milieu d'une telle foule, son père ne le retrouverait jamais.

*

Par-delà les eaux étincelantes, Vivacia contemplait les murailles et les tours blanches de Jamaillia. Hiémain n'était parti que depuis quelques heures, mais elle avait l'impression qu'une éternité s'était écoulée depuis qu'il s'était laissé descendre le long de la chaîne d'ancre puis s'était éloigné à la nage. Les navires voisins l'avaient empêchée de voir où il se dirigeait ; elle n'était même pas absolument sûre qu'il eût atteint la grève en toute sécurité. La veille, elle aurait soutenu que, s'il lui arrivait un accident, elle le sentirait ; mais, la veille, elle aurait aussi juré le connaître mieux qu'il ne se connaissait lui-même et assuré qu'il ne pourrait jamais la quitter. Quelle pauvre sotte !

« Tu as bien dû le sentir quand il est parti ! Pourquoi n'avoir pas donné l'alarme ? Où s'en est-il allé ? »

Du bois, se dit-elle, *je ne suis que du bois. Le bois n'entend pas, le bois ne répond pas.*

Le bois n'éprouvait rien non plus, normalement. Elle continua de regarder la cité. Quelque part dans ses rues, Hiémain marchait, délivré de son père, délivré d'elle. Comment avait-il pu trancher ce lien si facilement ? Un sourire amer tordit les lèvres de la figure de proue : c'était peut-être un trait typiquement Vestrit. Althéa ne l'avait-elle pas quittée, elle aussi, dans des conditions très similaires ?

« Réponds-moi ! » ordonna Kyle.

A mi-voix, Torg s'adressa à son capitaine. « Je m'excuse, cap'taine ; j'aurais dû mieux surveiller le gosse. Mais qui aurait pu prévoir ça ? Pourquoi est-ce qu'il s'est sauvé après tout ce que vous avez fait pour lui, avec tout ce que vous vouliez lui donner ? Ça n'a pas de sens ! Une ingratitude pareille, il y a de quoi vous briser le cœur ! » Malgré le réconfort apparent de ces mots, Vivacia sentait bien que chaque mot de commisération de Torg ne faisait qu'accroître la fureur de Kyle à l'encontre de Hiémain – et envers elle.

« Où est-il parti et quand ? Sacré nom, réponds-moi ! » tempêta Kyle. Il se pencha par-dessus le bastingage et osa tirer une des lourdes boucles de cheveux de Vivacia.

Vive comme un serpent, elle tourna le buste et le balaya d'un revers de la main comme on chasse un chat agaçant. Kyle s'étala sur le pont, les yeux agrandis de peur et de saisissement. Torg s'enfuit, terrorisé, trébucha, puis poursuivit sa course à quatre pattes. « Gantri ! cria-t-il, éperdu. Gantri, viens ici, vite ! » Il disparut à la recherche du second.

« Maudit sois-tu, Kyle Havre », dit Vivacia d'une voix basse et pleine de haine, sans savoir d'où lui venaient ce ton et ces mots. « Maudit sois-tu jusqu'au fond de l'onde amère. Les uns après les autres, tu les as fait partir, tu as pris la place de mon capitaine, tu as chassé de mes ponts sa fille, la compagne de mes jours de sommeil, et maintenant ton propre fils a fui ta tyrannie et rompu notre amitié. Maudit sois-tu ! »

Il se releva lentement, tous les muscles tendus. D'une voix que la peur et la rage faisaient trembler, Kyle déclara : « Tu vas regretter... », mais elle l'interrompit d'un rire qui sonnait trop fort.

« Regretter ? Comment pourrais-tu me donner plus de regrets que je n'en ai déjà ? Quel plus grand malheur peux-tu m'infliger que de chasser ceux de mon sang ? Tu es faux, Kyle Havre ; je ne te dois rien, et tu n'auras rien de moi !

– Capitaine... » Le ton de Gantri était empreint de déférence. Il se tenait sur le pont principal, à bonne distance à la fois de l'homme et de la figure de proue.

21

Torg se trouvait derrière lui, savourant le conflit sans oser trop s'approcher. Gantri avait adopté une attitude rigide mais son visage hâlé avait pris une teinte jaunâtre. « Je vous suggère respectueusement de vous éloigner. Vous ne pouvez rien faire de bon, mais, je le crains, vous risquez de faire beaucoup de mal. Pour l'instant, nous devons nous efforcer de retrouver le gosse avant qu'il aille trop loin ou se terre trop profondément dans la ville. Il n'a ni argent ni ami, autant qu'on le sache. Nous devrions nous trouver à Jamaillia en ce moment même à faire courir la nouvelle que nous le recherchons. Avec quelques pièces bien placées, nous l'aurons sans doute ramené à bord avant le coucher du soleil. »

Kyle fit semblant de réfléchir aux conseils de Gantri. Vivacia savait que c'était par pure témérité qu'il se tenait presque à sa portée ; elle se rendait compte aussi du regard avide de Torg posé sur eux, et elle éprouvait une sensation d'écœurement à le voir ainsi se délecter de leur querelle. Et puis, tout à coup, tout cela lui fut égal : Kyle n'était pas Hiémain, il n'était pas de sa famille. Il n'était rien.

Kyle hocha la tête à l'adresse de Gantri mais sans quitter Vivacia des yeux. « Votre suggestion n'est pas mauvaise. Ordonnez à tous les membres d'équipage qui bénéficient d'une permission à terre d'annoncer une pièce d'or pour le retour du mousse sain et sauf. Sinon, une demi-pièce d'or, et une pièce d'argent pour tout renseignement sur l'endroit où il se cache, si ça nous permet de l'attraper. » Kyle s'interrompit un instant. « J'emmène Torg au marché aux esclaves. Je voulais m'y rendre plus tôt mais la désertion de ce maudit gosse m'a retenu : les meilleures marchandises seront sans doute déjà parties. J'aurais pu acheter toute une troupe de chanteurs et de musiciens si j'y avais été de bonne heure le matin de notre arrivée. Avez-vous la moindre idée du prix que nous aurions pu tirer d'artistes jamailliens en Chalcède ? » Il s'était adressé à Gantri d'un ton hargneux comme s'il rendait le second responsable de ses malheurs. Il secoua la tête d'un air révolté. « Restez ici pour vous occuper des modifications qu'il faut apporter à la cale ; tout doit être prêt le plus vite possible, car j'ai l'intention de repartir dès que la cargaison et le gosse seront à bord. »

Gantri acquiesçait aux ordres de son capitaine mais Vivacia sentit à plusieurs reprises ses yeux se poser sur elle. Elle se tourna autant qu'elle le put pour contempler les trois hommes d'un air froid. Kyle fit mine de ne rien voir, mais le second croisa son regard, gêné, et il fit un petit mouvement de la main qui lui était destiné, elle en était sûre, quoiqu'elle ne pût en déchiffrer le sens. Les deux hommes abandonnèrent le gaillard d'avant et descendirent dans la cale ; quelque temps plus tard, elle sentit que Torg et Kyle quittaient le navire. Bon débarras, se dit-elle. A nouveau, elle parcourut du regard la ville blanche enveloppée dans la légère brume de la Chaude. Une cité voilée par un nuage... Souhaitait-elle qu'on rattrape Hiémain et le lui ramène de force, ou bien qu'il parvienne à s'échapper et à trouver le bonheur ? Elle l'ignorait. Elle se souvint d'avoir espéré qu'il reviendrait de son plein gré ; cette idée lui paraissait désormais puérile et ridicule.

« Vivenef ? Vivacia ? » Gantri ne s'était pas aventuré sur le gaillard d'avant ; debout sur la courte échelle, il l'appelait à mi-voix.

« Tu n'as pas à craindre de t'approcher de moi », répondit-elle d'un ton boudeur. C'était un des hommes de Kyle mais c'était un bon marin. Elle éprouvait une honte étrange à lui inspirer de la peur.

« Je voulais seulement savoir : puis-je faire quelque chose pour toi ? Pour... pour ton bien-être ? »

Il essayait de l'apaiser. « Non, répondit-elle d'un ton sec. Non, rien. A moins que tu n'acceptes de prendre la tête d'une mutinerie. » Elle étira ses lèvres en un semblant de sourire pour lui montrer qu'elle plaisantait. Ou presque.

« Non, ça, je ne peux pas, fit-il avec le plus grand sérieux. Mais si tu as besoin de quoi que ce soit, avertis-moi.

– Besoin... Le bois n'a pas de besoin. »

Il repartit aussi vite qu'il était venu mais, peu après, Findo apparut, s'assit au bord du gaillard d'avant et se mit à jouer de son violon. Au lieu des airs entraînants qui lui servaient à donner la cadence quand l'équipage manœuvrait le cabestan, il joua des mélodies apaisantes, entremêlées d'un soupçon de tristesse. Elles s'accordaient à l'humeur de Vivacia, et pourtant le son tout simple des cordes qui faisait écho à sa mélancolie lui remonta le moral et atténua son accablement. Des larmes salées roulèrent sur ses joues tandis qu'elle contemplait Jamaillia. Jamais elle n'avait pleuré jusque-là, et elle croyait que les larmes elles-mêmes seraient douloureuses, mais, au contraire, elles semblaient défaire le nœud terrible qu'elle sentait au fond d'elle-même.

Dans ses entrailles, elle percevait le travail des hommes. Des forets s'enfonçaient dans ses membrures, remplacés par de gros tire-fond ; on mesurait des chaînes sur toute sa longueur, puis on les fixait à des épontilles ou à l'aide d'épais crampons. Les approvisionnements qui arrivaient à bord étaient surtout composés de biscuit de mer et de chaînes. Pour les esclaves... Les esclaves... Elle essaya de prononcer le mot. Pour Hiémain, l'esclavage était un des pires maux qui puissent exister dans le monde mais, quand il avait tenté de lui en expliquer la raison, elle n'avait pas vu grande différence entre l'existence d'un esclave et celle d'un marin. Tous deux appartenaient à un maître et devaient travailler aussi longtemps et aussi dur que le maître le jugeait bon. Les marins n'avaient guère leur mot à dire sur leur sort. En quoi être esclave pouvait-il être pire ? Elle n'avait pas réussi à le comprendre. C'était peut-être pour cela que Hiémain avait pu la quitter si facilement : parce qu'elle était stupide ; parce qu'elle n'était pas, tout compte fait, un être humain. De nouvelles larmes lui montèrent aux yeux et la *Vivacia*, transport d'esclaves, pleura.

*

Avant même de voir le bâtiment tout entier, Sorcor déclara savoir qu'il s'agissait d'un navire esclavagiste rien qu'à la taille de ses mâts. Ils étaient visibles à travers les arbres alors que le bateau contournait l'île.

« Ils mettent plus de toile pour aller plus vite et livrer de la marchandise " fraîche " », fit-il avec ironie. Puis il adressa un sourire ravi à Kennit. « Ou alors ils commencent à se méfier. Mais, bah, qu'ils naviguent aussi vite qu'ils veulent, ils ne peuvent pas nous semer. Si on hisse de la voile maintenant, on peut leur tomber dessus dès qu'ils auront contourné le cap. »

Kennit secoua la tête. « Les hauts-fonds sont rocheux par ici. » Il réfléchit un instant. « Hisse le pavillon de Marchand et laisse filer de la ligne pour nous donner l'air plus lourd. Nous allons jouer les petits navires de commerce, nous aussi. Reste à l'écart et ne te rapproche que quand ils entreront dans le chenal de Riquert. Juste après, il y a un haut-fond sableux très pratique. Si nous devons les obliger à s'échouer, je ne veux pas crever la coque.

– Bien, cap'taine. » Sorcor s'éclaircit la gorge, puis reprit sans qu'on sût très bien à qui il s'adressait. « Quand on attaque un transport d'esclaves, c'est une vraie boucherie, en général. Des serpents qui coupent en deux des cadavres, c'est pas un spectacle pour une dame, et ces bateaux-là sont toujours suivis par une ou deux de ces bestioles. Il vaudrait peut-être mieux que la dame se retire dans sa cabine en attendant que tout soit fini. »

Par-dessus son épaule, Kennit jeta un coup d'œil à Etta. Il ne pouvait apparemment pas faire un pas sur le pont sans la trouver derrière lui. C'était un peu déconcertant, mais il estimait qu'il valait mieux traiter cette attitude par le mépris. Et puis il trouvait assez amusant d'entendre Sorcor parler d'une putain avec tant de déférence et prétendre qu'il fallait la tenir à l'abri des dures réalités de la vie. Etta, en revanche, ne paraissait ni amusée ni flattée. Des étincelles dansaient au fond de ses yeux noirs et ses pommettes avaient rosi. Elle portait des habits mieux adaptés aujourd'hui, une chemise en coton azur, un pantalon en laine sombre et une courte veste de laine de la même couleur ; ses bottes qui lui montaient aux genoux luisaient à force d'avoir été huilées. Kennit ignorait où elle les avait dénichées mais, quelques nuits plus tôt, lors d'un de ses interminables bavardages, elle avait évoqué des paris avec l'équipage. Un foulard de couleur vive retenait ses cheveux noirs et n'en laissait que quelques mèches lustrées balayer ses joues rougies par le vent. S'il ne l'avait pas connue, il aurait pu la prendre pour une petite gouape. Les propos de Sorcor l'avaient en tout cas assez hérissée pour lui en donner l'air.

« J'estime la dame apte à juger elle-même ce qui est trop sanglant ou cruel pour son goût et se retirer à ce moment-là », fit Kennit d'un ton sec.

Un sourire de chat joua sur les lèvres d'Etta et elle renchérit impudemment : « Si je suis capable d'affronter le capitaine Kennit la nuit, je ne dois pas avoir grand-chose à craindre le jour. »

Sorcor rougit, ce qui fit blanchir ses cicatrices par contraste, mais Etta se contenta de jeter un coup d'œil en biais à Kennit pour voir s'il réagissait à sa flatterie. Il s'efforça de rester de marbre, mais le spectacle de Sorcor déconfit par une femme qui vantait ses prouesses était par trop plaisant : il adressa un petit sourire en coin à Etta. C'était suffisant : elle le vit, ses narines se dilatèrent et elle détourna la tête, sa tigresse en laisse.

Sorcor se reprit. « Allons, les gars, en avant pour la mascarade ! » cria-t-il, et les hommes se précipitèrent pour lui obéir. On descendit le pavillon au corbeau de Kennit, on hissa celui des Marchands, dérobé bien longtemps auparavant sur un navire de commerce, et on laissa traîner les cordes lestées par-dessus bord ; enfin, tout l'équipage à part un petit groupe se rendit sous le pont. A présent, la *Marietta* progressait lentement comme un navire marchand sous pleine charge, et les marins qui travaillaient sur son pont ne portaient pas d'arme. Alors que le transport d'esclaves passait le cap et apparaissait tout entier, Kennit vit que son navire n'aurait pas de mal à le rattraper.

Il observa sa proie à loisir. Comme l'avait noté Sorcor, ses trois mâts étaient plus grands que la normale afin d'agrandir la surface de voile. Une tente de toile, abri temporaire de l'équipage, battait au vent sur le pont : manifestement, les marins du navire ne supportaient plus la puanteur de leur cargaison serrée comme harengs en caque, et avaient abandonné leurs quartiers pour un habitat mieux aéré. Le *Sicerne*, puisque tel était le nom inscrit à sa proue, pratiquait manifestement le trafic d'esclaves depuis plusieurs années : la dorure s'était écaillée sur ses parties sculptées, et les traînées le long de ses flancs indiquaient avec quelle désinvolture on jetait les excréments humains par-dessus bord.

Comme prévu, un gros serpent jaune verdâtre suivait dans le sillage du navire comme une mascotte repue. Si on pouvait tirer quelque conclusion de la corpulence de la créature, le transporteur avait déjà jeté à la mer une bonne partie de sa cargaison. Plissant les yeux, Kennit observa le pont du bateau : il s'y trouvait une foule beaucoup plus considérable qu'il ne s'y serait attendu. Les marchands d'esclaves avaient-ils décidé de prendre à leur bord une force armée pour les protéger ? Cette idée lui fit froncer les sourcils, mais, à mesure qu'avec lenteur la *Marietta* rattrapait le *Sicerne*, Kennit comprit que les gens attroupés n'étaient autres que des esclaves. Leurs haillons battaient dans le vent vif de l'hiver et, malgré quelques petits déplacements individuels, nul ne paraissait jouir de sa complète liberté de mouvement ; le capitaine avait sans doute fait monter un groupe pour lui faire prendre l'air. Cela indiquait-il une épidémie dans les cales ? Kennit n'avait jamais connu de capitaine qui se souciât du confort de sa marchandise.

Sous la conduite de Sorcor, le pirate réduisait la distance qui séparait les deux navires, et l'odeur du transport d'esclaves empuantissait le vent. Kennit tira de sa poche un mouchoir parfumé à la lavande et le porta délicatement à son nez pour masquer les effluves pestilentiels. « Sorcor ! Un mot, je te prie ! » cria-t-il.

Presque aussitôt, le second apparut près de lui. « Cap'taine ?

— Je vais prendre la tête de l'abordage, cette fois, je crois. Fais passer ce message parmi les hommes, et précise que c'est un ordre : je veux au moins trois membres de l'équipage d'en face vivants, et des officiers, de préférence. J'aimerais avoir la réponse à une ou deux questions avant que nous ne nourrissions les serpents.

— Je vais transmettre vos instructions, cap'taine, mais ça ne va pas être facile de retenir les hommes.

— Je te fais confiance pour y parvenir, fit Kennit d'un ton qui ne laissait guère de doute sur les périls inhérents à la désobéissance.

— Oui, cap'taine », répondit Sorcor, et il alla remplir sa mission auprès des hommes sur le pont et des marins armés qui se cachaient dans les cales.

Etta attendit que Sorcor ne pût plus l'entendre pour demander d'une voix basse : « Pourquoi mettre ta vie en danger ?

— En danger ? » Il réfléchit un instant, puis rétorqua : « Pourquoi cette question ? Redoutes-tu ce qui t'arriverait si je me faisais tuer ? »

La bouche d'Etta perdit toute expression et la jeune femme se détourna. « Oui, dit-elle à mi-voix. Mais pas dans le sens où tu l'entends. »

*

Ils étaient lentement arrivés à portée de voix quand le commandant du *Sicerne* leur cria : « Au large ! Nous savons qui vous êtes, malgré le pavillon que vous arborez ! »

Kennit et Sorcor échangèrent un regard, puis le capitaine pirate haussa les épaules. « La mascarade n'aura pas duré longtemps.

– Tout le monde sur le pont ! braillat joyeusement Sorcor. Et remontez-moi ces cordes ! »

Le tillac de la *Marietta* se mit à résonner du martèlement de pas pressés. Les pirates s'ameutèrent contre le bastingage, grappins et arcs prêts. Kennit mit ses mains en porte-voix autour de sa bouche. « Nous vous offrons la possibilité de vous rendre ! » cria-t-il au capitaine alors que la *Marietta*, allégée, se rapprochait de sa proie.

Pour toute réponse, l'homme aboya un ordre, et six marins vigoureux s'emparèrent d'une ancre qui traînait sur le pont. Des hurlements s'élevèrent quand ils la jetèrent par-dessus bord ; enchaîné à elle, un groupe d'hommes partit à sa suite, aussi rapidement que s'il avait sauté volontairement. Les malheureux disparurent aussitôt et leurs cris s'éteignirent dans un bouillonnement de bulles. Sorcor avait l'air effaré, et même Kennit dut s'avouer qu'il ressentait une sorte d'admiration effrayée devant l'inflexibilité du capitaine.

« Ce n'étaient que cinq esclaves ! rugit le commandant du *Sicerne*. Il y en a vingt autres attachés à la chaîne suivante ! Au large !

– Sans doute des malades qui n'auraient pas survécu au voyage, de toute manière », dit Kennit, réfléchissant tout haut. Du pont de l'autre navire, il entendait des voix s'élever, certaines suppliantes, d'autres terrorisées ou rageuses.

« Au nom de Sa, qu'est-ce qu'on fait ? demanda Sorcor à mi-voix. Les pauvres diables !

– Nous ne nous écarterons pas », répondit Kennit. Puis il cria au *Sicerne* : « Si ces esclaves passent par-dessus bord, vous le payerez de vos vies ! »

L'autre capitaine rejeta la tête en arrière en éclatant d'un rire si sonore qu'on l'entendit clairement du navire pirate. « Comme si vous aviez l'intention de laisser la vie sauve à un seul d'entre nous ! Ecartez-vous, bande de rats, si vous ne voulez pas que ces vingt autres meurent aussi ! »

Kennit observa l'expression torturée de son second, puis il haussa les épaules. « Approchez le navire ! Lancez les grappins ! » cria-t-il. Ses hommes obéirent. Ils ne virent pas l'indécision peinte sur les traits de Sorcor, mais tous entendirent les hurlements des vingt hommes qu'une deuxième ancre entraîna dans l'abîme.

« Kennit... » gémit Sorcor d'un ton incrédule. Son visage avait blêmi sous le choc et l'horreur.

« De combien d'ancres de rechange dispose-t-il, à ton avis ? » fit Kennit en s'élançant pour prendre la tête du groupe d'abordage. Il jeta encore par-dessus son épaule : « C'est toi qui m'as dit que tu aurais pré-féré la mort à la servitude. Espérons qu'ils parta-geaient ton opinion ! »

Ses hommes tiraient déjà sur les cordes des grap-pins, rapprochant les deux bâtiments, tandis que ses archers envoyaient une pluie de flèches sur les défen-seurs qui tentaient de décrocher les grappins. L'équi-page de la *Marietta* jouissait d'une supériorité numérique d'au moins trois contre un sur celui du *Sicerne*. Les marins du transport d'esclaves, en ordre de bataille, disposaient de nombreuses armes mais ils n'étaient manifestement pas habitués à les manier. Kennit dégaina son épée, puis franchit d'un bond l'étroit espace entre les deux vaisseaux. Il atterrit sur le pont ennemi, écarta d'un coup de pied dans le ventre un matelot qui, une flèche plantée dans l'épaule, essayait de tendre son arc. L'homme s'écroula et un de ceux de Kennit l'égorgea au passage. Le capitaine se retourna d'un bloc. « Laissez-en trois vivants ! » cracha-t-il, furieux. Personne d'autre ne chercha à lui barrer le passage, et, l'épée au clair, il se mit en quête du capitaine.

Il le trouva sur l'autre bord du navire. Le second, deux marins et lui-même avaient hâtivement entrepris de mettre le canot à la mer. L'embarcation se balançait au-dessus de l'eau, accrochée à ses bossoirs, mais une des cordes de dévidement restait coincée. Kennit secoua la tête. Le navire tout entier était mal entretenu : pas étonnant qu'une de leurs poulies se bloque s'ils n'étaient même pas capables de nettoyer leur pont !

« Tenez bon, j'arrive ! cria-t-il avec un grand sourire.

– N'avance plus ! » répliqua le capitaine du *Sicerne* en dirigeant sur lui une arbalète à main.

Kennit perdit alors tout respect pour lui : il avait été beaucoup plus impressionné quand l'homme avait commencé par agir avant de menacer. Soudain, se dressant hors des vagues, apparut le cou sinueux du serpent. L'homme hésita, préférant peut-être attendre de savoir quel danger était le plus pressant avant de lâcher son carreau. Comme la tête du serpent émergeait de l'eau, Kennit vit entre ses mâchoires le corps d'un esclave ; deux sections de chaîne restaient attachées à ses poignets, et au bout de l'une d'elles pendaient encore une main et un bras menottés. Le monstre secoua brutalement le cadavre, puis le jeta légèrement en l'air. La vaste gueule se referma plus étroitement sur sa prise, lui tranchant les bras au niveau des coudes. Les chaînes retombèrent dans un jaillissement d'eau. Le serpent rejeta la tête en arrière et engloutit ce qui restait de l'homme ; alors que les pieds nus disparaissaient dans son gosier, il s'ébroua de nouveau, puis il observa les hommes du canot avec intérêt. Un des matelots poussa un cri d'horreur et le capitaine pointa son arme sur les énormes yeux du monstre.

A l'instant où l'arbalète cessa de viser sa poitrine, Kennit bondit et tint son épée prête à trancher une des cordes de bossoir qui retenaient l'embarcation. « Jetez vos armes et revenez sur le pont, ordonna Kennit, ou je vous livre en pâture au serpent ! »

L'autre capitaine cracha dans sa direction, puis, d'une main qui ne tremblait pas, il lâcha son carreau qui alla se planter droit dans l'œil chatoyant de la créature. Le trait disparut en s'enfonçant dans le cerveau du monstre. Kennit songea que ce ne devait pas être le premier sur lequel l'homme tirait. Comme le serpent se tordait violemment dans l'eau en hurlant, le capitaine sortit son poignard et se mit à couper la corde juste au-dessus du crochet qui la retenait au canot. « Nous allons tenter notre chance avec les serpents, espèce de chien ! cria-t-il à Kennit alors que l'animal ondulant sombrait dans les flots. Rodel, tranche la corde de ton côté ! »

Le nommé Rodel, cependant, ne paraissait pas partager l'optimisme de son capitaine face aux serpents. Terrorisé, le marin poussa un cri et bondit sur le pont du navire. Kennit l'arrêta dans sa course d'un coup d'épée dans la jambe, puis ramena son attention sur le canot sans écouter les cris du matelot qui se tordait en essayant en vain d'arrêter l'écoulement de sang.

D'une seule enjambée, Kennit monta dans le canot qui se balançait, puis il appliqua la pointe de son épée sur la gorge du capitaine. « Recule, dit-il en souriant, ou bien meurs sur place. »

La poulie bloquée se décoinça brusquement. L'embarcation tomba d'un côté, projetant ses occupants à l'eau alors que le serpent émergeait de nouveau. Kennit, avec la souplesse et la chance d'un chat, sauta du canot, s'accrocha au bastingage du *Sicerne* d'une main, puis de l'autre. Il était en train de se hisser quand le serpent haussa la tête hors de l'eau pour le regarder. De son œil crevé sourdaient du sang et de la lymphe. Il ouvrit la gueule et poussa un rugissement de rage et de désespoir à la fois. Son œil aveugle était tourné vers les hommes qui se débattaient dans l'eau, tandis que Kennit pendait devant l'autre comme un appât à poisson. Eperdu, le pirate jeta une jambe par-dessus la lisse et la replia pour raffermir sa prise. Aussi délicatement qu'un chien bien dressé saisit un morceau de viande entre les doigts de son maître, le serpent referma ses mâchoires sur l'autre jambe.

La douleur fut atroce, comme celle d'un fer porté au rouge, et Kennit hurla ; puis la souffrance reflua brusquement; un grand froid, délicieusement insensibilisant, chassa la brûlure comme de l'eau tiède réchauffe une peau glacée. Il sentit le froid remonter dans son corps. Quel soulagement! La douleur avait disparu! Sa jambe se détendit, et l'insensibilité continua de monter. Son hurlement se mua en grognement.

« NON! » cria Etta en traversant le pont au pas de course. Elle avait dû observer la scène depuis la *Marietta*. Nul ne lui barra le passage : à part des cadavres, il n'y avait presque plus personne sur le pont. Les hommes avaient dû se cacher en voyant le serpent réapparaître. Une arme improvisée, hache d'abordage ou tranchoir de cuisine, étincelait dans sa main. Elle hurlait un chapelet d'injures et de menaces au monstre qui avait entrepris d'emporter Kennit. Par réflexe, le capitaine pirate s'agrippa de toutes ses forces au bastingage. Il n'avait plus d'énergie; le venin que le serpent avait instillé dans sa blessure commençait déjà à l'affaiblir. Quand Etta les saisit, le bastingage et lui, dans une étreinte éperdue, c'est à peine s'il sentit son contact. « Lâche-le! ordonnat-elle au serpent. Lâche-le, espèce de saleté, anguille visqueuse, cul de putain! Lâche-le! »

Le serpent mal en point continua néanmoins de tirer sur la jambe du pirate tandis qu'Etta tirait dans l'autre sens avec opiniâtreté. Elle était plus forte que Kennit ne le pensait. Il vit plus qu'il ne sentit le monstre affermir sa prise sur sa jambe, et, comme un couteau chauffé tranche du beurre, les dents du serpent s'enfoncèrent dans sa chair. Kennit aperçut un segment d'os mis à nu, étrangement grêlé de trous là où la bave du serpent avait commencé à le ronger. La créature tourna son immense tête comme un poisson ferré, se préparant à donner une secousse qui décrocherait Kennit du bastingage ou bien lui arracherait la jambe. En sanglotant, Etta leva son arme. « Saloperie ! criat-elle. Saloperie, saloperie, saloperie ! » Sa lame bien peu impressionnante s'abattit, mais pas là où Kennit s'y attendait. Au lieu de gaspiller ses forces sur le mufle aux écailles épaisses, l'arme tomba sur l'os à demi rongé de Kennit avec un craquement sonore. Elle coupa la jambe au ras des dents du serpent, ce qui en faisait tout de même un bon morceau. Kennit vit le sang jaillir du moignon déchiqueté alors qu'Etta le hissait rapidement et le remorquait en crabe sur le pont. Il entendit vaguement les cris d'horreur de ses hommes tandis que la tête du serpent s'élevait audessus du navire, puis retombait dans la mer, son cou aussi mou qu'un morceau de ficelle. Il ne remonterait plus ; il était mort. Et Etta lui a donné ma jambe à manger, se dit Kennit.

« Pourquoi as-tu fait ça ? lui demanda-t-il d'une voix faible. Qu'ai-je bien pu te faire pour que tu me coupes la jambe ?

– Oh, mon chéri, mon amour ! » Elle continuait de jacasser bruyamment quand l'obscurité se mit à tournoyer autour de lui et l'emporta.

*

Le marché aux esclaves empestait. Jamais Hiémain n'avait senti pareille puanteur, et il se demanda si la nature avait prévu que l'odeur de la maladie et de la mort d'un membre de sa propre espèce fût plus répulsive qu'une autre. Tous ses instincts lui criaient de s'en aller et il éprouvait une révulsion de tout son être. Malgré le spectacle de la détresse qu'il avait sous les yeux, sa compassion et son indignation ne suffisaient pas à contenir son dégoût. Il avait beau presser le pas, il n'arrivait pas à trouver la sortie de ce quartier de la ville.

Il avait déjà vu des animaux enfermés en grand nombre, parfois même des bêtes rassemblées pour l'abattoir, mais elles ne manifestaient qu'hébétude et incompréhension, ruminant et agitant la queue pour chasser les mouches en attendant leur destin. On pouvait parquer des animaux dans des enclos ou des cours ; il n'était pas nécessaire de les assujettir avec des fers aux poignets ni aux chevilles, et ils ne criaient pas leur détresse et leur colère en sanglotant.

« Je ne peux rien pour vous, je ne peux rien pour vous. » Hiémain se surprit à répéter ces mots à mi-voix et se mordit la langue. Pourtant, c'était vrai, du moins tenta-t-il de s'en convaincre : il ne pouvait pas les aider ; il n'était pas plus capable qu'eux de briser leurs chaînes. Et, même s'il avait réussi à détacher leurs fers, qu'aurait-il fait ensuite ? Il ne pouvait effacer les tatouages de leurs visages, il ne pouvait les aider à s'enfuir. Aussi affreux que fût leur destin, mieux valait qu'il laisse chacun affronter le sien et s'en tirer le mieux possible. Certains trouveraient sûrement plus tard le bonheur et la liberté. Un état de malheur aussi extrême ne pouvait durer éternellement.

Comme en écho à ses réflexions, un homme le croisa, poussant une brouette. Trois corps y gisaient et, malgré leur maigreur, l'homme avait du mal à faire rouler son engin. Une femme le suivait en pleurant d'un air désespéré. « Je vous en supplie, par pitié ! s'écria-t-elle en passant devant Hiémain. Laissez-moi au moins son corps. A quoi vous sert-il ? Laissez-moi ramener mon fils chez moi pour l'enterrer. Je vous en supplie ! » Mais l'homme ne l'écoutait pas, ni personne d'autre dans la rue bondée. Hiémain suivit la femme des yeux en s'interrogeant : peut-être était-elle folle, peut-être son fils ne se trouvait-il pas dans la brouette, et l'homme le savait parfaitement. Ou bien, songea-t-il encore, c'étaient tous les passants qui étaient fous, qui avaient vu une mère désolée supplier de récupérer le cadavre de son fils et qui n'avaient pas réagi, lui compris. S'était-il donc si vite immunisé contre la souffrance humaine ? Il leva le regard et s'efforça de voir la rue d'un œil neuf.

Il fût accablé. La plus grande partie de l'avenue était occupée par des gens qui se promenaient bras dessus, bras dessous et musardaient devant les échoppes, comme ils l'auraient fait dans n'importe quel marché, en discutant couleur, taille, âge et sexe. Mais le bétail et les marchandises qu'ils examinaient étaient humains. Des chaînes d'esclaves se tenaient dans des cours, chapelet d'individus enchaînés les uns aux autres, proposés par lots ou à l'unité pour les corvées de base à la ferme ou en ville. Dans un coin d'une cour, un tatoueur exerçait son métier, confortablement assis sur une chaise près d'un étau rembourré de cuir et d'un énorme bloc de pierre dans lequel était enfoncé un tire-fond. Une litanie se dévidait inlassablement : pour un prix modique, il tatouait sur tout esclave nouvellement acquis l'emblème du propriétaire. Le garçon qui répétait ces mots était attaché à la pierre, il ne portait qu'un pagne, bien qu'on fût en hiver, et tout son corps avait été orné de tatouages qui servaient de publicité pour le savoir-faire de son maître. Pour un prix modique, pour un prix modique...

Des bâtiments abritaient des esclaves et leurs enseignes annonçaient leurs spécialités. Hiémain reconnut le signe des charpentiers et des maçons, celui des couturières, et un autre qui désignait des musiciens et des danseurs. On pouvait faire faillite dans n'importe quel corps de métier, et les acheteurs n'avaient que l'embarras du choix. Colporteurs, tailleurs, soldats, marins, se dit Hiémain, précepteurs, nourrices, scribes et commis... Pourquoi louer ce qu'on pouvait carrément acheter ? Cela semblait être la philosophie générale du marché, bien que Hiémain se demandât comment les acquéreurs pouvaient ne pas se reconnaître, eux-mêmes ou leurs voisins, dans les esclaves qu'ils achetaient. Pourtant nul ne paraissait s'en soucier ; certains se plaquaient d'un air élégant un mouchoir de dentelle devant le nez, gênés par l'odeur, mais ils n'hésitaient pas à exiger d'un esclave qu'il se lève, marche ou trotte en rond afin de mieux l'examiner. Des zones isolées par des treillis permettaient une inspection plus intime des femmes à vendre. Apparemment, aux yeux des acheteurs, la banqueroute transformait instantanément l'ami ou le voisin en marchandise.

Certains, semblait-il, n'étaient pas trop mal logés ni traités : c'étaient les esclaves de valeur, ceux qui possédaient de l'instruction, un talent ou un savoir-faire. Quelques-uns d'entre eux, paraissant tirer une fierté tranquille de leur qualité, arboraient une attitude orgueilleuse et assurée malgré le tatouage qui les défigurait ; d'autres étaient surnommés, comme l'entendit Hiémain, « faces-de-carte », c'est-à-dire qu'on pouvait suivre leur transfert d'un propriétaire à l'autre grâce à leurs différents tatouages. Alors qu'en général les esclaves dociles trouvaient souvent une place définitive, ceux-là avaient un caractère hargneux et difficile ; plus de cinq tatouages sur le visage marquaient un esclave comme indésirable ; on le vendait à bas prix et on le traitait avec brutalité, comme un animal.

Le tatouage facial des esclaves, autrefois considéré comme une pratique barbare des Chalcédiens, était devenu la norme à Jamaillia, et Hiémain constatait que la ville avait non seulement adopté cette coutume mais l'avait aussi adaptée : ceux que l'on proposait comme danseurs et amuseurs ne portaient souvent que des tatouages réduits et de couleur pâle, facilement masqués par le maquillage, afin que leur statut ne gâche pas le plaisir des spectateurs ; et, s'il restait illégal d'acheter des esclaves dans le but de les prostituer, les tatouages exotiques qui marquaient certains ne laissaient aucun doute dans l'esprit de Hiémain quant au métier auquel on les avait formés.

C'est alors qu'il passait devant une chaîne d'esclaves, à un coin de rue, qu'on l'appela. « Je t'en prie, prêtre ! Le réconfort de Sa pour les mourants ! »

Hiémain s'arrêta, incertain d'être bien celui à qui on s'adressait. L'esclave qui avait parlé s'était écarté de son groupe autant que le lui permettaient ses chaînes, il n'était pas du genre à rechercher le réconfort de Sa : les tatouages recouvraient tout son visage et jusqu'à son cou ; il ne paraissait pas non plus à l'agonie : ses côtes pointaient sur son torse nu et le frottement des fers sur ses chevilles avait provoqué des escarres suppurantes, mais, en dehors de cela, il avait l'air solide et plein d'énergie. D'âge moyen, il était nettement plus grand que Hiémain, et les cicatrices qui couvraient son corps évoquaient des labeurs épuisants. Son maintien était celui d'un homme qui refuse de se laisser abattre. Hiémain coula un regard derrière lui et vit son propriétaire un peu plus loin en train de marchander avec un acheteur éventuel. Le petit homme, qui faisait tournoyer une matraque tout en discutant, surprit le coup d'œil de Hiémain et fronça les sourcils, mais poursuivit néanmoins son maquignonnage.

« Tu es bien prêtre, non ? demanda l'esclave avec insistance.

– J'ai été formé à la prêtrise, reconnut Hiémain, mais je ne peux prétendre complètement au titre. » D'un ton plus assuré, il ajouta : « Mais je suis prêt à donner le réconfort que je puis. » Il promena son regard sur les esclaves enchaînés et demanda en s'efforçant d'éliminer toute trace de soupçon de sa voix : « Qui en a besoin ?

– Elle. » L'homme s'écarta. Une femme était accroupie derrière lui, l'air pitoyable. Hiémain s'aperçut alors que les autres esclaves s'étaient assemblés autour d'elle pour lui offrir leur chaleur et la maigre protection de leurs corps serrés. Jeune, elle n'avait sûrement pas plus de vingt ans et ne portait pas de blessure apparente. C'était la seule femme du groupe. Elle se tenait les bras croisés sur le ventre, la tête penchée sur la poitrine ; quand elle leva le visage vers le garçon, il vit que ses yeux bleus étaient aussi ternes que des galets secs. Elle avait la peau très blanche et ses cheveux taillés à la va-vite formaient une courte brosse sur sa tête. La robe droite qu'elle portait était rapiécée et tachée, et la chemise qui lui couvrait les épaules appartenait sans doute à l'homme qui avait appelé Hiémain. Comme tous les autres esclaves de sa chaîne, son visage était couvert de tatouages. Elle ne présentait pas de blessure visible et elle ne paraissait pas frêle, au contraire : c'était une femme bien musclée, aux épaules larges. Seuls les traits tirés de son visage indiquaient qu'elle souffrait.

« Où as-tu mal ? » demanda Hiémain en s'approchant d'elle. Dans un coin de son esprit, il soupçonnait les esclaves d'essayer de l'attirer pour s'emparer de lui. Afin de se servir de lui comme otage, peut-être ? Mais nul ne fit de geste menaçant ; au contraire, les esclaves les plus proches de la femme lui tournèrent le dos comme pour lui offrir un semblant d'intimité.

« Je saigne, répondit-elle à mi-voix. Je saigne sans arrêt depuis que j'ai perdu mon enfant. »

Hiémain s'accroupit devant elle et lui toucha le dessous du bras. Elle n'avait pas de fièvre ; sa peau était même froide malgré le soleil d'hiver. Il la pinça doucement et observa la lenteur avec laquelle la peau se retendit : elle avait besoin d'eau ou de bouillon ; de liquide, en tout cas. Il ne perçut en elle que détresse et résignation, comme si elle avait accepté la mort. « Saigner après un accouchement est normal, tu sais, lui dit-il. Et après une fausse couche aussi. Cela devrait s'arrêter bientôt. »

Elle secoua la tête. « Non. Il m'a donné une dose trop forte pour me faire avorter. Une femme enceinte ne peut pas travailler très dur, tu sais ; son ventre la gêne. Alors on m'a obligée à boire le produit et j'ai perdu l'enfant. C'était il y a une semaine, mais je saigne toujours, et le sang est rouge vif.

– Un écoulement de sang n'indique pas obligatoirement qu'on va mourir. Tu peux te remettre. Avec des soins appropriés, une femme peut... »

Le rire amer de son interlocutrice lui coupa la parole. Jamais il n'avait entendu un rire qui ressemblât autant à un hurlement.

« Tu parles d'une femme, mais je suis une esclave. C'est vrai, une femme peut ne pas en mourir, mais moi si. » Elle reprit son souffle. « Le réconfort de Sa, c'est tout ce que je te demande. Par pitié. » Et elle baissa la tête.

C'est peut-être à cet instant que Hiémain comprit ce qu'était l'esclavage. Il savait que c'était un mal, on le lui avait appris dès ses premiers jours au monastère ; mais à présent il le touchait du doigt, il entendait la résignation et le désespoir dans la voix de cette jeune femme. Elle n'adressait pas de reproches au maître qui avait volé la vie de son enfant ; elle parlait de son acte comme s'il s'agissait de l'œuvre d'une force naturelle, une tempête ou une inondation. Sa cruauté, sa méchanceté ne paraissaient pas la concerner. Elle n'évoquait que le résultat, le saignement qui ne s'arrêtait pas et auquel elle s'attendait à succomber. Hiémain la dévisagea. Elle n'était pas obligée de mourir, et il pensait qu'elle le savait aussi bien que lui : si on lui donnait un bouillon chaud, un lit, un abri, de quoi manger et du temps pour se reposer, et les herbes aux vertus connues pour revitaliser les organes féminins, elle guérirait sans doute pour vivre encore de nombreuses années et porter d'autres enfants. Mais elle ne guérirait pas. Elle le savait, les autres esclaves aussi, et lui aussi, presque. Ce « presque » évoquait le moment où il avait plaqué sa main sur le pont en attendant le scalpel : une fois que la réalité tomberait, il ne pourrait plus jamais être le même. Accepter le fait reviendrait à perdre une partie de lui-même.

Il se releva, plein d'une solide résolution, mais c'est d'une voix douce qu'il dit : « Attends ici et ne perds pas espoir. Je vais aller chercher de l'aide au temple de Sa ; on doit pouvoir raisonner ton maître, lui expliquer que tu vas mourir si tu restes sans soin. » Il eut un sourire amer. « Et, s'il fait la sourde oreille, on pourra peut-être le persuader qu'une esclave a plus de valeur vivante que morte. »

L'homme qui l'avait interpellé avait pris une expression incrédule. « Le temple ? Il ne faut pas en espérer d'aide. Un chien est un chien, et un esclave est un esclave. Au temple, on ne donne le réconfort de Sa ni à l'un ni à l'autre. Les prêtres d'ici chantent les louanges de Sa, mais ils dansent au rythme du Gouverneur. Quant au courtier, l'homme qui vend notre travail, ce n'est même pas notre propriétaire. Tout ce qu'il sait, c'est qu'il touche un pourcentage sur ce que nous gagnons chaque jour ; sur cette somme, il nous donne le gîte et le couvert et il nous drogue ; le reste va à notre propriétaire. Notre courtier ne va pas réduire sa part en essayant de sauver Cala. A quoi bon ? Si elle meurt, il n'y perd rien. » L'homme scruta le visage empreint d'incompréhension et d'incrédulité de Hiémain. « Je suis un imbécile de t'avoir appelé. » Sa voix se mêla d'amertume. « C'est ta jeunesse qui m'a trompé. J'aurais dû me douter, à voir ta robe de prêtre, que je ne trouverais aucune aide auprès de toi. » Il saisit brusquement Hiémain par l'épaule et la serra violemment. « Donne-lui le réconfort de Sa, ou je te jure que je te brise la nuque ! »

La puissance de sa poigne assurait à Hiémain qu'il en était capable. « Inutile de me menacer », dit-il dans un hoquet. Il savait qu'il donnait une impression de lâcheté. « Je suis le serviteur de Sa. »

D'un geste méprisant, l'homme le jeta aux pieds de la femme. « Alors vas-y ! Et dépêche-toi ! » Son regard dur se porta derrière Hiémain. Le courtier et le client marchandaient toujours ; l'acheteur tournait le dos aux esclaves, mais l'autre leur faisait face. Il sourit à une plaisanterie de son interlocuteur, puis éclata d'un rire mécanique, ha, ha, ha, mais son poing serré et ses yeux méchants posés sur les esclaves promettaient une punition sévère si on interrompait ses tractations. Il tenait à la main une petite matraque dont il tapait sur sa cuisse avec impatience.

« Je... Ça ne se fait pas à la va-vite », protesta Hiémain tout en s'agenouillant devant la femme et en s'efforçant de composer son esprit.

En réponse à son mouvement, elle se leva en chancelant. Il vit alors que ses jambes étaient striées de sang, que le sol en dessous d'elle en était imbibé et qu'il avait coagulé en couche épaisse sur ses fers. « Lem ? » fit-elle d'un ton pitoyable.

L'autre esclave s'avança aussitôt. Elle s'appuya lourdement sur lui et elle eut un soupir gémissant.

« Il faudra le faire à la va-vite », dit l'homme d'un ton brutal.

Hiémain sauta les prières, les préparations, les mots apaisants destinés à mettre l'esprit et l'âme du mourant en condition. Il se redressa simplement et posa ses mains sur la femme. Il disposa ses doigts de part et d'autre de son cou, les écartant jusqu'à ce que chacun trouve le point qui lui était propre. « Tu ne meurs pas, déclara-t-il d'un ton assuré. Je te libère seulement des distractions de ce monde afin que ton âme se prépare pour le suivant. Acquiesces-tu à cela ? »

Elle hocha lentement la tête.

Il accepta son assentiment. Il inspira longuement, profondément, pour s'accorder avec elle, et se tendit en lui-même vers le bourgeon négligé de sa prêtrise. Il n'avait jamais pratiqué cet exercice seul, il n'avait jamais été complètement initié à ses mystères, mais il en connaissait les gestes, et cela, au moins, il pouvait le donner à la femme. Il observa, sans y prêter attention, que l'homme se tenait de façon à bloquer la vue du courtier et surveillait les alentours. Les autres esclaves s'agglutinaient autour de Hiémain et de la femme pour dissimuler aux passants ce qu'ils faisaient. « Dépêche-toi », fit Lem d'une voix pressante.

Il appuya légèrement sur les points que ses doigts avaient choisis sans se tromper. La pression allait évacuer la peur et interrompre la douleur pendant qu'il lui parlerait. Tant qu'il appuierait, elle serait obligée de l'écouter et de croire à la vérité de ses paroles. Il lui rendit d'abord son corps. « A toi, maintenant, le battement de ton cœur, l'air qui entre dans tes poumons, à toi la vue par tes yeux, l'ouïe par tes oreilles, le goût par ta bouche, la sensation par toute ta chair. Toutes ces choses, je te les confie afin que tu leur commandes d'être ou de ne pas être. Toutes ces choses, je te les rends afin que tu puisses te préparer à la mort l'esprit clair. Je t'offre le réconfort de Sa pour que tu puisses l'offrir à d'autres. » Il perçut une ombre de doute dans les yeux de la femme. Il l'aida à prendre conscience de son propre pouvoir. « Dis-moi : " Je ne sens pas le froid. "

– Je ne sens pas le froid, répéta-t-elle d'une voix faible.

– Dis-moi : " La douleur n'est plus. "

– La douleur n'est plus. » Ce n'était qu'un murmure, mais, comme elle prononçait ces mots, les rides s'effacèrent de son visage. Elle était encore plus jeune qu'il ne l'avait cru. Elle regarda Lem et lui sourit. « La douleur est partie », fit-elle sans que Hiémain eût besoin de l'encourager.

Il retira ses mains de son cou mais demeura près d'elle. Elle posa la tête contre la poitrine de Lem. « Je t'aime, dit-elle avec simplicité. C'est uniquement grâce à toi que ma vie a été supportable. Merci. » Elle reprit son souffle et soupira. « Remercie les autres pour moi, pour m'avoir réchauffée de leurs corps, pour avoir travaillé davantage afin qu'on ne remarque pas ma faiblesse. Remercie-les... »

Sa voix s'éteignit et Hiémain vit Sa s'épanouir sur son visage. Les tourments de ce monde disparaissaient déjà de son esprit. Elle eut un sourire de nouveau-né. « Vois comme les nuages sont beaux aujourd'hui, mon amour. Ce blanc sur ce gris... Les vois-tu ? »

Ce n'était pas plus compliqué. Libérée de la souffrance physique, son âme se tournait vers la contemplation de la beauté. Hiémain avait déjà assisté à ce phénomène mais il s'en étonnait toujours : une fois qu'une personne avait pris conscience de la mort, si elle pouvait se détacher de la douleur, elle se tournait aussitôt vers l'émerveillement, vers Sa. Ces deux étapes étaient nécessaires, Hiémain le savait. Si on n'avait pas accepté la réalité de la mort, on pouvait refuser le contact ; certains acceptaient la mort et le contact mais n'arrivaient pas à se départir de la douleur et s'y raccrochaient comme à un ultime vestige de vie. Mais Cala avait lâché prise facilement, si facilement qu'elle devait attendre cet instant depuis longtemps.

Hiémain resta immobile, sans parler et sans écouter non plus les mots exacts que la femme disait à Lem.

Les larmes ruisselaient sur les joues de l'homme, sur les cicatrices d'une existence d'épreuves et sur l'encre de ses tatouages d'esclave; elles dégouttaient de son menton mal rasé. Il se taisait, et Hiémain ferma ses oreilles aux propos de Cala; il en écouta la musique, en revanche, et sut qu'elle parlait d'amour, de vie et de lumière. Le sang coulait toujours lentement le long de ses jambes nues. Elle s'affaiblissait et Hiémain vit sa tête tomber sur son épaule, mais son sourire ne quitta pas ses lèvres. Elle était plus proche de la mort qu'il ne l'avait pensé : c'était son attitude stoïque qui l'avait abusé. Elle serait bientôt morte; il se réjouit d'avoir pu leur offrir, à Lem et elle, une séparation paisible.

« Hé! » Il sentit un choc dans le bas du dos. « Qu'est-ce que tu fabriques? »

Sans laisser à Hiémain le temps de répondre, le courtier l'écarta d'un coup de matraque dans les côtes. Le jeune garçon en eut le souffle coupé, et, pendant quelques instants, il ne put que rester plié en deux en hoquetant. L'homme s'avança sans hésiter au milieu de ses esclaves et se planta devant Lem et Cala avec un rictus sur le visage. « Eloigne-toi d'elle! cracha-t-il à Lem. A quoi tu joues? Tu essayes de l'engrosser encore une fois, et en pleine rue? Je viens juste de me débarrasser de son dernier môme! » Il saisit Cala par l'épaule et l'attira brutalement à lui; mais Lem la retint en poussant un rugissement de dignité outragée. Hiémain aurait reculé devant son seul regard mais le courtier frappa l'esclave en plein visage de sa petite matraque, dans un geste visiblement souvent répété et qui ne lui demandait aucun effort. La peau de la pommette de Lem éclata et le sang se mit à ruisseler sur sa joue. « Lâche-la ! » ordonna le courtier en même temps. L'esclave avait beau être solide, le coup inattendu et la douleur l'avaient à demi assommé. Le courtier arracha Cala à son étreinte et la laissa s'écrouler sur le sol couvert de sang. Elle tomba comme une masse, sans un mot, et resta étendue là où elle avait saigné, les yeux levés vers le ciel d'un air béat. L'œil expérimenté de Hiémain lui dit qu'en réalité elle ne voyait plus rien : elle avait décidé de cesser de vivre. Sa respiration se faisait de moins en moins profonde. « La paix de Sa soit avec toi », réussit-il à murmurer d'une voix tendue.

Le courtier se tourna vers lui d'un bloc. « Tu l'as tuée, pauvre crétin ! Elle pouvait encore travailler au moins une journée ! » Et il donna un coup de matraque à Hiémain, un coup cuisant à l'épaule qui lui meurtrit les chairs sans briser d'os ; une douleur fulgurante lui parcourut le bras, suivie d'une insensibilité partielle. C'était un mouvement parfaitement étudié, estima une partie de lui-même alors même qu'il bondissait en arrière avec un glapissement. Il heurta un des esclaves enchaînés qui le repoussa d'un geste négligent ; ils refermaient leur cercle autour du courtier dont la méchante petite matraque parut soudain une arme inefficace et ridicule. Hiémain sentit sa gorge se serrer : ils allaient le tuer de coups, réduire ses os en bouillie.

Mais le courtier en esclaves était un petit homme agile qui aimait son métier et y excellait. Vif comme un chiot folâtre, il se mit à tourner sur lui-même, la matraque tendue, et sous ses coups, les esclaves s'effondraient en arrière les uns après les autres. L'homme savait s'y prendre pour faire mal et handicaper l'adversaire sans l'abîmer. Dans le cas de Lem, cependant, il prit moins de gants : à l'instant où le grand gaillard s'avança, il le frappa de nouveau d'un coup sec au ventre. Lem se plia en deux, les yeux exorbités.

Et, entre-temps, dans le marché, les gens continuaient à déambuler comme si de rien n'était ; certains levaient bien les sourcils devant cette chaîne indisciplinée, mais qu'attendre d'autre de faces-de-carte et de ceux qui en faisaient le trafic ? On s'écartait prudemment et on poursuivait ses occupations. Il était inutile que Hiémain appelle à l'aide en protestant qu'il n'était pas esclave : nul n'y prêterait attention.

Pendant que Lem vomissait de la bile, le courtier détacha les fers encroûtés de sang des chevilles de Cala. Il les secoua d'un geste désinvolte pour les dégager des pieds de la morte ; puis jeta un regard noir à Hiémain. « J'aurais le droit de te les attacher ! grondat-il. Tu m'as fait perdre une esclave et le salaire d'une journée, si je ne me trompe pas. Et je ne me trompe pas : voilà mon client qui s'en va ! Il ne voudra plus jamais avoir affaire à une chaîne qui a si mauvais caractère ! » De sa matraque, il désigna son acheteur qui s'éloignait. « Très bien : pas de travail, pas de repas, mes mignons. »

Le petit homme s'exprimait avec une feinte affabilité si mordante que Hiémain n'en crut pas ses oreilles. « Une femme est morte et c'est votre faute !

s'exclama-t-il. Vous l'avez empoisonnée pour la faire avorter, mais vous l'avez tuée en même temps ! Vous êtes responsable d'un double assassinat ! » Il voulut se lever mais son bras était encore paralysé du coup reçu, de même que ses abdominaux. Il se mit à genoux afin d'essayer de se redresser. De la botte, le petit homme le rejeta par terre.

« Quels propos dans la bouche d'un enfant au visage intact ! Je suis vraiment choqué. Je vais te demander tout l'argent que tu as sur toi, petit, à titre de dédommagements. Allons, donne-moi tout, et vite ! Ne m'oblige pas à te secouer la tête en bas !

– Je n'ai pas un sou, répondit Hiémain d'un ton furieux. Et, même dans le cas contraire, je ne vous donnerais rien ! »

L'homme s'approcha, le dominant de sa taille, et le poussa du bout de sa matraque. « C'est qui, ton père, alors ? Il faut que quelqu'un paye.

– Je suis seul, dit Hiémain d'un ton cassant. Personne ne vous payera, votre maître ou vous, à cause de ce que j'ai fait. J'ai accompli l'œuvre de Sa. J'ai fait ce qu'il fallait. » Il jeta un coup d'œil au groupe d'esclaves derrière l'homme : ceux qui pouvaient tenir debout se redressaient, et Lem s'était approché à quatre pattes du corps de Cala. Il regardait intensément ses yeux révulsés, comme s'il pouvait voir lui aussi ce qu'elle contemplait désormais.

« Bien, bien. Ce qu'il lui fallait à elle, ce n'est peut-être pas ce qu'il te fallait à toi », fit le petit homme d'un ton insidieux. Il parlait rapidement et sa voix évoquait une chute de cailloux. « Vois-tu, à Jamaillia, les esclaves n'ont pas droit au réconfort de Sa. C'est le Gouverneur qui l'a décrété. Si un esclave possédait vraiment une âme d'homme, eh bien, cet homme ne finirait pas esclave ; en tout cas, c'est ce qu'on m'a expliqué. Alors, me voici avec une esclave morte et pas de travail pour la journée. Ça ne va pas plaire au Gouverneur. Tu es non seulement un assassin d'esclave mais aussi un vagabond. Si tu avais la carrure pour exécuter convenablement une journée de travail, je t'attacherais des fers et je te ferais tatouer sur-le-champ ; ça nous ferait gagner du temps. Mais il faut obéir à la loi. Hé, garde ! » Le petit homme leva sa matraque et l'agita joyeusement pour attirer l'attention d'un garde municipal qui passait. « J'ai un gaillard pour vous ! Un jeune garçon sans famille, sans le sou et qui me doit de l'argent pour les dégâts qu'il a occasionnés sur une esclave du Gouverneur. Enfermez-le, voulez-vous ? Hé là ! Arrête-toi ! Reviens ici ! »

Ces dernières exclamations s'adressaient à Hiémain qui s'était relevé tant bien que mal et avait commencé à s'enfuir. Un cri d'avertissement de Lem lui fit tourner la tête en arrière ; il aurait mieux fait de la baisser : la matraque tournoyante, lancée avec adresse, lui frappa le côté du crâne et il s'écroula dans la rue crasseuse du marché aux esclaves.

2

Les marchands du désert des pluies

« Tout ce qui sort de l'ordinaire me dérange, voilà pourquoi ! fit grand-mère d'un ton sec.

– Excuse-moi, répondit la mère de Malta d'un ton neutre. Ce n'était qu'une question. »

Debout derrière grand-mère qui était elle-même assise devant sa coiffeuse, elle lui faisait un chignon. Elle n'avait pas l'air repentante, mais lasse de l'irritabilité constante de sa mère. Malta ne lui jetait pas la pierre : elle aussi en avait assez de leur caractère acariâtre, à toutes les deux. Elle avait l'impression qu'elles ne se préoccupaient que du côté triste, que des soucis de l'existence. Ce soir-là, une grande assemblée de Premiers Marchands se tenait et elles y emmenaient Malta, qui avait passé la plus grande partie de l'après-midi à se coiffer et à essayer sa nouvelle robe ; mais voici que sa mère et sa grand-mère s'habillaient à la dernière minute, la mine sombre comme si la soirée était une corvée ennuyeuse au lieu d'une occasion de sortir, de voir des gens et de bavarder. Elle ne les comprenait vraiment pas.

« Alors, vous êtes prêtes ? » les pressa-t-elle. Elle ne voulait pas arriver la dernière à la réunion. On palabrerait beaucoup ce soir, et on discuterait d'affaires entre Marchands de Terrilville et Marchands du Désert des Pluies, avait dit sa mère. Malta ne voyait pas en quoi cela inquiétait tant sa mère et sa grand-mère ; elle aurait sans doute droit à la fameuse réplique : « Assieds-toi sans bouger et ne nous dérange pas. » C'est pourquoi elle tenait à se présenter tant que les gens bavarderaient encore entre eux, échangeraient des saluts en prenant des rafraîchissements ; elle rencontrerait peut-être Delo et pourrait s'asseoir à côté d'elle. C'était ridicule de mettre aussi longtemps à se préparer ! Elles auraient dû avoir chacune une servante pour les aider à se coiffer, sortir leurs vêtements et tout le reste. Toutes les autres familles de Marchands en avaient ! Mais non : grand-mère prétendait que les Vestrit n'en avaient plus les moyens et maman la soutenait ; et, quand Malta avait voulu discuter, elles l'avaient obligée à s'asseoir devant un gros tas de baguettes à encoches et de récépissés, et à essayer de les reporter dans un des livres de comptes. Elle s'était trompée dans ses calculs et grand-mère l'avait obligée à réécrire toute la page ; ensuite, elles avaient tenu à parler de ce que signifiaient les bilans et de la raison pour laquelle ils indiquaient qu'il n'était plus possible de garder des domestiques, à part Nounou et Rache. Comme Malta serait soulagée quand papa serait de retour ! Elles devaient omettre quelque chose, elle en était sûre ! Comment pouvaient-elles être subitement devenues pauvres ? Rien n'avait changé ! Et pourtant, elles étaient là, à porter des robes vieilles de deux ans et à se coiffer mutuellement tout en se querellant! « On y va bientôt? » demanda Malta encore une fois. Elle ne comprenait pas pourquoi elles ne répondaient pas.

« Est-ce que nous te donnons l'impression d'être prêtes à partir? répliqua sa mère. Malta, essaye de te rendre utile au lieu de me faire tourner en bourrique, s'il te plaît : va voir si la voiture du Marchand Restart est arrivée.

– Oh non, pas lui! protesta Malta. Je t'en prie, dis-moi que nous n'allons pas voyager avec lui dans cette vieille voiture puante! Maman, les portières ne ferment même pas bien! Quelle humiliation si je dois aller avec...

– Malta, va voir si la voiture est arrivée », ordonna grand-mère d'un ton sévère, comme si sa mère ne l'avait pas déjà demandé.

Avec un soupir, Malta sortit. Le temps qu'elles arrivent, il ne resterait plus rien à boire ni à manger et tout le monde aurait pris place sur les bancs du conseil. Si elle devait assister à une réunion de bout en bout, elle voulait au moins profiter de la partie amusante de la soirée. En suivant le couloir, elle se demanda si Delo serait là. Cerwin y participerait, lui : sa famille le traitait en adulte depuis des années; Delo l'accompagnerait peut-être, et Malta trouverait un moyen d'obtenir la permission de s'asseoir près d'elle; après cela, elle n'aurait pas de mal à persuader Delo de s'installer à côté de son frère. Elle n'avait plus vu Cerwin depuis le jour où maman avait insisté pour lui faire visiter la serre, mais cela ne signifiait pas qu'elle ne l'intéressait plus.

A cette pensée, elle fit un crochet par les cabinets ; un petit miroir y était accroché au mur. La lumière n'était pas bonne mais Malta sourit devant son reflet : elle avait dégagé son visage en tressant ses cheveux sombres et en les fixant au sommet de sa tête. Des mèches dansaient librement sur son front et frôlaient ses pommettes. On ne lui permettait encore que des fleurs comme ornements, mais elle avait choisi les dernières roses, toutes petites, qui s'épanouissaient dans la serre ; elles étaient d'un rouge sombre, et elles dégageaient un parfum capiteux. Sa robe était très simple, mais au moins ce n'était pas un sarrau de petite fille : c'était une robe de Marchand, comme en portaient tous les Marchands lors du genre de réunion de ce soir. La sienne était d'un magenta profond, presque de la même teinte que les roses qui paraient sa chevelure. C'était la couleur traditionnelle des Vestrit. Malta aurait préféré du bleu mais le magenta lui allait bien aussi. Et, au moins, la robe était neuve.

Elle n'avait encore jamais porté de robe de Marchand. C'était un vêtement assez strict, au col rond, qui descendait jusqu'aux chevilles et serré à la taille comme une bure de moine. Elle admira le cuir noir et luisant de la large ceinture, l'initiale stylisée qui en formait la boucle ; elle l'avait bien serrée afin de mettre en valeur l'arrondi de ses hanches et tendre le tissu sur sa poitrine. Papa avait raison : elle avait déjà les formes d'une femme ; pourquoi n'en disposerait-elle pas aussi des vêtements et des privilèges ? Bah, il suffisait d'attendre qu'il rentre, et alors la situation allait changer à la maison. Son commerce se porterait bien, il reviendrait les poches pleines d'argent, et il apprendrait la façon dont on avait maltraité sa fille, dont on lui avait confisqué sa robe, et...

« Malta ! » Sa mère ouvrit brusquement la porte. « Que fais-tu là-dedans ? Tout le monde t'attend ! Prends ta cape et viens !

— La voiture est là ? demanda-t-elle en suivant sa mère.

— Oui, répondit Keffria d'un ton âpre. Et le Marchand Restart est à côté, en train de nous attendre !

— Mais pourquoi n'a-t-il pas frappé ou sonné la cloche, ou...

— Il a frappé, l'interrompit sa mère d'un ton sec. Mais, comme d'habitude, tu avais la tête ailleurs.

— Est-ce que je suis obligée de mettre ma vieille cape ? Nous allons en voiture, ensuite nous serons dans la salle, et elle fait ridicule sur ma nouvelle robe.

— Il fait froid dehors ; mets-la. Et tâche de ne pas oublier tes manières ce soir, s'il te plaît. Fais attention à ce qui se dit : les familles du Désert des Pluies ne demandent pas la réunion de tous les Premiers Marchands sans raison valable. Je ne doute pas que les propos tenus à l'audience affecteront notre sort à tous. Et rappelle-toi que les gens du Désert des Pluies nous sont apparentés ; ne les dévisage pas, conduis-toi le mieux possible et...

— Oui, maman. » C'était au moins la sixième fois de la journée que sa mère lui infligeait le même sermon. Croyait-elle Malta sourde ou stupide ? Ne lui serinait-on pas depuis sa naissance que sa famille était apparentée à celles du Désert des Pluies ? Cela lui remit un détail en mémoire et elle dit, alors qu'elles sortaient sous l'œil sévère de Nounou : « Il paraît que les gens du Désert des Pluies ont un nouveau produit : les bijoux de feu. A ce qu'on m'a raconté, ce sont des perles limpides comme des gouttes d'eau mais de petites langues de flammes dansent à l'intérieur de chacune d'elles. »

Sa mère ne prit même pas la peine de répondre. « Grand merci d'avoir patienté, Davad, et d'avoir fait un tel détour pour nous », dit-elle au petit homme replet.

Le visage rayonnant de plaisir et luisant de graisse, il aida Keffria à monter dans la voiture ; Malta, elle, ne lui adressa pas la parole et réussit à grimper d'un bond avant qu'il pût toucher son bras. Elle n'avait pas oublié ni pardonné le dernier voyage qu'il lui avait imposé. Sa mère s'était installée à côté de sa grand-mère. Elles ne s'imaginaient tout de même pas qu'elle allait s'asseoir près du Marchand Restart ! C'était trop dégoûtant ! « Puis-je me mettre au milieu ? demanda-t-elle, et elle se glissa entre les deux femmes. Maman, tu sais, ces bijoux de feu... » reprit-elle, pleine d'espoir, mais le Marchand lui coupa la parole comme si elle n'existait pas.

« Vous êtes prêtes ? Eh bien, allons-y alors. Je regrette, mais je vais devoir m'asseoir près de la portière pour la tenir fermée : j'avais dit à mon valet de la faire réparer mais, quand j'ai demandé qu'on sorte la voiture ce soir, je me suis aperçu que le travail n'avait pas été effectué. C'est exaspérant : à quoi bon avoir des domestiques s'ils n'obéissent pas lorsqu'on leur donne un ordre ? C'est à vous faire regretter que l'esclavage soit interdit à Terrilville ; un esclave sait que son confort et son bien-être dépendent uniquement de la bonne volonté de son maître, et ça l'oblige à faire attention à ce qu'on lui dit. »

Et patati, et patata, comme ça jusqu'au Rassemblement. Le Marchand Restart parlait, maman et grand-mère écoutaient ; tout au plus émettaient-elles, de temps en temps et avec politesse, un avis divergent, alors que Malta avait entendu sa grand-mère répéter cent fois que l'esclavage amènerait la ruine de Terrilville – opinion qu'elle ne partageait d'ailleurs pas : papa ne se serait pas lancé dans ce commerce s'il n'était pas profitable. Cependant, elle trouvait peu courageux, de la part de son aïeule, de tenir un certain discours à la maison et de s'aplatir devant Restart. L'argument le plus fort qu'elle employa fut : « Davad, je n'ai qu'à m'imaginer dans la peau d'un esclave pour savoir que c'est mal. » Comme si c'était un argument décisif ! La discussion ennuyait profondément Malta bien avant que la voiture ne s'arrête ; et elle n'avait toujours pas réussi à parler à sa mère des bijoux de feu.

Mais au moins elles ne furent pas les dernières arrivées – pas tout à fait. Malta dut faire appel à toute sa patience pour rester à sa place pendant que Restart se bagarrait avec le loquet défectueux, puis descendait lourdement de voiture. Elle le suivit de près, s'esquivant adroitement avant qu'il pût prendre sa main dans sa paume épaisse et moite. Cet homme lui donnait constamment envie de se laver.

« Malta ! » fit sèchement sa mère alors qu'elle s'engageait dans l'allée. Sans même baisser le ton, elle ajouta : « Attends-nous. Nous entrerons tous ensemble. »

Malta pinça les lèvres en poussant un soupir exaspéré. Elle le fit sciemment : sa mère adorait s'adresser à elle en public comme si elle était encore une enfant. Elle s'arrêta mais, quand les deux femmes et l'homme la rattrapèrent, elle se laissa distancer et resta derrière eux, pas trop loin, de façon que sa mère ne dût pas la rappeler à l'ordre, mais pas trop près non plus afin de ne pas tout à fait paraître faire partie de leur groupe.

La Salle des Marchands était plongée dans l'obscurité. Enfin, pas tout à fait, mais elle n'était assurément pas illuminée comme pour le Bal des Moissons : deux torches, pas davantage, éclairaient l'allée, et la lueur pâle des fenêtres filtrait par les interstices des volets fermés. Cela tenait sans doute à ce que la réunion avait été demandée par les familles du Désert des Pluies : ces gens n'aimaient pas la lumière – c'est du moins ce qu'on prétendait. D'après Delo, elle leur faisait mal aux yeux, mais Malta soupçonnait plus simplement que, s'ils étaient tous aussi laids que le représentant qu'elle avait vu, ils n'avaient pas envie que tout le monde les regarde.

A l'instant où le cocher de Davad faisait avancer ses chevaux, une nouvelle voiture s'arrêta. Elle était de style ancien, les fenêtres obstruées par d'épais rabats de dentelle. Malta ralentit le pas pour voir qui allait en descendre et scruta la pénombre pour distinguer le blason peint sur la portière ; elle ne le connaissait pas ; ce n'était pas les armoiries d'une famille de Premiers Marchands : les nouveaux venus étaient donc sans doute du Désert des Pluies. Personne d'autre n'aurait l'audace de se présenter à la réunion. Elle continua d'avancer, mais ne put s'empêcher de jeter un coup d'œil par-dessus son épaule pour voir les occupants de la voiture : six personnes apparurent, vêtues de capes et de capuches de couleur sombre ; mais, à mesure que chacune descendait du marchepied, le contact d'une main gantée sur un col ou une manchette produisait des lueurs ambre, rouges et orangées. Malta sentit ses cheveux se dresser sur sa nuque lorsqu'elle comprit ce qu'elle observait : c'étaient des bijoux de feu ! Elle s'arrêta, pétrifiée. Ah, la rumeur ne leur rendait pas justice ! Retenant son souffle, elle regarda les pierres de tous ses yeux ; plus elles s'approchaient, plus elles semblaient magnifiques.

« Malta ? » Elle perçut l'avertissement dans le ton de sa mère.

« Bonsoir. » Une voix rauque de femme était issue des profondeurs ténébreuses du capuchon, dont Malta s'aperçut qu'il était voilé par un rideau de dentelle. Quel visage pouvait être hideux au point de devoir le dissimuler même dans l'obscurité ? Les bijoux de feu que portait la femme étaient écarlates et tiraient les coins inférieurs de son voile. Malta entendit vaguement des pas pressés derrière elle, accompagnés d'un doux bruissement de tissu, et elle sursauta quand sa mère prit la parole juste à côté d'elle. « Bonsoir. Je suis Keffria, de la famille de Marchands Vestrit.

– Jani, des Khuprus du Désert des Pluies, vous salue, répondit la femme encapuchonnée.

– Puis-je vous présenter ma fille, Malta Havre de la famille Vestrit ?

– Certainement. » La voix était un ronronnement cultivé. Avec retard, Malta se ressaisit et fit une révérence. La femme eut un petit rire approbateur, puis reprit en s'adressant à la mère de Malta : « Je ne crois pas l'avoir déjà vue à un Rassemblement. Viendrait-elle seulement d'entrer en société ?

– En vérité, c'est son premier Rassemblement ; elle n'a pas encore été présentée. Sa grand-mère et moi-même sommes d'avis qu'elle doit apprendre les devoirs et les responsabilités d'une femme Marchande avant d'être introduite comme telle. » Contrastant avec le ton de Jani, celui de la mère de Malta était courtois et pressé, comme si elle s'efforçait d'effacer une mauvaise impression.

« Ah ! Cela ressemble bien à Ronica Vestrit. J'approuve cette attitude, qui se raréfie à Terrilville, de nos jours, je le crains. » La voix avait pris des intonations douées et chaudes.

Malta ne put se retenir : « Vos bijoux sont magnifiques, dit-elle. Est-ce qu'ils coûtent cher ? » Elle-même trouva son propre ton puéril.

« Malta ! » s'exclama sa mère.

Mais la femme du Désert des Pluies eut un petit rire rauque. « A vrai dire, les écarlates sont les plus courants et les plus faciles à éveiller, mais ce sont ceux que je préfère. Le rouge est une couleur si chaude ! Les verts et les bleus sont beaucoup plus rares et difficiles à animer ; par conséquent, ce sont ceux pour lesquels nous demandons le prix le plus élevé. Les bijoux de feu sont le monopole exclusif des Khuprus, naturellement.

— Naturellement, dit Keffria. Cet article qui s'ajoute aux produits des Khuprus est fascinant ; la rumeur ne lui rend pas justice. » Elle jeta un coup d'œil par-dessus son épaule. « Oh, par Sa ! Nous vous avons retardée ! Mieux vaut entrer, sans quoi la réunion risque de commencer sans nous.

— Oh, on m'attendra, n'ayez crainte, répondit Jani Khuprus avec assurance. C'est à ma demande qu'elle a lieu. Mais vous avez raison, il est discourtois de faire patienter indûment les gens. Keffria, jeune Malta, ce fut un plaisir de parler avec vous.

— Tout le plaisir est pour nous », fit Keffria en s'écartant avec déférence pour laisser passer la femme au capuchon. Puis elle saisit sa fille par le bras en serrant juste un peu trop fort. « Oh, Malta ! » soupira-t-elle, sur quoi elle l'emmena sans la lâcher. Grand-mère les attendait aux portes de la Salle des Marchands, les lèvres pincées. Elle s'inclina profondément devant Jani Khuprus, puis se tourna vers Malta et sa mère, l'air interrogateur.

Keffria laissa s'écouler quelques instants pour être sûre que Jani Khuprus ne pouvait plus l'entendre, puis elle déclara d'une voix sifflante : « Malta s'est présentée toute seule à elle !

— Oh, Malta ! » fit sa grand-mère d'un ton gémissant. La jeune fille avait parfois l'impression que son prénom faisait office de gourdin : chaque fois ou presque qu'une des deux femmes le prononçait, c'était pour exprimer la colère, le mécontentement ou l'impatience que leur inspirait le monde. Elle suspendit son manteau à une patère, se retourna en haussant les épaules et voulut expliquer : « J'avais seulement envie de voir ses bijoux de feu... », mais, comme d'habitude, sa mère et sa grand-mère ne l'écoutèrent pas et la firent entrer. De grands chandeliers dispensaient un faible éclairage dans la grande salle, dont un tiers était occupé par une estrade ; le plancher, que Malta n'avait jamais vu que dégagé pour former une piste de danse, était ce soir-là occupé par des rangées de chaises. Et, comme elle l'avait craint, ses parentes et elle arrivaient en retard : on était en train d'enlever les tables du buffet, et les invités étaient déjà assis ou cherchaient leurs places. « Puis-je aller m'installer à côté de Delo ? demanda Malta avant qu'il ne fût trop tard.

— Delo Trell n'est pas là, répondit grand-mère avec aigreur. Ses parents ont eu le bon sens de la laisser chez eux, et je regrette que nous n'en ayons pas fait autant.

— Je n'ai pas demandé à venir », répliqua Malta tandis que sa mère lançait un « maman ! » plein de reproches. Quelques instants après, Malta se retrouva assise entre les deux femmes à l'extrémité d'une longue rangée de chaises rembourrées, Davad Restart occupant le dernier siège. Un couple âgé était installé devant eux, un homme au visage grêlé par la varicelle et son épouse enceinte, et, à côté de maman, deux frères aux bajoues pendantes. Tous ces gens n'étaient même pas intéressants à regarder. En s'asseyant bien droit et en se dévissant le cou, Malta parvint à repérer Cerwin Trell, six rangées devant eux et de l'autre côté de la salle. Il y avait des sièges libres derrière les Trell : maman avait certainement ᵗait exprès de s'asseoir si loin d'eux.

« Tiens-toi tranquille et écoute ! » fit grand-mère d'une voix sifflante.

Avec un soupir, Malta se laissa aller contre le dossier de sa chaise. Sur l'estrade, le Marchand Trentor psalmodiait une longue invocation à Sa ; c'était apparemment la liste de tous les malheurs des familles de Marchands. Pourtant, au lieu de reprocher à Sa de les avoir laissés se produire, il s'abaissait avec abjection à le remercier d'être toujours venu à leur aide. Si c'était Krion et non son oncle qui avait parlé, la litanie aurait peut-être été plus passionnante. Sur les chaises réservées aux Marchands du Désert des Pluies, plusieurs personnages encapuchonnés avaient la tête baissée, et Malta se demanda s'ils s'étaient déjà endormis.

Après l'invocation, le Marchand Drur entama le discours d'accueil, toujours la même antienne : tous Marchands, tous parents, serments et liens anciens, fidélité, unité, sang, parenté, et ainsi de suite. Malta remarqua un défaut dans le tissu de sa nouvelle robe, au niveau du genou ; quand elle voulut le faire observer à sa mère, celle-ci prit l'air agacé et lui fit signe de se taire. Drur regagna enfin son siège, Jani Khuprus se leva pour le remplacer, et Malta, se redressant sur sa chaise, se pencha en avant.

La représentante du Désert des Pluies avait ôté son lourd manteau à capuche mais ses traits restaient indiscernables. Elle portait une légère pèlerine couleur ivoire dont faisait partie le voile de dentelle qui cachait son visage. Les bijoux de feu brillaient toujours vivement et n'avaient rien perdu de leur éclat dans la pénombre de la salle. En parlant, elle tournait souvent la tête pour s'adresser à toute l'assemblée ; alors son voile s'agitait et les bijoux flamboyaient plus intensément. Il y en avait quinze, tous d'un rouge luisant comme des noyaux de grenade, mais de la taille d'une amande. Malta était impatiente de raconter à Delo qu'elle les avait vus de près et qu'elle en avait même parlé avec Jani Khuprus.

La matriarche leva soudain les mains et haussa la voix, et Malta prêta l'oreille à ses propos. « Nous ne pouvons plus nous contenter d'attendre en espérant, aucun d'entre nous ne peut plus se le permettre, car sinon nos secrets ne seront plus des secrets. Si le fleuve ne nous avait pas protégés en rongeant leurs navires et en les réduisant en petits bouts de bois alors qu'ils fuyaient, nous aurions été obligés de les tuer de nos propres mains. Marchands de Terrilville ! Comment cela a-t-il pu nous advenir ? Qu'avez-vous fait de vos serments ? Ce soir vous écoutez Jani Khuprus, mais je parle au nom de tous les Marchands du Désert des Pluies, soyez-en assurés ! Ce que nous avons affronté était plus qu'une simple menace ! »

Elle se tut ; un long silence tomba sur le Rassemblement, puis des murmures s'élevèrent peu à peu. Malta, supposant que la femme en avait fini, se pencha vers sa mère et lui chuchota : « Je vais chercher quelque chose à boire.

– Restez à vos places et taisez-vous ! » fit à mi-voix Ronica à sa fille et à sa petite-fille. Des plis inquiets barraient son front et encadraient sa bouche. Keffria ne dit rien, et Malta se rassit avec un soupir.

Sur leur gauche, un des frères mafflus se dressa soudain « Marchande Khuprus ! » lança-t-il. Quand tous les regards se furent portés sur lui, il demanda simplement : « Qu'attendez-vous de nous ?

– Que vous teniez vos promesses ! » répliqua-t-elle sèchement. Puis, d'un ton radouci, comme si sa propre réponse l'avait étonnée, elle poursuivit : « Il faut demeurer unis. Nous devons envoyer des représentants au Gouverneur ; pour des raisons évidentes, on ne peut pas les choisir parmi les familles du Désert des Pluies, mais nous ferons front commun avec vous pour le message.

– Et quel serait-il ? fit quelqu'un dans le public.

– Je meurs de soif », murmura Malta. Sa mère la fit taire d'un froncement de sourcils.

« Il faut exiger du Gouverneur qu'il honore notre pacte originel, il faut exiger qu'il rappelle ces soi-disant Nouveaux Marchands et qu'il nous rétrocède les terres qu'il leur a données.

– Et s'il refuse ? » s'enquit une Marchande au fond de la salle.

Jani Khuprus se déplaça sur l'estrade, l'air mal à l'aise. Elle n'avait pas envie de répondre à la question. « Demandons-lui d'abord de tenir la parole de ses ancêtres. Il faut commencer par là ; nous nous plaignons, nous grommelons entre nous, nous présentons des revendications individuelles, mais jamais nous ne nous sommes dressés comme un seul homme pour déclarer : " Honorez votre engagement si vous voulez que nous honorions le nôtre. "

– Et s'il refuse ? » répéta la femme, inébranlable.

Jani Khuprus leva ses mains gantées puis les laissa retomber. « Alors c'est qu'il n'a pas d'honneur, dit-elle d'une voix basse qui porta néanmoins dans toute la salle. Qu'ont les Marchands à faire de ceux qui n'ont pas d'honneur ? S'il manque à sa parole, nous devons reprendre la nôtre, cesser de lui payer tribut, et faire commerce de nos produits où il nous plaît au lieu de faire transiter les meilleurs par Jamaillia. » Un ton encore en dessous, elle ajouta : « Chasser les Nouveaux Marchands. Nous gouverner nous-mêmes. »

Ce fut un tollé général, cris d'indignation, glapissements de peur et rugissements d'approbation mélangés. Davad Restart se dressa brusquement. « Ecoutez-moi ! » brailla-t-il. Personne ne lui prêtant attention, il monta sur sa chaise en tanguant lourdement. « ECOUTEZ-MOI ! » mugit-il d'une voix étonnamment forte pour un homme d'aspect si avachi. Tous les regards se tournèrent vers lui et le brouhaha se calma.

« C'est de la folie ! poursuivit-il. Réfléchissez à la suite ! Le Gouverneur ne lâchera pas si facilement Terrilville. Il enverra des bateaux entiers de soldats, il confisquera nos propriétés, il les transférera aux Nouveaux Marchands et il réduira nos familles en esclavage. Non, nous devons travailler main dans la main avec les Nouveaux Marchands, leur donner, non pas tout, mais assez pour les satisfaire, les intégrer à notre communauté comme nous l'avons fait pour les immigrants des Trois-Navires. Je ne dis pas qu'il faut leur apprendre tout ce que nous savons, ni leur permettre de commercer avec les Marchands du Désert des Pluies, mais...

— Que dites-vous, dans ce cas, Restart ? fit une voix furieuse du fond de la salle. Puisque vous parlez de vos amis les Nouveaux Marchands, que veulent-ils de nous, au juste ?

— Si envoyer des navires remonter le Passage intérieur intéressait le Gouverneur, renchérit quelqu'un d'autre, il y a belle lurette qu'il aurait éliminé les pirates. Il paraît que les vieilles galères de patrouille pourrissent à quai par manque d'argent pour les garnir en hommes et les réparer : tous les impôts passent aux divertissements du Gouverneur. Il se préoccupe comme d'une guigne des serpents et des pirates qui anéantissent notre gagne-pain ; il ne pense qu'à s'amuser. Il ne représente pas une menace pour nous ; pourquoi nous fatiguer à lui soumettre des requêtes ? Chassons nous-mêmes ces Nouveaux Marchands ! Nous n'avons pas besoin de Jamaillia !

— Où vendrions-nous nos produits alors ? Le meilleur commerce se fait au sud, à moins que vous ne soyez prêt à négocier avec les barbares du nord.

— Voici un autre point à soulever : les pirates. Le pacte prévoit que le Gouverneur doit nous protéger contre les maraudeurs des mers. Tant que nous en sommes à présenter des exigences, il faut expliquer au Gouverneur que...

– Nous avons besoin de Jamaillia ! Que sommes-nous sans elle ? Jamaillia, c'est la poésie, l'art, la musique, c'est notre culture mère. On ne peut pas rompre tout échange avec elle et maintenir...

– Et les serpents ! Ces satanés transports d'esclaves les attirent, il faut réclamer l'interdiction de leur transit par le Passage intérieur...

– Nous sommes des gens d'honneur. Même si le Gouverneur oublie de tenir sa promesse, nous n'en restons pas moins liés par...

– ... prendra nos maisons et nos terres et il nous asservira tous. Nous nous retrouverons dans la situation de nos ancêtres, exilés et criminels sans espoir de grâce.

– Nous devrions commencer par organiser une flotte de patrouille, non seulement pour tenir les Nouveaux Marchands à l'écart de l'accès au Désert des Pluies, mais aussi pour chasser les pirates et les serpents. Il faut également expliquer une fois pour toutes aux Etats chalcèdes que la frontière ne se situe pas sur le fleuve du Désert des Pluies, mais que leur autorité s'arrête au Goulet du Plan. Ils essayent toujours de repousser...

– Nous aurions alors deux guerres sur les bras, avec Chalcède d'un côté et Jamaillia de l'autre ! C'est stupide ! N'oubliez pas que, sans Jamaillia et le Gouverneur, Chalcède aurait tenté de nous envahir il y a des années ; c'est ce qui nous pend au nez si nous rompons les ponts avec Jamaillia : la guerre avec les Etats chalcèdes !

– La guerre ? Qui parle de guerre ? Il suffit d'exiger que le gouverneur Cosgo tienne les promesses que le gouverneur Esclepius nous a faites ! »

Une fois de plus, toute la salle éclata en cris furieux ; debout, voire sur leurs chaises, les Marchands vociféraient. Malta ne comprenait rien à ce qu'ils disaient, comme la plupart des personnes présentes, sans doute. « Maman, chuchota-t-elle d'une voix suppliante, je meurs de soif ! Il fait étouffant ici. Puis-je sortir prendre un peu l'air ?

— Pas maintenant ! répondit sa mère d'un ton cassant.

— Malta, tais-toi », renchérit sa grand-mère sans même la regarder : elle paraissait essayer de suivre la conversation entre deux hommes, trois rangées devant elles.

« S'il vous plaît ! criait Jani Khuprus depuis l'estrade. Ecoutez-moi, je vous en prie ! Je vous en prie ! » Le tumulte s'apaisant, elle baissa la voix pour obliger les auditeurs à se taire pour l'entendre. « Voici le plus grand danger qui nous menace : les querelles intestines. Nous parlons avec de trop nombreuses voix, si bien que le Gouverneur n'en perçoit aucune. Il nous faut une délégation importante pour porter nos propos au Gouverneur, et nous devons nous montrer unis et sincères dans nos paroles. Il doit entendre une voix forte, mais tant que nous nous entre-déchirerons comme...

— J'ai besoin d'aller aux cabinets », murmura Malta. Là : on ne discutait jamais sur ce point. Sa grand-mère secoua la tête d'un air mécontent, mais on la laissa aller. Davad Restart était si concentré sur le discours de Jani Khuprus qu'il la remarqua à peine quand elle se faufila devant lui.

Elle fit une halte au buffet pour se servir un verre de vin. Elle n'était pas seule à avoir quitté son siège : dans toute la salle, des gens formaient de petits groupes et discutaient sans prêter guère d'attention à la Marchande du Désert des Pluies sur l'estrade ; certains argumentaient entre eux, d'autres échangeaient des hochements de tête approbateurs aux propos de l'oratrice. Presque tout le monde était nettement plus âgé que Malta. Elle chercha des yeux Cerwin Trell, mais il était toujours assis avec sa famille et paraissait vivement intéressé par les échanges entre les Marchands. La politique ! En son for intérieur, Malta était convaincue que, si personne ne s'en occupait, la vie continuerait comme d'habitude. Les discussions allaient sans doute durer tout le reste de la soirée et gâcher la fête. Elle soupira et, emportant son verre, elle sortit dans l'air vif de la nuit d'hiver.

Les torches en bordure de l'allée s'étaient consumées et il faisait très sombre. Dans le ciel, les étoiles scintillaient d'un éclat glacé. En les regardant, Malta pensa aux bijoux de feu. Les bleus et les verts étaient les plus rares... Elle mourait d'impatience de le dire à Delo. Elle savait déjà quel ton elle prendrait, comme s'il s'agissait d'un fait de notoriété publique. Delo était la personne idéale à qui faire part de son savoir, parce que c'était une commère incorrigible : elle le répéterait à qui voudrait l'entendre. N'avait-elle pas parlé à toutes les filles de Malta et de sa robe verte ? Naturellement, elle leur avait dit aussi que Davad Restart l'avait obligée à rentrer chez elle. Malta avait été stupide de lui raconter toute la vérité, mais elle était si furieuse à ce moment-là qu'elle avait eu besoin de s'épancher. Et la présente soirée allait réparer la gêne qu'elle avait éprouvée. Sans dire à Delo à quel point elle s'était ennuyée, elle évoquerait la conversation qu'elle avait eue avec Jani Khuprus à propos des bijoux de feu. D'un pas flânant, elle longea les voitures tout en buvant son vin à petites gorgées. Certains cochers s'abritaient du froid dans les véhicules tandis que d'autres étaient restés sur leurs sièges, la tête rentrée dans les épaules. Quelques-uns s'étaient réunis au coin de l'allée pour bavarder et, sans doute, partager une lampée ou deux d'une flasque.

Presque au bout de l'allée, elle dépassa la voiture de Davad et parvint à la hauteur de celle des représentants du Désert des Pluies. Elle avait laissé son affreuse vieille cape dans la salle et commençait à ressentir les effets du froid nocturne ; elle croisa les bras sur la poitrine en faisant attention de ne pas faire tomber de vin sur le devant de sa robe et poursuivit sa promenade. Elle s'arrêta pour examiner le blason d'une portière : ridicule, il représentait un coq couronné. « Khuprus », murmura-t-elle en suivant le dessin d'un doigt léger afin de le garder en mémoire ; une brève lueur apparut dans le sillage de son index, et elle comprit que les armoiries avaient été réalisées en jizdine, métal qui avait autrefois connu son heure de popularité ; d'ailleurs, certains vieux musiciens des rues en faisaient encore leurs cymbales et leurs clochettes à doigts à cause du chatoiement qu'il émettait lorsqu'on le frappait, c'était une fête merveilleuse pour l'œil mais en réalité le cuivre sonnait mieux à l'oreille. Cependant, c'était un détail de plus à rapporter à Delo. Elle continua de marcher lentement en songeant à la manière dont elle présenterait ses découvertes. « Il est curieux de penser que le contact humain puisse éveiller à la fois le jizdine et les bijoux de feu », fit-elle tout haut. Non, ce n'était pas tout à fait ça ; il fallait trouver une phrase plus théâtrale.

Tout près d'elle, un œil bleu clignota et s'ouvrit. Elle s'écarta précipitamment, puis observa le phénomène : quelqu'un se tenait là, appuyé à la voiture des Khuprus ; la lueur bleue était celle d'un bijou attaché à la gorge de l'inconnu, la silhouette svelte, il portait le lourd manteau à capuche des habitants du Désert des Pluies, une écharpe autour du cou et un voile sur le visage, comme une femme. C'était sans doute le cocher. « Bonsoir, fit-elle d'un ton assuré afin de dissimuler sa surprise passagère, et elle s'apprêta à continuer son chemin.

– Vous savez, fit-il d'un ton tranquille, le contact humain n'est pas obligatoire : n'importe quel mouvement les fait briller, une fois qu'ils sont éveillés. Voyez plutôt. » Il tendit une main gantée et l'agita brièvement. Deux petites pierres bleues s'allumèrent sur sa manche ; Malta ne put s'empêcher de s'arrêter pour les regarder, fascinée. Les bijoux, d'un azur profond de saphir, évoquaient des danseurs étincelants dans le noir.

« Je croyais que les bleus et les verts étaient les plus rares et les plus chers », remarqua-t-elle avant de boire une petite gorgée de son vin. Il lui paraissait moins désobligeant d'exprimer ainsi son étonnement que de demander comment un simple cocher pouvait être en possession de tels joyaux.

« C'est exact, reconnut l'homme sans fausse modestie. Mais ceux-ci sont de très petite taille, et ils ont malheureusement un léger défaut : ils se sont fêlés lors du processus d'extraction. » Il haussa les épaules : Malta vit le bijou à sa gorge monter et descendre. « Ils ne brûleront pas longtemps, sans doute ; guère plus d'un an ou deux ; mais je ne supportais pas l'idée de les voir jetés au rebut.

– Evidemment ! » s'exclama la jeune fille, presque scandalisée. Jeter des bijoux de feu ? C'était honteux ! « Vous dites qu'ils brûlent ; ils sont chauds, alors ? »

Il eut un petit rire. « Oh, pas au sens où on l'entend ordinairement. Tenez, touchez-en un. » Et il tendit à nouveau la main vers elle.

Elle décroisa les bras pour approcher un index timide et tapota prudemment une des pierres. Non, ce n'était pas brûlant ; enhardie, elle posa encore une fois le doigt : la surface était lisse et froide comme du verre, encore que Malta sentît une infime entaille en un endroit ; elle caressa l'autre bijou, puis recroisa les bras. « Ils sont merveilleux, dit-elle en frissonnant. L'air est glacé, ce soir. Mieux vaut que je rentre.

– Non, ne... Je veux dire... vous avez froid ?

– Un peu. J'ai laissé ma cape à l'intérieur. » Et elle se détourna pour remonter l'allée.

« Tenez, prenez la mienne. » Il s'était redressé pour dégrafer son vêtement.

« Oh, je vous remercie, mais je suis très bien ainsi. Je ne veux pas vous priver de votre cape ; je vais rentrer, c'est aussi simple. » La seule idée que ce tissu qui avait été en contact avec un corps verruqueux pût toucher sa peau la glaçait davantage que la brise nocturne. Elle s'éloigna d'un pas pressé, mais l'homme la suivit.

« Tenez, essayez mon écharpe, dans ce cas ; elle n'en a pas l'air, mais elle est étonnamment chaude. Je vous en prie, essayez-la. » Il avait ôté la bande de tissu de sa gorge et, quand Malta se retourna, il la drapa sur son bras. Elle dégageait en effet une chaleur surprenante, mais ce fut le clignotement du bijou de feu bleu qui empêcha la jeune fille de la renvoyer au visage de l'homme.

« Oh... » fit-elle. Porter une de ces fameuses pierres, ne serait-ce que quelques instants... L'occasion était trop belle. Elle pourrait toujours prendre un bain en rentrant à la maison. « Voulez-vous me tenir ceci, s'il vous plaît », demanda-t-elle en tendant à l'homme son verre de vin. Il le prit et, rapidement, elle se passa l'écharpe sur les épaules ; son interlocuteur la portait comme un cache-nez, mais on pouvait en étirer la maille lâche jusqu'à obtenir une sorte de châle ; et elle était chaude, très chaude. Malta l'arrangea de façon que le bijou bleu repose entre ses seins. Elle baissa les yeux sur lui. « C'est splendide. On dirait... Je ne sais pas ce qu'on dirait.

– Certaines choses ne ressemblent qu'à elles-mêmes ; certaines beautés sont incomparables, fit l'homme à mi-voix.

– Oui », acquiesça-t-elle, les yeux perdus dans les profondeurs de la pierre.

Au bout d'un moment, il la ramena à la réalité. « Votre vin ?

– Ah ! » Elle fronça les sourcils. « Je n'en veux plus. Je vous autorise à le terminer, si vous en avez envie.

– Vous m'autorisez ? » Il y avait une note à la fois d'amusement et de surprise dans la voix de l'homme, comme si un délicat équilibre entre eux venait d'être perturbé en sa faveur.

Malta en resta un instant décontenancée. « Je veux dire, si vous avez envie...

– Oh, j'en ai envie », assura-t-il. Le voile qui dissimulait son visage s'entrouvrit ; adroitement, il fit passer le verre par la fente et le vida d'un mouvement expert ; puis il le leva et l'examina un moment à la lumière des étoiles ; enfin, il le glissa dans sa manche après avoir jeté un coup d'œil à Malta à la dérobée – du moins en eut-elle l'impression. « Un petit souvenir », expliqua-t-il, et, tout à coup, Malta se rendit compte qu'il était plus âgé qu'elle et qu'il était peut-être inconvenant pour elle de s'entretenir avec lui, qu'on pouvait prêter un sens dont elle n'avait pas conscience à leurs propos à bâtons rompus. Une jeune fille comme il faut ne bavarde pas dans le noir avec des cochers inconnus.

« Il vaut mieux que je rentre ; ma mère va se demander où je suis, dit-elle pour s'excuser.

– Certainement », murmura-t-il. Malta perçut de nouveau de l'amusement dans sa voix et se sentit un peu inquiète. Non, pas inquiète : méfiante. L'homme dut s'en apercevoir, car, quand elle voulut s'éloigner, il la suivit, et vint même marcher à côté d'elle, comme s'il l'escortait. Elle craignait à demi qu'il ne l'accompagnât à l'intérieur, mais il s'arrêta devant la porte.

« Je souhaiterais vous demander quelque chose avant que vous ne vous en alliez, fit-il soudain.

– Oh, bien sûr ! répondit Malta en portant la main vers l'écharpe.

– Votre nom. »

Elle se pétrifia. Avait-il oublié qu'elle portait son écharpe ornée du bijou de feu ? Si oui, pas question de le lui rappeler. Naturellement, elle ne la garderait pas, en tout cas pas éternellement : rien que le temps de la montrer à Delo.

« Malta », dit-elle. C'était assez pour qu'il découvre chez qui chercher l'écharpe quand il se souviendrait de l'avoir prêtée, mais insuffisant pour qu'il la retrouve trop vite.

« Malta... » Il laissa le prénom en suspens, espérant encourager son interlocutrice à lui révéler son nom, mais elle fit mine de ne pas comprendre. « Je vois, reprit-il au bout d'un moment. Malta. Eh bien, bonne soirée, Malta.

– Bonsoir. » Elle se détourna et franchit les grandes portes d'un pas pressé. Une fois à l'intérieur, elle se hâta d'ôter l'écharpe au bijou, elle ignorait de quelle matière elle était faite, mais le tissage était arachnéen et, quand elle la froissa entre ses mains, elle forma une boule assez compacte pour tenir dans une des poches cousues sur la doublure de sa cape. Alors, avec un petit sourire satisfait, Malta regagna la salle. Les discours s'y poursuivaient bon train : pactes, compromis, révoltes, esclavage, guerre, embargos... elle en avait par-dessus la tête. Elle aurait voulu que les orateurs se taisent afin que sa mère la ramène à la maison, où elle pourrait admirer le bijou de feu dans la solitude de sa chambre.

*

Nul dans le nœud ne paraissait s'apercevoir qu'il y eut le moindre tracas, à part Sessuréa, peut-être, qui semblait un peu nerveux ; les autres avaient l'air satisfait : la nourriture était abondante et facilement accessible, l'atmosphère de ce Plein était tiède, et les sels inconnus éveillaient d'étonnantes couleurs sur les nouvelles peaux révélées par les mues fréquentes, dues à une alimentation riche qui favorisait la croissance. Peut-être était-ce là tout ce que désiraient les autres, se dit Shriver amèrement ; peut-être croyaient-ils que c'était cela, la renaissance : une existence indolente de ripaille et de mue. Elle ne partageait pas ce point de vue.

Elle le savait, la quête de Maulkin ne s'arrêtait pas là. Il fallait que le reste du Nœud ne vît pas plus loin que le bout de son nez pour ne pas percevoir son angoisse et sa détresse. Il avait guidé les siens vers le nord à la suite de l'ombre du pourvoyeur. A plusieurs reprises, il s'était arrêté devant des courants chauds d'eau non salée pour goûter et goûter encore ces étranges atmosphères. Les autres avaient à chaque fois voulu se hâter derrière le pourvoyeur, et, en une occasion, Sessuréa les avait tous décontenancés en déployant sa crinière et en leur bloquant le passage afin d'empêcher leur absurde poursuite; mais, quelques instants plus tard, Maulkin avait refermé les mâchoires, l'air perplexe, et quitté le courant chaud pour reprendre sa place dans l'ombre du pourvoyeur.

Shriver ne s'était pas trop fait de souci quand le pourvoyeur avait fait halte, et Maulkin n'avait pas renâclé à rester auprès de lui. Qui était-elle pour douter du bien-fondé des actions de celui qui détenait les souvenirs des anciens? Mais quand le pourvoyeur avait fait demi-tour pour repartir vers le sud et que Maulkin avait ordonné de le suivre, elle avait été prise d'inquiétude : quelque chose n'était pas normal. Sessuréa avait paru partager son malaise.

Ils avaient aperçu d'autres nœuds dans le sillage d'autres pourvoyeurs; tous semblaient satisfaits et bien nourris. A ces moments-là, Shriver s'était demandé si ce n'était pas elle qui se trompait : peut-être avait-elle trop rêvé, peut-être avait-elle pris la tradition sacrée trop au pied de la lettre; mais alors elle remarquait l'attitude distraite de Maulkin, même pendant qu'il mangeait. Tandis que les autres se gavaient en claquant des mâchoires, il s'immobilisait soudain et restait inerte, la gueule ouverte et les ouïes battantes pour capter une insaisissable odeur. Souvent aussi, lorsque le pourvoyeur s'était arrêté quelque temps et que le nœud se reposait, il s'élevait presque jusqu'au Manque pour se lancer dans une danse sinueuse, les yeux mi-clos; en ces occasions, Sessuréa l'observait aussi intensément que Shriver. D'innombrables fois de suite, leur chef formait une boucle de son corps par laquelle il glissait sur toute sa longueur afin de sensibiliser la surface entière de sa peau à tout ce que pouvait lui apprendre l'atmosphère ; par intermittence, d'une voix aiguë de trompe, il débitait des propos incompréhensibles émaillés de bribes de sentences sacrées. Parfois, il haussait la tête hors du Plein, dans le Manque, puis se laissait retomber en marmonnant des phrases où il était question de « lumières ».

Shriver n'en pouvait plus. Elle le laissa danser jusqu'à ce que l'épuisement obscurcisse le regard de Maulkin et que, dans un vacillement las, il commence à descendre vers le fond. La crinière détendue en signe de paix, elle s'approcha et le suivit dans sa lente chute. « Maulkin, fit-elle à mi-voix, la vision t'a-t-elle fait défaut ? Sommes-nous perdus ? »

Il ouvrit les yeux et la regarda fixement ; puis, de façon presque léthargique, il enroula une boucle de son corps autour d'elle et l'entraîna vers la vase douceâtre pour s'emmêler avec elle. « Ce n'est pas seulement un lieu, lui dit-il d'une voix rêveuse, c'est aussi un temps ; et ce n'est pas seulement un temps et un lieu, mais aussi un nœud, un nœud comme il ne s'en est pas réuni depuis les époques anciennes. Je sens presque la présence d'Un Qui Se Souvient. »

Shriver fit frissonner ses anneaux dans l'espoir de lire les souvenirs de son guide. « Maulkin, n'es-tu pas Celui Qui Se Souvient ?

– Moi ? » Ses yeux étaient de nouveau mi-clos. « Non. Pas complètement. Je me rappelle presque ; je sais qu'il existe un lieu, un temps et un nœud. Quand je les percevrai, je les reconnaîtrai sans hésitation. Nous en sommes proches, très proches, Shriver. Il faut persévérer et ne pas douter; si souvent le moment est venu et reparti, et nous l'avons manqué! Je crains que, si nous le laissons échapper encore une fois, tous nos souvenirs des temps anciens ne s'effacent et que nous ne redevenions plus jamais ce que nous étions.

– Et qu'étions-nous? demanda-t-elle, simplement pour l'entendre confirmer ce qu'elle savait déjà.

– Nous étions les maîtres et nous nous déplacions librement aussi bien dans le Manque que dans le Plein; ce que l'un savait, tous le savaient, et nous partagions les souvenirs du temps entier, depuis le commencement. Nous étions puissants et sages, respectés et révérés par les créatures intelligentes inférieures. »

Shriver posa la question habituelle : « Et que s'est-il passé?

– Le temps est venu de nous refaçonner, de confondre les essences de nos corps afin de créer de nouveaux êtres qui jouissent d'une vitalité et d'une force nouvelles; le temps est venu d'accomplir le cycle ancien de l'union et de la séparation, puis de la croissance. Le temps est venu de renouveler notre corps. »

Shriver connaissait le répons. « Et que va-t-il se produire, maintenant? récita-t-elle.

– Tous se réuniront au temps et au lieu du rassemblement; tous les souvenirs seront à nouveau partagés, tout ce que chacun gardait précieusement dans sa

mémoire sera donné à tous ; le voyage vers la renaissance touchera à son terme et nous nous élèverons
encore une fois, triomphants.

– Il en sera ainsi, fit Sessuréa non loin de là, dans le
nœud. Il en sera ainsi. »

3

Chandelle

Chandelle était un petit port de commerce actif de la péninsule de la Moëlle. Althéa y était déjà passée en compagnie de son père. Sur le pont du *Moissonneur*, en train de contempler les quais animés, elle eut soudain l'impression que, si elle sautait du bord et courait le long des appontements, elle allait sûrement découvrir la *Vivacia* amarrée et son père aux commandes, comme toujours. Il serait installé dans le salon du capitaine où il recevrait les marchands de la ville ; on aurait sorti de l'eau-de-vie de qualité, du poisson fumé et du fromage affiné, et, négociant dans une ambiance conviviale, il proposerait son fret en échange d'argent ou d'autres produits. La pièce serait à la fois propre et accueillante, et la cabine d'Althéa serait, comme autrefois, son refuge personnel.

La poignante nostalgie qu'elle ressentit tout à coup fut comme une douleur physique dans sa poitrine ; elle se demanda où se trouvait son navire et comment il supportait le traitement de Kyle. Elle espérait que Hiémain était devenu pour lui un bon compagnon, bien que sa jalousie lui assurât que nul ne connaîtrait jamais la *Vivacia* aussi intimement qu'elle. Bientôt, se jura-t-elle en s'adressant autant à elle-même qu'à la lointaine vivenef. Bientôt.

« Garçon ! »

L'interpellation claqua sèchement dans son dos, et Althéa sursauta avant de reconnaître la voix de Brashen et la note taquine qu'elle celait. Néanmoins, elle répondit : « Lieutenant ? » en se retournant précipitamment.

« Le capitaine veut te voir.

– Oui, lieutenant, fit-elle en s'apprêtant à obéir.

– Attends. Un instant. »

Avec exaspération, elle le vit jeter des coups d'œil furtifs alentour pour s'assurer qu'il n'y avait personne près d'eux et que nul ne les observait. Ne se rendait-il pas compte que, pour n'importe qui, son attitude constituait un signal évident d'une relation clandestine entre eux ? Pire encore, il se rapprocha d'elle pour pouvoir parler plus bas !

« Dîner à terre ce soir ? » Il tapota sa bourse afin de faire tinter les pièces qu'elle contenait. A côté, une étiquette du bateau nouvellement tamponnée pendait à sa ceinture.

Althéa haussa les épaules. « Si j'ai une permission, peut-être », répondit-elle en faisant semblant de n'avoir pas perçu l'invitation contenue dans la question.

Brashen scruta son visage. « La brûlure de serpent a presque disparu ; j'ai craint un moment que vous n'en gardiez une trace. »

Elle haussa de nouveau les épaules, refusant la tendresse qu'elle lisait dans ses yeux. « Quelle importance, une cicatrice de plus ou de moins pour un marin ? Ça m'étonnerait que quiconque à bord ait seulement remarqué ma blessure ou y fasse attention à l'avenir.

– Vous avez donc décidé de rester sur ce navire ?

– J'y travaillerai tant que nous serons à quai, mais je pense avoir plus de chances de me faire engager ici sur un bateau qui rallie Terrilville que dans les petits ports où le *Moissonneur* fera relâche après celui-ci. » Elle aurait dû abandonner là le sujet, elle le savait, mais une soudaine curiosité lui fit s'enquérir : « Et vous ?

– Je ne sais pas encore. » Un grand sourire détendit brusquement ses traits et il dit d'une voix de conspirateur : « On m'a proposé la place de second lieutenant ; la paye est deux fois supérieure à celle que je touchais en commençant, et le titre fait mieux sur une étiquette que troisième lieutenant. Rien que pour ça, je vais peut-être rester. J'ai donné mon accord, mais je n'ai pas encore signé le contrat. » Il ajouta en observant attentivement l'expression d'Althéa : « D'un autre côté, si nous trouvions un bon navire qui retourne à Terrilville, il ne serait pas désagréable de revoir le pays. »

La jeune fille sentit son cœur se serrer. Non, ça ne pouvait pas durer ! Par un effort de volonté, elle plaqua un sourire sur ses lèvres et eut un petit rire. « Allons, quelles sont les chances que nous soyons de nouveau embauchés sur le même bateau ? Bien minces, à mon avis ! »

Il continua de la dévisager. « Tout dépend de l'énergie que nous y consacrons », fit-il. Il reprit son souffle.

« J'ai glissé un mot pour vous au capitaine du *Mois-sonneur*, en disant qu'à mon sens vous abattiez davan-tage le travail d'un vrai matelot que celui d'un simple mousse, et le second a été d'accord avec moi. C'est sans doute à ce propos que le capitaine désire vous voir, pour vous faire une meilleure offre si vous restez à bord.

– Merci », répondit-elle, mal à l'aise, non à cause d'un quelconque sentiment de reconnaissance, mais au contraire parce qu'elle éprouvait les premiers symp-tômes de la colère. Brashen croyait-il qu'elle avait besoin de sa recommandation pour être considérée comme un marin de deuxième classe ? Elle valait bien le salaire qu'on versait à un homme d'équipage, d'autant plus qu'elle savait dépecer le gibier ! Elle avait l'impression que Brashen l'avait dépouillée de sa dignité et de sa valeur. Elle aurait dû laisser l'affaire s'arrêter là, mais ne put s'empêcher d'ajouter : « Je crois qu'il s'était déjà rendu compte de mes capa-cités. »

Malheureusement, Brashen la connaissait trop bien et il s'excusa hâtivement : « Ce n'est pas ce que je voulais dire ; chacun sait que vous ne volez pas votre paye. Vous avez toujours été bon marin, Althéa, et votre service à bord du *Moissonneur* n'a fait que vous améliorer. Si je devais manœuvrer le gréement en pleine tempête, c'est vous que je choisirais pour m'accompagner. On peut compter sur vous, dans la mâture ou sur le pont.

– Merci », répéta-t-elle, encore plus mal à l'aise parce qu'elle était sincère. Brashen ne distribuait pas les compliments à la légère. « Je ferais bien de me présenter au capitaine si je veux qu'il garde bonne opinion de moi », ajouta-t-elle afin de prendre rapidement le large.

Elle commença de s'éloigner de lui, mais il lui lança : « J'ai une permission ; je me rends aux Chéneaux Rouges. La cuisine y est bonne, la bière encore meilleure et pas chère. On se retrouve à terre ! »

Elle pressa le pas en souhaitant pouvoir effacer le regard étonné de Reller en faisant semblant de ne pas le voir. Quel idiot ! Elle avait espéré rester sur le navire pour prêter la main au déchargement et au réapprovisionnement en attendant d'avoir trouvé une place sur un autre bâtiment, mais, si Brashen rendait sa position trop embarrassante, elle devrait débarquer et louer une chambre. C'est donc les lèvres pincées qu'elle frappa à la porte du capitaine Sichel, et elle s'efforça de se composer une expression plus présentable en l'entendant répondre : « Entrez ! »

Elle n'avait entraperçu le carré des officiers qu'une ou deux fois au cours de son voyage ; en y pénétrant, elle le trouva encore moins impressionnant que dans son souvenir. Certes, elle était sur un navire où l'on trimait dur, et l'huile et la viande faisaient une cargaison salissante, mais jamais son père n'aurait toléré pareille pagaille. Le capitaine Sichel était assis à la table, son second debout à ses côtés, un coffre renforcé posé devant lui, ainsi qu'un livre de paye, une pile d'étiquettes en cuir et le tampon du navire. Althéa savait qu'un certain nombre d'hommes avaient reçu leur salaire plus tôt dans la journée, et, quant à ceux qui avaient embarqué pour dettes ou comme prisonniers, ils s'en étaient allés de nouveau libres, mais sans un sou en rétribution de la longue année passée sur le bateau : on ne leur avait remis que l'étiquette tamponnée prouvant qu'ils avaient fait leur temps ou l'acquit attestant qu'ils étaient quittes de leur dette. Althéa se surprit à se demander vers quel genre de foyer ces hommes retournaient, et si ces foyers existaient encore ; puis elle sentit le regard du capitaine posé sur elle et revint à la réalité.

« A vos ordres, capitaine », annonça-t-elle en hâte.

L'homme examina le grand livre ouvert devant lui. « Athel, mousse ; une note m'apprend que tu as gagné une prime pour t'être en plus occupé du dépeçage. Exact, garçon ?

– Oui, cap'taine. » Il le savait et elle le savait. Elle attendit qu'il poursuive.

Il feuilleta un autre livre sur la table et fit courir son doigt le long d'une page. « Une autre note du journal de bord dit que, grâce à ton action rapide, tu as empêché le troisième lieutenant de se faire enrôler de force sur un autre navire, ainsi que toi-même, sans parler de plusieurs hommes d'autres bâtiments. » Il passa plusieurs feuilles et s'arrêta sur une autre entrée. « Le second a aussi marqué que, le jour où nous avons croché le serpent, ta vivacité a permis à un homme de ne pas passer par-dessus bord. Exact, garçon ? »

Althéa, ravie, fit un grand effort pour se retenir de sourire fièrement, mais ne put rien faire contre la rougeur qui envahit ses joues. « Oui, cap'taine, répondit-elle, et elle ajouta : Je ne pensais pas qu'on avait remarqué tout ça. »

La chaise du capitaine craqua quand il s'y adossa. « Nous faisons plus attention à la plupart des détails que ne le croient les hommes. Avec un équipage aussi considérable, dont la moitié constituée de gibier de prison, je m'en remets à mes officiers pour ouvrir l'œil et me signaler qui vaut ou ne vaut pas le pain qu'il mange. » Il pencha la tête. « Tu as embarqué à Terrilville comme mousse ; nous aimerions te garder avec nous, Athel.

– Merci, cap'taine. » Et pas question de promotion ni d'augmentation de la paye ? Autant pour la recommandation de Brashen !

« Ca te convient, alors ? »

Elle prit son souffle. Son père avait toujours préféré que ses hommes se montrent francs avec lui ; elle allait essayer avec Sichel. « Je ne sais pas, cap'taine. Le *Moissonneur* est un bon bateau et je n'ai pas à m'en plaindre, mais je crois que j'aimerais retourner à Terrilville et y arriver plus vite que le *Moissonneur* ne peut m'y ramener ; l'idéal, cap'taine, serait que je prenne ma paye et mon étiquette tout de suite, mais que je puisse rester et travailler à bord tant qu'il est au port ; et, si je ne trouve pas d'autre place avant votre départ, y conserver mon poste. »

Manifestement, la franchise ne payait pas : le regard du capitaine s'était assombri ; à l'évidence, il pensait avoir fait à Althéa une belle proposition, et il n'appréciait pas qu'elle songe à en chercher une meilleure. « Ma foi, tu as droit à ta paye et à ton étiquette, naturellement ; mais, pour ce qui est de ton... attitude, disons, nous accordons une grande importance à la fidélité de nos hommes au navire ; or tu crois trouver mieux ailleurs.

– Pas mieux, non, cap'taine. Le *Moissonneur* est un bon bateau, cap'taine, très bon ; j'espérais seulement me faire embaucher sur un autre qui me ramène chez moi plus rapidement.

– C'est sur son navire qu'un marin est chez lui, fit le capitaine Sichel d'un ton sentencieux.

– Je parlais de mon port de départ, cap'taine », se reprit Althéa, découragée. Visiblement, elle ne s'y prenait pas comme il fallait.

« Très bien, faisons nos comptes et payons ce qui t'est dû, je vais aussi te remettre ton étiquette, car je n'ai rien à redire sur ton travail ; mais il n'est pas question que tu restes à traîner sur mes ponts en espérant obtenir un meilleur poste. Le *Moissonneur* doit reprendre la mer dans le courant du mois ; si tu reviens avant que nous ayons levé l'ancre et que tu veuilles reprendre ton poste, eh bien, nous verrons. Il n'est pas difficile à pourvoir, tu sais.

– Oui, cap'taine. » Elle se mordit la lèvre pour s'empêcher d'en dire davantage. L'homme additionna sa paye à sa prime et sortit l'argent correspondant, et Althéa rendit intérieurement hommage à son honnêteté : malgré sa brusquerie et son inflexibilité, il ne lui en versait pas moins la somme correcte, exacte jusqu'à la dernière piécette de cuivre. Il la poussa vers elle et, pendant qu'elle l'empochait, il prit une étiquette et, à l'aide d'un poinçon et d'un maillet, la marqua de l'emblème du *Moissonneur* sur lequel il passa de l'encre afin de le faire ressortir; enfin, il prit l'instrument spécial qui servait à écrire sur le cuir. « Nom complet? » demanda-t-il.

Etrange comme on peut se faire rattraper par la réalité là où on s'y attend le moins. Sa sait pourquoi, Althéa n'avait jamais prévu ce moment. Elle rassembla son courage : il fallait que ce fût son vrai nom, sans quoi l'étiquette n'aurait aucune valeur. « Althéa Vestrit, dit-elle à mi-voix.

– C'est un prénom de fille, ça, fit l'homme en se mettant à graver les lettres dans le cuir.

– Oui, cap'taine.

– Qu'est-ce qui a pris tes parents de te coller un prénom de fille? s'enquit-il distraitement tout en s'attaquant au " Vestrit ".

– Il leur plaisait, je suppose, cap'taine », répondit-elle sans quitter des yeux les mains qui incisaient soigneusement le cuir. Une étiquette de cuir, la seule preuve qu'il lui fallait pour obliger Kyle à tenir parole et à lui rendre la vivenef ! Les mouvements de la main ralentirent, puis cessèrent. Le capitaine leva le visage et la regarda dans les yeux; les plis de son front se creusèrent. « Vestrit... c'est un nom de Marchand, non? »

Althéa se sentit soudain la gorge sèche. « Oui, mais... »

Il l'interrompit d'un geste et se tourna vers le second. « Comment s'appelait le navire de Vestrit, la vivenef? »

Le second haussa les épaules, et le capitaine Sichel reporta vivement son attention sur Althéa. « Comment s'appelait-il?

– La *Vivacia*, répondit Althéa à voix basse, mais non sans une fierté bien involontaire.

– Et la fille du capitaine travaillait sur les ponts aux côtés de l'équipage », reprit Sichel en s'exprimant lentement. Il scruta le visage d'Althéa. « Et cette fille, c'est toi, n'est-ce pas ? » Il parlait à présent d'un ton dur et accusateur.

Elle se redressa et se tint très droite. « Oui, cap'taine. »

D'un air révolté, il jeta son graveur sur la table. « Fais-la-moi descendre de ce navire ! ordonna-t-il sèchement à son second.

– Je m'en vais, cap'taine. Mais il me faut cette étiquette », dit Althéa alors que le second s'avançait vers elle. Elle ne bougea pas d'un pouce : pas question qu'elle s'humilie en s'enfuyant devant lui.

Le capitaine émit un grognement hargneux. « Si tu t'imagines que je vais te donner une étiquette avec le poinçon de mon bateau dessus, tu te fais des illusions ! Tu crois que j'ai envie de devenir la risée de tous les navires-abattoirs ? Qu'on sache que j'ai embarqué une femme pendant toute une saison sans même m'en rendre compte ? Tout le monde se ficherait de moi ! Je devrais t'obliger à me rendre l'argent que je t'ai donné ! Pas étonnant que nous ayons eu tant d'ennuis avec les serpents, bien plus que d'habitude ! Chacun sait qu'une femme à bord les attire ; nous avons eu une sacrée chance d'arriver ici vivants, et ce n'est pas grâce à toi ! Flanque-la dehors ! hurla-t-il à son second, dont l'expression montrait clairement qu'il partageait l'opinion de son capitaine.

– Mon étiquette ! » fit Althéa, éperdue. Elle se précipita pour la saisir, mais le capitaine s'en empara le premier. Elle aurait dû se battre avec lui pour la lui prendre. « Je vous en supplie ! s'exclama-t-elle d'une voix implorante alors que le second lui agrippait le bras.

– Sors de cette pièce et fiche le camp de mon navire ! gronda le commandant. Estime-toi heureuse que je te laisse le temps de récupérer tes affaires ; mais si tu ne débarrasses pas le plancher sur-le-champ, je te fais jeter sur le quai avec ce que tu as sur le dos et rien d'autre ! Sale putain ! Avec combien d'hommes de l'équipage as-tu couché pour garder ton petit secret ? » demanda-t-il cependant que le second la poussait sans ménagement vers la porte.

Pas un seul, aurait-elle voulu répliquer, furieuse. Pas un seul ! Mais elle avait passé une nuit avec Brashen, et, même si cela ne regardait qu'elle, cela suffisait à faire un mensonge de sa dénégation. Elle ne put que répondre d'une voix étranglée : « Ce n'est pas juste !

– Toujours plus que tes menteries ! » rugit le capitaine Sichel.

Le second la propulsa hors du carré des officiers. « Va chercher tes affaires ! fit-il à mi-voix mais d'un ton féroce. Et, si j'entends le moindre mot de cette histoire à Chandelle, je remuerai ciel et terre pour te retrouver et je te montrerai comment on s'occupe des menteuses et des putains, nous autres ! » Là-dessus, il lui donna une violente poussée et Althéa traversa le pont en trébuchant. Elle reprit son équilibre au moment où l'homme claquait la porte derrière elle.

Prise d'une sorte d'étourdissement sous le coup de la colère et du désespoir, elle regarda le panneau de bois qui s'était refermé sur son étiquette. Elle avait l'impression de vivre un cauchemar. Tous ces mois de labeur, et pour quoi? Pour une poignée de pièces, misérable paye d'un simple mousse! Elle l'aurait donnée avec joie, ainsi que tout ce qu'elle possédait, en échange du morceau de cuir que le capitaine était sans doute en train de détruire en ce moment même. Comme elle se détournait lentement, elle vit Reller qui la dévisageait; il leva les sourcils d'un air interrogateur.

« On m'a virée du navire », dit-elle sans s'étendre sur le sujet. C'était la vérité et l'explication la plus simple.

« A cause de quoi? » demanda le marin en lui emboîtant le pas alors qu'elle se dirigeait vers le gaillard d'avant pour empaqueter ses maigres effets.

Elle haussa les épaules, puis secoua la tête. « Je n'ai pas envie de discuter », répondit-elle d'un ton revêche en espérant avoir pris le ton d'un adolescent en colère et non celui d'une femme sur le point d'éclater en sanglots incontrôlables. Maîtrise-toi, maîtrise-toi, maîtrise-toi, se répéta-t-elle à mi-voix en descendant une dernière fois dans la cale exiguë à l'atmosphère croupie qui avait été son foyer durant tout l'hiver. Il ne lui fallut que quelques instants pour rassembler ses objets personnels et les fourrer dans son sac de marin; elle le jeta sur son épaule et quitta le navire. Elle posa le pied sur le quai et regarda ce qui l'entourait d'un œil neuf. Chandelle! Si elle avait eu le choix, ce n'est certainement pas là qu'elle aurait voulu être débarquée sans rien d'autre qu'une poignée de pièces et un sac de vêtements !

*

Un homme posa sur Brashen un regard empreint de curiosité. L'officier lui jeta un coup d'œil, puis se détourna : il venait de prendre conscience qu'il marchait à grandes enjambées dans la rue, un sourire idiot sur le visage. Il haussa les épaules ; il avait de bonnes raisons de sourire : il était fier d'Althéa. Elle ressemblait vraiment à une petite gouape de mousse, sur le pont du *Moissonneur* ; sa façon désinvolte d'accepter son invitation, son bonnet crânement incliné sur sa tête, tout était parfait. En y repensant, ce voyage, dont il croyait qu'il allait la tuer, lui avait au contraire fait le plus grand bien ; elle avait retrouvé un trait de caractère dont il craignait que Kyle ne l'eût dépouillée en prenant le commandement de la *Vivacia*, et dont l'absence l'avait rendue insupportable au cours des deux derniers périples sur la vivenef. Son effronterie s'était muée en agressivité, son sens de la lutte à la loyale en esprit rancunier. Le jour de la mort de son père, il avait cru éteinte cette étincelle de l'ancienne Althéa, et cela jusqu'au jour où elle avait été affectée au dépeçage des ours de mer dans les Mortes-Terres ; un déclic s'était alors produit en elle, et ce changement n'avait ensuite fait que s'affirmer, tout comme elle-même avait gagné en force et en endurance. La nuit où elle était venue le chercher à Recoin, il s'était soudain aperçu qu'elle était redevenue l'Althéa qu'il avait connue naguère ; il avait également pris conscience qu'elle lui avait manqué terriblement.

Il inspira une grande bouffée d'air de la terre et de liberté. Il avait sa paye en poche, il était libre comme un oiseau, et une soirée en excellente compagnie l'attendait. Que demander de mieux ? Il se mit à chercher des yeux l'enseigne des Chéneaux Rouges. Le second lui avait recommandé l'auberge avec un sourire complice : c'était l'établissement idéal pour un marin lesté d'argent, avait-il déclaré quand Brashen avait mentionné qu'il risquait de passer la nuit à terre. Son expression indiquait clairement qu'il ne s'attendait pas à ce que Brashen passe la nuit seul. Brashen non plus, d'ailleurs. Il aperçut les chéneaux rouges de l'auberge bien avant de repérer sa modeste enseigne.

L'intérieur lui parut propre et presque austère : il n'y avait que deux tables et quatre bancs, tous poncés au net comme le pont d'un bon navire ; le sol était recouvert de sable blanc étendu au râteau, du bois flotté brûlait dans l'âtre en produisant des flammes multicolores. La salle était vide et Brashen attendit un moment avant qu'un homme affligé d'une claudication apparût en s'essuyant les mains sur son tablier. Il toisa Brashen d'un air presque soupçonneux, puis dit enfin : « Bonjour.

– On m'a recommandé votre maison. Combien pour une chambre et un bain ? »

Il eut de nouveau droit au même regard scrutateur, comme si l'aubergiste cherchait à jauger les moyens dont il disposait. L'homme, d'âge moyen, portait les marques d'une vie de marin et boitait à cause d'une jambe vilainement contournée, résultat d'un accident qui avait sans doute mis fin à son existence maritime. « Trois », répondit-il d'un ton sans réplique. Puis il ajouta : « Vous n'êtes pas du genre à rentrer soûl et à tout casser, n'est-ce pas ? Parce que, dans ce cas, vous n'avez rien à faire aux Chéneaux Rouges.

– Je vais rentrer soûl, en effet, mais je ne fais pas de dégâts : je dors.

– Hum ! Enfin, vous êtes franc, c'est un bon point pour vous. » Il tendit la main et il empocha l'argent que Brashen y déposa. « Prenez la chambre à gauche en arrivant sur le palier. Si vous voulez un bain, il y a une pompe, un baquet et une cheminée dans la remise, derrière. Le feu est couvert mais vous n'aurez pas de mal à le faire repartir. Faites votre toilette et restez aussi longtemps qu'il vous plaira, mais n'oubliez pas : laissez tout aussi propre que vous l'avez trouvé. Mon établissement est une maison bien tenue ; il y en a qui n'aiment pas ça, qui veulent boire, manger, crier et se battre jusqu'à pas d'heure ; si c'est ce que vous cherchez, il faudra vous loger ailleurs. Chez moi, quand un honnête homme paye pour un lit propre, il l'a ; pour un repas bien préparé, il l'a. Ce n'est pas de la haute cuisine, mais les aliments sont sains, cuits du jour, et ils sont accompagnés d'une chope de bonne bière. Ce n'est pas une taverne, ici, ni un lupanar ni un tripot, non, mon gars. C'est une maison bien tenue. Bien tenue. »

Brashen se surprit à hocher raidement la tête à l'interminable discours, et il commença de se demander si le second ne l'avait pas envoyé là pour se moquer de lui. Néanmoins, il s'y trouvait à présent, et l'établissement, propre et calme, offrait très certainement un meilleur cadre pour inviter Althéa qu'une taverne bruyante et bondée. « Eh bien, je vais aller prendre un bain, déclara-t-il quand le propriétaire s'interrompit pour reprendre son souffle. Ah ! Un de mes camarades de bord viendra peut-être me rejoindre chez vous. Il demandera Brashen ; c'est moi ; lui, il s'appelle Athel. Voudriez-vous le prier de m'attendre ?

— D'accord, je lui dirai que vous êtes là. » L'aubergiste se tut un instant. « Ce n'est pas un fêtard, au moins ? Le genre à entrer soûl comme une bourrique, à vomir sur mon sol propre et à renverser mes bancs, hein ?

— Athel ? Non, pas lui, vraiment pas. » Et Brashen battit précipitamment en retraite vers la porte du fond. Dans une remise dressée dans une cour pavée, il trouva une pompe à eau, un baquet et un âtre, comme l'avait promis le propriétaire. A l'instar du corps de logement, le petit bâtiment était immaculé presque à l'excès, les serviettes rugueuses accrochées à des patères paraissaient propres, bien qu'usées, et on ne voyait dans le baquet nul anneau de crasse. C'est l'avantage, se dit Brashen, de loger dans une maison bien tenue. Il tira plusieurs seaux d'eau qu'il mit à chauffer. Ses vêtements de terre étaient au fond de son sac, propres bien qu'ils sentissent un peu le moisi ; il étendit sa chemise à rayures, des chaussettes et un épais pantalon de laine près du feu pour les aérer. Un pot de savon mou était à la disposition des clients et il s'en servit généreusement, s'enlevant plusieurs couches de crasse, de sel, et peut-être même de peau morte avant d'en avoir terminé. Pour la première fois depuis des semaines, il défit sa queue de cheval, lava ses cheveux à fond et les renoua. Il aurait aimé rester dans l'eau à se détendre, mais il ne voulait pas faire attendre Althéa, aussi quitta-t-il le baquet pour se sécher, après quoi il tailla sa barbe et enfila sa tenue de terre. Quel plaisir de se sentir des vêtements propres, chauds et secs sur une peau propre, chaude et sèche ! Son bain l'avait laissé presque léthargique, mais un bon repas et une chope glacée y mettraient bon ordre. Il fourra ses habits sales dans son sac et nettoya rapidement la pièce. Il chercherait le lendemain une blanchisserie où faire laver tous ses effets, sauf ceux qui étaient trop souillés de goudron pour être récupérables. Avec le sentiment d'être un homme neuf, il regagna le bâtiment principal pour y prendre un repas et attendre Althéa.

*

Jamais elle ne s'était trouvée seule dans un port étranger ; elle avait toujours eu des compagnons de bord avec elle et un navire qui l'attendait quand la nuit tombait. L'après-midi n'était pas encore achevé mais l'air paraissait soudain s'être refroidi et la lumière avoir pris une teinte grise. Althéa parcourut de nouveau les alentours du regard ; le monde lui semblait tout à coup amorphe et sans limites précises : plus de bateau, plus de devoirs, plus de liens familiaux, rien qu'un peu d'argent dans la poche et un sac sur le dos. Un étrange mélange d'émotions l'envahit brusquement : elle se vit à la fois abandonnée et superbement seule, anéantie par le refus du capitaine de lui remettre une étiquette et curieusement forte et indépendante – prête à l'aventure, oui, c'était cela : elle avait l'impression que rien de ce qu'elle pourrait faire n'aggraverait sa situation ni n'engagerait sa responsabilité, car nul ne s'en soucierait. Elle pouvait s'enivrer abominablement ou dépenser jusqu'à son dernier sou en une seule nuit dans une taverne exotique, à goûter des mets, des vins et des musiques inconnus. Naturellement, il fallait penser au lendemain, mais c'était là un souci permanent, et, si elle décidait de se laisser aller à un coup de tête, nul n'était là pour le lui interdire ni la sermonner le jour suivant ; et puis essayer de planifier l'avenir ne lui avait guère rapporté jusque-là.

Elle remonta une dernière fois son sac d'un coup d'épaule, renfonça crânement son bonnet sur sa tête et s'engagea d'un pas décidé dans une rue en observant chaque détail des commerces ; si près du front de mer, on trouvait surtout des officines de courtiers maritimes, des boutiques de fournitures pour navires et des pensions bon marché pour les marins entre lesquelles s'intercalaient des tavernes, des bordels, des tripots et des débits de drogue. C'était un quartier brutal fait pour des gens brutaux ; et elle en faisait désormais partie.

Elle choisit une taverne au hasard et entra. L'établissement ne paraissait pas différent de ceux de

Terrilville : le sol était jonché de roseaux à la fraîcheur lointaine, les tables à tréteaux portaient les traces en anneaux d'innombrables chopes, les bancs avaient subi de nombreuses réparations, le plafond et les murs étaient noircis par la fumée huileuse de la cuisine et des lampes. A une extrémité de la salle trônait une grande cheminée autour de laquelle les marins s'agglutinaient afin de profiter de la chaleur et de l'odeur de ragoût qui en émanaient ; il y avait aussi le patron de la maison, gaillard efflanqué à la mine lugubre, et une troupe de servantes, certaines renfrognées, d'autres gloussantes. Au fond, un escalier menait aux chambres de l'étage. Le brouhaha des conversations frappa Althéa comme une bourrasque.

Elle trouva place à une table presque inoccupée ; elle n'était pas aussi proche du feu qu'elle l'eût souhaité, mais il y faisait beaucoup plus chaud que dans la rue ou sous le gaillard d'avant du navire. S'installant dos au mur, elle se fit servir une chope de bière qu'elle jugea très bonne, à son grand étonnement, et un bol de ragoût mal assaisonné mais bien supérieur à l'ordinaire du *Moissonneur*, aidé grandement en cela par le morceau de pain qui l'accompagnait : manifestement sorti du four depuis quelques heures à peine, il avait une mie dense et sombre, très agréable à mâcher. Althéa mangea lentement, savourant la chaleur de la salle, le ragoût et la bière, et refusant de penser à autre chose. Elle envisagea de prendre une chambre, mais les bruits, chocs, cris aigus et rires, qui provenaient de l'étage lui firent comprendre que, dans cet établissement, les lits ne servaient pas à dormir. Une des servantes s'approcha d'elle sans enthousiasme, mais Althéa fit semblant de ne pas comprendre ce qu'elle voulait et la fille parut ravie de passer son chemin.

Elle se demanda combien de temps il fallait rester prostituée avant de s'en lasser – ou de s'y habituer, puis elle s'aperçut qu'elle avait involontairement porté la main à son ventre pour toucher l'anneau à travers sa chemise. Le capitaine l'avait traitée de putain en l'accusant d'avoir attiré les serpents sur son navire. C'était ridicule, mais c'était ainsi qu'il la voyait. Elle prit une bouchée de pain et parcourut la salle des yeux en tentant de s'imaginer ce qu'elle ressentirait à s'offrir aux hommes présents contre de l'argent. Ils n'avaient rien d'attirant : la mer endurcissait peut-être le marin, mais surtout elle l'enlaidissait. Dents manquantes, membres amputés, mains et visages noircis autant par le goudron et l'huile que par le vent et le soleil : rares étaient les clients qui auraient pu lui faire envie, et ceux qui étaient encore jeunes, avenants et bien musclés étaient crasseux et dépourvus de manières. Peut-être, songea-t-elle, cela tenait-il à leur travail : ils passaient leurs journées à chasser, à tuer, à clarifier la graisse, dans le sang et dans l'huile ; les matelots des navires marchands étaient plus propres – ou du moins ceux de la *Vivacia*. Son père exigeait une certaine hygiène chez ses hommes afin d'empêcher la propagation de la vermine à bord.

Il lui était moins pénible qu'autrefois de penser à la vivenef et à son père ; le chagrin avait laissé place au désespoir. Elle rassembla son courage et affronta l'idée à laquelle elle avait jusque-là refusé de réfléchir :

il allait lui être pratiquement impossible d'obtenir une étiquette à son nom, et ce uniquement parce qu'elle était une femme. Le sentiment de défaite qui s'abattit alors sur elle lui donna presque la nausée, et le repas qu'elle avait mangé s'appesantit douloureusement dans son estomac. Elle s'aperçut qu'elle tremblait comme si elle avait froid. Elle posa les pieds bien à plat sur le sol et agrippa le bord de la table des deux mains pour les calmer. *Je veux rentrer chez moi*, songea-t-elle, accablée, *là où je suis en sécurité, au chaud et où des gens me connaissent*. Mais rien de tout cela n'existait plus que dans le passé, à l'époque où son père était vivant et qu'elle était chez elle sur la *Vivacia*. Elle voulut évoquer ce temps, mais ses souvenirs renâclaient à venir : ils étaient trop lointains, elle-même s'en était trop coupée, et elle ne faisait qu'accroître sa solitude et son désespoir en s'efforçant de les ressusciter. Brashen ! se dit-elle tout à coup. Dans cette ville crasseuse, il était le seul lien qu'elle eût avec des jours plus heureux. Elle n'avait pas l'intention de chercher sa compagnie, mais, elle en prit soudain conscience, elle en avait la possibilité ; elle pouvait se mettre en quête de lui si elle en avait envie, si elle désirait vraiment aller à l'aventure sans se préoccuper du lendemain ; elle pouvait le retrouver et passer quelques heures avec lui, bien au chaud, en sécurité. Cette idée lui faisait la même impression qu'à un affamé l'odeur d'une table bien garnie.

Mais elle n'en ferait rien. Non, chercher Brashen serait une erreur : si elle allait à sa rencontre, il croirait qu'elle voulait coucher à nouveau avec lui. Elle réfléchit néanmoins à cette éventualité et sentit un vague intérêt s'éveiller en elle. Elle émit un grognement mécontent et fit un effort pour songer sérieusement à la question. Les bruits qui provenaient de l'étage lui parurent brusquement ridicules et dégradants ; non, elle n'avait pas vraiment envie de faire ça avec quiconque, et surtout pas avec Brashen : tôt ou tard, lui, elle ou tous les deux regagneraient Terrilville. Elle avait eu tort de coucher avec lui sur le *Moissonneur*, mais ils étaient fatigués, à moitié soûls et sous l'influence de la cindine, et cela seul expliquait leur comportement. Mais si elle allait le retrouver ce soir et que cela se reproduise, il risquait d'y attacher une importance qui n'existerait que dans son imagination ; et s'ils se rencontraient ensuite à Terrilville... eh bien, ce qui se passait à bord d'un navire et ce qui se passait à terre étaient deux choses différentes, et Terrilville, c'était chez elle. Par conséquent, elle n'irait pas rejoindre Brashen et elle ne coucherait pas avec lui. Voilà qui était réglé.

Restait à savoir ce qu'elle allait faire de sa soirée et de sa nuit. Elle leva sa chope pour attirer l'attention d'une servante, puis, alors que la fille lui versait une nouvelle rasade de bière, elle se plaqua un sourire sur les lèvres. « Je suis plus fatiguée que je ne croyais, dit-elle d'un ton ingénu. Vous pouvez me recommander une pension ou une auberge calme ? Où je puisse aussi prendre un bain ?

— Il y a des chambres ici, mais ce n'est pas calme. Par contre, vous trouverez une maison de bains plus loin dans la rue », répondit la fille en se grattant vigoureusement la nuque.

La voyant faire, Althéa songea que, même si les chambres de la taverne étaient aussi tranquilles que des tombes, jamais elle ne dormirait dans leurs lits : elle espérait se débarrasser de la vermine qu'elle avait attrapée sur le navire, pas en attirer davantage. « Un établissement calme, vous en connaissez un ? » demanda-t-elle.

La fille haussa les épaules. « Le Cheval Doré, si ça ne vous dérange pas de payer le prix fort. Ils ont des musiciens et une chanteuse, et de petites cheminées dans les meilleures chambres, il paraît. Et certaines ont des fenêtres, aussi. »

Ah oui, le Cheval Doré ! Elle y avait dîné avec son père : rôti de porc et petits pois. Elle lui avait fait cadeau d'un amusant petit singe en cire qu'elle avait acheté dans une boutique, et il lui avait parlé des vingt tonneaux d'huile raffinée qu'il comptait acheter. C'était une autre vie, celle d'Althéa et non celle d'Athel.

« Non, ça m'a l'air trop cher. Vous n'avez pas autre chose de calme, mais bon marché ? »

La fille de salle fronça les sourcils. « Je ne vois pas. Dans ce quartier, il n'y a pas beaucoup d'auberges tranquilles ; en général, ce n'est pas ce que cherchent les marins, vous savez. » Elle dévisagea Althéa comme si elle la trouvait bizarre. « Si, il reste les Chéneaux Rouges. Je ne sais pas si on peut y prendre un bain, mais c'est calme ; un vrai cimetière, à ce qu'on m'a dit.

– J'en ai entendu parler, coupa Althéa. Et ailleurs ?

– C'est tout. Je vous l'ai dit, ce n'est pas pour le calme que les marins viennent en ville. » Elle jeta un coup d'œil curieux à la jeune fille. « Il vous faut combien d'adresses avant de vous décider ? » fit-elle avant de prendre le prix de la bière et de s'en aller d'un air désœuvré.

« Bonne question », reconnut Althéa. Sans se presser, elle but une lampée de sa chope. Un homme qui empestait le vomi s'assit lourdement à côté d'elle. Le soir tombait et la taverne commençait à se remplir. Le nouveau venu émit un rot puissant dont l'odeur fit grimacer la jeune fille ; il eut un sourire jovial devant son expression et se pencha vers elle comme pour lui glisser un secret à l'oreille. « Tu la vois, celle-là ? demanda-t-il en désignant une femme au teint jaunâtre qui nettoyait une table. Je me la suis envoyée trois fois ; trois fois, et elle m'a fait payer que le prix d'une. » Il se radossa au mur et sourit amicalement à sa voisine. Deux de ses incisives, brisées, étaient plantées de guingois. « Tu devrais l'essayer, petit. Je parie qu'elle t'apprendrait deux ou trois trucs. » Et il lui fit un clin d'œil appuyé.

« Vous gagneriez sûrement votre pari », répondit Althéa d'un ton affable. Elle termina sa bière, se leva et reprit son sac. Dehors, la pluie avait commencé à tomber, accompagnée de rafales qui promettaient des ondées plus abondantes. La jeune fille décida d'aller au plus simple : elle se trouverait une chambre qui lui conviendrait, payerait la somme demandée et s'offrirait une bonne nuit de sommeil. Il serait bien assez tôt le lendemain pour songer à prendre des résolutions plus importantes, comme chercher un travail à bord d'un navire qui rallierait Terrilville le plus rapidement possible.

Terrilville... Là, elle serait chez elle ; là, aussi, prendrait fin son rêve de récupérer la *Vivacia*. Elle chassa cette pensée de son esprit.

A la nuit tombée, elle avait essayé six établissements qui louaient des chambres ; la quasi-totalité se trouvait à l'étage de tavernes et d'autres débits de boissons, toutes étaient bruyantes et enfumées, et certaines étaient situées dans des locaux qui abritaient aussi des prostituées à la disposition des pensionnaires. La maison qu'Althéa choisit n'était pas différente des autres en dehors du fait qu'une rixe venait d'y avoir lieu et que la garde municipale en avait temporairement chassé les clients les plus excités ; ceux qui restaient étaient épuisés ou abrutis par la boisson. Dans un coin, trois musiciens jouaient pour eux-mêmes à présent que les clients payants étaient partis ; ils bavardaient et riaient à mi-voix entre eux, et interrompaient parfois un morceau pour le reprendre d'une autre manière. Althéa s'installa assez près d'eux pour entendre leurs conversations, mais pas trop afin de ne pas donner l'impression qu'elle les épiait ; elle les enviait : comme eux, aurait-elle un jour des amis ? Elle avait été heureuse durant les années où elle avait voyagé sur la *Vivacia*, mais il y avait eu un prix à payer : son père avait été son seul ami ; il était impossible au capitaine et à la fille du propriétaire de partager complètement la profonde camaraderie du gaillard d'avant. Et la situation était presque identique à la maison, car elle avait perdu de vue depuis longtemps les petites filles avec lesquelles elle jouait enfant. Elles devaient être mariées, à présent, sans doute aux mêmes petits garçons qu'elles observaient discrètement autrefois en riant sous cape ; quant à elle, elle se retrouvait en frusques de marin dans un port étranger, attablée dans une taverne de bas étage, seule au monde, sans autre perspective d'avenir que rentrer chez elle la queue entre les jambes.

Et de plus en plus pleurnicharde. Il était temps de se mettre au lit. Une fois achevée sa chope, elle monterait à la chambre qu'elle avait retenue pour la nuit.

Brashen passa la porte d'entrée. Son regard balaya la salle et s'arrêta aussitôt sur Althéa. Le temps parut s'arrêter alors qu'il s'immobilisait, les yeux fixés sur elle. A sa façon de se tenir, elle sut qu'il était en colère ; il avait aussi participé à une bagarre : la rougeur sous son œil gauche aurait viré au noir avant le matin. Althéa aurait cependant été étonnée que ce fût la cause de sa mauvaise humeur, visible dans la tension de ses larges épaules sous sa chemise rayée et dans le brasillement de ses yeux sombres. Elle n'avait aucune raison d'éprouver des remords ni de la honte ; elle n'avait pas promis de venir à son rendez-vous, elle avait seulement déclaré qu'elle irait peut-être ; alors pourquoi ce mouvement de recul ? Brashen traversa la taverne à grands pas et chercha des yeux une chaise intacte ; il n'en trouva pas et dut s'asseoir à l'extrémité du banc d'Althéa. Il se pencha vers elle et dit d'un ton sec : « Vous auriez pu simplement dire non. Vous n'étiez pas obligée de me laisser attendre en me rongeant d'inquiétude. »

Elle se mit à tambouriner sur la table du bout de ses doigts qu'elle observa l'espace de quelques secondes, puis elle tourna le visage vers Brashen. « Excusez-moi, lieutenant, répondit-elle pour le rappeler au sens des réalités. Je ne pensais pas que vous vous inquiéteriez pour un simple mousse. »

Le regard de Brashen se porta rapidement sur les musiciens qui ne leur prêtaient aucune attention. « Je comprends », fit-il d'une voix atone, mais ses yeux en disaient long : elle l'avait blessé. Ce n'était pas son intention, et elle n'avait même pas envisagé cet aspect de la situation. Il se leva et s'éloigna. Elle s'attendait à le voir sortir, mais il aborda le propriétaire occupé à balayer de la vaisselle brisée, puis revint avec une chope pleine, se rassit et reprit sans laisser à la jeune fille l'occasion de placer un mot : « J'ai fini par me faire du souci, alors je suis rentré au navire et j'ai demandé au second s'il savait où vous étiez.

— Ah !

— Oui : ah ! Ce qu'il a dit sur vous n'était pas... » Il s'interrompit et tâta du bout des doigts l'ecchymose de plus en plus sombre qui ornait son visage. « Je ne remettrai pas les pieds sur le *Moissonneur* », fit-il brusquement. Il jeta un regard noir à sa compagne de table comme si tout était de sa faute. « Quelle mouche vous a piquée de leur donner votre vrai nom ? C'était stupide !

— Le second vous en a parlé ? » fit-elle, et, alors qu'elle pensait avoir touché le fond, son moral tomba encore d'un cran. Si l'homme criait l'histoire sur tous les toits, elle allait voir diminuer ses chances de trouver une place de mousse à bord d'un autre navire. Le désespoir s'abattit sur elle comme une vague boueuse.

« Non, seulement le capitaine, après que le second m'a escorté chez lui. Tous deux m'ont demandé alors si je savais que vous étiez une femme.

– Et vous leur avez répondu par l'affirmative ? » Cela allait de mal en pis : à présent, ils auraient la conviction qu'elle avait payé de son corps pour acheter le silence de Brashen.

« Je n'ai guère vu l'utilité de mentir. »

Althéa n'avait nulle envie d'entendre la suite, de savoir qui avait frappé qui le premier ni à quel moment ; rien de tout cela n'avait plus d'importance à ses yeux. Elle secoua la tête.

Mais Brashen n'avait manifestement pas l'intention de s'en tenir là ; il avala une gorgée de bière puis demanda d'un ton tranchant : « Pourquoi leur avoir dévoilé votre identité ? Comment pouviez-vous espérer retrouver du travail sur un bateau avec une étiquette à votre véritable nom ? » Tant de bêtise le laissait visiblement pantois.

« Sur la *Vivacia*, répondit-elle d'une voix défaillante. J'espérais m'en servir pour remonter sur la *Vivacia*, comme capitaine et propriétaire.

– Comment ça ? » fit-il avec méfiance.

Alors elle lui raconta toute l'histoire, et, tandis qu'elle évoquait la promesse irréfléchie de Kyle, son propre espoir de la retourner contre lui, alors que Brashen écarquillait les yeux à mesure qu'elle lui exposait son projet fou, elle s'interrogeait : pourquoi s'ouvrait-elle ainsi à lui ? Qu'avait-il de spécial pour qu'elle s'épanche devant lui, qu'elle lui confie des secrets qui ne le regardaient nullement ?

Quand elle en eut terminé, il resta un moment silencieux, puis secoua la tête et dit : « Kyle ne tiendrait jamais une promesse en l'air comme celle-là ; il vous faudrait porter l'affaire devant le Conseil des Marchands, et, même si votre mère et votre sœur se mettaient dans votre camp, je doute qu'on vous prenne au sérieux. Vous savez, ce qu'on dit sous le coup de la colère... Si le Conseil décidait d'obliger à tenir parole tous ceux qui, dans un moment d'énervement, font des serments à tort et à travers, la moitié de Terrilville se ferait assassiner. » Il haussa les épaules. « D'un autre côté, je ne suis pas surpris que vous tentiez votre chance ; j'ai toujours pensé qu'un jour ou l'autre vous essayeriez de reprendre la *Vivacia* à Kyle. Mais pas comme ça.

– Eh bien, comment alors ? répliqua-t-elle d'un ton acerbe. En m'introduisant discrètement à bord pour lui trancher la gorge ?

– Ah, vous y avez pensé, vous aussi ? » fit-il avec une ironie contenue.

Althéa ne put s'empêcher de sourire, amusée. « Presque dès le début », avoua-t-elle. Puis son sourire s'effaça. « Je dois récupérer la *Vivacia*, même si je sais aujourd'hui que je ne suis pas tout à fait prête à la commander. Non, ne riez pas ; j'ai peut-être la tête dure, mais ça ne m'empêche pas d'apprendre. Elle m'appartient comme aucun autre navire ne pourra jamais m'appartenir, mais la loi et ma famille sont contre moi ; séparément, je pourrais les combattre, mais ainsi unies... » Elle laissa sa phrase en suspens et se tut quelque temps, accablée. « Je fais de grands efforts pour ne pas penser à elle, Brashen.

– Moi aussi », répondit-il. Il voulait sans doute se montrer compatissant, mais sa réponse hérissa la jeune fille : comment pouvait-il dire cela ? Vivacia n'était pas le navire de sa famille ! Comment aurait-il pu savoir ce qu'éprouvait Althéa ? Le silence tomba entre eux. Un groupe de matelots entra et s'installa à la table voisine. La jeune fille regarda Brashen mais les mots lui firent défaut. La porte s'ouvrit à nouveau et trois débardeurs pénétrèrent dans la taverne, réclamant avant même de s'asseoir de la bière dans un chœur de voix tonitruantes. Les musiciens jetèrent des coups d'œil autour d'eux comme s'ils venaient de se réveiller, puis se lancèrent dans une chanson paillarde sur laquelle ils travaillaient. La salle n'allait pas tarder à redevenir bruyante et bondée comme d'habitude.

Du bout du doigt, Brashen se mit à dessiner des cercles sur la table avec la condensation laissée par sa chope. « Alors, qu'allez-vous faire maintenant ? »

On y était. C'était la question qui l'avait tourmentée toute la journée. « Rentrer, sans doute, fit-elle à mi-voix, comme vous me l'avez conseillé il y a déjà plusieurs mois.

– Pourquoi ?

– Parce qu'il n'est pas impossible que vous ayez eu raison ; peut-être vaut-il mieux que j'essaye d'arranger la situation pour reprendre une vie normale.

– Rien ne vous oblige à la vivre là-bas, murmura Brashen. Le port est rempli de bateaux à bien d'autres destinations. » Et il ajouta d'un ton exagérément détaché : « Nous pourrions aller vers le nord, comme je vous l'ai dit ; dans les Six-Duchés, peu importe qu'on soit homme ou femme du moment qu'on est apte au travail. D'accord, le pays n'est pas très civilisé, mais l'existence ne doit pas y être pire qu'à bord du *Moissonneur*. »

Elle secoua la tête sans répondre : parler du sujet qui lui tenait le plus à cœur ne faisait que l'accabler davantage ; pourtant, elle dit enfin : « Terrilville est le port d'attache de la *Vivacia*. Je pourrais au moins la voir de temps en temps. » Elle eut un sourire qui ressemblait à un rictus. « Et puis, Kyle est plus âgé que moi ; je vivrai sans doute plus longtemps que lui, et, si je suis en bons termes avec mon neveu, il permettra peut-être à sa vieille folle de tante de naviguer quelquefois avec lui. »

Brashen la dévisagea, horrifié. « Vous plaisantez, j'espère ! s'exclama-t-il. Passer votre vie à attendre la mort de quelqu'un !

– Bien sûr que je plaisante. » Mais c'était faux. « J'ai eu une journée épouvantable, fit-elle brusquement. Il est temps qu'elle s'achève. Bonne nuit ; je vais me coucher.

– Pourquoi ? demanda-t-il à mi-voix.

– Parce que je suis fatiguée, tiens ! » Et elle s'aperçut qu'en effet elle était fatiguée comme jamais elle ne l'avait été de sa vie, lasse jusqu'au plus profond d'elle-même. Lasse de tout.

Brashen était manifestement à bout de patience quand il dit : « Non, je ne parle pas de ça. Pourquoi n'êtes-vous pas venue à mon rendez-vous ?

– Parce que je n'avais pas envie de coucher avec vous », répondit-elle carrément. Elle était même trop épuisée pour prendre des gants.

Brashen réussit à paraître insulté. « Je vous avais seulement invitée à partager ma table.

– Mais c'était à votre lit que vous pensiez. »

Il faillit répondre par un mensonge, mais sa sincérité prit le dessus. « J'y avais songé, c'est vrai. Vous n'aviez pas l'air de trouver que ça s'était si mal passé la dernière fois... »

Althéa ne tenait pas à se rappeler l'épisode ; elle se sentait gênée d'y avoir pris plaisir – à l'époque –, et d'autant plus que Brashen s'en était rendu compte. « Et, la dernière fois, je vous ai également assuré que ça ne se reproduirait plus.

– Je pensais que vous vouliez dire sur le navire.

– Je voulais dire partout. Brashen... nous avions froid, nous étions fatigués, nous avions bu et il y avait la cindine. » Elle s'interrompit, à la recherche d'une façon délicate de s'exprimer, mais elle n'en trouva pas. « Il n'y avait rien d'autre entre nous. »

Les doigts de Brashen se déplacèrent sur la table, et Althéa comprit alors à quel point il désirait la toucher, lui prendre les mains. Elle les glissa sur ses genoux, les joignit et les serra fort.

« Vous en êtes sûre ? demanda-t-il, retournant le couteau dans la plaie.

– Pas vous ? » Elle soutint son regard en s'efforçant de résister à la tendresse qu'elle y lisait.

Il détourna les yeux le premier. « Enfin... » Il prit une profonde inspiration, puis une longue gorgée de sa chope. Il s'appuya sur un coude, se pencha vers Althéa et lui fit un sourire qui se voulait aguichant. « Je suis prêt à payer la cindine si vous fournissez la bière. »

Elle lui rendit son sourire. « Non merci », répondit-elle à mi-voix.

Il haussa les épaules. « Et si je paye aussi la bière ? » Son visage se fermait.

« Brashen... » Elle secoua la tête. « Si on y réfléchit, fit-elle d'un ton mesuré, nous nous connaissons à peine ; nous n'avons rien en commun, nous ne sommes...

– D'accord, coupa-t-il sèchement, d'accord, vous m'avez convaincu. C'était une erreur. Mais on a bien le droit d'essayer. » Il vida sa chope et se leva. « Je m'en vais. Puis-je vous donner un dernier conseil ?

– Je vous en prie », répondit-elle, résignée à entendre quelque tendre admonestation l'enjoignant à faire attention à elle ou à être prudente.

Mais non ; Brashen déclara : « Prenez un bain ; vous puez. » Là-dessus, il s'éloigna, traversa tranquillement la salle et sortit sans un regard en arrière. S'il s'était arrêté à la porte pour lui faire un sourire et un signe de la main, l'insulte en aurait été balayée ; mais il n'avait rien fait et l'affront demeurait, uniquement parce qu'Althéa s'était refusée à lui. Comme s'il voulait lui faire croire qu'il n'avait pas envie d'elle parce qu'elle n'était pas pomponnée ni parfumée ! Cela n'avait pas eu l'air de le gêner, pourtant, la dernière fois ; et, si la mémoire d'Althéa était bonne, lui-même ne sentait pas la rose non plus. Quel toupet ! Elle leva sa chope. « A boire ! » cria-t-elle au patron.

*

Courbant les épaules, Brashen s'engagea sous la pluie sale qui battait la ville, et, tout en se dirigeant vers les Chéneaux Rouges, il s'efforça de garder l'esprit vide. Il s'arrêta une fois, le temps d'acheter un bâton de cindine brute à un camelot pitoyable sous l'averse, puis il reprit sa marche. Quand il parvint aux portes de son auberge, il les trouva barrées pour la nuit et il se mit à les marteler du poing, pris d'une colère hors de toute proportion à l'idée qu'on l'empêche d'entrer alors qu'il pleuvait.

Au-dessus de lui, une fenêtre s'ouvrit et la tête du propriétaire apparut. « Qui est là ? demanda-t-il d'un ton mécontent.

— Moi, Brashen ! Laissez-moi entrer !

— Vous n'avez pas rangé la salle de bains, vous avez mal nettoyé le baquet et vous n'avez pas étendu les serviettes ! »

Brashen dévisagea l'homme, sidéré. « Laissez-moi entrer ! répéta-t-il. Il pleut !

— Vous n'êtes pas soigneux ! lui cria l'aubergiste.

— Mais j'ai payé ma chambre ! »

Pour toute réponse, Brashen vit son sac passer par la fenêtre et tomber dans la rue boueuse en l'éclaboussant au passage. « Hé là ! » s'exclama-t-il, mais, inflexible, l'homme referma sa fenêtre. Brashen tapa du poing puis du pied sur la porte, et lança des insultes à l'aubergiste ; il jetait de grosses poignées de boue grasse contre la fenêtre quand des gardes municipaux firent leur apparition et lui ordonnèrent en riant de déguerpir. Manifestement, ils avaient déjà eu à traiter ce genre de situation, et plus d'une fois.

Brashen accrocha son sac couvert de boue à son épaule et s'en alla dans la nuit à la recherche d'une taverne

4

Dons

« Dans la nuit d'hiver, la lune brille d'un éclat vif et projette des ombres nettes et noires. Les rochers de la grève baignent dans des flaques d'encre et ta coque est plongée dans une obscurité absolue. Et puis, à cause de mon feu, il y a aussi d'autres sortes d'ombres, dansantes, changeantes ; ainsi, quand je te regarde, certaines parties de toi sont noires et durement découpées dans le clair de lune et d'autres paraissent plus douces à la lumière des flammes. »

La voix d'Ambre était presque hypnotique. Il sentait, vaguement à cause de la distance, la chaleur du feu qu'elle avait bâti avec des morceaux de bois rejetés par la mer et allumé un peu plus tôt non sans difficulté. Le chaud et le froid étaient des sensations qu'il avait appris à décrire auprès des hommes, l'une agréable, l'autre désagréable ; mais l'idée elle-même que le chaud valût mieux que le froid était un concept acquis, car, pour du bois, c'était égal. Pourtant, par une telle nuit, avoir chaud lui paraissait plaisant, en effet.

Ambre était assise – en tailleur, lui avait-elle dit – sur une couverture pliée pour l'isoler du sable humide, et elle s'adossait à sa coque. La texture de sa chevelure qui tombait librement sur ses épaules était plus fine que celle de l'algue la plus douce ; ses cheveux s'accrochaient au grain du bois-sorcier, et, quand elle bougeait, des mèches caressaient le vaigrage avant de s'en détacher.

« Tu parviens presque à me rappeler le temps où j'y voyais encore ; pas seulement l'époque où la vue était un outil qui servait à distinguer formes et couleurs, mais celle où c'était un plaisir auquel j'aimais à me laisser aller. »

Sans répondre, Ambre leva la main et la posa à plat sur ses planches ; c'était un geste coutumier chez elle qui évoquait à Parangon, par certains aspects, un contact visuel, comme un échange de regards plein de sous-entendus mais sans les yeux. Il sourit.

« Je t'ai apporté quelque chose, dit Ambre, interrompant le silence amical.

– Tu m'as apporté quelque chose ? répéta-t-il, étonné. C'est vrai ? » Il s'efforça de conserver un ton calme. « Personne, je crois, ne m'a jamais apporté quoi que ce soit. »

Elle se redressa. « Comment, jamais ? Nul ne t'a jamais fait de cadeau ? »

Il haussa les épaules. « Où le mettrais-je ?

– Ah... j'y ai pensé. C'est un présent que tu peux porter sur toi. Tiens, tends ta main. Je suis très fière de cet objet, alors je veux te le montrer pièce par pièce. Il m'a fallu du temps pour le fabriquer ; j'ai dû agrandir chaque partie pour la mettre à l'échelle, tu comprends. Voici la première. Reconnais-tu ce que c'est ? »

Et, de sa main minuscule, elle lui écarta les doigts et déposa un objet dans sa paume, un objet en bois. Il était percé d'un trou dans lequel passait un cordon épais. Le bois était poncé, lissé, et il avait une forme particulière. Parangon le fit tourner délicatement entre son pouce et son index; la sculpture était courbe, mais il y avait une saillie là, et l'extrémité était aplatie et déployée. « C'est un dauphin », dit-il. Du bout des doigts, il suivit à nouveau l'échine incurvée et l'éventail de la nageoire caudale. « C'est extraordinaire ! » fit-il en éclatant de rire.

Ambre répondit d'un ton ravi : « Ce n'est pas fini. Passe au suivant sur le cordon.

– Il y en a plusieurs ?

– Naturellement. C'est un collier. Arrives-tu à savoir ce qu'est le suivant ?

– Je veux le mettre », déclara-t-il. Ses mains tremblaient. Un collier, un cadeau pour lui ! Sans attendre la réponse d'Ambre, il saisit le cordon et se le passa par-dessus la tête; le fil se prit dans les éclisses de ses yeux, mais il le dégagea et le laissa tomber sur sa poitrine. Ses doigts coururent rapidement sur les petites sculptures : il y en avait cinq. Cinq ! Il les palpa de nouveau, plus lentement. « Un dauphin, une mouette, une étoile de mer, et... ah, un crabe ! Et un poisson, un flétan : je sens ses écailles et la bosse de ses yeux; ceux du crabe se trouvent au bout de leurs pédoncules, l'étoile de mer est rugueuse et voici les alignements de ventouses en dessous. Ah, Ambre, c'est prodigieux ! Est-ce beau sur moi ? Est-ce que ça me va bien ?

– Ma parole, mais te voilà bien vaniteux ! Je n'aurais jamais cru ça de toi, Parangon. » Jamais il n'avait perçu un tel ravissement dans la voix de la femme. « Oui, c'est très beau, on dirait que ça fait partie de toi ; je dois avouer que ça m'inquiétait : tu es manifestement l'œuvre d'un maître sculpteur et je craignais que mes créations ne paraissent maladroites à côté de tant de raffinement. Mais je dois me féliciter, même si ce n'est pas à moi de me jeter des fleurs. Chaque animal est fait d'un bois différent ; le sens-tu ? L'étoile de mer est en chêne, et j'ai découvert le crabe dans un gros nœud de pin ; le dauphin, lui, se trouvait dans l'arrondi d'une branche de saule. Touche-le et suis-en le grain du doigt. De fil et de couleur, aucun n'est semblable aux autres ; je n'aime pas peindre le bois ; il a ses teintes propres, et, à mon avis, c'est ainsi, naturel et posé sur ta peau halée, qu'il est mis le mieux en valeur. »

Elle partageait avec lui ses idées d'un ton vif et passionné, presque intime, comme si nul au monde ne pouvait la comprendre mieux que lui, et Parangon se sentit merveilleusement flatté lorsqu'elle effleura sa poitrine du bout des doigts. « Puis-je te poser une question ? demanda-t-elle.

– Naturellement. » Il palpait chaque sculpture l'une après l'autre en y découvrant sans cesse de nouveaux détails de texture et de forme.

« D'après ce que j'ai entendu dire, la figure de proue d'une vive-nef est peinte ; mais quand elle

124

s'éveille, elle prend une teinte qui lui est propre. C'est ce qui s'est passé pour toi ; mais... comment cela se fait-il ? Pourquoi ? Et pourquoi seulement la figure de proue, pourquoi pas toutes les parties du navire qui sont en bois-sorcier ?

– Je l'ignore », répondit-il avec gêne. Il arrivait à Ambre de poser de ces questions incongrues, et il n'aimait pas cela : elles lui rappelaient trop vivement leur différence ; en outre, ses interrogations tombaient toujours aux moments où il se sentait le plus proche d'elle. « Pourquoi ton teint a-t-il la couleur qu'il a ? Comment ta peau, tes yeux te sont-ils venus ?

– Ah, je comprends. » Elle se tut un instant. « Je pensais que la volonté entrait peut-être dans le processus. Tu représentes un tel prodige pour moi ! Tu parles, tu penses, tu bouges... Peux-tu bouger tout entier ? Pas seulement les parties sculptées, comme tes mains et tes lèvres, mais ton planchéiage et tes membrures aussi ? »

Cela lui était possible ; un bateau flexible résistait mieux aux coups de bélier du vent et des vagues qu'un bâtiment trop rigide ; les planches pouvaient plier légèrement pour amortir la pression de la mer, voire s'écarter les unes des autres pour laisser pénétrer sans bruit une nappe d'eau qui s'étendait et s'accumulait dans le navire, noire, glacée comme la nuit même. Mais cela serait impardonnable, ce serait une trahison de sang-froid, impardonnable, inexpiable. Parangon rejeta brusquement le souvenir torturant et demanda, soudain soupçonneux : « Pourquoi cette question ? » Que cherchait-elle ? Pourquoi lui apportait-elle des cadeaux ? Nul ne pouvait éprouver de réelle affection pour lui, il le savait bien, il l'avait toujours su. Peut-être n'était-ce qu'une ruse, peut-être Ambre était-elle en cheville avec Restart et Mingslai, et s'efforçait-elle de percer tous ses secrets, de tout apprendre sur le bois-sorcier avant d'aller le répéter à ses acolytes.

« Je ne voulais pas t'assombrir, dit Ambre à mi-voix.

– Ah non ? Que voulais-tu alors ? demanda-t-il d'un ton sarcastique.

– Te comprendre. » Il n'y avait aucune agressivité dans sa réponse, aucune colère, seulement de la douceur. « A ma façon, je suis aussi différente des habitants de Terrilville que de toi ; je suis une étrangère et je pourrai vivre aussi longtemps que je le veux dans cette cité, y exercer mon métier le plus honnêtement du monde, je resterai toujours une nouvelle venue. Les immigrants ne sont pas les bienvenus à Terrilville, et la solitude me pèse. » Elle baissa le ton. « C'est pourquoi je recherche ton amitié : parce que je te sens aussi seul que moi. »

Seul... donc pitoyable ! Elle avait pitié de lui ! Et le croyait idiot, assez, en tout cas, pour s'imaginer qu'elle avait de l'affection pour lui, alors qu'elle cherchait seulement à percer ses mystères. « Et parce que tu aimerais connaître les secrets du bois-sorcier », dit-il pour voir quelle serait sa réaction.

Elle se laissa prendre au piège de son ton mesuré ; elle eut un petit rire. « Je mentirais si je prétendais ne pas être curieuse. D'où vient ce bois capable de s'animer ? Quel genre d'arbre le produit et où pousse-t-il ?

Cette essence est-elle rare ? Oui, certainement, puisque des familles s'endettent pour plusieurs générations afin d'en posséder quelques morceaux. Pourquoi ? »

Ses propos faisaient trop fidèlement écho à ceux de Mingslai. Parangon éclata d'un rire sec et tonnant qui éveilla les oiseaux de la falaise et les fit s'envoler en criaillant dans l'obscurité. « Comme si tu ne le savais pas ! se moqua-t-il. Pourquoi Mingslai t'a-t-il envoyée ? Croit-il que je vais t'accorder mon amitié ? Que je vais naviguer par affection pour toi ? Je connais ses projets : il s'imagine qu'en me possédant il pourra remonter sans crainte le fleuve du Désert des Pluies et faire main basse sur un commerce qui n'appartient de droit qu'aux Marchands de Terrilville et du Désert des Pluies. » Parangon prit un ton méditatif. « Il pense qu'étant fou je vais trahir ma famille, que, parce qu'elle me hait, me maudit et m'abandonne, je vais me retourner contre elle. » Il tira brutalement sur le cordon du collier qui se rompit et le jeta sur le sable « Mais je suis fidèle ! J'ai toujours été fidèle et loyal, quoi qu'on ait pu en dire ou en croire ! J'ai toujours été fidèle et je le reste ! » D'une voix forte et rauque, il déclara : « Ecoutez-moi, membres de la famille Ludchance ! Je vous suis fidèle ! Je ne navigue que pour les miens ! Que pour vous ! » Il sentit sa coque vibrer à l'unisson de sa voix.

Sa poitrine se soulevant et s'abaissant, il haletait dans la nuit d'hiver. Il tendit l'oreille, mais ne perçut aucune réaction de la part d'Ambre ; il n'entendait que le crépitement du feu, les cris querelleurs des oiseaux qui se réinstallaient dans leurs nids, et le clapotis éternel des vagues. Rien d'Ambre. Peut-être s'était-elle sauvée pendant qu'il protestait de sa loyauté; peut-être s'était-elle éloignée dans la nuit, honteusement, lâchement. Il avala sa salive en se massant le front. Cela n'avait pas d'importance. Elle n'avait pas d'importance. Rien n'avait d'importance, non, rien. Il se frotta la nuque là où le cordon avait cassé. Il écouta les vagues qui progressaient peu à peu sur la grève à mesure que la marée montait, il perçut le bruit des bouts de bois qui s'effondraient sur les braises et sentit la bouffée de fumée qui s'en échappa. Il sursauta quand Ambre parla.

« Ce n'est pas Mingslai qui m'envoie. » A l'oreille, il comprit qu'elle se dressait brusquement; elle s'approcha du feu et se mit à réarranger les morceaux de bois, puis poursuivit d'une voix calme et maîtrisée : « Tu as raison : la première fois que je suis venue, c'est lui qui m'a amenée. Il proposait de te débiter pour récupérer ton bois-sorcier, mais, dès l'instant où je t'ai vu, mon cœur s'est élevé contre cette idée. Parangon, je souhaiterais vraiment gagner ton amitié; à mes yeux, tu es un prodige et une énigme, et ma curiosité a toujours été plus grande que ma sagesse; mais ma solitude les bat toutes les deux, parce que je suis loin de chez moi et des miens, dans le temps autant que dans l'espace. »

Elle parlait vite et ses mots tombaient comme une grêle de pierres. Elle se déplaçait sur la grève : Parangon entendait le froissement de ses jupes. Son oreille fine capta le bruit de deux bouts de bois entrechoqués. Mon collier ! se dit-il, consterné. Elle était en train d'en ramasser les morceaux. Elle allait reprendre son cadeau !

« Ambre ? » fit-il d'un ton implorant, d'une voix aiguë qui se brisa en fin de mot, comme cela lui arrivait parfois quand il avait peur. « Tu remportes mon collier ? »

Un long silence ; puis elle répondit, presque revêche : « Je pensais que tu n'en voulais plus.

– Si, je le veux. J'y tiens beaucoup. » Comme elle ne disait rien, il rassembla son courage. « Tu me méprises à présent, n'est-ce pas ? » demanda-t-il. Il s'exprimait avec grand calme, bien que d'une voix anormalement haute.

« Parangon, je... » Elle laissa la phrase en suspens, puis reprit soudain avec douceur : « Je ne te méprise pas. Mais je ne te comprends pas non plus, ajouta-t-elle tristement. Parfois, j'entends dans tes propos la sagesse de plusieurs générations, et, en d'autres occasions, tu te transformes sans crier gare en enfant gâté. »

Tu as douze ans ! Tu es presque adulte, sacré nom, et si tu n'apprends pas à te comporter en conséquence pendant ce voyage, tu ne deviendras jamais un homme, espèce de petite larve pleurnicharde ! Il se couvrit les yeux – ou du moins leur emplacement – pour cacher les larmes qui auraient dû en couler, puis il plaça une de ses mains sur sa bouche pour étouffer le sanglot qu'il sentait monter. *Pourvu qu'elle ne me regarde pas !* se dit-il. *Pourvu qu'elle ne me voie pas !*

Ambre continuait son discours. « Je ne sais pas comment te prendre, quelquefois. Ah, voici le crabe !

Je les ai tous maintenant. Tu devrais avoir honte de les avoir jetés ainsi, comme un bébé qui jette ses jouets. Il faut que je répare le cordon à présent, alors un peu de patience, s'il te plaît. »

Il écarta sa main de sa bouche et inspira profondément pour se calmer, puis réussit à exprimer ce qu'il redoutait : « Est-ce que j'ai... Est-ce qu'ils sont cassés ?

— Non. Je suis bonne ouvrière, heureusement. » Elle avait regagné sa couverture étendue près du feu et il entendait les petits bruits qu'elle faisait en travaillant, les infimes chocs des sculptures les unes contre les autres. « Quand je les ai fabriqués, je n'ai pas oublié qu'ils allaient rester exposés au vent et à la pluie, et je les ai longuement huilés et cirés. En outre, ils sont tombés sur le sable ; mais, contre des rochers, ils ne résisteraient pas, aussi, à ta place, je ne recommencerais pas.

— C'est promis. » Puis il demanda d'un ton circonspect : « Tu es en colère contre moi ?

— Je l'étais, mais c'est passé.

— Tu n'as pas crié. J'ai même cru que tu étais partie.

— J'ai bien failli m'en aller, en effet. Je n'aime pas les hurlements, j'ai horreur de me faire invectiver et je ne crie jamais contre personne – ce qui ne veut pas dire que je ne me mets jamais en colère. » Elle se tut un instant, puis ajouta : « Ni que je suis insensible. "Seule ma douleur est plus muette que ma colère." C'est une citation de Tinni, le poète, ou plutôt une paraphrase, une traduction.

– Récite-moi ce poème », fit Parangon, sautant sur l'occasion de passer à un sujet de conversation moins délicat. Il ne voulait plus entendre parler de colère, de mépris ni d'enfants gâtés. Au cours de sa déclamation, peut-être oublierait-elle qu'il ne s'était pas excusé : il ne voulait pas qu'elle sût qu'il en était incapable.

*

« Nounou dit qu'elle préférerait rester chez nous à demi-salaire, si nous en avons encore les moyens », dit Ronica. Il n'y avait pas un bruit dans la pièce ; Keffria était installée dans un fauteuil de l'autre côté de la cheminée, à la place qu'occupait son père lors de ses séjours à terre ; elle tenait entre ses mains un petit canevas, et des pelotes de fils de couleur étaient posées sur un de ses accoudoirs, mais elle ne cherchait plus à faire semblant de travailler. Les mains de Ronica étaient également inactives.

« Eh bien, en avons-nous les moyens ? demanda Keffria.

– Tout juste, à condition que nous acceptions une cuisine et une existence frugales. Je suis presque gênée d'avouer quel soulagement et quelle reconnaissance m'inspire sa proposition ; j'avais des remords de l'obliger à partir. La plupart des familles cherchent des jeunes femmes pour s'occuper de leurs enfants et elle aurait eu du mal à trouver une autre place.

– Je sais ; et puis ça aurait été un choc terrible pour Selden. » Keffria s'éclaircit la gorge. « Bien ; et qu'en est-il de Rache ?

– Pareil », répondit Ronica laconiquement.

Avec prudence, Keffria dit : « Si nos finances sont mauvaises à ce point, peut-être n'est-il pas aussi essentiel de verser un salaire à Rache que... »

Ronica l'interrompit d'un ton cassant : « Ce n'est pas mon point de vue. »

Keffria se tut sans la quitter des yeux.

Au bout d'un moment, Ronica détourna le regard. « Pardon. Je suis trop sèche avec tout le monde ces temps-ci, je sais. » Elle fit un effort pour prendre un ton plus aimable. « Je tiens à ce que Rache touche quelque chose ; c'est important pour nous toutes. Pas au point de jouer l'existence de Malta, mais davantage que de nouvelles robes et des rubans pour les cheveux.

– A vrai dire, je suis d'accord, répondit Keffria à mi-voix. Je voulais seulement en discuter avec toi. Eh bien, maintenant que nous sommes convenues des dépenses nécessaires, reste-t-il de quoi payer les Festrée ? »

Sa mère hocha la tête. « Nous avons la somme en or, Keffria ; je l'ai mise de côté, tout entière, y compris le dédit. Nous pouvons payer les Festrée. D'ici là, en revanche, nous ne pouvons rembourser personne d'autre, et il y aura sûrement des créanciers pour venir chercher leur dû.

– Que feras-tu alors ? » demanda Keffria. Puis elle se reprit : « Que devons-nous faire, à ton avis ? »

Ronica poussa un soupir. « Attendre de voir ceux qui se présentent et jusqu'à quel point ils insistent. La *Vivacia* ne doit plus tarder ; certains accepteront peut-être de remettre leur créance jusqu'à son arrivée, d'autres risquent de demander des intérêts ; au pire, quelques-uns exigeront un payement immédiat. Nous devrons alors vendre une partie des propriétés.

– Mais, selon toi, il ne faudrait y avoir recours qu'en désespoir de cause ?

– En effet. » Ronica s'exprimait d'un ton ferme. « Les voitures, les chevaux, même les bijoux, tout cela va et vient, et je n'ai pas l'impression que ce que nous avons vendu nous ait manqué vraiment ; oh, je sais bien que Malta a mal pris de ne pas avoir de nouvelles toilettes cet hiver, mais je ne crois pas que sa souffrance ait été à la hauteur de sa méchante humeur. Il n'est pas mauvais qu'elle apprenne à se montrer un peu économe ; elle n'a guère eu l'occasion jusqu'ici de s'y exercer. »

Keffria tint sa langue. Le sujet de sa fille était devenu sensible et elle préférait l'éviter autant que possible. « Mais les terres ? » fit-elle pour relancer sa mère. Elles avaient déjà eu cette discussion, et elle ne savait pas vraiment pourquoi elle ramenait la question sur le tapis.

« Les propriétés, c'est une autre affaire. De plus en plus de gens s'installent à Terrilville et le prix des terrains les plus recherchés augmente en conséquence. Si nous vendions aujourd'hui, ce seraient les nouveaux arrivants qui nous feraient les meilleures offres, et, si nous les acceptions, nous nous ferions mal voir des autres Premiers Marchands parce que nous donnerions davantage de pouvoir aux étrangers. En outre, et c'est pour moi l'argument le plus important, nous perdrions quelque chose d'irremplaçable ; on peut toujours racheter une nouvelle calèche ou des boucles d'oreilles, mais il ne reste plus de terrains alluviaux disponibles à proximité de Terrilville. Une fois que nous aurions cédé les nôtres, nous ne pourrions jamais les récupérer.

— Tu as raison, je pense. Et tu crois que nous pouvons tenir jusqu'au retour de la *Vivacia*?

— Oui. Nous avons appris qu'elle a croisé le *Paroch* dans le détroit de Markham, ce qui signifie qu'elle suivait les prévisions pour sa date d'arrivée à Jamaillia ; le trajet vers le sud est toujours délicat à cette époque de l'année. » Ronica ne faisait que répéter ce que sa fille et elle savaient pertinemment. Qu'y avait-il donc de si rassurant à échanger des vues déjà connues ? Peut-être la croyance qu'à force de les ressasser le destin les entendrait et prêterait attention à leurs espoirs ? « Si Kyle vend aussi bien les esclaves qu'il le pensait, nous devrions avoir de quoi nous libérer de nos dettes à son retour. » Ronica avait pris un ton parfaitement neutre pour parler des esclaves : elle n'approuvait toujours pas ce commerce. Keffria non plus, certes, mais quelle autre solution avaient-elles ?

« Oui, s'il vend bien les esclaves, nous aurons assez, répéta-t-elle à la suite de sa mère. Mais tout juste. Maman, combien de temps pourrons-nous tenir à rester à peine quittes envers nos créanciers ? Si le prix des céréales chute encore un peu, nous tomberons avec lui. Que se passera-t-il alors ?

— Nous ne serons pas seuls », dit sa mère d'un ton sinistre.

Keffria prit son souffle. Elles parlaient souvent de leurs espérances déçues ; à présent, rassemblant son courage, elle s'apprêtait à exprimer la crainte qu'elles n'osaient pas dire. « Crois-tu vraiment à un soulèvement contre le Gouverneur ? A une guerre ? » Le seul fait d'évoquer un conflit avec la capitale était difficile. Keffria avait beau être née à Terrilville, Jamaillia restait la mère patrie, la source, l'orgueil des habitants de Terrilville, le siège de toute civilisation, de toute science, Jamaillia la blanche qui scintillait au sud comme un joyau.

Ronica se tut un long moment avant de déclarer : « Cela dépendra en grande partie de la réponse du Gouverneur à nos ambassadeurs. Il circule une autre rumeur inquiétante sur lui : il aurait l'intention d'engager des mercenaires chalcèdes pour escorter les navires marchands et les corsaires jamailliens afin de débarrasser le Passage Intérieur des pirates, et déjà les discussions vont bon train : les gens disent qu'on ne doit pas autoriser des vaisseaux armés chalcèdes dans nos eaux et nos ports. Mais je ne pense pas que nous nous dirigions vers un conflit déclaré : nous ne sommes pas des guerriers mais des marchands. Le Gouverneur doit savoir que nous lui demandons seulement de tenir sa parole envers nous. Nos ambassadeurs ont emporté la charte d'origine de notre assemblée ; elle sera lue devant le Gouverneur et ses Compagnes, ainsi, nul ne pourra démentir ce qui nous a été promis, il sera obligé de rappeler les Nouveaux Marchands. »

Toujours la même rengaine, se dit Keffria : sa mère parlait de leurs espoirs, essayait de créer une réalité à partir de simples paroles. « Certains pensaient qu'il pourrait offrir de nous dédommager en espèces, fit-elle d'un ton hésitant.

– Nous refuserions, répliqua vivement sa mère. Franchement, j'ai été choquée quand Davad Restart a proposé que nous nous mettions d'accord sur une somme et que nous allions la réclamer. On ne rachète pas une promesse ! » Elle ajouta d'un ton amer : « Parfois, je crains que Davad n'ait oublié son propre statut. Il passe beaucoup de temps en compagnie des Nouveaux Marchands et prend trop souvent leur défense. Nous sommes le lien entre le monde extérieur et nos parents du Désert des Pluies ; devons-nous préférer l'argent à notre famille ?

– Il m'est pénible de penser à elle en ce moment ; à chaque fois, je la ressens comme une menace envers Malta.

– Une menace ? » Ronica parut presque froissée. « Keffria, il ne faut pas oublier qu'elle nous oblige à respecter notre ancien accord et rien de plus ; nous avons exactement la même attitude avec le Gouverneur.

– Alors tu n'aurais pas l'impression de vendre Malta comme une esclave s'il venait un temps où nous n'aurions pas d'or à verser et qu'on nous réclame du sang à la place ? »

Ronica se tut un moment. « Non », répondit-elle enfin. Puis elle soupira. « Je ne me réjouirais certes pas de la voir partir, mais, tu sais, Keffria, je n'ai jamais entendu dire qu'un homme ou une femme de Terrilville ait été retenu contre son gré chez les Marchands du Désert des Pluies. Ce sont des épouses et des époux qu'ils veulent, pas des domestiques. Qui souhaiterait se marier avec quelqu'un qui n'est pas consentant ? Certains d'entre nous se rendent là-bas de leur propre chef, et d'autres, qui y sont obligés par contrat, reviennent quand cela leur convient. Tu te rappelles Scilla Malubie ? On l'a emmenée dans le Désert des Pluies lorsque sa famille n'a pas pu respecter un contrat ; eh bien, huit mois plus tard, ils l'ont ramenée chez nous parce qu'elle était malheureuse là-bas, mais au bout de deux mois elle leur a dit qu'elle avait commis une erreur et ils sont revenus la chercher. Tu vois, ce ne doit pas être aussi affreux.

– Pour ma part, j'ai entendu dire que sa famille l'avait forcée à y retourner en lui faisant honte ; son grand-père et sa mère auraient considéré qu'elle avait déshonoré les Malubie et rompu son serment en rentrant à Terrilville.

– C'est possible, concéda Ronica d'un ton dubitatif.

– Je refuse que Malta s'en aille là-bas contre son gré, dit Keffria sans ambages, pour une question de devoir ou de fierté, ou même pour notre réputation. Si ça devait arriver, je crois que je l'aiderais moi-même à se sauver.

– Que Sa me garde, moi aussi, je le crains. » Sa mère avait attendu quelques minutes avant de prononcer ces mots d'un ton qui semblait contraint.

Keffria resta pantoise, non seulement de l'aveu de sa mère, mais aussi de la profonde émotion que sa voix trahissait.

Ronica reprit : « Il m'est parfois arrivé de détester ce navire. Comment un simple objet peut-il valoir autant ? Ceux qui l'ont acheté ne se sont pas contentés de promettre de l'or, ils ont aussi lié leurs descendants !

– Si papa avait continué à commercer avec le Désert des Pluies, la *Vivacia* serait sans doute déjà remboursée, observa Keffria.

– C'est très probable ; mais à quel prix ?

– C'était la réponse classique de papa, dit Keffria d'une voix lente, mais je ne l'ai jamais comprise. Il ne s'expliquait jamais et ne parlait jamais de ce sujet devant nous, les filles. La seule fois où je l'ai interrogé, il m'a seulement répondu que ce serait un choix néfaste ; pourtant, toutes les autres familles qui possèdent une vivenef commercent avec les gens du Désert des Pluies. Les Vestrit en possèdent une, ils ont donc ce droit aussi ; pourtant, papa a toujours refusé. » Elle s'avança avec la plus grande prudence : « Nous devrions peut-être reconsidérer sa décision. Kyle serait prêt à essayer, je l'ai compris lorsqu'il a voulu savoir où étaient les cartes du fleuve du Désert des Pluies ; nous n'en avions jamais discuté jusque-là. Je pensais que papa lui avait peut-être déjà expliqué sa position. Avant ce jour-là il ne m'avait jamais demandé pourquoi nous avions cessé tout trafic sur le fleuve ; le sujet ne s'était jamais présenté entre nous.

– Et, si tu te débrouilles intelligemment, il ne se présentera plus jamais, répondit Ronica d'un ton sec. Kyle sur le fleuve du Désert des Pluies, ce serait une catastrophe. »

Kyle... autre sujet sensible. Keffria poussa un soupir. « Je me souviens que, quand j'étais petite, grand-père remontait le fleuve sur la *Vivacia*; je revois encore les cadeaux qu'il nous rapportait; une fois, j'avais eu une boîte à musique qui scintillait quand elle jouait. » Elle secoua la tête. « Je ne sais même pas ce qu'elle est devenue. » Un ton plus bas, elle ajouta : « Et je n'ai jamais vraiment compris le refus de papa de commercer sur le fleuve. »

Les yeux perdus dans le feu comme si elle narrait quelque vieille histoire, Ronica répondit : « Ton père... éprouvait du ressentiment à l'égard du contrat avec les Festrée. Certes, il adorait le bateau et il ne s'en serait séparé pour rien au monde, mais il aimait ses filles encore davantage. Et, à ton instar, il considérait le contrat comme une menace qui pesait sur ses enfants. L'idée d'être lié par un accord dans lequel il n'avait pas eu son mot à dire lui déplaisait. » Ronica baissa la voix. « Dans un certain sens, il en voulait aux Festrée de le tenir par les termes d'un marché aussi cruel. Peut-être voyait-on les choses autrement autrefois; peut-être... » Elle hésita un instant, puis reprit : « Non, je te mens; je m'exprime comme le devoir m'y oblige : un marché est un marché, un contrat un contrat. Mais ce contrat a été passé en d'autres temps, à une époque plus dure que la nôtre. Néanmoins, il nous lie toujours.

— Mais papa l'acceptait mal, fit Keffria pour ramener sa mère au sujet d'origine.

— Il en contestait les conditions. Il disait souvent qu'on ne remboursait jamais une dette aux gens du Désert des Pluies : de nouvelles créances venaient s'ajouter aux anciennes, si bien que les chaînes d'obligations entre familles contractantes ne faisaient que se renforcer d'année en année. Cette idée lui faisait horreur. Il attendait le jour où le navire serait à nous, où nous ne devrions plus rien, et où, si nous le souhaitions, nous pourrions faire nos bagages et quitter Terrilville. »

Cette idée ébranla Keffria jusqu'aux tréfonds. Quitter Terrilville ? Son père avait vraiment songé à emmener sa famille loin de Terrilville ?

Mais sa mère poursuivait : « Et, bien que son père et sa grand-mère eussent fait le commerce des produits du Désert des Pluies, il a toujours regardé ces articles comme impurs – c'est le terme qu'il employait : impurs. Imprégnés de trop de magie. Il pensait que, tôt ou tard, il faudrait en payer le prix. En outre, il ne jugeait pas... honorable, dans un sens, d'importer chez nous la magie d'un autre monde et d'un autre temps, magie qui, peut-être, avait causé la perte d'un autre peuple, voire la chute des Rivages Maudits tout entiers. Il en parlait parfois, tard le soir, et il disait craindre que nous ne nous détruisions nous-mêmes, ainsi que notre civilisation, comme l'avaient fait les Anciens. »

Ronica se tut, et les deux femmes demeurèrent sans bouger, perdues dans leurs pensées. Leur conversation portait sur des sujets rarement abordés, en général. De même que les cartes des chenaux délicats à franchir représentaient un avantage commercial de première importance, les connaissances durement gagnées des Marchands de Terrilville et du Désert des Pluies avaient une valeur inestimable ; leur fortune reposait autant sur les secrets qu'ils partageaient que sur les produits qu'ils échangeaient.

Ronica s'éclaircit la gorge. « Alors il a pris une décision à la fois courageuse et difficile : il a cessé tout trafic sur le fleuve. En conséquence, il a dû travailler deux fois plus dur et rester absent trois fois plus longtemps pour un profit égal. Au lieu du Désert des Pluies, il est allé prospecter les petits ports perdus des canaux de l'intérieur des terres, au sud de Jamaillia, et il a commercé avec les indigènes pour rapporter des articles exotiques et rares, mais dénués de magie. Il jurait que cela ferait notre fortune, et, s'il avait vécu plus longtemps, ça aurait sans doute été vrai.

– Papa pensait-il que la Peste sanguine était d'origine magique ? demanda Keffria, gênée.

– Où as-tu pris une telle idée ? répliqua Ronica d'une voix tendue.

– J'étais très petite ; c'était juste après la mort des garçons. Davad se trouvait chez nous, je m'en souviens, papa pleurait, et moi je me cachais derrière la porte. Vous étiez réunis dans une pièce ; j'avais envie de vous rejoindre mais j'avais peur, parce que je n'avais jamais vu papa pleurer. Et j'ai entendu Davad Restart maudire les Marchands du Désert des Pluies, en disant qu'ils avaient réveillé la maladie en creusant dans leur ville. Sa femme et ses enfants étaient morts eux aussi. Et il a ajouté...

– Je m'en souviens, coupa soudain Ronica. Je me rappelle ce qu'a dit Davad ; mais tu étais trop petite pour comprendre qu'il vivait les affres d'une terrible douleur. Une terrible douleur... » Ronica secoua la tête, les yeux dans le lointain, pleins de souvenirs. « En ces circonstances, on prononce des paroles qu'on ne pense pas, auxquelles on ne croit même pas. Il fallait à Davad quelqu'un ou quelque chose à qui reprocher ce drame, et, pendant quelque temps, il en a rendu responsables les gens du Désert des Pluies ; mais il s'est ressaisi depuis longtemps. »

Keffria demanda d'un ton hésitant : « Est-il vrai que le fils de Davad... »

Mais l'exclamation de sa mère l'interrompit : « Qu'est-ce que c'était ? » Elles se redressèrent toutes deux dans leurs fauteuils et tendirent l'oreille. Les yeux de Ronica étaient si agrandis que le blanc apparaissait tout autour de l'iris.

« On aurait dit un gong », murmura Keffria dans le lourd silence. Entendre un gong du Désert des Pluies à l'instant où elles parlaient de leurs habitants lui donnait la chair de poule. Il lui sembla percevoir des pas étouffés dans le couloir, et, lançant un regard effrayé à sa mère, elle se leva d'un bond ; quand elle parvint à la porte et l'ouvrit, Ronica se tenait sur ses talons. Mais elle ne vit, ou plutôt n'entrevit, que Malta qui passait l'angle à l'autre bout du couloir.

« Malta ! fit-elle sèchement.

— Oui, maman ? » La jeune fille réapparut. Elle était en robe de chambre, une tasse et sa soucoupe à la main.

« Que fais-tu debout à une heure aussi tardive ? » demanda Keffria d'un ton sans aménité.

Malta leva sa tasse. « Je n'arrivais pas à dormir, alors je me suis préparé une infusion de camomille.

— As-tu entendu un bruit étrange à l'instant ? »

Sa fille haussa les épaules. « Je ne crois pas. C'est peut-être le chat qui a fait tomber un objet.

– Ou bien il s'agit d'autre chose », marmotta Ronica d'un ton soucieux. Elle dépassa Keffria et se dirigea vers la cuisine; sa fille la suivit, Malta dans son sillage, sa tasse à la main, le regard empreint de curiosité.

L'obscurité régnait dans la pièce en dehors de la lueur des feux couchés. Dans l'air flottaient les odeurs familières et bizarrement rassurantes de l'endroit : feu, levure de la pâte à pain mise à reposer pour la cuisson du matin, repas du soir. Ronica avait pris une bougie dans le cabinet où elle parlait avec Keffria; elle traversa la cuisine et ouvrit la porte qui donnait sur l'extérieur. L'air froid de l'hiver s'engouffra, créant des fantômes de brume dans la pièce.

« Il y a quelqu'un dehors? demanda Keffria tandis que la bougie coulait dans le vent.

– Non, plus personne », répondit sa mère d'un ton sombre. Elle s'avança sous le porche glacé, scruta les ténèbres alentour puis se baissa pour ramasser un objet. Elle rentra et ferma la porte derrière elle.

« Qu'est-ce que c'est? » firent Keffria et sa fille à l'unisson.

Ronica posa la bougie sur la table, puis, à côté, un petit coffre en bois. Elle l'examina un moment, puis se tourna vers Malta, les yeux étrécis.

« Ca t'est adressé.

– C'est vrai? s'exclama la jeune fille, ravie. Qu'est-ce que c'est? Qui l'envoie? » Elle se précipita vers la table, rayonnante de plaisir anticipé; elle avait toujours adoré les surprises.

D'un geste sans équivoque, sa grand-mère plaqua fermement la main sur le couvercle de la boîte au moment où Malta allait s'en saisir. « Ce que c'est, dit-elle d'une voix glacée, c'est, je crois, un coffre à rêve. Il s'agit d'un présent traditionnel dans le Désert des Pluies lorsqu'un homme désire faire la cour à une femme. »

Keffria sentit son cœur cesser de battre et le souffle lui manquer, mais Malta tenta seulement de s'emparer de la boîte que sa grand-mère tenait inébranlablement. « Qu'y a-t-il à l'intérieur ? demanda-t-elle. Donne-le-moi !

– Non, répondit Ronica d'un ton autoritaire. Tu vas nous accompagner, ta mère et moi, au cabinet de ton grand-père ; tu as des explications à fournir, ma petite ! »

Là-dessus, elle prit le coffret et sortit à grands pas.

« Maman, ce n'est pas juste ! C'est à moi que c'est adressé ! Dis à grand-mère de me le rendre ! Maman ? Maman ? »

Keffria prit conscience qu'elle s'était laissée aller à s'appuyer contre le bord de la table. Elle se redressa lentement. « Malta, n'as-tu pas entendu ta grand-mère ? Il s'agit du présent d'un homme qui veut te faire la cour ! Comment est-ce possible ? »

Malta haussa les épaules. « Je l'ignore ! Je ne sais même pas de qui ça vient ni ce qu'il y a dedans ! Comment veux-tu que je t'en dise quoi que ce soit si grand-mère refuse que j'y jette le moindre coup d'œil ?

– Viens au cabinet », ordonna Keffria en soupirant. Malta partit aussitôt en courant et, le temps que sa

144

mère parvînt dans la pièce, elle se disputait déjà avec sa grand-mère.

« Est-ce que je ne peux pas au moins l'ouvrir ? C'est pour moi, non ?

– Non, tu ne peux pas. Malta, cette affaire est grave, beaucoup plus que tu ne parais t'en rendre compte. C'est un coffre à rêve que tu as reçu, et il est frappé de l'emblème des Khuprus : c'est peut-être la famille la plus prestigieuse du Désert des Pluies, et ce n'est pas une coïncidence si elle représentait toutes les autres à la dernière réunion. On ne traite pas des gens comme eux par-dessus la jambe et on ne se risque pas à les insulter. Sachant cela, veux-tu toujours de ce coffret ? » Ronica tendit l'objet à la jeune fille.

« Oui ! » répondit Malta d'un ton indigné en essayant de s'en emparer, mais Ronica le ramena contre elle au dernier instant.

« Malta ! s'exclama Keffria. Ne sois pas stupide ! Il s'agit d'un présent de cour ! Il faut le renvoyer le plus poliment possible, en faisant comprendre aux Khuprus que tu es trop jeune pour te laisser courtiser par un homme, mais de façon très gracieuse.

– Ce n'est pas vrai ! protesta Malta. Je suis encore trop jeune pour être promise à un homme, mais pourquoi est-ce que je ne pourrais pas le laisser me faire la cour ? S'il te plaît, grand-mère, fais-moi au moins voir ce qu'il contient !

– C'est un coffre à rêve, répondit sèchement Ronica, donc il contient un rêve. On ne l'ouvre pas pour voir ce qu'il y a dedans mais pour faire le songe qu'il renferme.

– Comment peut-on mettre un rêve en boîte? demanda Keffria.

– Par magie, dit Ronica d'un ton brusque. La magie du Désert des Pluies. »

Malta eut un hoquet d'excitation. « Est-ce que je pourrai le faire ce soir?

– Non! explosa Ronica. Malta, tu n'écoutes rien! Tu ne feras rien du tout. Il faut renvoyer ce coffret intact, en expliquant avec la plus grande politesse qu'il a dû y avoir méprise. Si tu ouvres cette boîte et fais ce rêve, tu consens à la demande de cet homme; tu lui donnes la permission de te courtiser.

– Eh bien, en quoi est-ce si terrible? Ce n'est pas comme si je promettais de l'épouser!

– Si nous te laissons ouvrir ce présent, nous acceptons également qu'il te fasse la cour. Cela revient à dire que nous te considérons comme une femme en âge d'avoir des soupirants, ce qui n'est certes pas le cas », dit Ronica d'un ton ferme.

Malta croisa les bras et se jeta dans un fauteuil, puis elle releva le menton d'un air de défi. « Je serai bien contente quand mon père sera de retour! déclara-t-elle d'un ton boudeur.

– En es-tu sûre? » répliqua Ronica, acide.

Pendant cette scène, Keffria avait l'impression d'être invisible, et inutile de surcroît. Le spectacle de ces deux volontés qui se heurtaient lui évoquait l'image de jeunes taureaux au printemps en train de se pousser front contre front, de s'ébrouer et de se défier. C'était un combat qui se déroulait devant elle, une lutte pour la domination, destinée à décider laquelle des deux femmes allait imposer sa loi dans la maison pendant l'absence de Kyle. Puis Keffria se reprit dans une subite intuition : Kyle n'était qu'un pion que Malta avait jeté dans la partie. Elle avait déjà découvert qu'elle pouvait manipuler son père, impuissant devant son caractère retors, et, à mesure qu'elle grandirait, elle le considérerait de moins en moins comme une gêne. Manifestement, seule sa grand-mère représentait un obstacle à ses yeux; elle avait écarté sa propre mère comme quantité négligeable.

Mais, après tout, n'était-ce pas la réalité? Depuis des années elle se laissait ballotter au gré des flux et reflux de la vie de la maison. Autrefois, son père naviguait, sa mère gérait les propriétés, et elle-même habitait sous le toit paternel; quand Kyle était entré dans son existence, ils avaient dépensé son salaire surtout en distractions. Aujourd'hui que son père était mort, Kyle et Ronica luttaient pour tenir le gouvernail, pendant que Malta et sa grand-mère se battaient pour savoir qui édicterait les règles domestiques. Peu importait qui serait la gagnante, Keffria passerait inaperçue, invisible comme toujours. Malta ne prêtait nulle attention à ses tentatives maladroites pour faire preuve d'autorité – comme tout le monde.

Keffria se raidit et se dirigea brusquement vers sa mère. « Maman, donne-moi cette boîte, fit-elle d'un ton péremptoire. C'est ma fille qui est à l'origine de ce regrettable malentendu, c'est donc à moi, je pense, de rétablir la situation. »

L'espace d'un instant, elle crut que sa mère allait refuser; mais, avec un coup d'œil à Malta, Ronica lui remit le coffret. Il ne pesait guère, et Keffria prit conscience qu'il s'en dégageait un doux parfum, plus épicé que celui du bois de santal. Malta le regardait avec l'avidité d'un chien affamé devant un morceau de viande crue. « J'écrirai aux Khuprus dès demain matin ; je pense pouvoir demander au *Kendri* de leur rapporter leur présent. »

Sa mère hochait la tête. « Mais songe à l'emballer soigneusement : il ne faut pas que quiconque sache que nous le renvoyons. Refuser une proposition de cour, quelle qu'en soit la raison, est délicat ; mieux vaudrait que l'affaire reste entre les deux parties. » Comme Keffria acquiesçait, Ronica s'adressa soudain à Malta : « Tu as bien compris, Malta ? Il ne faut en parler à personne, ni à tes petites amies ni aux domestiques. Ce malentendu doit être résolu rapidement et sans équivoque. »

L'intéressée la regarda d'un air maussade sans rien dire.

« Malta ! fit Keffria d'un ton sec, et sa fille sursauta. As-tu compris ? Réponds !

— J'ai compris », marmotta-t-elle, puis, avec un regard de défi à sa mère, elle se renfonça dans son fauteuil.

« Parfait, c'est donc réglé. » Keffria avait décidé de mettre fin à l'affrontement tant qu'elle avait la haute main. « A présent, je vais me coucher.

— Attends, intervint Ronica d'un ton grave. Il reste une chose que tu dois savoir sur les coffres à rêve, Keffria : ce ne sont pas des articles courants. Chacun est fabriqué séparément et accordé à une personne précise.

– Comment cela ? demanda Keffria sans l'avoir voulu.

– Ah, ça, je l'ignore, naturellement. Mais voici ce que je sais : pour en créer un, le fabricant doit d'abord posséder un objet personnel du destinataire. » Ronica soupira en se radossant dans son fauteuil. « Ce coffre n'est pas arrivé devant notre porte par hasard : il a été spécifiquement adressé à Malta. » Elle secoua la tête d'un air peiné. « Elle a dû donner quelque chose qui lui appartenait à un homme du Désert des Pluies, un objet personnel dans lequel il a vu un présent.

– Oh, Malta, non ! s'exclama sa mère, atterrée.

– Je n'ai rien fait ! » La jeune fille se redressa, indignée. « Je n'ai rien fait ! » Elle avait crié ces derniers mots.

Keffria se leva pour vérifier la porte. Une fois assurée qu'elle était verrouillée, elle alla se planter devant sa fille. « Je veux la vérité, dit-elle d'un ton calme, avec simplicité. Que s'est-il passé et quand était-ce ? Comment as-tu fait la connaissance de ce jeune homme ? Qu'as-tu fait pour lui donner à croire que tu accepterais un présent de cour ? »

Le regard de Malta passa de sa mère à sa grand-mère. « C'est à la réunion des Marchands, avoua-t-elle, boudeuse. Je suis sortie prendre l'air et j'ai dit bonsoir à un cocher que j'ai croisé. Je crois qu'il se tenait appuyé à la voiture des Khuprus. C'est tout.

– A quoi ressemblait-il ? demanda Ronica d'une voix tendue.

– Je l'ignore, répondit Malta, et elle prit un ton ironique pour ajouter : Il était du Désert des Pluies ; ces gens portent des voiles et des capuches quand ils viennent chez nous, tu sais.

– Je le sais, en effet, répliqua Ronica. Mais pas leurs cochers. Crois-tu qu'ils ont descendu le fleuve en calèche, jeune sotte ? Chaque famille du Désert des Pluies a une voiture à demeure à Terrilville et ne s'en sert que lorsqu'elle vient ici ; par conséquent, ils louent les services de cochers locaux. Si tu as parlé à un homme portant voile, c'est que tu avais affaire à un Marchand du Désert des Pluies. Que lui as-tu dit et que lui as-tu donné ?

– Rien ! s'emporta Malta. Je lui ai dit bonsoir en passant devant lui et il a répondu la même chose, c'est tout !

– Alors comment se fait-il qu'il connaisse ton nom ? Comment a-t-il pu créer un rêve pour toi ? insista Ronica.

– Je n'en sais rien, répliqua Malta. Il a peut-être deviné de quelle famille j'étais grâce à la couleur de ma robe et il s'est renseigné ensuite pour apprendre mon prénom. » Brusquement, à la complète stupéfaction de Keffria, elle éclata en larmes. « Pourquoi est-ce que vous me traitez toujours ainsi ? Vous n'avez jamais un mot gentil pour moi ! Vous n'avez qu'accusations et reproches à m'adresser ! Vous me prenez pour une prostituée, une menteuse ou que sais-je ! Quelqu'un m'envoie un cadeau, vous ne me laissez même pas l'ouvrir et c'est moi qui suis en faute ! Je ne sais plus comment me comporter avec vous ; vous voulez que je reste une petite fille, mais en même temps vous attendez de moi que je sache tout et que je sois responsable en tout ! Ce n'est pas juste ! » Elle se cacha le visage dans les mains, secouée de sanglots.

« Oh, Malta ! » dit involontairement Keffria d'un ton las. Elle s'approcha vivement de sa fille et posa les mains sur ses épaules tremblantes. « Nous ne te prenons ni pour une prostituée ni pour une menteuse ; nous nous faisons simplement beaucoup de souci pour toi. Tu essayes de grandir trop vite alors qu'il y a de nombreux périls que tu ne comprends pas.

– Je regrette, fit Malta en hoquetant. Je n'aurais pas dû sortir ce soir-là ; mais il faisait étouffant dans la salle et tous ces gens qui s'invectivaient me faisaient peur.

– Je sais, je sais, c'était effrayant. » Keffria tapota affectueusement l'épaule de sa fille. Elle s'en voulait de voir Malta pleurer ainsi, de l'avoir poussée, avec l'aide de sa mère, jusqu'au point de rupture, et pourtant elle éprouvait en même temps un sentiment de soulagement : la jeune fille insolente et acerbe était une inconnue, alors que la Malta qu'elle avait à présent devant elle était sa petite fille, en pleurs et qui avait besoin d'être consolée. Peut-être avaient-elles réussi à fissurer sa carapace, peut-être pouvaient-elles enfin raisonner avec cette Malta-ci. Elle se pencha pour serrer contre elle sa fille, qui lui rendit son étreinte brièvement et avec maladresse.

« Malta, dit-elle doucement, tiens, regarde, voici la boîte. Tu ne peux ni la garder ni l'ouvrir : il faut la renvoyer intacte ; mais tu peux l'examiner. »

En reniflant, Malta se redressa dans son fauteuil. Ses yeux se portèrent sur le coffret que tenait sa mère, mais elle ne tenta pas de le prendre. « Oh, fit-elle au bout d'un moment, ce n'est qu'une boîte sculptée. J'espérais qu'elle était incrustée de pierres précieuses, je ne sais pas. » Elle détourna les yeux de l'objet. « Puis-je aller me coucher maintenant ? demanda-t-elle d'un ton las.

– Bien sûr. Va dormir ; nous reparlerons demain quand nous nous serons toutes reposées. »

Soumise, Malta acquiesça en reniflant. Keffria la regarda sortir à pas lents, puis se tourna vers sa mère avec un soupir. « C'est dur, parfois, de la voir grandir. »

Ronica hocha la tête d'un air compréhensif, mais déclara : « Enferme ce coffret à double tour pour la nuit. Demain matin, j'enverrai un coursier aux quais le porter avec ta lettre au *Kendri*. »

*

C'est quelques heures avant l'aube que Malta rapporta le petit coffre dans sa chambre. Il se trouvait exactement là où elle l'avait prévu : dans le placard « secret » de sa mère, au fond de la penderie de son cabinet de toilette. Elle y cachait toujours les cadeaux d'anniversaire et ses huiles corporelles les plus onéreuses. Malta avait craint qu'elle ne le garde sous son oreiller, voire qu'elle ne l'ouvre elle-même pour profiter du rêve, mais elle n'en avait rien fait.

Malta referma la porte derrière elle et s'assit sur son lit, le coffret sur les genoux. Faire tant d'histoires pour un si petit présent ! Elle approcha la boîte de son nez pour la humer : oui, il lui avait bien semblé qu'elle dégageait un parfum sucré. Elle se leva et se dirigea sans bruit, pieds nus, vers sa propre garde-robe : sur l'étagère du haut, dans une cassette dissimulée sous de vieilles poupées, se trouvaient le châle et le bijou de feu. Dans l'obscurité, il paraissait flamboyer d'un éclat encore plus vif, et Malta resta un moment à le contempler, avant de se rappeler pourquoi elle l'avait sorti de sa cachette : elle posa son nez sur le châle qu'elle emporta ensuite pour comparer son parfum avec celui du coffret. Les fragrances étaient différentes bien qu'exotiques toutes deux ; agréables mais différentes.

Par conséquent, le coffret n'était peut-être même pas un cadeau du personnage voilé ; l'emblème qui l'ornait était semblable à celui de la voiture, certes, mais peut-être la boîte avait-elle été simplement achetée aux Khuprus. Et si le véritable expéditeur n'était autre que Cerwin ? Depuis des années qu'elle connaissait Delo, elle avait laissé quantité d'objets personnels chez elle ; dès lors, Cerwin n'aurait eu aucun mal à faire fabriquer le coffret. Oui, maintenant qu'elle y songeait, c'était le plus vraisemblable : après tout, pourquoi un inconnu rencontré par hasard enverrait-il un présent aussi onéreux ? Non, c'était sans doute un cadeau de Cerwin. Et soudain, elle tint la clé de voûte de ses supputations : si l'homme au voile avait réussi à connaître son identité et à lui faire parvenir un présent, n'en aurait-il pas profité pour lui demander de lui retourner son châle et son bijou de feu ? Mais si, naturellement ! Donc, il était hors de cause ; le coffret venait de Cerwin.

Elle fourra écharpe et bijou sous son oreiller, puis se coucha en chien de fusil, la boîte serrée contre elle. De l'index, elle suivit le contour de ses lèvres. Cerwin... Son doigt descendit le long de son menton, traça une ligne entre ses seins. Quel genre de rêve avait-il pu lui choisir ? Elle eut un petit sourire : elle pensait le savoir. Son cœur se mit à battre un peu plus vite.

Elle ferma les yeux et souleva le couvercle – sans succès. Elle rouvrit les yeux pour l'examiner : ce qu'elle avait pris pour un système de fermeture n'en était pas un. Le temps qu'elle comprenne le principe d'ouverture, l'agacement l'avait saisie, et, quand elle ouvrit enfin le coffret, elle découvrit qu'il était vide. Complètement vide. Elle avait imaginé un scintillement de poussière de rêve, un éclair de lumière, une bouffée de musique ou de parfum, mais elle eut beau scruter les coins de la boîte, puis passer la main à l'intérieur par acquit de conscience, elle ne trouva rien : le petit coffre était vide. Qu'est-ce que cela voulait dire ? Etait-ce une plaisanterie ? Ou bien la boîte, avec ses sculptures habiles et son bois agréablement parfumé, constituait-elle en elle-même un présent ? Peut-être ne s'agissait-il même pas d'un coffre à rêve ; peut-être avait-elle été victime de l'imagination et des idées vieillottes de sa grand-mère. Un coffre à rêve ! Elle n'en avait jamais entendu parler avant ce soir ! Dans une grande vague d'irritation, tout devint clair : sa grand-mère avait inventé cette fable afin que sa mère ne lui remît pas le cadeau – à moins que l'une d'elles ne l'eût ouvert et ne se fût approprié ce qu'il contenait.

« Je les déteste ! » murmura Malta avec violence. Elle projeta la boîte sur la descente de lit et se rallongea brutalement sur ses oreillers. Elle aurait mieux fait, elle le savait, de se lever pour remettre le coffret dans la penderie de sa mère, mais une partie d'elle-même se moquait des conséquences. Qu'elles s'aperçoivent donc qu'elle l'avait pris : ainsi, elles comprendraient que Malta avait découvert leur vol. Sans le moindre regret, elle croisa les bras sur sa poitrine et ferma les yeux.

*

Immobilité. Vide. Seule, une voix, un murmure. *Ainsi, Malta Vestrit, tu as reçu mon présent. Nous sommes maintenant confondus, toi et moi. Allons-nous faire un beau rêve ensemble ? Voyons cela.* L'infime étincelle de conscience qui savait qu'il s'agissait d'un songe disparut.

*

Un sac de toile l'enveloppait de la tête jusqu'aux genoux ; il sentait la poussière et la pomme de terre ; il avait certainement servi pour la moisson. Quelqu'un la portait sur l'épaule, rapidement, d'un pas victorieux : elle avait été enlevée. L'homme avait des compagnons qui poussaient des cris et des éclats de rire triomphants, mais lui-même éprouvait une satisfaction trop intense pour se laisser aller à un comportement aussi infantile. Elle sentait sur ses mollets le froid et l'humidité du brouillard nocturne. Elle était bâillonnée et ses mains liées dans son dos. Elle aurait voulu se débattre mais elle craignait que l'homme ne la laisse tomber ; en outre, elle ignorait où elle se trouvait et ce qui risquait de lui arriver si elle échappait à son ravisseur. Pour effrayante qu'elle fût, sa situation actuelle restait encore la plus sûre. Elle ne savait rien de l'homme qui la portait, sinon qu'il était prêt à se battre jusqu'à la mort pour la garder.

Ils finirent par s'arrêter et elle sentit qu'on la remettait sur pied, tout en continuant à la tenir d'une poigne solide. Elle entendit une conversation étouffée, un bref échange à voix basse dans une langue inconnue ; apparemment, les compagnons de l'homme le pressaient en riant de faire quelque chose et il refusait aimablement mais avec fermeté. Au bout d'un moment, elle entendit des bruits de pas qui allaient décroissant et elle comprit qu'elle était à présent seule avec l'homme, qui ne l'avait toujours pas lâchée.

Elle sentit le baiser glacé du métal contre ses poignets et ses mains furent soudain libres. Aussitôt, à gestes violents, elle se dégagea du sac et ôta le bâillon humide de sa bouche. La poussière et les fibres de la toile la faisaient larmoyer ; elle se passa les mains sur le visage et rejeta ses cheveux en arrière avant de se tourner vers son ravisseur.

Ils étaient seuls dans la nuit brumeuse ; elle distingua une ville et un carrefour, rien de plus. L'homme l'observait comme s'il attendait de voir sa réaction. Elle ne put discerner ses traits : sa capuche sombre était tirée trop en avant et son visage se perdait dans ses profondeurs. L'air était lourd et il y flottait une odeur de marécage ; la seule lumière provenait de torches dont le brouillard atténuait l'éclat, très loin dans la rue. Si elle tentait de s'enfuir, se jetterait-il sur elle ? Jouait-il au chat et à la souris ? Si elle parvenait à s'échapper, ne se précipiterait-elle pas dans un danger plus grand encore ? Le temps passant, elle eut le sentiment qu'il attendait une décision de sa part.

Pourtant, au bout d'un moment, il lui fit signe de le suivre, puis il s'engagea d'un pas rapide dans une rue et elle l'accompagna. Il s'orientait avec assurance dans le dédale de la cité et, après quelque temps, il prit la main de Malta. Elle ne la retira pas. Le brouillard, dense, humide et presque suffocant, et la nuit ténébreuse l'empêchaient de voir ce qui l'entourait ; des trouées dans la brume lui révélaient parfois de hauts bâtiments le long de la rue qu'ils arpentaient, mais le silence et l'obscurité étaient complets. Son compagnon paraissait savoir où il allait. Sa grande main sèche réchauffait celle, glacée, de Malta.

Il finit par tourner, descendit quelques marches et poussa une porte. Une vague sonore jaillit de l'ouverture, mélange de musique, de rire et de brouhaha de conversations, le tout dans un style et une langue que Malta ne connaissait pas ; ce n'était effectivement que du bruit pour elle, et un bruit assourdissant, si bien que, même si elle avait été en mesure de comprendre son compagnon, elle n'eût pas entendu ce qu'il disait. Elle supposa qu'ils se trouvaient dans une sorte d'auberge ou de taverne : de nombreuses petites tables étaient disposées dans toute la salle, et au centre de chacune d'elles brûlait une bougie. L'homme conduisit Malta vers une table inoccupée et lui fit signe de prendre place ; il s'assit de l'autre côté puis rabattit son capuchon sur sa nuque.

Pendant un long moment ils restèrent immobiles l'un en face de l'autre. Peut-être écoutait-il la musique, mais, pour sa part, elle n'entendait qu'un vacarme assourdissant. A la lumière de la bougie, elle put enfin distinguer les traits de son compagnon : d'une beauté pâle, glabre, il avait les cheveux blonds et les yeux d'un brun chaleureux ; il portait une petite moustache. Ses épaules étaient larges, ses bras musclés. Tout d'abord, il se contenta de dévisager Malta, puis il tendit la main vers elle, et elle y posa la sienne. Il sourit. Malta eut soudain l'impression qu'ils avaient atteint une si grande compréhension mutuelle que la barrière du langage en devenait un bienfait ; les mots n'auraient été que des intrus dans cet état de grâce. Un long moment parut s'écouler, puis l'homme ouvrit une bourse et en sortit une bague sertie d'une simple pierre. Malta regarda l'objet, puis secoua la tête ; elle ne refusait pas le bijou, elle essayait seulement de dire à son compagnon qu'elle n'avait pas besoin de symbole extérieur : inutile de compliquer l'accord parfait auquel ils étaient parvenus. Il remit la bague dans sa poche, puis il se pencha vers la jeune fille. Le cœur battant, elle en fit autant vers lui, et leurs lèvres se joignirent. Malta n'avait jamais embrassé d'homme et elle sentit son corps se couvrir de chair de poule au contact de la moustache sur sa peau, du léger effleurement de la langue de l'homme qui demandait qu'elle

158

entrouvre les lèvres. Le temps s'arrêta, suspendu comme un oiseau à nectar dans ce moment extatique où elle devait se décider, écarter les lèvres ou les garder closes.

Quelque part, elle perçut un amusement masculin, lointain mais approbateur. *Tu as une nature spontanée, Malta, très spontanée – même si tes idées sur la cour d'un homme remontent à la très ancienne coutume de l'enlèvement.* Tout s'effaçait autour d'elle dans un tourbillon, ne laissant que le chatouillement de la moustache sur sa bouche. *Je crois que nous allons bien danser ensemble, toi et moi.*

5

Prisonniers

Hiémain se trouvait dans un vaste abri ouvert d'un côté, sans rien pour empêcher le froid de l'hiver d'entrer. Le toit était de bonne qualité mais les murs n'étaient constitués que de blocs de bois tout juste équarris, empilés contre un cadre de poutres. Le box dans lequel il était assis donnait sur une allée et faisait face à un long alignement de boxes identiques au sien ; les lattes qui le séparaient de ses voisins lui fournissaient une intimité quasiment nulle. Le peu de paille éparpillée au sol était censé lui servir de matelas, et dans un coin trônait un seau d'une saleté répugnante, destiné à recueillir ses excréments. Il aurait pu s'échapper sans peine s'il n'avait eu des fers aux chevilles, attachés par une chaîne à un gros crampon de métal profondément enfoncé dans une poutre en bois dur. Il s'était écorché les chevilles jusqu'au sang à vérifier que sa seule force ne suffirait pas à déloger le crampon. C'était son quatrième jour dans l'abri.

Encore une journée et, si personne ne venait le racheter, on pourrait le vendre comme esclave.

Un gardien enjoué le lui avait soigneusement expliqué à deux reprises, le premier et le deuxième jour de son enfermement. Il passait tous les matins avec une panière de pain, accompagné de son fils faible d'esprit qui poussait une carriole avec un baquet d'eau dont il donnait une ration à chaque prisonnier. La première fois, Hiémain l'avait supplié de prévenir les prêtres du temple de Sa de sa situation : ils viendraient sûrement le chercher ; mais le gardien avait refusé de perdre son temps. Les prêtres, avait-il dit, ne se mêlaient plus des affaires laïques, or les prisonniers du Gouverneur relevaient du domaine laïque et n'avaient rien à voir avec Sa ni avec son culte. Si personne ne les rachetait, ils devenaient esclaves du Gouverneur et on les vendait au profit du Trésor. Triste fin pour une si courte vie ! Le petit n'avait-il donc aucune famille que le gardien pût contacter ? Au ton patelin de l'homme, il était clair qu'il se serait fait un plaisir de transmettre n'importe quel message du moment qu'il avait une chance de toucher un pot-de-vin ou une récompense. La mère de Hiémain devait certainement se ronger les sangs, non ? N'avait-il pas de frères prêts à payer son amende pour le faire relâcher ?

À chaque question, le jeune garçon s'était mordu la langue. Il avait le temps, se disait-il, de résoudre seul son problème. Demander à l'homme de prévenir son père ne ferait que le ramener à sa captivité première ; ce n'était pas une solution. Une idée finirait bien par lui venir s'il réfléchissait assez.

De fait, sa situation se révélait propice à la réflexion : il n'avait guère d'autre activité possible, à part s'asseoir, se tenir debout, s'allonger ou s'accroupir sur la paille. Dormir ne lui apportait aucun repos, car les bruits des boxes voisins envahissaient ses rêves et les peuplaient de dragons et de serpents qui se disputaient et imploraient dans la langue des hommes, et, quand il était éveillé, il n'avait personne à qui parler. Son enclos était adossé au mur de l'abri, et, dans les boxes de part et d'autre du sien, les prisonniers se succédaient : un ivrogne, arrêté pour tapage sur la voie publique, que sa femme en pleurs était venue chercher, une prostituée qui avait donné un coup de couteau à son client et qu'en punition on avait marquée au fer rouge, un voleur de chevaux qu'on avait emmené à la potence... La justice, ou du moins la sanction, était expéditive dans les cellules du Gouverneur.

Le box de Hiémain donnait sur une allée jonchée de paille, et d'autres enclos s'alignaient de l'autre côté, semblables au sien en dehors du fait qu'ils renfermaient des esclaves et non des prisonniers ; indisciplinés et indésirables, faces-de-carte au dos et aux jambes zébrés de cicatrices, ils ne faisaient que passer ; on les vendait à bas prix et on les utilisait sans ménagement, d'après ce que Hiémain voyait. Ils parlaient peu, même entre eux : ils ne devaient guère leur rester de sujets de conversation. L'homme dépouillé de sa liberté n'a plus comme exutoire que l'apitoiement sur soi-même, et ces esclaves le pratiquaient, mais avec un abattement qui indiquait qu'ils n'espéraient nul changement. Ils évoquaient à Hiémain des chiens enchaînés qui passent leur temps à aboyer. Les faces-de-carte de l'autre côté de l'allée centrale pouvaient rendre service pour les travaux de force ou les tâches qui n'exigeaient pas de minutie, dans les vergers ou les champs, par exemple, mais guère plus ; c'est du moins ce que le jeune garçon avait déduit de leurs conversations. La plupart des hommes et des femmes enchaînés en face de lui étaient esclaves depuis des années et ils étaient résignés à conserver ce statut jusqu'à la fin de leurs jours. Malgré l'horreur que l'esclavage inspirait à Hiémain, il avait du mal à compatir au sort de certains d'entre eux, qui avaient manifestement accepté leur état de bêtes de somme, gémissaient sur leur triste destin mais n'avaient plus la volonté d'essayer de le modifier. Les ayant observés quelques jours, il comprenait que certains fidèles de Sa considèrent que c'était la divinité elle-même qui avait décidé de leur position : il était difficile en effet de les imaginer libres, mariés, avec des enfants, un toit et un métier. Certes, Hiémain ne croyait pas qu'ils fussent nés sans âme et prédestinés à devenir esclaves, mais jamais il n'avait eu sous les yeux d'individus à ce point dépourvus de l'étincelle spirituelle propre à l'humanité. Chaque fois qu'il les regardait, il sentait une terreur glacée l'envahir. Combien de temps faudrait-il avant qu'il leur ressemble ?

Il lui restait une journée pour trouver une solution. Le lendemain matin, on l'emmènerait au bloc de tatouage, on lui attacherait poignets et chevilles aux solides crampons, et on lui coincerait la tête dans l'étau à bourrelets de cuir, puis on apposerait sur son visage la petite marque qui le désignerait comme esclave du Gouverneur, et, si celui-ci décidait de le garder, ce serait le seul tatouage qu'il arborerait jamais. Mais le Gouverneur ne le conserverait pas : Hiémain ne possédait pas de talents qui pussent l'intéresser. Il serait immédiatement mis à la vente, et, dès qu'il serait acheté, une nouvelle marque, l'emblème de son propriétaire, serait dessinée à coups d'aiguille sur son visage.

Il réfléchissait depuis plusieurs heures, ne sachant que choisir. S'il appelait le gardien et que l'homme envoyât un coursier au port, son père viendrait le chercher – ou plutôt le ferait chercher ; alors il regagnerait le bateau et s'y retrouverait prisonnier, mais au moins son visage demeurerait intact. S'il ne demandait pas l'aide de son père, on allait le tatouer, le vendre, et le tatouer à nouveau ; s'il ne s'évadait pas ou ne gagnait pas sa liberté en travaillant comme esclave, il resterait pour toujours la propriété d'un autre, en tout cas sur le plan légal. Quoi qu'il advienne, il ne deviendrait jamais prêtre de Sa ; or, comme il était résolu à répondre à sa vocation et à retourner à son monastère, tout le problème se réduisait à déterminer quelle option offrait les meilleures chances d'évasion.

Et, sur cette belle conclusion, ses pensées butaient en vacillant : il n'en avait aucune idée.

Il s'assit dans le coin de son enclos et tua le temps à regarder les acheteurs venus examiner les esclaves indésirables et bon marché en face de lui. Il avait faim, il avait froid, il était mal à son aise, mais c'était sa propre indécision qui le tourmentait le plus, et ce fut ce qui l'empêcha de céder à la mélancolie, de se rouler en boule et de s'endormir.

```
CARREFOUR St Quentin en Yvelines
     TEL : 01 30 48 50 00

P   1L NECT ORANG/BANA                75,

   €*                         TOT      75
FRF*                          TOT     4,92

     Ticket Cash      0529360929294

VP  € Bon d'Achat Ticket              40
    € Espèces                         50

          € 1 = FRF 6.55957

     € A RENDRE                      ,00
NOMBRE D'ARTICLES :                    1
26/09/03 13:13 0529 14 0086 233
     VENEZ PROFITER DES REMISES PASS
          TOUS LES MERCREDIS
```

Il mit plusieurs minutes avant de reconnaître Torg qui s'avançait lentement dans l'allée, puis ce fut presque avec horreur qu'il sentit son cœur bondir de joie. C'est le soulagement, se dit-il ; Torg allait le voir et rapporter sa situation à son père, lui évitant de prendre une décision qu'il considérait comme honteuse ; et, quand son père viendrait le chercher, il ne pourrait pas se moquer de lui sous prétexte qu'il l'avait appelé à l'aide.

L'examen de cette réaction en aurait beaucoup appris à Hiémain sur lui-même, mais il écarta fermement son esprit de cette voie, peut-être parce qu'il n'avait pas envie de se connaître aussi intimement. Il se redressa vivement, s'adossa d'un air crâne contre le mur de son box et, les bras croisés, attendit que Torg le remarque.

A sa propre surprise, il éprouva les plus grandes difficultés à patienter ainsi sans rien faire. Torg suivait à pas lents l'alignement des enclos ; il observait chaque esclave, discutait avec le gardien et concluait le marchandage par un signe d'acquiescement ou de dénégation. Le gardien cochait un rôle qu'il tenait à la main. Au bout d'un moment, Hiémain commença de s'étonner : apparemment, Torg achetait quantité d'hommes et de femmes, mais ce n'étaient pas les artisans ni les esclaves instruits dont avait parlé son père.

Il se déplaçait d'un air avantageux, manifestement gonflé de son importance en tant qu'acheteur de chair humaine ; il se pavanait devant le gardien comme s'il s'agissait d'un personnage sur lequel il devait faire impression et inspectait les esclaves avec une superbe

165

absence d'égards pour leur dignité ou leur bien-être. Plus Hiémain l'observait, plus son mépris grandissait. Il avait devant les yeux le contrepoint du manque d'énergie et de volonté des asservis : la suffisance d'un homme qui se nourrissait de l'humiliation et de la dégradation d'autres hommes.

Cependant, au cœur de l'espoir retrouvé du jeune garçon se cachait un terrible noyau de peur. Et si Torg ne le remarquait pas ? Que ferait-il alors ? S'abaisserait-il à l'appeler, ou bien le laisserait-il passer pour affronter un avenir plein d'autres Torg ? A l'instant où il s'apprêtait à attirer son attention, à l'instant où il se mordait la langue pour s'empêcher de se trahir, le lieutenant lui jeta un coup d'œil, porta son regard sur l'esclave suivant et le ramena brusquement sur Hiémain, comme s'il n'arrivait pas à croire ce qu'il avait vu. Il écarquilla les yeux, puis un sourire ironique apparut sur ses lèvres. Laissant là ses marchandages, il s'approcha de Hiémain.

« Tiens, tiens ! s'exclama-t-il avec satisfaction. J'ai bien l'impression que je viens de gagner une jolie prime ! Une jolie prime ! » Il examina Hiémain de la tête aux pieds, depuis les brins de paille accrochés à sa robe effrangée jusqu'aux fers qui enserraient ses chevilles écorchées, en passant par son visage blême de froid. « Tiens, tiens ! répéta-t-il. On dirait que ta liberté n'a pas duré longtemps, le petit prêtre !

— Vous connaissez ce prisonnier ? demanda le gardien qui avait rejoint Torg.

— Que oui ! Son père est... mon associé. Il se demandait où était passé son fils.

– Ah! Eh bien, vous avez de la chance de l'avoir retrouvé aujourd'hui; demain, il aurait payé son amende de sa liberté. On l'aurait tatoué comme esclave du Gouverneur et mis en vente.

– Esclave du Gouverneur? » Le sourire ironique était réapparu sur le visage de Torg et il haussa ses sourcils blonds. « Ça, c'est amusant, comme idée. » Hiémain avait l'impression d'entendre tourner les lents rouages de son esprit. « A combien s'élève l'amende du petit? » demanda soudain le lieutenant au gardien.

Le vieil homme consulta les nœuds d'une cordelette attachée à sa taille. « Douze piécettes d'argent. Il a tué un autre esclave du Gouverneur.

– Quoi? » L'espace d'un instant, l'incrédulité se peignit sur les traits de Torg, puis il éclata de rire. « Alors ça, ça m'étonnerait, mais je serais curieux d'entendre l'histoire! Donc, si je reviens ce soir avec douze piécettes d'argent, je rachète sa liberté. Et si je ne reviens pas? » Ses yeux et son sourire s'étrécirent et il demanda, plus à Hiémain qu'au gardien : « Quel prix est-ce qu'il vaudrait demain? »

Son interlocuteur haussa les épaules. « Ce qu'il rapporterait. Les nouveaux sont en général vendus à l'encan; parfois, ils ont de la famille ou des amis prêts à racheter leur liberté, ou bien des ennemis qui tiennent à les avoir comme esclaves. Les enchères peuvent être féroces, et amusantes aussi, quelquefois. » Le gardien avait bien remarqué le petit jeu de Torg et il s'y prêtait. « Vous pouvez attendre demain pour le racheter; vous y gagnerez peut-être une pièce ou deux, ou bien vous devrez débourser davantage qu'aujourd'hui, mais le gosse sera marqué du sceau du Gouverneur. Son père ou vous pourrez l'affranchir ensuite, naturellement; mais il devra porter un tatouage à votre emblème, et un document ou un anneau prouvant qu'il est libre.

– Est-ce qu'on ne pourrait pas simplement effacer le tatouage au fer rouge? » demanda Torg sans ciller. Il scrutait Hiémain, espérant voir s'afficher de la peur sur ses traits, mais le jeune garçon resta impassible. Torg n'oserait jamais aller aussi loin; cette conversation n'était qu'un nouvel exemple des moqueries cruelles dont il raffolait. Si sa victime manifestait la moindre crainte, le lieutenant continuerait de plus belle; aussi Hiémain détourna-t-il le regard comme s'il ne s'intéressait plus à lui ni à ses propos.

« Il est illégal d'effacer un tatouage d'asservissement, déclara le gardien d'un ton grave. Toute personne portant une trace de cautère sur la pommette gauche est considérée comme un esclave en fuite et dangereux. S'il se faisait prendre, le gamin serait ramené ici, et on lui retatouerait le sceau du Gouverneur sur la figure. »

Torg secoua la tête d'un air apitoyé, mais il avait un sourire mauvais. « Quel dommage d'abîmer un si joli minois! Bon, on continue? » fit-il en se désintéressant brusquement de Hiémain et en indiquant les esclaves qu'il n'avait pas encore examinés.

Le gardien fronça les sourcils. « Vous voulez que j'envoie chercher un coursier pour annoncer à votre associé où est son fils?

– Non, ne vous dérangez pas. Je m'occuperai de mettre son père au courant ; il ne va pas être content. Et maintenant parlons de cette femme. Est-ce qu'elle a un talent ou une formation particulière ? » Il avait posé la question d'une voix pateline qui en faisait une plaisanterie cruelle aux dépens de la vieille accroupie devant lui.

Hiémain resta tremblant dans son box : la colère qu'il sentait bouillonner en lui menaçait de le faire éclater. Torg allait le laisser moisir dans cet abri, dans le froid et la crasse, aussi longtemps qu'il le pourrait, puis il préviendrait son père et l'accompagnerait pour assister à la confrontation. Le cœur soudain glacé, Hiémain songea que la colère de son père serait à la mesure de l'humiliation qu'il ressentirait ; or Kyle Havre n'aimait pas être humilié, et il trouverait toute sorte de moyens d'exprimer son déplaisir à son fils. Accablé, Hiémain s'adossa au mur. Il aurait mieux fait de demeurer sur le bateau et de supporter son sort : il restait moins d'un an d'ici à son quinzième anniversaire. Ce jour-là, il se déclarerait indépendant de la volonté de son père et quitterait le navire au premier port venu. Sa stupide tentative de fuite n'aurait d'autre résultat que de lui faire paraître les mois plus longs. Pourquoi donc n'avait-il pas pris patience ? Lentement, il se laissa glisser le long de la paroi jusqu'à se retrouver assis dans la paille, puis il ferma les yeux. Il préférait infiniment dormir que de songer à la future colère de son père.

*

« Sors d'ici », gronda Kennit encore une fois. Etta ne bougea pas, pâle, la bouche ferme. Elle tenait une cuvette pleine d'eau dans une main, et des bandes de tissu étaient drapées sur son avant-bras.

« Je pensais qu'un nouveau pansement serait plus agréable, dit-elle sans faiblir. Celui que tu as est raidi de sang séché, et...

– Dehors ! » rugit-il. Elle tourna les talons et s'enfuit, renversant de l'eau dans sa course. La porte de la cabine se referma derrière elle.

Il était réveillé depuis le petit matin et il avait l'esprit clair, mais il n'avait parlé à personne jusque-là. Il avait passé la plus grande partie de son temps à contempler la cloison en face de son lit, incapable de comprendre que sa chance ait pu lui faire faux bond. Comment cela avait-il pu lui arriver ? Comment était-il possible que le capitaine Kennit subisse un tel coup du sort ? Mais baste, il était temps, temps d'examiner ce que cette garce lui avait infligé, temps de reprendre le commandement. Oui, il était temps. Prenant appui sur ses poings, il se redressa en position assise ; sa jambe blessée frotta sur le drap et la souffrance fut si forte qu'il faillit s'évanouir. Il se remit à transpirer abondamment et la sueur plaqua sur son dos sa chemise de nuit d'où montait une odeur aigre. Il était temps. Saisissant le drap de dessus, il le rejeta sur le côté et baissa le regard sur le bas de sa jambe endommagé par la putain.

Il avait disparu.

On avait soigneusement plié et épinglé le bas de sa chemise de nuit. Ses cuisses étaient toujours là, aussi hâlées et poilues qu'avant, mais l'une d'elles s'arrêtait net juste en dessous du genou, le moignon recouvert d'un pansement brun sale. C'était impossible ! Il tendit la main mais ne put se résoudre à toucher le bandage ; au lieu de cela, il posa stupidement la main sur le tissu qui s'aplatit là où il aurait dû se tendre sur sa jambe, comme s'il avait espéré une illusion d'optique.

Il poussa un petit geignement aigu, puis retint sa respiration. Il ne laisserait plus échapper une seule plainte, pas le moindre gémissement. Il s'efforça de se rappeler l'enchaînement d'événements qui l'avait amené à cette situation. Pourquoi avait-il fait monter à bord cette démente de garce ? Et d'abord pourquoi attaquer des transports d'esclaves ? C'était dans les marchands qu'on trouvait de l'argent ! Et eux, au moins, ne traînaient pas des troupeaux de serpents dans leur sillage, prêts à happer les jambes des gens ! C'était la faute de Sorcor et d'Etta : sans eux, il serait encore entier.

Du calme, du calme. Il fallait réfléchir sérieusement. Il était coincé là, dans sa cabine, incapable de marcher ou de se battre, et Sorcor et Etta étaient contre lui. Maintenant, restait à déterminer s'ils étaient de mèche, et pourquoi ils l'avaient mutilé. Oui, pourquoi ? Espéraient-ils lui voler le navire ? Il reprit son souffle et tenta d'organiser ses pensées. « Pourquoi m'a-t-elle fait ça ? » Une autre question lui vint aussitôt : « Pourquoi ne pas m'avoir tué, tout simplement ? Craignait-il que mon équipage ne s'en prenne à elle ? » Si c'était le cas, peut-être Sorcor et elle ne conspiraient-ils pas ensemble...

« Elle l'a fait pour te sauver la vie. » Le petit visage à son poignet exprimait l'incrédulité. « Qu'est-ce qui te prend? Tu ne te souviens donc de rien? Un serpent t'avait saisi par la jambe et il essayait de te jeter en l'air pour t'engloutir; Etta a dû te couper la jambe; c'était le seul moyen d'empêcher le monstre de t'avaler tout entier.

— J'ai quelques difficultés à croire à cette histoire, répondit Kennit d'un ton ironique.

— Pourquoi?

— Parce que je connais Etta, voilà pourquoi.

— Moi aussi, et voilà pourquoi ta réponse est absurde, fit le petit visage d'un ton enjoué.

— Tais-toi. »

Faisant un effort sur lui-même, Kennit regarda le moignon bandé. « Comment cela se présente-t-il? demanda-t-il à mi-voix.

— Eh bien, pour commencer, il te manque le bas de la jambe, fit l'amulette sans la moindre compassion. C'est le coup de hache d'Etta qui a fait le travail le plus propre; le serpent, lui, t'avait à la fois mâché et rongé les muscles et les os comme un acide. Ta chair ressemblait à du suif fondu. Ce qui brunit ton pansement est en partie du sang, mais surtout du pus.

— Ah, tais-toi », fit Kennit d'une voix défaillante. Il observa le bandage maculé et raidi de sanie séchée en se demandant ce qu'il cachait. On avait glissé en dessous un linge plié, ce qui n'avait pas empêché une tache ocre de s'étendre sur le drap fin et propre. C'était répugnant.

Le petit démon lui adressa un sourire sarcastique. « C'est toi qui as demandé à savoir. »

Kennit inspira profondément et cria : « Sorcor ! »

Presque aussitôt, la porte s'ouvrit à la volée, mais ce fut Etta qui apparut, en larmes et l'air affolé. Elle se précipita vers lui. « Oh, Kennit, tu as mal ?

– Je veux Sorcor ! » fit-il, et il eut lui-même l'impression d'entendre un enfant trop gâté. La vaste carrure du lieutenant s'encadra dans la porte. A la grande consternation de Kennit, c'est d'un ton aussi empreint de sollicitude que celui d'Etta qu'il demanda : « Je peux faire quelque chose pour vous, cap'taine ? » Ses cheveux indisciplinés étaient dressés en l'air comme s'il les avait tirés à pleines mains, et son teint était jaunâtre sous ses cicatrices et son haie.

Kennit essaya de se rappeler pourquoi il l'avait appelé ; il baissa les yeux sur les taches immondes qui maculaient son lit. « Je veux qu'on me nettoie ça. » Il s'efforça de prendre un ton ferme, comme s'il parlait d'un pont mal tenu. « Qu'un homme mette de l'eau à chauffer pour un bain ; et qu'on me sorte une chemise propre. » Il regarda Sorcor, vit l'expression incrédule peinte sur ses traits et se rendit compte qu'il le traitait davantage comme un valet que comme son second. « Tu comprends qu'il est important que je soigne mon aspect quand j'interrogerai les prisonniers ; il n'est pas question qu'ils voient une épave mutilée au milieu de draps sales et froissés.

– Les prisonniers ? fit Sorcor, hébété.

– Les prisonniers, répéta Kennit d'un ton ferme. J'avais ordonné qu'on épargne trois hommes, n'est-ce pas ?

« – Oui, commandant, mais c'était...

– Et trois hommes ont bien été épargnés pour que ¡e les interroge, n'est-ce pas ?

– J'en ai gardé un, avoua Sorcor, gêné. Ou du moins ce qu'il en reste. Votre dame ne lui a pas fait de cadeau.

– Comment ?

·· C'est sa faute, gronda tout bas Etta comme un fauve furieux. C'est sa faute si tu es blessé. » Ses yeux n'étaient plus que deux fentes inquiétantes.

« Bon ; un seul, dis-tu », fit Kennit en s'efforçant de se ressaisir. Quelle créature avait-il introduite à bord de son navire ? *Ne pense pas à ça pour le moment. Reprends le commandement.* « Donne mes ordres. Quand je me serai rendu présentable, je veux qu'on m'amène le prisonnier ici, dans ma cabine ; je n'ai pas envie de voir l'équipage pour l'instant. Comment s'est passé le reste de la capture ?

– Comme sur une mer d'huile, cap'taine. Et ce coup-ci nous rapporte une petite prime, en plus. » Malgré l'angoisse gravée dans ses traits, Sorcor eut un grand sourire. « Ce transport-ci était un peu spécial ; il y avait le paquet habituel d'esclaves, mais à l'avant on en a trouvé un groupe qui était un cadeau du Gouverneur de Jamaillia lui-même à un gros bonnet de Chalcède : une troupe de danseurs et de musiciens avec leurs instruments, leurs fanfreluches et leur attirail de maquillage ; et puis aussi des bijoux, plusieurs jolis petits tonnelets de brillants... Je les ai rangés sous votre couchette, cap'taine. Et aussi toute une garde-robe de beaux vêtements, de la dentelle, quelques statuettes en argent et des eaux-de-vie en bouteille. Un chouette butin ; pas très important, mais de la meilleure qualité. » Il jeta un rapide coup d'œil au moignon de Kennit. « Vous n'aimeriez pas goûter un peu de cette eau-de-vie ?

– Un peu plus tard. Ces danseurs et ces musiciens... se montrent-ils dociles ? Comment prennent-ils cette interruption de leur voyage ? » Pourquoi ne les avait-on pas jetés par-dessus bord avec le reste de l'équipage ?

« Ils sont ravis, commandant. Ils ont été asservis parce que leur compagnie était endettée et que les propriétaires ont fait faillite ; alors le Gouverneur a ordonné qu'on saisisse aussi la troupe. C'est pas très légal mais, comme c'est le Gouverneur, j'imagine que ça n'a pas dû trop le tracasser. Non, ils sont heureux comme des palourdes d'avoir été capturés par des pirates ; leur chef les a déjà mis au boulot, à faire des chansons et à inventer des danses pour raconter toute l'histoire, et c'est vous le héros, naturellement.

– Naturellement. » Des chansons et des danses... Kennit se sentit soudain pris d'une lassitude inexplicable. « Nous sommes... à l'ancre. Où ? Et pourquoi ?

– Je ne connais pas le nom de la baie, mais il n'y a pas trop de fond, et le *Sicerne* prend l'eau depuis pas mal de temps déjà ; ça faisait un moment que les esclaves du bas de cale baignaient dedans. J'ai pensé qu'il valait mieux le mouiller là où il ne pourrait pas trop s'enfoncer, le temps qu'on lui bricole des pompes en plus. Ensuite, je me suis dit qu'on pourrait aller à Anse-au-Taureau ; c'est pas les bras qui nous manquent pour actionner les pompes pendant le trajet.

— Pourquoi Anse-au-Taureau ? » demanda Kennit.

Sorcor haussa les épaules. « Il y a une bonne grève en pente douce pour tirer le navire au sec. » Il secoua la tête. « Il va falloir pas mal de travail avant qu'il puisse reprendre la mer. Et puis le coin a déjà été attaqué deux fois par des chasseurs d'esclaves cette année, alors je pense qu'on nous y fera bon accueil.

— Là, tu vois », dit Kennit d'une voix faible, et il sourit à part lui. Sorcor avait raison ; il avait bien retenu ses leçons. Un navire laissé sur place, quelques mots persuasifs, et il pouvait gagner une nouvelle bourgade à sa cause. Que pourrait-il déclarer aux autochtones ? « Si les îles des Pirates obéissaient à un chef unique... que les chasseurs d'esclaves craindraient... les gens pourraient vivre... » Il fut pris d'un tremblement.

Etta se précipita. « Rallonge-toi, rallonge-toi, tu es blanc comme un linge. Sorcor, occupez-vous de ce qu'il a demandé, le bain et le reste. Ah, et puis apportez-moi la cuvette et les bandages que j'ai laissés sur le pont, dehors. Je vais en avoir besoin. » Atterré, Kennit l'écoutait donner des ordres à son second sans le moindre égard pour le protocole.

« Sorcor sait faire les pansements, fit-il, méfiant.

— Je suis plus douée que lui pour ça, répliqua-t-elle avec assurance.

— Sorcor... », fit-il, mais le second eut l'audace de l'interrompre : « C'est vrai, commandant, elle sait bien y faire. Elle a soigné nos gars après la dernière bagarre et elle a fait du beau boulot. Je vais m'occuper du bain. » Et il sortit, laissant Kennit seul et impuissant face à la gueuse assoiffée de sang.

« Et maintenant ne bouge pas, lui dit-elle – comme s'il était en état de s'enfuir ! Je vais glisser du rembourrage sous ta jambe pour éviter de tremper tout ton lit ; ensuite, quand nous aurons fini, nous te mettrons des draps propres. » Il serra les dents, plissa les yeux et réussit à ne pas laisser échapper la moindre plainte quand elle souleva son moignon et le reposa sur un tas de chiffons pliés. « Je vais mouiller ton vieux pansement avant de le défaire ; il collera moins à la plaie ainsi.

– Tu as l'air de bien t'y connaître, fit-il, les dents serrées.

– Les putains se font souvent battre par les clients, répondit-elle d'un ton prosaïque. Si les femmes d'un bordel ne s'entraident pas, qui va s'occuper d'elles ?

– Et je dois confier le soin de ma blessure à celle qui m'a coupé la jambe ? » demanda-t-il d'une voix glacée.

Elle se pétrifia, puis, telle une fleur qui se fane, elle se laissa tomber à genoux près du lit et, livide, elle se pencha jusqu'à ce que son front repose sur le bord du matelas. « Je n'avais pas d'autre moyen de te sauver. S'il l'avait fallu, ce sont mes deux mains que j'aurais tranchées au lieu de ta jambe. »

Kennit trouva cette déclaration tellement absurde qu'il resta un instant sans voix – au contraire de l'amulette. « Le capitaine Kennit peut être un malotru sans cœur, mais, je te l'assure, je sais que tu as agi au mieux pour préserver ma vie. Je te remercie de ton geste. »

En Kennit, l'effarement le disputait à la fureur : l'amulette s'était trahie ! Il plaqua aussitôt la paume sur le bracelet, mais sentit des dents minuscules lui mordre méchamment la peau. Il retira vivement sa main avec un hoquet de douleur à l'instant où Etta levait vers lui un visage baigné de larmes. « Je comprends, dit-elle d'une voix enrouée. Un homme doit jouer de nombreux rôles, et il est sans doute nécessaire que le capitaine Kennit se montre malotru et sans cœur. » Elle haussa les épaules avec un sourire défaillant. « Je n'en veux pas au Kennit qui est à moi. »

Le spectacle de son nez rouge et de ses yeux larmoyants était pénible à regarder, mais le pire était qu'elle le crût capable de la remercier parce qu'elle lui avait tranché la jambe ! Il maudit intérieurement la sournoiserie et la malveillance de son porte-bonheur qui l'avait placé dans une telle situation, tout en se raccrochant à l'espoir ténu qu'aux oreilles d'Etta ces propos étaient sortis de ses lèvres. « N'en parlons plus, fit-il précipitamment. Arrange du mieux possible les dégâts que ma jambe a subis. »

L'eau dont elle se servit pour mouiller le pansement était tiède comme du sang et il ne sentit quasiment rien tant qu'elle n'eût pas entrepris de retirer à gestes précautionneux les couches de toile et de charpie ; alors il tourna la tête vers la cloison jusqu'à ce que la périphérie de son champ de vision se brouille et qu'il se couvre de transpiration. Il ne s'aperçut du retour de Sorcor qu'au moment où le second lui tendit une bouteille d'eau-de-vie débouchée.

« Un verre, peut-être ? » fit Kennit avec hauteur.

Sorcor avala sa salive. « Vu l'état de votre jambe, je pensais que ça irait plus vite au goulot. »

Si l'homme n'avait pas prononcé ces paroles, Kennit eût peut-être été capable de se retenir de jeter un coup d'œil à son moignon. Mais, alors que le marin fouillait maladroitement dans un buffet à la recherche d'un récipient convenable, Kennit ne put que tourner lentement la tête vers l'emplacement où se trouvait d'habitude sa jambe musclée.

Le pansement souillé avait atténué le choc. Voir sa jambe s'achever par un paquet de tissu maculé était une chose, la découvrir tranchée, les chairs mâchées et rongées, en était une autre. On eût dit que le moignon avait été en partie cuit. Kennit sentit son estomac se soulever et une bile amère lui brûler la gorge ; il la ravala, refusant de s'humilier devant la femme et l'homme. Sorcor lui tendit un verre d'une main tremblante. C'était ridicule ! Le second avait eu affaire à des blessures autrement plus graves que celle qu'il avait aujourd'hui sous les yeux. Kennit prit le verre et engloutit l'alcool d'une seule lampée, puis il prit une inspiration hachée ; après tout, peut-être sa chance avait-elle tenu, dans un sens étrangement contourné : au moins, la putain savait comment le soigner.

A cet instant, Etta le dépouilla de ce maigre réconfort en déclarant à mi-voix à Sorcor : « C'est un vrai massacre. Il faut lui trouver un guérisseur, et vite. »

Kennit attendit le temps de trois respirations, puis il agita son verre à l'attention de Sorcor, mais, quand l'homme voulut le remplir, le capitaine pirate s'empara de la bouteille. Une goulée, trois respirations ; une autre goulée, trois nouvelles respirations. Non, il était temps, il fallait s'y mettre sans plus attendre.

Il se redressa de nouveau en position assise, regarda la chose qui avait été sa jambe, puis défit le nœud qui maintenait sa chemise de nuit fermée au niveau de sa gorge. « Où est l'eau pour mon bain ? fit-il avec brusquerie. Je n'ai nulle envie de macérer dans ma propre puanteur. Etta, tu t'occuperas de ma blessure quand j'aurai fait ma toilette. Sors-moi des habits propres, et des draps pour le lit. Je tiens à être lavé et vêtu convenablement pour interroger mon prisonnier. »

Sorcor lança un regard en biais à Etta avant de répondre à mi-voix : « Je vous demande pardon, commandant, mais un aveugle ne verra pas comment vous êtes habillé. »

Kennit ne cilla pas. « Qui est notre prisonnier ?

– Le capitaine Reft du *Sicerne*. Etta nous a demandé de le repêcher.

– Il n'a pas perdu la vue pendant le combat ; il était indemne quand il est tombé à la mer.

– Oui, cap'taine. » Et Sorcor jeta un nouveau coup d'œil oblique à Etta. De là venait donc l'attitude à la fois méfiante et déférente du second à l'égard de sa putain; c'était presque amusant : le second traçait une nette frontière entre démembrer un homme au combat et voir ce même homme torturé par la prostituée. Kennit ignorait que Sorcor fût sensible à de telles subtilités.

« Un aveugle ne verrait peut-être pas comment je suis vêtu, mais moi, si, fit Kennit. Exécute tes ordres. »

A cet instant, on frappa à la porte; Sorcor l'ouvrit et Opale entra, portant deux seaux d'eau fumante. Il les posa sur le plancher sans oser lever les yeux vers Kennit et encore moins lui adresser la parole. « Maître Sorcor, lieutenant, les musiciens, ils veulent faire de la musique sur notre pont pour le cap'taine. Ils ont dit que je devais, euh... " faire appel à votre bonne faveur ", et... » Le jeune garçon plissa le front, s'efforçant de se rappeler les termes inhabituels. « Hum, ils veulent, euh... " exprimer leur extrême gratitude "... enfin, quelque chose comme ça. »

Kennit sentit un mouvement infime sur son poignet et il baissa le regard sur le porte-bonheur niché au creux de ses bras croisés; le visage miniature faisait de frénétiques grimaces d'assentiment et d'enthousiasme. Cette sale petite traîtresse d'amulette paraissait croire que Kennit allait prêter attention à ses conseils ! Kennit vit aussi ses lèvres former des mots.

« Commandant ? » fit Sorcor d'un ton déférent.

L'intéressé feignit de se gratter le crâne afin d'amener le porte-bonheur à hauteur de son oreille. « Un roi doit se montrer gracieux envers ses sujets reconnaissants, alors qu'un présent refusé peut endurcir le cœur de celui qui l'offre. »

Kennit estima le conseil valable, malgré qu'il en eût.

« Réponds-leur que ce serait un grand plaisir pour moi, dit Kennit en s'adressant directement à Opale. Aussi rude que soit mon existence, je ne suis pas homme à dédaigner les satisfactions raffinées des arts.

– Sar ! » s'exclama le mousse, blasphémant d'admiration, puis il acquiesça, rouge d'orgueil devant l'attitude de son commandant : un serpent venait de lui arracher la jambe, mais il trouvait encore le temps de s'intéresser à la culture. « Je vais leur dire, cap'taine. » Et il sortit vivement en répétant : « Rude existence, satisfactions raffinées. »

Dès que le garçon eut quitté la cabine, Kennit se tourna vers Sorcor. « Rends-toi auprès du prisonnier et donne-lui à boire et à manger pour le remettre sur pied. Etta, mon bain, je te prie. »

Une fois le second sorti, la femme aida Kennit à ôter sa chemise de nuit, puis elle le lava à l'aide d'une éponge, à la manière chalcédienne. Il avait toujours méprisé cette façon de faire sa toilette, qui, selon lui, n'avait d'autre résultat que d'étaler la sueur et la crasse sur le corps au lieu de le nettoyer, mais Etta fit si bien qu'il finit par se sentir vraiment propre, et, tandis qu'elle s'occupait des aspects intimes de sa toilette, il songea que, peut-être, une femme pouvait se montrer utile à un homme de plus d'une façon. Le nettoyage et le bandage de sa blessure restèrent néanmoins assez pénibles pour qu'elle dût ensuite essuyer à nouveau son front, sa poitrine et son dos couverts de transpiration. Une douce musique commença de se faire entendre, mélange léger de cordes, de clochettes et de voix de femmes. C'était, de fait, très agréable.

Pragmatique, Etta déchira la couture extérieure de la jambe d'un pantalon afin de pouvoir l'enfiler à Kennit presque sans douleur, après quoi elle ragrafa le tissu. Elle boutonna sa chemise, puis le peigna et lui tailla la barbe aussi efficacement qu'un valet ; enfin, supportant plus de la moitié de son poids, elle l'aida à s'asseoir dans son fauteuil avant de changer sa literie. Kennit n'avait jamais soupçonné qu'elle possédât tant de talents ; à l'évidence, il avait sous-estimé son utilité.

Quand il fut convenablement vêtu et installé, elle disparut un instant pour revenir avec un plateau garni. Ce n'est qu'en sentant l'odeur de soupe chaude et de pain léger qu'il prit conscience de la faim qui le tenaillait. Une fois apaisés les tiraillements les plus violents de son estomac, il reposa sa cuiller et demanda à mivoix : « Qu'est-ce qui t'a inspirée de t'en prendre à mon prisonnier ? »

Elle poussa un petit soupir. « J'étais folle de rage, répondit-elle en secouant la tête, folle qu'ils t'aient fait du mal, qu'ils m'aient obligée à te faire du mal. Je me suis juré de t'obtenir une vivenef, même si je devais y laisser la vie. C'était manifestement à ce sujet que tu voulais interroger les prisonniers, aussi, pendant les moments où j'étais épuisée d'être restée à ton chevet mais incapable de trouver le sommeil, j'allais les voir.

– Ils étaient plusieurs ?

– Il y en avait trois, à l'origine. » Elle haussa les épaules avec désinvolture. « Je crois avoir les renseignements que tu désirais ; je les ai vérifiés et revérifiés avec le plus grand soin, mais j'ai tout de même gardé un des prisonniers vivant, car j'étais sûre que tu voudrais avoir confirmation de ces informations de vive voix. »

Une femme aux nombreux talents, et intelligente de surcroît. Kennit devrait sans doute la tuer sans tarder. « Et qu'as-tu appris ?

– Ils n'ont connaissance que de deux vivenefs. La première est un navire marchand, l'*Ophélie* ; elle a quitté Jamaillia avant eux, mais il lui restait du fret de Terrilville à vendre, donc elle effectuera probablement des haltes sur son trajet vers le Nord. » Etta haussa les épaules. « Elle était peut-être devant eux, peut-être derrière, il est impossible de le savoir. La seule autre vivenef qu'ils aient vue dernièrement était ancrée à Jamaillia ; elle est entrée au port la veille de leur départ. Manifestement, il n'était pas prévu qu'elle reste longtemps : on avait déchargé ses cales et on les réaménageait pour embarquer une cargaison d'esclaves à destination du nord, en Chalcède.

– Employer une vivenef pour ce genre de trafic ne rime à rien ! s'exclama Kennit, furieux. Ils t'ont menti ! »

Encore une fois, Etta haussa les épaules. « Ce n'est sans doute pas impossible, mais alors ils m'ont très bien menti, séparément et à des moments différents. » Avec le drap taché du lit, elle tamponna la chemise trempée de sueur du pirate. « Moi, ils m'ont convaincue.

– Il n'y a rien de difficile à convaincre une femme. Et c'est tout ce qu'ils t'ont dit ? »

L'effrontée eut l'audace de lui adresser un regard glacial. « Le reste n'était aussi que mensonges, probablement.

– J'aimerais tout de même l'entendre. »

Elle soupira. « Ils ne savaient pas grand-chose, surtout des rumeurs. Leur navire et la vivenef ne sont restés ensemble au port qu'une journée. La *Vivacia* appartient à une famille de Marchands de Terrilville du nom de Havre ; elle va gagner la Chalcède aussi vite que possible par le Passage Intérieur. Le commandant espérait acheter principalement des artisans et des ouvriers qualifiés, mais il embarquera peut-être aussi de la simple main-d'œuvre pour faire son lest. C'est un homme appelé Torg qui s'occupait de tout, mais ce n'était apparemment pas le capitaine. Le navire vient de s'éveiller. C'est son premier voyage conscient. »

Kennit secoua la tête. « Havre n'est pas un nom de Marchand. »

Etta eut un geste d'impuissance ironique. « Tu avais raison ; ils m'ont menti. » Elle détourna le regard et contempla fixement la cloison, les traits de marbre. « Je m'excuse d'avoir gâché ton interrogatoire. »

Elle devenait rebelle. Si Kennit avait eu ses deux jambes, il l'aurait saisie et jetée à plat dos sur le lit pour lui rappeler sa place ; en l'occurrence, il allait devoir la flatter. Il s'efforça de trouver une gentillesse à lui dire afin de la dérider, mais le lancinement ininterrompu de sa blessure s'était soudain mué en une violente souffrance. Il n'avait plus qu'une envie : s'allonger, se rendormir et tout oublier – et, pour cela, il allait devoir demander à Etta de l'aider.

« Je suis impotent ; je ne peux même pas regagner mon lit tout seul », fit-il d'un ton amer. Dans un éclair de franchise, rare chez lui, il ajouta : « Je déteste que tu me voies ainsi. » Dehors, la musique changea ; une puissante voix d'homme entonna un chant à la fois énergique et tendre. Kennit pencha la tête pour mieux entendre les paroles, étrangement familières. « Ah ! fit-il tout bas. Ca me revient : *De Kytris, à sa maîtresse*. Un morceau charmant. » Il chercha de nouveau un compliment à faire à Etta, mais rien ne lui vint. « Tu peux te rendre sur le pont pour écouter la musique, si tu le souhaites, dit-il. Il s'agit d'un poème très ancien, tu sais. » Sous l'effet de la douleur, les bords de son champ de vision se mirent à trembler et ses yeux à larmoyer. « L'as-tu déjà entendu ? demanda-t-il en s'efforçant de conserver une voix ferme.

– Oh, Kennit ! » Elle secoua la tête, soudain et inexplicablement repentante. Elle s'approcha de lui, les larmes aux yeux. « Ce chant me paraît plus beau ici que partout ailleurs. Pardonne-moi ; je me montre parfois garce et sans cœur. Et te voilà blanc comme un linge ; allons, laisse-moi t'aider à te recoucher. »

Et elle joignit le geste à la parole, aussi doucement qu'elle le put, après quoi elle bassina le visage de Kennit à l'aide d'une éponge imprégnée d'eau fraîche. « Non, protesta-t-il faiblement. J'ai froid. Trop froid. »

Elle tira délicatement une couverture sur lui, puis s'allongea près de lui, du côté de sa jambe valide. La chaleur de son corps était agréable, mais la dentelle de son jabot lui grattait la joue. « Déshabille-toi, fit-il. Tu me tiens plus chaud quand tu es nue. »

Elle eut un rire bref, à la fois ravie et surprise. « Qui m'a fichu un homme pareil ! » s'exclama-t-elle d'un ton de reproche, mais elle se leva.

On frappa à la porte. « Qu'y a-t-il ? » répondit Kennit, revêche.

Le ton de Sorcor parut étonné. « Je vous amène le prisonnier, cap'taine. »

C'était trop de fatigue. « Je n'en veux pas, fit Kennit d'une voix faible. Etta l'a déjà interrogé ; je n'ai plus besoin de lui. »

La jeune femme laissa tomber ses habits, puis elle s'introduisit délicatement dans le lit, se glissant, toute chaude, contre le pirate. Il se sentit épuisé tout à coup. Elle avait la peau douce et tiède comme un baume.

« Cap'taine Kennit ? » Le ton de Sorcor était à la fois insistant et inquiet.

« Oui ? »

Le second ouvrit brusquement la porte. Derrière lui, deux matelots soutenaient ce qui restait du commandant du *Sicerne*. Ils regardèrent leur capitaine, puis demeurèrent bouche bée. Kennit se tourna pour voir ce qui les stupéfiait à ce point : à ses côtés, Etta tenait fermement la couverture remontée au-dessus de la légère courbure de sa poitrine. La musique était plus forte maintenant que la porte était ouverte. Kennit observa le prisonnier ; Etta ne s'était pas contentée de lui crever les yeux : elle l'avait mutilé morceau par morceau. C'était répugnant, et ce n'était pas le genre de tableau que Kennit avait envie de contempler pour l'instant, mais il devait maintenir les apparences. Il s'éclaircit la gorge. Autant en finir tout de suite.

« Prisonnier, avez-vous dit la vérité à mon amie ? »

L'épave qui se tenait entre les deux matelots leva un visage ravagé et le tourna en direction de la voix. « Je le jure ! Je l'ai répété cent fois ! Pourquoi mentirais-je ? » L'homme se mit à sangloter bruyamment, et ses narines tranchées rendirent un son étrange quand il renifla. « Je vous en supplie, noble sire, ne la laissez plus s'en prendre à moi ! Je lui ai dit la vérité, je lui ai dit tout ce que je savais ! »

Kennit n'eut pas envie de se tracasser davantage. A l'évidence, l'homme avait menti à Etta, et il continuait à mentir. Il ne servait à rien. La douleur faisait comme une volée de marteaux dans le crâne de Kennit. « Je suis... occupé. » Il ne voulait pas avouer que le simple fait de prendre un bain et de s'habiller l'avait épuisé. « Charge-toi de lui, Sorcor – comme bon te semblera. » Le sens de son ordre était sans équivoque et le prisonnier se mit à hurler. « Ah, et puis ferme la porte en sortant », termina Kennit.

Alors que la porte se rabattait sur les marins et le prisonnier gémissant, il entendit un de ses hommes déclarer : « Sar ! Il s'envoie déjà la fille ! Y a rien qui arrête le cap'taine Kennit, c't'à croire ! »

Le pirate se rapprocha légèrement de la chaleur du corps d'Etta, ses yeux se fermèrent et il sombra dans un profond sommeil.

6

Vicissitudes

C'est seulement quand on se saisit de lui que la réalité de ce qui l'attendait le frappa. Il aurait sans doute pu repousser le vieux gardien sans difficulté, mais il avait affaire là à des hommes encore jeunes, impassibles, musclés et qui connaissaient leur travail. « Lâchez-moi! cria Hiémain d'une voix furieuse. Mon père va venir me chercher! Lâchez-moi! » C'était stupide, comme il s'en rendit compte plus tard; comme s'ils allaient obéir simplement parce qu'il leur avait donné un ordre! C'était un fait parmi tant d'autres qu'il devait apprendre : les mots qui sortent de la bouche d'un esclave n'ont pas de sens; ses cris rageurs n'étaient pas plus intelligibles pour ces hommes que les braiments d'un âne.

Ils lui tordirent les bras si bien qu'il dut aller, contraint et forcé, et d'un pas chancelant, dans la direction qu'ils souhaitaient, et il n'était pas encore tout à fait revenu de sa surprise de s'être senti ainsi empoigné qu'il se retrouvait déjà fermement appuyé au bloc de tatouage. « Du calme », lui ordonna un des hommes d'un ton bourru tout en approchant d'une saccade les menottes de Hiémain d'un crampon ; le jeune garçon tira en sens inverse dans l'espoir de s'échapper avant que l'homme eût le temps de l'attacher, mais il ne parvint qu'à s'arracher la peau des poignets · la cheville était déjà en place. En un clin d'œil, ils avaient réussi à l'obliger à se tenir plié en deux, les poignets enchaînés près de ses chevilles. Un des hommes le poussa légèrement et Hiémain passa comme de son propre gré la tête dans un collier de cuir fixé verticalement sur le bloc ; d'un geste vif, l'autre homme le resserra sur son cou, à un cheveu de la strangulation. Tant qu'il ne se débattrait pas, il arriverait tout juste à respirer : ses halètements exigeaient déjà une certaine attention, et il aurait eu le plus grand mal à inspirer profondément. L'esprit embrumé, il songea que les deux hommes avaient opéré comme des ouvriers agricoles se préparant à castrer un veau, avec la même efficacité, la même insensibilité et le même emploi précis de la force. Ils ne devaient même pas transpirer. « Sceau du Gouverneur », dit l'un d'eux au tatoueur qui hocha la tête en déplaçant du bout de la langue une chique de cindine dans sa bouche.

« Ce n'est pas moi qui ai créé ma chair. Je ne la percerai pas pour la parer de bijoux, ni ne marquerai ma peau, ni n'incrusterai d'ornement sur mon visage, car je suis une créature de Sa, faite telle qu'il l'a voulue. Je n'ai pas le droit d'écrire sur ma chair. » Il avait tout juste assez de souffle pour citer les saintes écritures, mais il prononça les mots sacrés en espérant que le tatoueur l'entendrait.

L'homme cracha de côté ; sa salive était rougie de sang. Il avait acquis une telle dépendance à la drogue qu'il continuait à en prendre alors que sa bouche devait être pleine d'aphtes. « T'affole pas, c'est pas sur ta chair que j'écris, répondit-il avec un humour douteux, puisqu'elle appartient au Gouverneur. Son sceau, je pourrais le dessiner les yeux fermés. Si tu bouges pas, ça ira plus vite et ça fera moins mal.

– Mon père... vient payer... mon amende. » Il prononça ces mots essentiels en respirant laborieusement.

« Ton père, il est en retard. Bouge pas. »

Hiémain n'eut pas le temps de se demander si se tenir tranquille pourrait être considéré comme un consentement au blasphème qui allait avoir lieu. Le premier coup d'aiguille manqua sa joue et lui perça la narine. Il rua en poussant un glapissement. Le tatoueur lui appliqua une taloche sur l'arrière du crâne. « Bouge pas ! » répéta-t-il d'un ton sec.

Hiémain ferma étroitement les yeux et serra les dents.

« Ah, j'aime pas ça quand ils plissent la figure ! » marmonna l'homme, mécontent, avant de se mettre au travail : une dizaine de coups d'aiguille, un coup de chiffon pour essuyer le sang, puis la piqûre de la teinture verte ; de nouveau une dizaine de coups d'aiguille, un coup de chiffon, la piqûre. Hiémain avait l'impression qu'à chaque inspiration un peu moins d'air pénétrait dans ses poumons ; il se sentait pris d'étourdissements, craignait de s'évanouir et s'en voulait d'en avoir honte. En quoi s'évanouir l'humilie-rait-il? C'était lui la victime! Et où était son père? Comment se pouvait-il qu'il fût en retard? Ignorait-il le sort réservé à son fils s'il n'arrivait pas à temps?

« Maintenant, n'y touche pas, ne te gratte pas, sinon t'auras encore plus mal. » Une voix lointaine lui par-lait à travers le rugissement qui avait envahi ses oreilles. « Celui-là est terminé; emmenez-le et appor-tez-m'en un autre. »

Des mains le saisirent par les fers et le col et on l'entraîna sans ménagement vers une destination inconnue. Il avança en trébuchant, à demi étourdi, savourant de grandes goulées d'air, et se retrouva dans un nouveau box, dans un nouvel abri. C'est impossible, se répétait-il. Cela ne pouvait pas lui arri-ver à lui, son père n'aurait jamais permis qu'on le tatoue puis qu'on le vende. Ses gardiens le firent entrer dans un enclos réservé aux nouveaux esclaves; ses cinq codétenus portaient tous un tatouage vert encore suintant.

Les hommes attachèrent ses chaînes à une cheville plantée dans le sol, puis quittèrent le box. Dès qu'ils lui lâchèrent les bras, son premier réflexe fut de se pal-per délicatement le visage, et il sentit sous ses doigts l'enflure et la suppuration de sa chair violentée; un liquide rosé coulait lentement le long de sa joue et dégouttait de son menton. Il n'avait rien pour arrêter l'écoulement.

Il regarda les autres esclaves de l'enclos et prit conscience qu'il n'avait plus ouvert la bouche depuis qu'il avait parlé avec le tatoueur. « Que va-t-il se passer maintenant? » demanda-t-il, l'esprit encore embrumé.

Un grand jeune homme maigre se cura le nez d'un doigt sale. « On nous vend, répondit-il d'un ton caustique, et on reste esclaves toute notre vie. A moins de tuer quelqu'un et de s'enfuir », ajouta-t-il d'un air à la fois sombre et crâne, mais Hiémain comprit que ce n'étaient que des mots. Le jeune homme n'avait plus qu'eux pour exprimer sa résistance. Ses compagnons, eux, paraissaient ne même plus disposer de cet exutoire : debout, assis ou adossés à la paroi du box, ils attendaient avec résignation la suite des événements. Hiémain reconnut cet état d'hébétude : il était fréquent chez ceux qui avaient subi une blessure grave ; laissés à eux-mêmes, ils restaient sans bouger, le regard fixe, pris parfois d'un frisson.

« Je n'arrive pas y croire, dit Hiémain, étonné lui-même de ses propres paroles. Pourquoi Torg n'a-t-il pas prévenu mon père ? » Et puis il se demanda pourquoi il avait entretenu cet espoir ; qu'est-ce qui lui avait donc pris ? Pourquoi tant de stupidité ? Il avait remis son sort entre les mains d'un imbécile brutal et vicieux ! Pourquoi n'avait-il pas fait avertir son père ? Pourquoi n'en avait-il pas chargé le gardien dès le premier jour ? Et, en y réfléchissant, pourquoi avait-il fui le navire ? S'y trouvait-il vraiment si mal ? A l'époque, au moins, il savait que, dans un délai de deux ans, il serait délivré de son père ; maintenant il n'y avait plus de terme à sa servitude. Et la *Vivacia* ne serait plus là pour le soutenir. A cette idée, un terrible sentiment de solitude l'envahit : il l'avait trahie, et il s'était mis lui-même dans les fers. Telle était la réalité : il était désormais et pour toujours esclave. Il se roula en boule dans la paille sale, les bras autour de ses genoux remontés contre sa poitrine. Au loin, il crut entendre le rugissement du vent.

*

La *Vivacia* se balançait tristement sur les eaux paisibles du port. Il faisait un temps merveilleux ; le soleil se reflétait sur la blanche et légendaire Jamaillia ; le vent soufflait du sud, adoucissant la température de ce jour d'hiver et atténuant la puanteur des autres transports d'esclaves mouillés auprès d'elle. Le printemps n'était plus loin. Plus au sud, là où Ephron la conduisait habituellement, les arbres fruitiers devaient se cacher sous des cascades de fleurs blanches ou roses ; plus au sud, il faisait beau et chaud. Mais elle allait remonter vers le nord, jusqu'en Chalcède.

Les marteaux et les scies s'étaient enfin tus en elle ; toutes les modifications exigées par son nouveau statut de transport d'esclaves étaient achevées. La journée se passerait à embarquer les derniers approvisionnements, le lendemain sa cargaison humaine serait transbordée dans ses cales et elle quitterait Jamaillia, seule. Hiémain était parti. Dès qu'elle lèverait l'ancre, un ou plusieurs des serpents assoupis dans la boue du port dérouleraient leurs anneaux pour la suivre, et ils seraient désormais ses compagnons. La nuit précédente, alors que rien ne bougeait autour d'elle, un petit était monté à la surface pour rôder parmi les esclavagistes mouillés dans la baie; arrivé près d'elle, il avait haussé la tête hors de l'eau et lui avait jeté un regard prudent, et Vivacia avait senti sa gorge se serrer de terreur. Elle n'avait même pas trouvé la force d'appeler les hommes de quart. Si Hiémain avait été à bord, lui au moins aurait perçu son effroi et serait accouru. Elle s'efforça de le chasser de ses pensées; elle allait devoir s'occuper seule d'elle-même. L'accablement de leur séparation lui rongeait le cœur, mais elle le repoussa. La journée était superbe; elle écouta le clapotis des vagues contre sa coque tandis qu'elle se balançait à l'ancre. Quelle paix!

« Navire? Vivacia? »

Elle tourna la tête lentement et regarda par-dessus son épaule : c'était Gantri, sur le gaillard d'avant, penché sur le bastingage pour lui parler.

« Vivacia? Tu peux arrêter, s'il te plaît? Ca flanque la trouille à tout l'équipage; il nous manque déjà deux matelots aujourd'hui, qui ne sont pas rentrés de permission, et je crois que c'est parce que tu les as effrayés. »

Effrayés? Qu'y avait-il de si effrayant à se retrouver seule et à sentir la présence de serpents que nul ne voyait jamais?

« Vivacia? Je vais t'envoyer Findo pour qu'il te joue quelques airs de violon. Et puis j'ai moi-même une permission de quelques heures aujourd'hui, et je te promets de la passer à chercher Hiémain. Je te le jure. »

Croyaient-ils que cela lui rendrait le bonheur ? S'ils trouvaient Hiémain, le ramenaient de force à bord et l'obligeaient à la servir, s'imaginaient-ils que, satisfaite, elle se montrerait plus docile ? Oui, ce serait bien de Kyle ; c'était dans ce but qu'il avait embarqué Hiémain. L'idée que certaines choses ne pouvaient être accomplies que librement lui était complètement étrangère.

« Vivacia, reprit Gantri avec une note de désespoir dans la voix, je t'en prie, je t'en supplie, est-ce que tu pourrais cesser de te balancer ? La mer est lisse comme un miroir, et aucun autre bateau ne bouge dans le port. Je t'en prie ! »

Elle éprouva de la peine pour lui ; c'était un bon second et un marin très compétent ; il n'était pas responsable de la situation et il n'avait pas à en souffrir.

Mais elle non plus.

Elle rassembla ses forces. C'était un bon matelot ; elle lui devait une petite explication. « Je me perds moi-même », fit-elle, puis elle perçut la bizarrerie de son expression. Elle se reprit : « C'est moins dur à supporter quand je sais que quelqu'un va revenir ; mais, dans le cas présent, j'ai du mal à m'accrocher à mon identité. Je me mets à réfléchir... non, pas à réfléchir. C'est plutôt comme si je rêvais, bien que nous autres, les vivenefs, ne dormions pas. Mais on dirait un rêve, et alors je suis quelqu'un d'autre, une autre créature, et les serpents me touchent, et c'est encore pire. »

L'homme paraissait inquiet. « Des serpents ? répétat-il d'un ton dubitatif.

– Gantri, dit-elle d'une voix à peine audible, Gantri, il y a des serpents ici même, dans le port, cachés dans la vase du fond. »

Il poussa un profond soupir. « Tu me l'as déjà dit ; mais, Vivacia, personne d'autre n'en a vu le moindre signe. Tu es sûre de ne pas te tromper ? » Il se tut, espérant une réponse.

Elle détourna le regard. « Si Hiémain était ici, il les sentirait ; il saurait que ce n'est pas un tour de mon imagination.

– Oui, fit Gantri à contrecœur, mais il n'est pas ici. Je sais que ça te rend malheureuse, et peut-être aussi inquiète pour des riens. » Il s'interrompit, puis reprit d'un ton cajoleur, comme s'il s'adressait à un enfant effrayé : « Peut-être bien qu'il y a des serpents ici, mais, dans ce cas, qu'est-ce qu'on peut y faire ? Ils ne nous font pas de mal. Faisons comme s'ils n'existaient pas, d'accord ? »

Elle tourna la tête pour le dévisager, mais il refusa de croiser son regard. Que croyait-il donc ? Que les serpents étaient le fruit de son invention ? Que le chagrin du départ de Hiémain l'avait rendue folle ? « Je ne suis pas démente, Gantri, dit-elle d'une voix calme. C'est... dur pour moi de me retrouver seule, c'est vrai, mais je ne perds pas la raison ; peut-être même suis-je plus lucide qu'avant ; je perçois ce qui m'entoure à ma façon, et non plus à la façon... Vestrit. »

Ses efforts pour expliquer ce qu'elle ressentait ne firent qu'embrouiller Gantri un peu plus. « Ah, oui, bien sûr... Euh..., fit-il en contemplant le port.

– Gantri, tu es un homme honnête, et je t'aime bien. » Elle faillit se taire, mais elle poursuivit pourtant : « Tu devrais t'enrôler sur un autre navire. »

Elle sentit l'odeur de peur qui se dégagea soudain de lui quand il répondit. « Allons, quel autre navire t'arrive à la cheville ? demanda-t-il vivement. Après avoir navigué à ton bord, pourquoi est-ce que je voudrais travailler sur un autre ? » Elle perçut la cordialité forcée qui se cachait sous ses propos.

« Parce que tu n'as pas envie de mourir, peut-être, fit-elle d'une voix très basse. J'ai un très mauvais pressentiment sur cette traversée ; un très mauvais pressentiment. Surtout si je dois l'effectuer seule.

– Ne parle pas comme ça ! » s'exclama-t-il avec violence, comme s'il s'adressait à un matelot indiscipliné. Puis, plus calmement, il reprit : « Tu ne seras pas seule. Je serai là, moi. Je vais aller dire à Findo de te jouer du violon, d'accord ? »

Elle haussa les épaules : au moins, elle avait essayé. Elle braqua ses yeux sur la flèche lointaine du palais du Gouverneur.

Au bout d'un moment, Gantri s'éloigna.

*

Elle avait craint que le capitaine Tenira ne la reconnaisse : elle avait dansé avec son fils au rassemblement d'Hiver, trois ans plus tôt. Mais, si le Marchand de Terrilville perçut la moindre ressemblance entre Athel, le matelot, et Althéa, la fille d'Ephron Vestrit, il n'en manifesta rien. Il la toisa d'un œil critique, puis secoua la tête. « Tu as l'air d'un bon marin, garçon, mais je te l'ai dit : je n'ai besoin de personne. Mon équipage est plein. » Au ton qu'il avait employé, la question était réglée.

Althéa garda les yeux baissés. Elle avait repéré l'*Ophélie* deux jours plus tôt dans le port, et la vue de la coque argentée et de la figure de proue souriante de la vieille vivenef avait suscité en elle une émotion d'une force extraordinaire. Quelques questions dans les tavernes du front de mer lui avaient permis d'obtenir le renseignement désiré : la vivenef rentrait dans quelques jours à Terrilville. A l'instant où elle avait entendu cette réponse, Althéa avait décidé que, d'une façon ou d'une autre, elle se trouverait à son bord. Elle s'était alors mise à traîner sur les quais, l'œil aux aguets, attendant l'occasion de parler au capitaine seul à seul. Son plan était simple : elle essaierait tout d'abord de se faire embaucher comme mousse ; si cela ne marchait pas, elle révélerait son identité au commandant et le supplierait de l'embarquer comme passagère. C'est pourtant en tremblant qu'elle avait suivi Tenira jusqu'à sa taverne du port et patienté, debout dans un coin de la salle, jusqu'à la fin de son dîner. Quand enfin il avait reposé sa fourchette et s'était laissé aller contre le dossier de sa chaise, elle était venue se planter devant lui. A présent, elle devait faire appel à tout son courage. « Cap'taine, je vous demande pardon, mais je suis prêt à travailler pour rien, juste pour que vous me rameniez à Terrilville. »

L'homme se tourna vers elle et croisa les bras. « Pourquoi ? » demanda-t-il d'un ton soupçonneux.

Althéa contempla le carrelage de la taverne entre ses pieds et se mordit la lèvre, puis elle leva les yeux vers le commandant de l'*Ophélie*. « J'ai mon salaire du *Moissonneur*... enfin, ce qu'il en reste. Je voudrais rentrer chez moi pour le donner à ma mère. » Althéa avala sa salive, mal à l'aise. « Avant de l'avoir tout dépensé. J'ai promis à ma mère de rapporter de l'argent, cap'taine, parce que papa est dans une mauvaise passe. J'ai beau faire, plus j'attends qu'un bateau me ramène à Terrilville, plus je dépense. » Elle baissa de nouveau les yeux. « Même si vous ne me payez rien, en partant tout de suite j'aurai sans doute plus d'argent sur moi à l'arrivée qu'en restant ici à essayer de trouver une place qui me rapporte.

– Je vois. » Le capitaine Tenira regarda l'assiette sur la table devant lui et l'écarta d'un geste désinvolte. Il se nettoya une dent du bout de la langue. « Ma foi, c'est admirable ; mais je serais tout de même obligé de te nourrir, j'imagine. Et le travail à bord d'une vivenef n'est pas exactement le même que sur un autre bateau ; une vivenef, ça réagit d'une façon qui n'a rien à voir avec le vent ni avec le temps. Et Ophélie est une dame qui peut avoir son caractère. »

Althéa se mordit la lèvre pour ne pas sourire : l'*Ophélie* était une des plus anciennes vivenefs qui existaient, et elle appartenait même à la première génération ; c'était un vieux rafiot ventru, qui pouvait apparaître aussi bien paillard et ordurier qu'aristocratique et imposant selon son humeur. « Une dame qui peut avoir son caractère » était une des descriptions les plus aimables qu'Althéa eût entendues sur la vivenef.

« Les matelots ne doivent pas seulement se montrer vifs et intelligents, pérorait le capitaine Tenira; ils doivent aussi avoir un tempérament égal. Il n'est pas question qu'ils aient peur d'elle ni qu'ils nourrissent des superstitions à son sujet; cependant, il ne s'agit pas non plus qu'ils la laissent leur marcher sur les pieds. Tu es déjà monté à bord d'une vivenef, garçon?

– Quelquefois, répondit Althéa; avant de naviguer, j'allais sur la digue nord, à Terrilville, et je parlais avec elles de temps en temps. Je les aime bien, cap'taine; elles ne me font pas peur. »

Le commandant s'éclaircit la gorge, et c'est d'une voix changée qu'il déclara : « Un marchand est très différent d'un navire-abattoir. Nous voyageons beaucoup plus vite et nous sommes beaucoup plus propres. Quand le second te donne un ordre, tu obéis aussitôt. T'en crois-tu capable?

– Oui, cap'taine, j'en suis capable. Et je me lave tous les jours, et je sais tenir mon coin. » Althéa hochait la tête comme un pantin.

– Très bien. » L'homme réfléchit. « Je n'ai toujours pas besoin de toi, tu sais, et il y a beaucoup de matelots qui donneraient n'importe quoi pour servir à bord d'une vivenef. Tu prends une place pour laquelle je n'aurais aucun mal à trouver un marin plus vieux et plus expérimenté.

– Je sais, cap'taine, et je vous remercie.

– Tu peux, oui. Je suis dur, comme maître à bord, Athel; tu risques de regretter ta décision avant notre arrivée à Terrilville.

– Pardon, cap'taine, mais c'est ce que j'ai entendu dire sur vous : que vous êtes dur mais juste. » Elle leva les yeux vers le commandant. « J'ai pas peur de travailler pour un homme juste. »

C'était assez de miel pour adoucir le capitaine, qui faillit sourire. « Dans ce cas, va te présenter au second. Il s'appelle Grag Tenira. Dis-lui que je t'ai enrôlé et que tu dois dérouiller la chaîne d'ancré.

– Oui, cap'taine », répondit Althéa avec une petite grimace. Dérouiller la chaîne d'ancré était une tâche sans fin ; mais elle songea qu'exécuter cette besogne sur une vivenef valait mieux que tout ce qu'elle avait pu faire à bord du *Moissonneur*. « Merci, cap'taine.

– Eh bien, vas-y », fit Tenira d'un ton cordial. Il se pencha pour prendre sa chope et l'agiter en l'air afin d'attirer un serveur.

Dès qu'elle eut mis le pied sur le trottoir en planches devant la taverne, Althéa poussa un grand soupir de soulagement. C'est à peine si elle sentait le vent glacé qui soufflait dans la rue ; Tenira ne l'avait pas reconnue, et il était peu probable que cela n'arrive jamais : en tant que mousse, elle avait peu de chances de croiser fréquemment le capitaine ; en outre, maintenant qu'il l'avait vue sous l'identité d'Athel, il continuerait sans doute à la percevoir ainsi. Elle ne doutait pas de parvenir tout aussi facilement à jeter de la poudre aux yeux de Grag Tenira ; Athel le mousse n'évoquait en rien Althéa la partenaire de danse. Son cœur se gonfla soudain de joie : elle était arrivée à ses fins ! Elle avait trouvé le moyen de retourner à Terrilville ! Et, si ce qu'on disait du capitaine Tenira était exact, elle gagnerait quelques pièces au cours du voyage. C'était un homme juste, et, s'il la voyait travailler dur, il l'en récompenserait. Il ne lui restait plus qu'à récupérer son sac, embarquer sur le navire et trouver un coin où accrocher un hamac. Le lendemain, elle serait sur le chemin du retour.

Et de nouveau à bord d'une vivenef. Sur ce sujet, ses sentiments étaient plus mitigés. L'*Ophélie* n'était pas la *Vivacia*, et elle n'aurait aucun lien avec elle ; d'un autre côté, Ophélie n'était pas non plus un simple bout de bois mort soumis aux seules forces du vent et des vagues, et Althéa aurait plaisir à remettre le pied sur un navire qui réagissait à son environnement. En outre, elle serait soulagée de quitter ce petit port crasseux.

Elle dirigea ses pas vers l'auberge fatiguée où elle logeait. Elle allait embarquer sur l'*Ophélie* le soir même et commencer son voyage le lendemain ; elle n'avait donc pas le temps de chercher Brashen pour lui dire au revoir ; elle ignorait où il se trouvait, et d'ailleurs, qui sait ? peut-être avait-il déjà repris la mer. Et puis quel intérêt ? Rien ne la rattachait vraiment à lui, rien du tout. Elle ne savait même pas pourquoi elle avait pensé à lui ; elle n'avait en tout cas rien à lui dire, et le revoir ne ferait que susciter des échanges gênants sur des sujets délicats.

*

Le bureau de l'agent maritime était exigu et l'atmosphère étouffante. Le feu qui grondait dans la cheminée était excessif pour une si petite pièce, qui paraissait enfumée par contraste avec la rue où soufflait un vent frais. Brashen tirailla son col, puis reposa ses mains sur ses genoux et s'efforça de les y maintenir.

« J'embauche pour le *Veille du Printemps*; c'est vous dire la confiance que le capitaine place en moi, et je la prends très au sérieux. Si je lui envoie des hommes négligents ou des ivrognes, cela peut coûter au navire du temps, de l'argent et des vies. Je fais donc très attention à qui j'enrôle. »

Le petit homme au crâne dégarni s'interrompit pour tirer sur sa pipe. Il paraissait attendre une réponse et Brashen se creusa la cervelle. « C'est une lourde responsabilité », fit-il enfin.

L'homme exhala une bouffée de fumée jaunâtre. Son âcreté piqua les yeux et la gorge de Brashen, qui s'efforça de n'en rien laisser voir. Il voulait la place de second que le placard en devanture annonçait vacante. Le *Veille du Printemps* était un petit marchand à faible tirant d'eau qui cabotait entre Chandelle et Terrilville, et dont les cargaisons qu'il embarquait à chaque port déterminaient la destination suivante. Telle était du moins la façon dont l'agent avait exposé la chose; pour Brashen, cela revenait à dire que le navire trafiquait avec les pirates, achetant et revendant du fret volé à d'autres bateaux, et il n'était pas sûr de vouloir se retrouver impliqué dans ce genre d'affaire. De fait, il n'avait aucune envie de travailler dans quelque branche que ce fût, mais il était à court d'argent et n'avait presque plus de cindine, donc il devait trouver une place, et celle qu'on lui proposait ce jour-là en valait bien une autre. L'homme avait repris son discours et Brashen fit semblant de ne pas avoir manqué une seule de ses paroles.

« ... et c'est ainsi que nous l'avons perdu. C'est dommage, parce qu'il travaillait pour nous depuis des années ; mais, comme vous ne l'ignorez sans doute pas (il tira de nouveau une longue bouffée de sa pipe et la souffla par le nez), le temps et la marée n'attendent pas, non plus que les cargaisons périssables. Le *Veille du Printemps* doit reprendre la mer et il nous faut un nouveau second, or vous paraissez bien connaître les eaux dont nous avons parlé. Cependant, nous risquons de ne pas pouvoir vous payer ce que vous pensez valoir.

— Combien ? » demanda Brashen, avant de sourire dans l'espoir d'adoucir la brusquerie de sa question. La migraine l'avait repris, et, si l'homme lui soufflait encore une fois sa fumée au visage, il avait l'impression qu'il allait vomir.

— Ma foi... » Le ton de Brashen avait manifestement pris l'agent un peu à rebrousse-poil. « Ça dépend, évidemment ; vous possédez une étiquette du *Moissonneur*, mais rien d'autre qui prouve l'autre expérience que vous prétendez avoir. Il faut que j'y réfléchisse. »

Traduction : il espérait que quelqu'un d'autre postulerait avec davantage d'étiquettes à présenter. « Je vois. Quand saurez-vous si vous avez besoin de moi ? » Encore une question mal formulée, Brashen s'en rendit compte, mais trop tard ; il était apparemment incapable de surveiller ses paroles. Il sourit de nouveau en souhaitant que son expression ne trahissait pas trop son accablement.

« Tôt demain matin, peut-être. »

Quand l'homme tira sur sa pipe, Brashen se pencha en faisant semblant de rajuster le bas de son pantalon, et il resta ainsi jusqu'à ce que l'agent eût soufflé sa bouffée ; alors il se redressa. Néanmoins, un nuage jaunâtre l'attendait, et il toussa, puis s'éclaircit la gorge. « Dans ce cas, je reviendrai demain matin, d'accord ? » Brashen sentait l'angoisse commencer à lui nouer l'estomac : il allait devoir à nouveau affronter une journée sans rien à manger, une nouvelle nuit à la belle étoile. A ce régime, chaque jour qui passait voyait diminuer ses chances de trouver une place convenable : on n'embauchait pas comme second un homme affamé, crasseux et mal rasé.

« C'est ça », répondit l'agent d'un air absent, occupé à trier des documents sur son bureau, Brashen déjà chassé de ses pensées. « Et venez prêt à embarquer, parce que, si nous avons besoin de vous, ce sera sans délai. Bonne journée. »

Brashen se leva lentement. « C'est inacceptable. Vous refusez de me dire si vous avez besoin de moi ni ce que serait ma paye, mais je dois me tenir prêt à répondre si vous claquez des doigts. Je ne marche pas. » *Tu es fou !* lui cria une partie rationnelle de son esprit. *Tais-toi ! Tais-toi ! Tais-toi !* Mais il était trop tard, et il savait qu'il aurait l'air non seulement stupide mais grossier s'il essayait de rattraper ses paroles ; il s'efforça de prendre un ton à la fois espiègle et moqueur en ajoutant : « Bonne journée à vous, monsieur. Je regrette que nous n'ayons pas pu faire affaire. »

L'agent maritime parut en même temps vexé et inquiet. « Attendez ! s'exclama-t-il presque avec colère. Attendez. »

Brashen s'arrêta et se retourna, les sourcils levés.

« Pas de précipitation. » L'indécision se lisait dans les yeux de l'homme. « Je vais vous dire ce que nous pouvons faire : je vais parler au second du *Moissonneur* dans la journée ; s'il m'assure que vous êtes franc du collier, nous vous verserons le salaire que vous touchiez sur le navire-abattoir. C'est équitable.

– Non, pas du tout. » Ayant adopté une attitude intransigeante, Brashen ne pouvait plus reculer ; en outre, il ne tenait pas à ce que l'agent s'entretienne avec un homme du *Moissonneur*. « Sur ce bateau, j'étais troisième lieutenant ; si je m'enrôle sur le *Veille du Printemps*, je serai second ; ni capitaine ni simple matelot : second, responsable de tout ce qui va de travers à bord. Le *Veille du Printemps* est peut-être plus petit que le *Moissonneur*, mais ma fonction y est plus importante. Il faut mener l'équipage d'un marchand plus durement et plus efficacement que celui d'un abattoir ; et je parie que le *Veille du Printemps* rapporte bien plus d'argent que le *Moissonneur*, s'il fait bien son travail. Si j'embarque comme second, je veux le même salaire que mon prédécesseur.

– Mais il avait des années d'expérience sur ce navire ! glapit l'agent.

– J'ai des années d'expérience comme second à bord de la *Vivacia*, qui est un bateau sensiblement plus grand. Allons, versez-moi ce que vous payiez à l'ancien second. S'il vous faisait gagner de l'argent, je vous garantis que vous en toucherez autant avec moi. »

L'agent s'affala dans son fauteuil. « Vous avez l'impudence d'un bon second, concéda-t-il à contre-cœur. Très bien. Présentez-vous prêt à embarquer, au salaire que vous demandez. Mais je vous avertis : si vous ne faites pas votre travail, le capitaine vous débarquera au port le plus proche, si petit soit-il.

— Je vais faire mieux, parce que je suis honnête et travailleur, répondit Brashen : je vais me présenter dès maintenant sur le bateau. S'il doit mettre à la voile après-demain, il me faudra bien tout ce temps pour vérifier que tout est bien arrimé à bord et faire en sorte que l'équipage sache que je suis le nouveau second ; en outre, cela donnera l'occasion au capitaine de voir de quel bois je suis fait. S'il n'apprécie pas ma manière d'opérer, il pourra toujours m'ordonner de débarquer. Ça vous convient-il ? »

Cette concession tombait à pic ; elle permettait à l'agent de conserver un peu de sa fierté. L'homme plissa les yeux, réfléchit, puis acquiesça de la tête. « Ça me convient. Vous savez où est amarré le *Veille de Printemps* ? »

Brashen eut un sourire entendu. « Est-ce que j'ai l'air d'un homme qui postulerait pour une place sur un navire qu'il n'aurait jamais vu ? Oui, je sais où le trouver. Je serai à son bord avec mon sac, si jamais vous changez d'avis ; mais ça m'étonnerait.

— Eh bien, parfait. Bonne journée, donc.

— Bonne journée. »

Brashen quitta le bureau et referma la porte derrière lui, puis il suivit la rue d'un pas vif et décidé. Il constata avec soulagement que son sac de marin n'avait pas bougé du tas de paille, derrière l'écurie de chevaux de louage dans laquelle il avait dormi la nuit précédente : si on le lui avait volé, cela n'aurait pas arrangé sa situation. Il l'ouvrit et jeta un rapide coup d'œil au contenu pour s'assurer qu'on ne lui avait rien chapardé ; il n'y conservait rien de valeur, mais il avait le sens de la propriété. Il fouilla ses affaires : sa réserve de cindine était toujours là, en baisse, mais suffisante ; de toute façon, il n'y toucherait pas tant qu'il serait de service. Il n'en prenait jamais en dehors de ses moments de liberté. D'ailleurs, en toute probabilité, il n'en userait pas à bord du *Veille du Printemps* ; après tout, au cours de toutes les années qu'il avait passées sur la *Vivacia*, il n'avait jamais fait usage de la cindine, même lors de ses bordées à terre.

Il éprouva une douleur sourde en repensant à la *Vivacia*. Il avait perdu gros en se faisant déposséder de sa place de second. Comment la situation aurait-elle évolué si Ephron Vestrit n'était pas tombé malade ? Il naviguerait encore à bord de la vivenef, et Althéa aussi. Il ressentit un pincement au cœur en songeant à la jeune fille : il ne savait même pas où elle se trouvait dans cette ville crasseuse. Il s'était montré stupide et borné, comme d'habitude, alors qu'il n'avait aucun motif réel de la planter là comme il l'avait fait l'autre soir : elle avait simplement prétendu qu'ils ne se connaissaient pas vraiment, mais ce n'étaient que des mots, et il le savait aussi bien qu'elle.

En réalité, elle le connaissait si bien qu'elle n'avait pas voulu prolonger sa relation avec lui.

Il s'arrêta en pleine rue, posa son sac à terre et prit ce qui lui restait de cindine ; il rompit un petit morceau de la barrette et le fourra dans sa joue. Il ne désirait pas en prendre trop, juste de quoi lui donner l'air gaillard en attendant d'avaler un repas digne de ce nom à bord. Etrange comme quelques nuits passées le ventre vide pouvaient rendre appétissants même les biscuits de marin et le bœuf salé. L'espace d'un instant, il sentit la brûlure de la cindine, puis il déplaça la chique du bout de la langue et la sensation s'apaisa. La bouche amère, il prit une profonde inspiration et le décor qui l'entourait parut acquérir une plus grande netteté ; il jeta de nouveau son sac sur son épaule et reprit la route des quais.

Quel plaisir ce serait de retrouver une place définie dans le monde ! Et puis, le *Veille du Printemps* paraissait un navire intéressant. Brashen avait souvent fait l'aller-retour par le Passage Intérieur sur la *Vivacia*, mais s'y était rarement arrêté, car le capitaine Vestrit achetait la plupart de son fret au sud de Jamaillia, et Brashen avait visité une centaine de petits ports exotiques de ces mers lointaines. Il serait amusant de refaire connaissance avec les îles des Pirates. Quelqu'un se souviendrait-il de lui là-bas ?

*

Midi était passé, autant que Hiémain pût s'en rendre compte ; c'était du moins ce que lui assurait son estomac. Il se tâta de nouveau la pommette, puis examina le bout de ses doigts ; la lymphe qui sourdait de son tatouage était visqueuse. Il se demanda de quoi il avait l'air ; il voyait le sceau vert sur la joue de ses compagnons de réclusion, mais il n'arrivait pas à l'imaginer sur son propre visage. C'étaient des esclaves, et, d'une certaine façon, les voir tatoués n'avait rien de choquant ; mais lui-même n'était pas asservi, non, c'était une erreur ; son père aurait dû venir le tirer de cette situation. Tout à coup, avec la soudaineté d'une bulle qui éclate, il se rendit compte de la complète absence de logique de ses réflexions. La veille, ces visages qui l'entouraient étaient aussi intacts que le sien ; comme lui, ces gens découvraient leur nouveau statut. Pourtant, il n'arrivait toujours pas à se considérer comme un esclave. Ce n'était qu'un terrible malentendu.

Il percevait des bruits, le brouhaha assourdi d'une foule, des voix qui s'élevaient pour se faire entendre, mais nul ne venait les voir, à l'exception d'un garde qui faisait sa tournée d'un air léthargique.

Il s'éclaircit la gorge. Personne n'y fit attention, mais il prit tout de même la parole. « Pourquoi ne voit-on pas d'acheteurs ? Aux autres enclos, il en passait sans cesse pour emmener des esclaves. »

L'adolescent crasseux répondit d'un ton las : « Tu devais être enfermé dans les boxes aux faces-de-carte ; là, les vendeurs acceptent à peu près n'importe quel prix. Les esclaves qualifiés sont achetés par des sociétés qui louent leurs services ; on les vend à l'encan pour obliger les sociétés à renchérir les unes sur les autres. Les nouveaux esclaves... » Il se tut soudain, puis s'éclaircit la gorge à son tour : « Les nouveaux esclaves sont vendus aux enchères eux aussi. Ça s'appelle la règle de miséricorde, parce que, parfois, la famille ou les amis rachètent quelqu'un et lui rendent sa liberté. Avant, je trouvais ça drôle; j'allais aux enchères avec des copains et on faisait des offres sur les nouveaux esclaves, rien que pour faire monter leur prix et voir leurs frères ou leurs pères commencer à transpirer. » Il toussota brusquement et se retourna vers l'angle de l'enclos. « Je n'aurais jamais cru me retrouver de l'autre côté de la barrière.

— Peut-être que tes amis te rachèteront? fit Hiémain à mi-voix.

— Et si tu la fermais avant que je te fasse sauter toutes les dents? » répliqua le jeune garçon d'un air mauvais. Hiémain comprit que personne, ni parent ni ami, ne viendrait le racheter, pas plus qu'aucun de ses voisins, d'après leur mine. L'un d'eux était une femme d'âge mûr dont le visage indiquait qu'elle était habituellement souriante, mais ses traits étaient avachis à présent; assise dans la paille, elle se balançait doucement d'avant en arrière. Il y avait aussi deux jeunes hommes d'un peu plus de vingt ans, à l'air timide, vêtus comme des fermiers; ils étaient assis côte à côte, muets, l'œil vide. Peut-être étaient-ils amis, voire frères. L'autre femme de l'enclos était de cet âge indécis où l'on oscille entre la désillusion et la dureté; elle se tenait repliée sur elle-même, les bras serrés autour des genoux; ses lèvres formaient une fine ligne sans expression et elle gardait les yeux plissés; des taches d'aspect malsain parsemaient le pourtour de sa bouche.

La brève journée d'hiver tirait à sa fin quand deux hommes vinrent chercher les esclaves. Hiémain ne les avait jamais vus. Ils portaient de courtes matraques et un rouleau de lourde chaîne auquel ils attachèrent les prisonniers à mesure qu'on les délivrait de leurs fers. « Par ici », dit l'un d'eux ; l'autre, sans s'embarrasser de paroles, poussa brutalement Hiémain de sa matraque pour lui faire accélérer le pas.

La répugnance que le jeune garçon éprouvait à se voir vendu à l'encan comme une vache le disputait à la fatigue née de l'incertitude dans laquelle il avait vécu ces derniers jours. Au moins, il lui arrivait maintenant quelque chose de concret, même s'il n'avait pas son mot à dire. Sa portion de chaîne entre les mains, il suivit gauchement ses compagnons d'un pas malaisé, tout en jetant des regards sur ce qui l'entourait ; il n'y avait guère à voir : la plupart des enclos devant lesquels ils passaient étaient vides à présent. Le brouhaha devint plus fort et ils débouchèrent soudain dans une cour ; elle était bordée d'abris à esclaves, et en son milieu se dressait une estrade munie de marches qui n'était pas sans rappeler un échafaud. Une foule de gens l'entourait, examinant les marchandises, riant, buvant, échangeant des plaisanteries et des commentaires, et achetant des êtres humains. Hiémain perçut soudain une odeur de bière et, supplice suprême, celle de viande fumée : çà et là dans la cour, des étals proposaient aux passants de quoi se restaurer. De l'autre côté de l'estrade, Hiémain aperçut une rangée de boutiques de tatouage en plein air qui ne paraissaient pas chômer.

C'était un beau jour de marché, plein d'animation ; sans doute, songea Hiémain, des gens s'étaient levés tôt en se réjouissant à l'avance de passer la journée en ville à rencontrer des amis, à marchander et à se promener aux enchères pour voir ce qu'on proposait comme esclaves aujourd'hui.

On les tint un moment groupés au bas des marches pendant que le crieur en finissait avec le lot précédent, et quelques acquéreurs sérieux fendirent la foule pour les inspecter de plus près ; certains posèrent des questions aux gardiens, en haussant la voix pour se faire entendre, sur l'âge, l'état des dents ou l'expérience de leurs prisonniers ; les gardiens répétèrent les questions à leurs esclaves comme si ceux-ci étaient incapables d'entendre ou de comprendre ce que disaient les acheteurs. L'un d'eux s'enquit de l'âge de Hiémain. « Quatorze ans », répondit le jeune garçon.

L'homme émit un grognement méprisant. « Je lui en aurais donné douze. Remontez-lui la manche, que je voie son bras. » Le gardien obéit. « Ah, il y a un peu de muscle. Quel genre de travail est-ce que tu connais, petit ? La cuisine ? La basse-cour ? »

Hiémain s'éclaircit la gorge. Qu'était-il ? Un esclave avec de bonnes qualifications recevait un meilleur traitement, c'était du moins ce qu'on lui avait dit. Autant profiter des quelques atouts qu'il possédait. « Je suivais une formation de prêtre ; j'ai travaillé dans les vergers, je sais fabriquer des vitraux, écrire, lire et calculer. Et j'ai aussi été mousse sur un bateau, ajouta-t-il à contrecœur.

– Il est trop plein de lui-même », fit l'acquéreur avec un ricanement ironique. Il se détourna en secouant la tête à l'intention de son collègue. « Il sera difficile à dresser ; il croit déjà en savoir trop. »

Alors que Hiémain cherchait une réponse adéquate, une saccade sur sa chaîne le ramena à la réalité : ses compagnons commençaient à gravir les marches, et il les suivit d'un pas vacillant. Pendant quelques instants, il dut faire attention de ne pas tomber dans les degrés tant la chaîne qui lui entravait les chevilles était courte, puis il prit sa place auprès des autres esclaves sur l'estrade que des torches éclairaient.

« De nouveaux esclaves, tout frais, sans mauvaises habitudes, il faudra les dresser vous-même ! » Le crieur avait entamé son boniment, et la foule réagit par de petits rires sans entrain. « Voilà tout ce que j'ai ; regardez-les bien et décidez lequel mènera les enchères. J'ai deux solides gaillards, faits pour le travail à la ferme, une grand-mère gentille comme tout, parfaite pour surveiller vos enfants ; j'ai aussi une femme qui a été traitée un peu à la dure mais qui a encore quelques bonnes années devant elle, et deux garçons, vifs et en bonne santé, assez jeunes pour les dresser à ce que vous voulez. Allons, qui ouvre les enchères ? Ne faites pas les timides ! Gueulez un grand coup et dites-moi qui vous avez choisi ! » Le crieur eut un geste enjôleur en direction de la mer de visages qui regardaient avec intérêt la marchandise présentée sur l'estrade.

« Maiverne ! La vieille femme ! Trois pièces d'argent ! » Hiémain repéra la jeune femme éperdue dans la foule ; une fille, peut-être, ou une amie. La vieille esclave à côté de lui se couvrit le visage des mains comme si elle avait honte ou craignait d'espérer. Hiémain crut que son cœur allait se briser ; ce qu'il vit ensuite le fit au contraire bondir dans sa poitrine. La haute stature et la chevelure blonde de son père ressortait de la foule comme un drapeau lui faisant signe de rentrer chez lui et de retrouver la sécurité. Il discutait avec un homme derrière lui.

« Père ! » cria-t-il, et il vit Kyle Havre se tourner vers la plate-forme, l'air effaré. Il vit aussi Torg, près de lui, porter les mains à sa bouche comme sous le coup de la stupeur, simulant parfaitement l'étonnement. Un des gardiens donna un coup de matraque à Hiémain dans les côtes.

« Du calme. Attends ton tour », dit-il d'un ton sec.

C'est à peine si Hiémain sentit le choc ou entendit les paroles : il ne voyait que le visage de son père qui le regardait, si petit et si lointain dans la marée humaine. A la lumière indécise du crépuscule, Hiémain n'arrivait pas à distinguer clairement son expression. Sans le quitter des yeux, Hiémain adressa une prière à Sa, une simple supplique sans forme précise et qui ne fit pas bouger ses lèvres. Il vit son père se tourner vers Torg et s'entretenir véhémentement avec lui, et il se demanda si, en cette fin de journée, il lui restait quelque argent ; oui, sans doute, sans quoi il aurait déjà regagné le navire avec ses achats. Hiémain essaya d'esquisser un sourire d'espoir, mais n'y parvint pas : quelles émotions son père ressentait-il en cet instant ? Colère, soulagement, humiliation, pitié ?

Cela n'avait pas d'importance : il était impossible que son père ne le rachetât pas. Que dirait sa mère, autrement ?

Hiémain songea tout à coup qu'elle ne dirait rien si on la laissait dans l'ignorance de ce qui s'était passé, si on lui faisait croire que son fils s'était simplement enfui à Jamaillia.

Le fouet du crieur s'abattit sur la table devant lui. « Adjugée ! braille-t-il. Pour dix pièces d'argent, et grand bien vous fasse, ma belle dame ! Allons, qui veut ouvrir les enchères pour le suivant ? Voyons, nous avons quelques bons esclaves aujourd'hui ! Regardez les muscles de ces paysans, les semailles de printemps ne sont que dans quelques semaines, amis fermiers ! Mieux vaut être prêts !

– Père ! Je vous en prie ! » cria Hiémain avant de battre en retraite, plié en deux par un nouveau coup de matraque.

Lentement, Kyle Havre leva la main. « Cinq piécettes pour le jeune garçon ! »

La foule éclata de rire en entendant cette offre injurieuse : avec cinq piécettes de cuivre, on achetait un bol de soupe, pas un esclave. Le crieur recula à pas lents, la main sur le cœur. « Cinq piécettes ? répéta-t-il, feignant la consternation. Mon petit gars, qu'est-ce que tu as donc fait pour mécontenter ton papa à ce point ? On m'offre cinq piécettes ; les enchères sont ouvertes à ce prix. Quelqu'un d'autre veut de cet esclave à cinq piécettes ? »

Une voix monta de la foule. « Lequel est le garçon qui sait lire, écrire et calculer ? »

Hiémain se tut, mais un des gardiens répondit :
« Celui-ci. Il se formait à la prêtrise ; il dit aussi qu'il
sait fabriquer des vitraux. »

Cette prétention chez un garçon aussi jeune parut
semer le doute parmi les acheteurs. « Une pièce de
cuivre ! offrit quelqu'un en riant.

– Deux !

– Tiens-toi droit », ordonna le gardien à Hiémain
en appuyant ses paroles d'un petit coup de matraque.

« Trois ! fit son père d'un air maussade.

– Quatre ! » Cette dernière offre venait d'un jeune
homme à la mine réjouie qui se tenait derrière la
foule ; ses compagnons et lui échangeaient des coups
de coude en regardant tour à tour Hiémain et Kyle. Le
jeune prêtre sentit son cœur se serrer : si son père
s'apercevait de leur petit jeu, il était impossible de
prévoir sa réaction.

« Deux pièces d'argent ! » cria quelqu'un qui pensait apparemment mettre un terme aux enchères en
augmentant l'offre de façon substantielle. Hiémain
devait apprendre par la suite que c'était encore une
piètre proposition pour un nouvel esclave qui ne pro-
mettait guère, mais qu'elle entrait dans les limites de
l'acceptable.

« Deux pièces d'argent ! répéta le crieur avec
enthousiasme. Enfin, amis et bons voisins, on
commence à prendre ce jeune homme au sérieux ! Il
sait lire, écrire et calculer ! Il prétend aussi savoir
fabriquer des vitraux, mais on ne peut pas dire que ça
serve à grand-chose, hein ? Un petit gars bien utile,
qui grandira encore sûrement, vu qu'il ne peut pas

218

rapetisser ! Un garçon docile, facile à former ! Est-ce que j'ai entendu trois pièces ? »

Il avait bien entendu, et l'offre ne venait pas du père de Hiémain ni des jeunes chahuteurs ; les enchères atteignirent cinq pièces d'argent avant que les acheteurs sérieux commencent à secouer la tête et à examiner les autres marchandises en attente. Les jeunes plaisantins continuèrent à surenchérir jusqu'au moment où Kyle Havre envoya Torg se placer près d'eux ; le lieutenant les aborda d'un air mauvais, mais Hiémain le vit clairement leur remettre une poignée de piécettes pour qu'ils cessent leur manège. Ah ! Tel était donc le but du jeu !

Quelques instants plus tard, son père l'achetait pour sept pièces d'argent et cinq de cuivre. On détacha Hiémain de la chaîne d'esclaves, on l'emmena en le tenant par les menottes comme on fait avancer une vache en la tirant par son licol, et, au bas des marches, on le remit à Torg ; son père ne s'était même pas déplacé pour le recevoir. Le jeune garçon sentit une vague d'inquiétude monter en lui. Il tendit ses poignets à Torg pour qu'il lui ôte ses chaînes, mais le lieutenant feignit de ne rien remarquer et se mit à l'examiner comme un simple esclave que son maître venait d'acheter. « Des vitraux, hein ? » jeta-t-il d'un ton moqueur, déclenchant l'hilarité des gardiens et des badauds au pied de l'estrade ; puis il saisit la chaîne qui reliait les poignets de Hiémain et se mit route en le tirant derrière lui. L'adolescent ne put que le suivre d'un pas trébuchant, les chevilles toujours entravées.

« Détache-moi, dit-il au lieutenant dès qu'ils furent sortis de la foule.

– Afin que tu en profites pour mettre les voiles encore une fois ? Sûrement pas ! répliqua Torg avec un sourire ravi.

– Tu n'as pas averti mon père que j'étais ici, n'est-ce pas ? Tu as attendu qu'on me marque comme esclave et qu'il soit forcé de me racheter.

– Tu racontes n'importe quoi », répondit Torg d'un ton enjoué. Il était manifestement de très bonne humeur. « A ta place, je m'estimerais heureux que ton père soit resté aussi longtemps aux enchères, qu'il t'ait vu et t'ait racheté. On repart demain, tu sais, et on a notre pleine cargaison ; il est juste passé ici faire quelques achats de dernière minute, et il est tombé sur toi. »

Hiémain se tut. Serait-il judicieux de mettre son père au courant de l'attitude de Torg ? Ne donnerait-il pas l'impression d'un petit garçon qui se plaint à son papa ? Et son père le croirait-il seulement ? Dans le crépuscule tombant, il scruta les visages qu'ils croisaient à la recherche de celui du commandant de la *Vivacia* ; quelle expression arborerait-il ? Colère, soulagement ? Hiémain lui-même se sentait tiraillé entre l'angoisse et l'euphorie.

Soudain il l'aperçut, il se trouvait loin et ne regardait même pas dans sa direction, apparemment occupé à enchérir sur les deux journaliers agricoles vendus en lot. Il n'eut pas le moindre coup d'œil pour son fils enchaîné.

« Mon père est là-bas, dit Hiémain à Torg, en s'arrêtant. Je veux lui parler avant que nous ne regagnions le navire.

– Voyons, grogna le lieutenant avec entrain, ça m'étonnerait qu'il ait envie de t'écouter. » Il eut un sourire entendu. « Et même, ça m'étonnerait qu'il te croie encore capable de faire un bon second quand il donnera le commandement à Gantri ; à mon avis, c'est moi qu'il voit pour le boulot, maintenant. » Il avait pris un ton suffisant, comme s'il pensait que la nouvelle allait assommer Hiémain.

Le jeune garçon s'arrêta de nouveau. « Je veux parler à mon père immédiatement.

– Non », répliqua Torg d'un ton catégorique. Sa masse et sa musculature pouvaient venir aisément à bout de la résistance de Hiémain. « Tu marches ou je te traîne par terre, pour moi c'est du pareil au même », affirma-t-il tandis qu'il balayait la foule du regard. « Ah ! » fit-il soudain, et il se remit en marche, le jeune garçon à la remorque.

Ils parvinrent devant le billot d'un tatoueur occupé à libérer une femme encore étourdie du collier de maintien tandis que le propriétaire tirait impatiemment sur les fers de sa nouvelle esclave pour l'obliger à le suivre. Le tatoueur leva les yeux vers Torg et hocha la tête. « Ah, la marque de Kyle Havre », fit-il d'un ton affable en désignant Hiémain ; manifestement, les deux hommes avaient souvent fait affaire.

« Non, pas sur celui-ci », répondit Torg au grand soulagement du jeune adolescent. Le lieutenant venait sans doute acheter une babiole, signe de sa liberté et dépense supplémentaire qui ne réjouirait sûrement pas son père. Hiémain se demandait déjà s'il existait un moyen, par abrasion ou décoloration, d'effacer le tatouage qui le défigurait ; ce serait douloureux, mais cela vaudrait mieux que conserver cette marque toute sa vie : plus vite il reléguerait sa mésaventure au passé, mieux il s'en porterait. Il avait déjà décidé que, lorsque son père daignerait lui adresser la parole, il lui ferait la promesse sincère de rester à bord du bateau et de le servir fidèlement jusqu'à sa quinzième année révolue ; peut-être était-il temps d'accepter le rôle que Sa lui avait imposé, et peut-être lui donnait-on là l'occasion de se réconcilier avec son père. Après tout, être prêtre n'était pas une fonction mais une attitude ; il trouverait bien le moyen de poursuivre ses études sur la *Vivacia*. D'ailleurs, il s'apercevait que la vive-nef lui manquait, et, songeant à elle, il sentit un petit sourire naître sur ses lèvres. Il tâcherait de réparer sa désertion, de la convaincre que...

Torg le saisit par les cheveux et lui engagea brutalement la gorge dans le collier que le tatoueur referma aussitôt. Affolé, Hiémain se débattit, mais ne parvint qu'à s'étrangler. C'était trop serré ! Ils l'avaient trop serré ! Même en s'efforçant de se tenir tranquille, il allait perdre conscience ; il n'arrivait pas à respirer assez et il n'était même pas en mesure d'en prévenir les deux hommes. Il entendit vaguement la voix de Torg : « Dessine-lui le même signe que sur cette boucle d'oreille ; comme ça, il appartiendra au bateau. Je parie que c'est la première fois dans l'histoire de Jamaillia qu'une vivenef achète un esclave ! »

7

Rêves et réalité

« Le coffre à rêve a disparu. »

Malta regarda tour à tour sa mère et sa grand-mère qui la dévisageaient, les traits graves, et elle écarquilla les yeux. « Comment est-ce possible ? Tu es sûre ? »

Sa mère répondit d'un ton calme : « J'en suis tout à fait certaine. »

Malta finit d'entrer dans la salle et s'assit à sa place habituelle à la table du petit déjeuner, puis elle souleva le couvercle du plat posé devant elle. « Oh non, encore du gruau ! Nous ne sommes quand même pas pauvres à ce point ! Comment le coffret pourrait-il avoir disparu ? »

Elle leva le regard et rencontra celui des deux femmes toujours braqué sur elle. Sa grand-mère plissa les yeux et dit : « Je pensais que tu aurais peut-être une idée.

— C'est maman qui l'avait, elle ne me l'a pas donné, c'est même à peine si elle m'a permis de le toucher, répliqua Malta. Est-ce qu'il y a des fruits ou de la confiture pour accompagner cette bouillie ?

– Non. Si nous voulons payer nos dettes à leurs échéances, nous allons devoir vivre de façon frugale pendant un certain temps, on te l'a déjà expliqué. »

Malta poussa un soupir. « Pardon, fit-elle d'un air contrit. J'oublie quelquefois notre situation. J'espère que papa ne tardera plus à rentrer ; quel plaisir quand tout sera normal comme avant ! » Elle regarda de nouveau sa mère et sa grand-mère en essayant de sourire. « En attendant, nous devons nous estimer heureuses de ce qui nous reste, j'imagine. » Elle se redressa sur sa chaise, se composa une expression satisfaite et prit une cuillerée de gruau.

« Ainsi, tu ne vois pas où pourrait être passé ce coffret ? » demanda sa grand-mère.

La jeune fille fit un signe négatif de la tête en avalant sa bouchée. « Non. A moins que... Avez-vous demandé aux domestiques si elles l'ont déplacé en faisant le ménage ? Nounou ou Rache sait peut-être quelque chose.

– Il était bien rangé ; je ne l'avais pas laissé là où on aurait risqué de le déplacer. Il a fallu que quelqu'un s'introduise dans ma chambre et la fouille pour trouver la boîte.

– Est-ce qu'il manque autre chose ? demanda vivement Malta.

– Non, rien. »

La jeune fille avala une nouvelle cuillerée de gruau, l'air pensif. « Est-ce qu'il aurait pu... disparaître, tout simplement ? fit-elle avec un sourire incertain. Je sais, ça paraît ridicule, mais on entend tellement d'histoires extravagantes sur les produits du Désert des Pluies qu'on finit par croire tout possible, au bout d'un moment.

– Non, il ne peut pas avoir disparu, répondit sa grand-mère d'une voix lente. Même si on l'avait ouvert, il ne se serait pas évanoui en fumée.

– Comment en sais-tu aussi long sur les coffres à rêve ? » demanda Malta avec curiosité. Elle se versa une tasse de tisane qu'elle sucra avec du miel en attendant une réponse.

« Une de mes amies en a reçu un autrefois. Elle l'a ouvert et a fait le rêve contenu, puis elle a accepté la cour du jeune homme ; mais il est mort avant leur mariage, et je crois qu'elle a épousé son frère quelques années plus tard.

– Pouah ! » fit Malta. Elle prit une cuillerée de gruau et poursuivit : « Je ne me vois vraiment pas épouser quelqu'un du Désert des Pluies, même s'ils nous sont apparentés, à ce qu'on dit. Tu imagines embrasser un homme tout couvert de verrues ? Ou partager ton petit déjeuner avec lui ?

– Il n'y a pas que l'apparence qui compte chez les hommes, fit sa grand-mère d'un ton glacé. Quand tu auras compris cela, peut-être commencerai-je à te traiter en adulte. » Et son regard désapprobateur se porta sur sa fille. « Eh bien, qu'allons-nous faire ? »

La mère de Malta secoua la tête. « Avons-nous le choix ? Nous allons expliquer, le plus poliment du monde, que le cadeau s'est égaré avant que nous puissions le rendre, mais que nous ne pouvons pas accepter la cour proposée parce que Malta est beaucoup trop jeune.

– Nous ne pouvons pas leur dire que nous avons égaré leur cadeau! C'est impossible! s'exclama Ronica.

– Quoi d'autre, alors? Leur mentir? Répondre que nous l'acceptons mais que nous refusons la cour? Prétendre que nous ne l'avons pas reçu et nous désintéresser de la question? » A chaque suggestion, le ton de Keffria devenait plus ironique. « Non, nous n'en aurions l'air que plus ridicules encore. Comme je suis responsable, c'est moi qui me chargerai de rédiger la lettre et qui porterai le poids de la faute; j'expliquerai que j'avais rangé le coffret dans un lieu que j'estimais sûr, mais qu'il avait disparu le lendemain matin, et je présenterai mes plus plates excuses en proposant de réparer; mais je refuserai aussi la demande de cour en soulignant avec toute la délicatesse possible qu'elle n'est guère séante pour une enfant aussi jeune...

– Elle n'a rien d'inconvenant selon les critères du Désert des Pluies, objecta Ronica, et surtout selon ceux des Khuprus. Leur fortune est légendaire, et, pour l'auteur de l'envoi, le coffret ne devait pas avoir plus de valeur qu'une simple babiole.

– Hmm... peut-être devrions-nous le marier à Malta, dans ce cas, fit Keffria d'un air facétieux. Un jeune homme qui roule sur l'or, voilà qui ne ferait pas de mal à notre famille en ce moment.

– Maman! » s'exclama sa fille, agacée. Ce genre de plaisanterie n'était pas du tout de son goût.

« Je ne parlais pas sérieusement, Malta. Ne prends pas la mouche pour si peu. » Keffria se leva de table. « Bien; rédiger cette lettre ne va pas être une mince affaire, et il me reste peu de temps si je veux la remettre au *Kendri* avant son départ. Il faut que je me mette au travail.

– Assure-les que, si nous retrouvons le coffret, nous le rendrons, dit sa mère.

– Naturellement ; j'ai d'ailleurs l'intention de passer à nouveau ma chambre au peigne fin. Mais je dois d'abord m'atteler à cette lettre avant que le *Kendri* lève l'ancre. » Et elle sortit à pas pressés.

Sa fille voulut porter à sa bouche l'ultime cuillerée de gruau de son bol, mais elle ne fut pas assez rapide.

« Malta, fit sa grand-mère d'un ton posé mais ferme, je tiens à te demander une dernière fois si tu as pris le coffre dans la chambre de ta mère. Non, réfléchis avant de répondre ; réfléchis aux conséquences sur l'honneur de notre famille, sur ta réputation. Réponds sincèrement et je te promets de ne pas te réprimander de ton mensonge précédent. » Elle se tut et retint sa respiration en observant Malta avec le regard fixe d'un serpent.

Sa petite-fille reposa sa cuiller. « Je n'ai rien pris du tout, déclara-t-elle d'une voix tremblante. Comment peux-tu me croire capable d'une chose pareille ? Que t'ai-je fait pour que tu m'accuses sans cesse ? Ah, que je voudrais que papa soit là, qu'il voie comment on me traite en son absence ! Ce n'est sûrement pas l'existence qu'il aurait voulue pour son unique fille !

– Non ; il t'aurait déjà vendue aux enchères comme un veau gras, répondit sèchement sa grand-mère. Ne joue pas les enfants martyrs avec moi ; ton père s'y laisse peut-être prendre mais pas moi. Je te le dis sans détours : si tu as pris le coffre à rêve et que tu l'aies ouvert, tu nous mets déjà dans une situation dont nous allons avoir du mal à nous tirer ; mais si tu persistes à mentir et à conserver cet objet... Ah, Malta, tu ne peux pas te moquer d'une demande de cour déposée par une des plus puissantes familles de Marchands du Désert des Pluies ! L'heure n'est plus à tes petites gamineries ; nous sommes financièrement au bord du gouffre, et tout ce qui empêche notre chute jusqu'ici, c'est la réputation que nous avons de toujours tenir parole. Nous ne mentons pas, nous ne trichons pas, nous ne volons pas, et nous payons nos dettes sans nous défiler ; mais si cette confiance disparaît, si on commence à dire que nous ne respectons pas nos promesses, nous sommes perdus, Malta. Perdus ! Et, malgré ta jeunesse, tu devras toi aussi participer au règlement des dommages. »

Malta se leva lentement et jeta sa cuiller afin qu'elle tinte violemment sur son assiette. « Mon père va bientôt rentrer, la bourse pleine d'un argent durement acquis, et il remboursera tes dettes, il nous évitera la ruine à laquelle ton entêtement nous a menés ! Nous n'aurions pas de problèmes si grand-père avait commercé sur le fleuve du Désert des Pluies comme n'importe quel propriétaire de vivenef ! Si tu avais écouté Davad, si tu avais vendu les terres alluviales, ou si tu les lui avais au moins louées pour qu'il y fasse travailler ses esclaves, nous ne nous trouverions pas dans la situation dont tu parles ! Ce n'est pas mon obstination qui met notre famille en danger, c'est la tienne ! »

D'abord sévères, les traits de Ronica avaient peu à peu pris une expression choquée, et ses lèvres serrées avaient blanchi sous l'effet de la colère. « Ecouterais-tu aux portes, ma chère petite-fille, pour connaître les derniers mots d'un mourant à son épouse ? Je pensais bien des choses sur toi, Malta, tant en bien qu'en mal, mais je n'aurais jamais cru que l'indiscrétion faisait partie de tes défauts ! »

Malta hocha la tête d'un air glacial, puis répondit d'un ton suave : « On m'a pourtant expliqué que c'est ainsi qu'on devient une femme dans cette maison : en se tenant au courant des finances et des placements de la famille, en guettant à la fois les risques et les occasions ; mais j'ai l'impression que tu préfères sauter sur n'importe quelle occasion de tenir mon père à l'écart. Tu ne le considères pas vraiment comme un membre de notre famille, n'est-ce pas ? Oh, bien sûr, pour te donner des petits-enfants et satisfaire maman, il est parfait, mais tu ne veux rien de lui à part ça, parce qu'alors il risquerait de mettre en péril tes propres projets : garder tout le pouvoir pour toi toute seule, quitte à ruiner la famille ! » Malta ignorait l'intensité de sa rancœur avant de s'entendre la cracher comme du venin.

D'une voix vibrante de colère, sa grand-mère riposta : « Si ton père ignore nos coutumes, c'est parce qu'il n'a jamais pris le temps de s'y intéresser ! Sinon, je ne serais pas aussi inquiète du pouvoir qu'il détient déjà, Malta ! » Elle reprit son souffle. « Tu viens de me démontrer que tu comprends bien plus de choses que je ne m'en doutais ; si tu nous l'avais laissé voir plus tôt, peut-être ta mère et moi t'aurions-nous considérée plus comme une adulte que comme une enfant. Maintenant, écoute-moi bien : quand Ephron... quand ton grand-père est mort, j'aurais pu assurer ma mainmise sur la direction de la famille bien davantage que je ne l'ai fait. Il souhaitait que le navire revienne à Althéa, non à Keffria et ton père, et c'est moi qui l'ai convaincu que Kyle ferait un bien meilleur commandant. Aurais-je agi de cette façon si je désirais garder le pouvoir pour moi seule, si je refusais ton père comme un membre à part entière de la famille ? Non, je croyais en sa fermeté et en son discernement. Mais hériter ne lui a pas suffi ; il s'est mis en tête de tout bouleverser, sans comprendre vraiment ce qu'il modifiait ni en quoi les changements qu'il opérait étaient malvenus, et sans jamais nous consulter : seule comptait désormais sa volonté, et ses idées étaient obligatoirement les meilleures. Je ne le tiens pas dans l'ignorance de ce que nous sommes, Malta ; son ignorance est une forteresse qu'il a bâtie lui-même et qu'il défend bec et ongles. »

Malta écoutait, mais presque malgré elle : sa grandmère était trop rouée pour elle ; elle savait que son discours était émaillé de mensonges, qu'elle faussait la vérité sur son père, ce héros vaillant et intrépide, mais elle n'avait pas assez d'expérience pour mettre le doigt sur la duperie ; aussi, elle se força à sourire. « Dans ce cas, tu ne verras pas d'inconvénient à ce que je lui fasse part de ce que je sais pour combler cette ignorance qui te déplaît tant ; tu ne verras pas d'inconvénient à ce que je lui révèle qu'il n'existe aucune carte

230

du fleuve du Désert des Pluies, sur lequel la vivenef, une fois éveillée, se repère sans l'aide de personne. Il est de mon devoir de le tirer de son ignorance, n'est-ce pas ? »

Malta surveillait l'expression de sa grand-mère afin de voir comment elle allait réagir en s'apercevant que sa petite-fille était au courant de ces secrets, mais la vieille femme demeura impassible et secoua la tête. « Tu profères des menaces, ma petite, sans te rendre compte que tu te mets toi-même en danger. Il y a un prix à payer et des risques à encourir quand on veut traiter avec les Marchands du Désert des Pluies. Ce sont nos parents, je ne dis pas de mal d'eux, et je respecte les termes des marchés que nous avons passés avec eux ; mais, il y a bien longtemps, Ephron et moi avons décidé de ne pas en conclure de nouveaux, de ne plus nous engager auprès d'eux, parce que nous voulions que nos enfants et nos petits-enfants – oui, même toi – restent libres de leurs décisions. A cause de cela, nous avons vécu plus difficilement que nous n'y étions obligés, et nous n'avons pas remboursé nos dettes aussi rapidement que nous l'aurions pu, mais ce sacrifice ne nous pesait pas. » La voix de Ronica se mit à trembler légèrement. « Ce sacrifice, nous l'avons fait pour toi, petit chat qui crache et feule, et, quand je te regarde, je me demande pourquoi. C'est l'eau saumâtre de Chalcède qui coule dans tes veines, pas le sang de Terrilville ! »

Là-dessus, elle se détourna et s'enfuit de la salle. Sa retraite n'avait ni dignité ni force, et Malta comprit qu'elle avait gagné : elle avait obligé sa grand-mère à baisser les yeux devant elle une fois pour toutes, et sa mère et elle devraient désormais la traiter différemment. Elle avait remporté la partie, elle avait prouvé que sa volonté était aussi forte que celle de sa grand-mère, et elle se moquait bien de ses histoires de sacrifices qu'elle aurait faits pour elle ; ce n'étaient que des mensonges, rien que des mensonges !

Des mensonges... C'était de là que tout était parti : elle n'avait pas eu l'intention de mentir à propos du coffret, et elle se serait tenue à sa décision si sa grand-mère n'avait pas affirmé avec tant de certitude que Malta avait volé le présent. Si Ronica Vestrit avait exprimé le moindre doute sur sa culpabilité, Malta lui aurait avoué la vérité ; mais à quoi bon, quand on a affaire à des gens convaincus d'avance qu'on a un mauvais fond, quand la vérité ne peut que les en persuader davantage ? Autant mentir doublement et endosser le rôle de la menteuse et de la voleuse que sa grand-mère non seulement l'accusait d'être, mais espérait qu'elle était. Oui, telle était la réalité : pour sa grand-mère, il fallait que Malta eût une nature dépravée afin de justifier la façon ignoble dont elle-même traitait son beau-fils ! Tout était de la faute de sa grand-mère ; quand on traite mal les gens, ça vous retombe sur le nez.

« Malta ? » fit une voix très douce, très délicate. Une main vint se poser tendrement sur son épaule. « Allez-vous bien, ma chérie ? »

Malta se retourna brutalement, s'empara de son bol de gruau et le jeta violemment aux pieds de Rache. « J'ai horreur du gruau ! Ne m'en servez plus jamais !

Je me fiche de ce que vous me préparez d'autre, mais je ne veux plus de gruau ! Et ne me touchez pas ! Vous n'en avez pas le droit ! Nettoyez le sol et laissez-moi tranquille ! »

Elle écarta la femme abasourdie de son chemin et sortit de la salle comme une furie. Ces esclaves ! Quels abrutis ! Ils ne comprenaient rien à rien !

*

« Parangon, il faut que nous parlions. »

Ambre avait passé l'après-midi en sa compagnie ; une lanterne à la main, elle avait exploré l'intérieur de sa coque, traversé lentement ses cales, la cabine du capitaine, la chambre de navigation, tous ses compartiments les uns après les autres, tout en posant d'innombrables questions, certaines auxquelles il répondait, d'autres auxquelles il ne voulait ou ne pouvait pas répondre. Elle était tombée sur les affaires qu'avait laissées Brashen et, sans gêne, les avait arrangées à sa propre convenance. « Un de ces soirs, je viendrai passer la nuit avec toi, d'accord ? avait-elle proposé. Nous ne nous coucherons pas et nous échangerons des histoires jusqu'à l'aube. » La moindre découverte la passionnait : une bourse contenant deux dés, encore enfoncée dans une fente du bois, là où un marin l'avait cachée afin de pouvoir jouer pendant son quart sans se faire prendre, un message gravé dans une cloison : « Trois jours, que Sa nous garde » ; elle avait voulu savoir qui l'avait écrit et pourquoi ; de même, sa curiosité avait été fort éveillée par les grandes taches de sang. Allant de l'une à l'autre, elle en avait compté dix-sept sur le pont et dans diverses cales ; il y en avait six autres qu'elle n'avait pas repérées, mais Parangon n'avait rien dit et il avait refusé, malgré l'insistance d'Ambre, de se rappeler le jour où ce sang avait été versé et le nom de ceux qui étaient tombés. Dans la cabine du capitaine, elle avait trouvé le placard fermant à clé qui aurait dû contenir ses journaux de bord, mais qui était vide ; il y avait beau temps que le verrou avait été fracassé et la porte de bois défoncée et tordue, et les journaux de bord qui auraient dû constituer la mémoire de Parangon avaient disparu, tous volés. Ambre s'était accrochée à cette découverte comme une mouette à un cadavre : était-ce pour cela qu'il ne répondait pas à toutes ses questions ? Avait-il besoin de ces documents pour se souvenir ? Oui ? Mais alors comment faisait-il pour se rappeler les visites d'Ambre ou de Mingslai ? Il n'y en avait aucune note dans aucun journal de bord.

Il avait haussé les épaules. « D'ici à une dizaine d'années, quand tu ne t'intéresseras plus à moi et que tu auras cessé de venir me voir, je t'aurai moi aussi oubliée, sans doute. Tu ne te rends pas compte que tu m'interroges sur des événements qui ont eu lieu probablement avant ta naissance ; tiens, parle-moi de ton enfance ; quels souvenirs as-tu de tes premières années ?

– Je n'en ai guère. » Elle changea brusquement de sujet. « Sais-tu ce que j'ai fait hier ? Je suis allée chez Davad Restart pour lui proposer de te racheter. »

A ces mots, Parangon se tut, puis il répondit d'un ton glacial : « Davad Restart ne peut pas me vendre parce que je ne lui appartiens pas. D'ailleurs, on ne vend pas et on n'achète pas une vivenef, sauf entre membres d'une même famille, et seulement dans les plus extrêmes des circonstances. »

Ce fut au tour d'Ambre de garder un moment le silence. « Quoi qu'il en soit, je pensais que tu voudrais être au courant ; et, si ce n'est pas le cas, tu devrais, parce que tu es concerné au premier chef. Parangon, il circule depuis des mois chez les Nouveaux Marchands une rumeur selon laquelle tu serais à vendre, et Davad joue les intermédiaires dans l'affaire. Au début, ta famille stipulait que tu ne devais plus servir en tant que navire parce qu'elle... elle ne voulait pas être responsable de nouvelles morts.. » La voix d'Ambre mourut. « Parangon... puis-je te parler franchement ? Parfois tu parais si réfléchi et plein de discernement, tandis qu'à d'autres moments...

– Ainsi, tu as proposé de m'acheter ? Pourquoi ? Que veux-tu faire de mon corps ? Des perles ? Des meubles ? » Il se maîtrisait à grand-peine et ses questions avaient le tranchant de l'ironie. Comment osait-elle ?

« Non », répondit-elle avec un gros soupir. Presque en aparté, elle murmura : « Je le craignais. » Elle prit une grande inspiration. « Je te laisserais tel que tu es, là où tu es. Telles étaient les conditions de mon offre.

– Enchaîné ici ? Echoué pour toujours, bombardé de fiente de mouettes, le sable sapé sous moi par les crabes ? Gisant ici jusqu'à ce que tout ce qui n'est pas en bois-sorcier en moi se décompose et que je m'effondre en hurlant ?

– Parangon! cria Ambre d'une voix où la douleur le disputait à la colère. Cesse! Cesse tout de suite! Jamais je ne te laisserais exposé à un tel sort, tu devrais le savoir! Ecoute-moi, laisse-moi parler jusqu'au bout, parce que je crois avoir besoin de ton aide! Mais si tu nourris dès maintenant des soupçons infondés et que tu lances des accusations échevelées, je ne pourrai pas t'aider, or j'y tiens plus que tout. » Sa voix s'était radoucie sur ces derniers mots, et elle reprit son souffle. « Alors, vas-tu m'écouter? Vas-tu me laisser au moins une chance de m'expliquer?

– Explique-toi », dit-il d'un ton froid. Qu'elle mente, qu'elle trouve des prétextes, qu'elle trompe et trahisse; il écouterait ses discours et y glanerait de quoi se défendre contre elle, contre tout le monde.

« Oh, Parangon! » fit-elle d'une voix rauque, en plaquant la main sur sa coque. Il s'efforça de ne pas prêter attention à son contact, de ne pas vibrer à l'unisson de la grande émotion qu'il sentait en elle. « Les Ludchance, ta famille, sont dans une mauvaise passe, dans une très mauvaise passe, comme c'est le cas pour beaucoup de familles de Premiers Marchands; les facteurs en cause sont nombreux : l'esclavage, les guerres du nord... mais cela ne nous intéresse pas. Ce qui compte, c'est que ta famille a un besoin pressant d'argent, que les Nouveaux Marchands le savent et qu'ils cherchent à t'acheter. N'en veuille pas aux Ludchance; ils ont résisté à bien des offres d'achat, mais quand les sommes proposées ont dépassé un certain seuil, ils ont spécifié qu'ils ne pouvaient te vendre à personne qui désirait se servir de toi comme moyen de navigation. » Il eut l'impression de la voir secouer la tête. « Pour les Nouveaux Marchands, cela signifiait seulement qu'ils voulaient plus d'argent, beaucoup plus, avant d'accepter de te vendre comme navire. »

Elle reprit son souffle et s'efforça de poursuivre sur un ton plus calme. « C'est à ce moment-là que j'ai entendu une rumeur selon laquelle seule une vivenef est capable de remonter le fleuve du Désert des Pluies et d'en revenir intacte grâce au bois-sorcier, inattaquable par les flux blancs et caustiques qui descendent parfois le fleuve, ce qui ne paraît pas incroyable si on considère le temps que tu as passé sur cette plage sans pourrir, et qui permet de comprendre pourquoi des familles s'endettent pour plusieurs générations afin de posséder un navire tel que toi. C'est le seul moyen de participer aux affaires qui se traitent le long du fleuve. Aussi, maintenant que la rumeur s'est répandue, les offres d'achats ont encore augmenté, et les Nouveaux Marchands qui font des propositions sur toi promettent de ne s'en prendre à personne si tu chavires à nouveau, et surenchérissent les uns sur les autres. » Elle se tut un instant. « Parangon, tu m'entends ? demanda-t-elle à mi-voix.

— Oui, répondit-il, contemplant l'océan de ses yeux aveugles, et il ajouta d'un ton monocorde : Continue.

— Oui, je vais continuer, mais parce qu'il faut que tu sois au courant, non parce que j'y prends plaisir. Jusqu'ici, les Ludchance ont refusé toutes les offres ; peut-être ont-ils peur d'être mal vus par les autres Premiers Marchands s'ils te vendent, ouvrant ainsi la voie du commerce du fleuve aux nouveaux venus ; les produits de ce commerce sont le dernier bastion encore intact des Marchands de Terrilville ; peut-être aussi, bien qu'ils t'aient laissé à l'abandon, éprouvent-ils encore envers toi le sentiment d'un lien familial. Je leur ai donc fait une offre, pas aussi élevée que celles des autres acheteurs potentiels parce que je ne possède pas leur fortune ; mais, jointe à ma proposition, il y avait la promesse de ne pas te réarmer et de ne pas te refaire naviguer, car je pense que les Ludchance tiennent encore à toi, et que, aussi curieux que cela puisse paraître, ils te laissent échoué ici afin de te protéger.

— Ah, c'est vrai ! Depuis longtemps, Terrilville a sa façon à elle de traiter ses fous et ses difformes : on couvre de chaînes ses parents excentriques et on les enferme dans un galetas, une cave, enfin là où ils ne dérangent pas ! » Il eut un rire amer. « Songe aux Marchands du Désert des Pluies, par exemple.

— Qui ça ?

— Eh oui : qui ça ? Nul ne les connaît, nul ne sait rien d'eux, nul ne respecte les anciens serments qui nous lient à eux, toi et moi encore moins que les autres. Mais poursuis donc, je t'en prie. Après m'avoir acheté, ne pas m'avoir accastillé ni remis à la mer, que me réserverais-tu d'autre ?

— Oh, Parangon ! s'exclama-t-elle d'un ton soudain accablé. Si cela ne tenait qu'à moi, si je pouvais rêver comme un enfant, en étant sûre que mes rêves se réaliseraient, je ferais venir des artisans qui te redresseraient et te bâtiraient un berceau pour te maintenir droit, puis je viendrais moi-même habiter à ton bord ;

sur les falaises qui te surplombent, je créerais un jardin odorant et coloré, un jardin plein d'oiseaux et de papillons, avec de grandes plantes grimpantes qui retomberaient jusqu'à la plage, avec des fleurs aux parfums suaves ; tout autour de toi, je sculpterais les rochers, j'aménagerais des bassins qu'emplirait la marée et je les peuplerais d'étoiles et d'anémones de mer, et aussi de petits crabes rouge vif. » Elle se laissait emporter par sa vision et sa voix s'enflammait peu à peu. « Je vivrais en toi, j'y travaillerais, et le soir je dînerais sur le pont et nous échangerions nos impressions sur la journée. Et, si je me laissais aller encore davantage, je rêverais de trouver un jour du boissorcier, que je saurais travailler avec assez d'habileté pour te rendre tes yeux et la vue ; le matin, tu regarderais le soleil se lever sur la mer, et, le soir, nous contemplerions son coucher derrière notre jardin de la falaise. Je dirais au reste du monde : Faites ce qui vous chante, car j'en ai fini avec vous. Détruisez-vous mutuellement ou prospérez, ça m'est égal tant que vous me laissez tranquille. Alors nous serions heureux, tous les deux ensemble. »

Pendant un moment, Parangon ne sut que dire. Cette rêverie enfantine s'était emparée de lui, l'avait transporté et, tout à coup, il n'avait plus été un navire mais un petit garçon qui aurait joué dans sa coque et sur la plage, les poches pleines de cailloux brillants, de coquillages, de plumes de mouette et de...

« Tu n'es pas ma famille et tu ne le seras jamais. » Ces mots s'abattirent sur le rêve comme une lourde botte sur un papillon.

« Je le sais bien, répondit-elle à mi-voix. Ce n'est qu'un rêve, je te l'ai dit ; c'est ce dont j'ai envie mais, en vérité, j'ignore combien de temps je puis demeurer à Terrilville et auprès de toi. Pourtant, Parangon, c'est le seul espoir que je vois de te sauver ; si j'allais trouver en personne les Ludchance et que je puisse leur affirmer t'avoir entendu dire que ma solution te satisferait, peut-être accepteraient-ils mon offre, si peu mirifique soit-elle, à cause de leur lien avec toi... » Sa voix mourut alors que la figure de proue croisait les bras sur la cicatrice en forme d'étoile qui s'étalait sur sa large poitrine.

« Me sauver de quoi ? demanda Parangon d'un ton dédaigneux. C'est une belle histoire pour enfants que tu m'as racontée, Ambre, et je reconnais que l'image est charmante, mais je suis un navire ; je suis fait pour naviguer. Crois-tu que c'est par choix que je repose sur cette plage, à ne rien faire sinon vaciller au bord de la folie à cause de mon désœuvrement ? Non, si ma famille décide de me vendre comme esclave, qu'au moins ce soit pour un travail qui m'est familier. Je n'ai aucune envie de te servir de maison de poupée. » D'autant moins qu'elle venait de l'avouer : elle finirait par le quitter ; son amitié avec lui existait seulement parce qu'elle était retenue à Terrilville par autre chose. Tôt ou tard, elle l'abandonnerait, comme tout le monde ; tôt ou tard, tous les humains le désertaient.

« Tu ferais mieux de retourner chez Davad Restart pour retirer ton offre, reprit-il après un silence interminable.

– Non.

– Si tu m'achètes et que tu me laisses ici, je t'abominerai à jamais et je t'attirerai une malchance que tu ne peux même pas imaginer. »

Ambre répondit calmement : « Je ne crois pas en la chance, Parangon ; en revanche, je crois au destin, et je pense que le mien a des aspects plus terrifiants et déchirants que tu ne peux, toi, l'imaginer. Tu es l'un d'eux, je le sais. C'est pourquoi, pour l'amour de l'enfant qui tempête et profère des menaces, enfermé dans la carcasse de bois d'un navire, je vais t'acheter et te protéger, du moins autant que le destin me le permettra. » Tout en parlant, elle avait plaqué sa main sur le vaigrage de la vivenef, et on ne sentait nulle frayeur dans sa voix, mais plutôt une tendresse étrange.

*

« Contente-toi de faire un pansement, dit Kennit d'un ton brusque. Ça va guérir. »

Etta secoua la tête, puis elle répondit d'une voix très douce : « Kennit, ça ne guérit pas. » Elle posa délicatement la main au-dessus de la blessure. « Ta cuisse est brûlante et sensible ; je te vois faire la grimace dès que je la touche. Ces liquides qui suintent ne m'évoquent pas les fluides de la guérison mais plutôt...

– Tais-toi ! Je suis fort, je ne suis pas une putain pleurnicharde confiée à tes soins ! La plaie va se cicatriser et tout ira bien. Panse-la ou non, ça m'est égal ; je peux m'en occuper tout seul, ou demander à Sorcor de s'en charger ; en tout cas, je n'ai pas de temps à

perdre à écouter tes propos de mauvais augure. »
Comme une violente rage de dents, une douleur fulgurante traversa sa jambe ; un hoquet de souffrance lui
échappa et il agrippa les bords de sa couchette pour
s'empêcher de crier.

« Kennit, il n'y a qu'une chose à faire, et tu le sais
bien ! » Etta avait pris un ton implorant.

Il ne put répondre qu'après avoir retrouvé son
souffle. « La seule chose à faire, c'est de te jeter aux
serpents afin que je retrouve un peu de tranquillité
dans mon existence ! Va-t'en sors d'ici et envoie-moi
Sorcor ! Nous avons des plans à mettre au point, et tes
jérémiades ne m'intéressent pas ! »

Elle fourra les bandages détrempés dans un panier
et quitta la cabine sans un mot. Bon débarras ! Kennit
tendit la main pour saisir la solide béquille appuyée
contre le montant de son lit. Il l'avait fait fabriquer par
Sorcor ; sa vue lui faisait horreur et elle était pratiquement inutilisable si le pont gîtait un tant soit peu, mais,
par une journée calme, avec le navire à l'ancre comme
il l'était à présent, il parvenait à se rendre de sa couchette jusqu'à la table aux cartes. Il la gagna à sautille-
ments douloureux dont chaque saccade était comme
un cautère appliqué sur son moignon de jambe, et,
arrivé à la table, il transpirait à grosses gouttes. Il se
pencha sur ses cartes en prenant appui sur le bord du
plateau.

On frappa à la porte.

« Sorcor ? Entre ! »

Le second passa la tête par l'entrebâillement ; il
paraissait inquiet, mais, à la vue de son commandant

debout devant sa table, il eut le sourire ravi d'un enfant à qui on offre une friandise, et il s'avança un peu. Kennit observa qu'il portait une nouvelle veste, encore plus surchargée de broderie que la précédente. « Alors, ce guérisseur vous a fait du bien, dit Sorcor en fermant la porte derrière lui. C'est bien ce que j'espérais ; les deux autres ne me disaient pas grand-chose. Si on doit se faire remettre en état, il faut trouver un vieux, quelqu'un qui a un peu vécu, et qui...

— Tais-toi, Sorcor, fit Kennit sans y mettre la moindre agressivité. Il ne m'a pas été plus utile que les autres ; apparemment, la coutume d'Anse-au-Taureau veut que, quand un guérisseur est incapable de traiter une blessure, il en inflige une autre ailleurs pour détourner l'attention de sa victime de son incompétence. Je lui ai demandé pourquoi il pensait pouvoir me guérir d'une nouvelle amputation alors qu'il n'arrivait à rien sur la première, et il n'a pas su me répondre. » Kennit haussa les épaules. « J'en ai assez de ces charlatans de campagne ; en outre, je guérirais sans doute aussi vite sans toutes leurs sangsues et leurs potions. »

Le sourire de Sorcor s'effaça lentement alors qu'il s'approchait de la table. « Sans doute, acquiesça-t-il d'un ton lugubre.

— Le dernier me l'a d'ailleurs laissé entendre, affirma Kennit.

— Oui, parce que tu l'as menacé jusqu'à ce qu'il tombe d'accord avec toi, intervint Etta d'un ton aigre en s'encadrant dans l'entrée de la cabine. Luttez donc, Sorcor ! Dites-lui de laisser les guérisseurs l'amputer plus haut, au-dessus de la gangrène. Il vous respecte, il vous écoutera.

– Etta, sors d'ici.

– Je n'ai rien à faire dehors.

– Eh bien, va t'acheter quelque chose en ville. Sorcor, donne-lui de l'argent.

– Je n'en ai pas besoin. A Anse-au-Taureau, tout le monde sait que je suis ta compagne, et je ne peux pas poser les yeux sur le moindre objet sans qu'on me le fourre aussitôt entre les mains en me suppliant de l'accepter. Mais je n'ai envie de rien, sinon de te voir recouvrer la santé. »

Kennit poussa un grand soupir. « Sorcor, s'il te plaît, fais sortir cette femme et ferme la porte.

– Non, Kennit, je vais me taire, je t'en prie ! Laisse-moi rester ! Ou alors parlez-lui, Sorcor, raisonnez-le, vous, il vous écoutera... »

Pendant qu'elle gémissait comme un chien malade, le second la poussa sans brutalité hors de la cabine et verrouilla la porte sur elle. Kennit n'aurait pas fait preuve d'autant de douceur s'il avait été en mesure de s'en charger lui-même, mais, évidemment, tout le problème était là : elle le considérait comme faible désormais et s'efforçait d'imposer sa volonté en tout ; depuis qu'elle avait torturé ses prisonniers, il la soupçonnait de prendre plaisir à découper en morceaux un homme réduit à l'impuissance, et il se demanda s'il n'y aurait pas moyen de l'abandonner à Anse-au-Taureau.

« Et quelle est la situation en ville ? » fit-il sur le ton de la conversation, comme si Sorcor venait d'entrer.

Le second le regarda fixement un moment sans répondre, puis, apparemment, il décida de ne pas contrarier son commandant. « Ça ne pourrait mieux aller, sauf si vous descendiez en personne à terre pour parler aux commerçants ; c'est tout juste s'ils ne nous supplient pas de vous prier d'être leur hôte. Je vous l'ai déjà raconté : quand ils ont vu notre pavillon au corbeau entrer dans le port, ils nous ont ouvert la ville ; il y avait des petits garçons qui criaient votre nom sur le quai : " Cap'taine Kennit ! Cap'taine Kennit ! " J'en ai entendu un dire à son copain que, comme pirate, vous étiez encore meilleur qu'Igrot le Terrible. »

Kennit tressaillit, puis se renfrogna. « J'ai connu Igrot quand j'étais adolescent. Sa réputation est exagérée, fit-il à mi-voix.

— N'empêche, c'est quelque chose d'être comparé à l'homme qui a incendié vingt villes et... »

Kennit l'interrompit : « Assez parlé de ma renommée. Comment vont nos affaires ?

— Les habitants nous ont largement réapprovisionnés, et le *Sicerne* est déjà caréné pour réparations. » Le robuste pirate secoua la tête. « Sa coque est pleine de pourriture ; c'est d'ailleurs bizarre que le Gouverneur confie un cadeau à un rafiot dans un état pareil.

— A mon avis, il ne l'a pas inspecté personnellement, rétorqua Kennit d'un ton sec. Et les gens d'ici ont bien accueilli la nouvelle population que nous avons amenée ?

— A bras ouverts. A la dernière razzia des trafiquants d'esclaves, ils ont perdu le meilleur forgeron de la ville, mais on leur en a apporté deux nouveaux. Quant aux musiciens et compagnie, on ne parle que d'eux; ils ont déjà joué trois fois *La Libération du « Sicerne »*, avec un chouette jeune homme qui tient votre rôle et un grand serpent, fait avec du papier, de la soie et des douves de tonneau, qui sort tout droit... » Sorcor s'interrompit brusquement. « La pièce fait un tabac, cap'taine; je crois bien qu'il n'y a pas une personne en ville qui ne l'ait pas vue.

— Tu me vois ravi que la perte de ma jambe divertisse tant de monde.

— Non, c'est pas ça, cap'taine... », répondit Sorcor précipitamment, mais Kennit l'interrompit d'un signe. « Ma vivenef, dit-il.

— Oh, Sar! gémit le second.

— N'avions-nous pas un accord? lui demanda Kennit. Nous venons de capturer un transport d'esclaves et d'en libérer les passagers, il me semble; par conséquent, si ma mémoire est bonne, c'est mon tour de partir à la chasse à la vivenef. »

Sorcor se gratta le crâne. « Ce n'était pas exactement ça, le marché, cap'taine : si on voyait un transport d'esclaves, on lui tombait dessus, et, ensuite, on poursuivait une vivenef si on en croisait une. Là, vous parlez d'en chasser une exprès, ou de lui tendre un piège. »

Kennit repoussa l'objection d'un geste négligent. « Ça revient au même.

— Non, sauf votre respect, cap'taine, ça revient pas au même. J'y ai un peu réfléchi, et peut-être qu'on devrait jeter l'ancre un moment, recommencer la piraterie comme avant, courir après les gros marchands, se remplir les poches, s'amuser, et oublier les esclaves et les serpents. » Tout en tripotant de ses gros doigts les boutons dorés de sa veste, Sorcor ajouta : « Vous m'avez montré que la vie peut être différente de ce que je croyais, pour nous deux. Vous avez une chouette femme, et ça change pas mal de choses à bord ; je me rends compte maintenant de ce que vous essayiez de me faire comprendre. Si on retournait à Partage avec une belle calée de marchandises, eh bien, comme disait Sincure Faldin quand il parlait d'avoir l'air respectable, avec pignon sur rue et tout...

– Une fois que nous serons en possession d'une vivenef, tu n'auras que l'embarras du choix pour les vierges, Sorcor, promit Kennit ; tu pourras en avoir une nouvelle chaque semaine, si c'est ce qui te tente. Mais d'abord, ma vivenef, et tout de suite. Si nous tenons pour exact ce que nous a appris l'équipage du *Sicerne*, il nous en reste probablement une au sud. Viens examiner les cartes ; j'ai l'impression que la chance nous a placés en excellente position. Au sud, là, c'est le chenal de l'Aussière ; c'est un passage difficile en toute occasion, mais surtout au changement de marée, et un navire qui remonte vers le nord est obligé de le franchir. Tu vois ?

– Oui », répondit Sorcor à contrecœur.

Sans prêter attention au ton contraint de son second, Kennit poursuivit : « Là, au milieu du chenal, nous avons l'île Tordue, et il faut prendre par l'est pour la contourner dans les meilleures conditions ; il y a quelques hauts-fonds, mais ils ne se déplacent pas trop. Par l'ouest, c'est une autre paire de manches ; le courant y est fort, surtout au changement de marée, et, près de l'île, les bancs de sable apparaissent et disparaissent constamment ; c'est aussi à l'ouest de ce passage que se trouvent les Récifs Maudits, qui portent bien leur nom. » Il se tut un instant. « Tu te les rappelles ? »

Sorcor fronça les sourcils. « Je ne suis pas près de les oublier. C'est par là que vous nous avez conduits le jour où la galère du Gouverneur nous a pris en chasse ; on a été embarqués par le courant et le bateau a passé les récifs comme une flèche. Il m'a fallu trois jours pour arriver à me convaincre que j'en étais sorti vivant.

– En effet ; nous avons été beaucoup plus vite que si nous avions emprunté le passage de l'est.

– Et alors ? demanda Sorcor, méfiant.

– Alors ? Eh bien, nous nous ancrons ici, d'où nous avons une vue imprenable sur l'entrée du chenal de l'Aussière ; dès que nous repérons la vivenef en train d'y pénétrer, nous empruntons le passage ouest et, quand la vivenef sort de celui de l'est, elle tombe nez à nez avec nous, ancrés au milieu du chenal. Le courant est fort, même dans le passage est, et notre proie n'aura pas d'autre solution que d'aller s'échouer là, sur ces hauts-fonds. » Il leva les yeux de la carte et croisa le regard grave de Sorcor avec un large sourire. « Et elle sera à nous, à peine abîmée, si même elle a subi des avaries.

– Sauf si elle nous éperonne d'abord, observa Sorcor d'un ton lugubre.

– Elle ne nous éperonnera pas, répondit Kennit avec assurance ; et, même si c'était le cas, il nous suffirait de monter à son bord et de partir avec elle.

– En perdant la *Marietta* ? » Sorcor était horrifié.

« En gagnant une vivenef !

– Ca ne me plaît pas ; ça pourrait tourner mal de cent façons, objecta Sorcor. On pourrait bien se faire mettre en pièces sur les Récifs Maudits ; je n'ai vraiment pas envie de retourner dans ce coin-là. Et, si le tirant d'eau de la vivenef est plus faible que le nôtre, on aura pris tous ces risques pour la voir nous filer sous le nez sans avoir même le temps de lever l'ancre ; et puis... »

Kennit n'en croyait pas ses oreilles : il était sérieux ! Il croyait à ce qu'il disait, il rejetait son plan ! Comment osait-il ? Sans Kennit, il ne serait rien, rien du tout ! Un instant plus tôt, il proclamait qu'il devait tout à son commandant, et maintenant il lui refusait l'occasion de s'approprier une vivenef ?

Le capitaine pirate entrevit soudain une autre tactique.

Il leva la main pour interrompre le flot de paroles de son second. « Sorcor, m'aimes-tu un peu ? » demanda-t-il avec une franchise désarmante.

La question réduisit Sorcor au silence, comme il l'avait prévu, et le second faillit rougir. Il ouvrit la bouche comme un poisson hors de l'eau, puis bredouilla : « Ben, cap'taine, ça commence à faire un moment qu'on navigue ensemble, et je connais personne d'autre qui se soit montré plus équitable avec moi, ni qui... »

Kennit secoua la tête, puis détourna les yeux comme s'il était ému. « Eh bien, personne d'autre que toi n'acceptera de m'aider à réaliser ce projet, Sorcor, et je n'ai confiance en nul autre autant qu'en toi. Depuis mon enfance, je rêve de posséder une vivenef, et j'ai toujours cru qu'un jour je me tiendrais sur le pont de l'une d'elles, et qu'elle m'appartiendrait. Et puis... » Il baissa les yeux et prit une voix plus rauque. « Parfois, on craint que la fin ne soit plus proche qu'on ne l'avait escompté. Ma jambe... si ce qu'on dit est vrai... » Il releva le visage et ouvrit grand ses yeux bleus pour les planter dans le regard sombre de Sorcor. « C'est peut-être ma dernière chance, fit-il simplement.

– Ne parlez pas comme ça, cap'taine ! » Et des larmes jaillirent des yeux du vieux loup de mer. Kennit se mordit durement la lèvre pour réprimer un sourire triomphant et se pencha sur la table pour dissimuler son visage. Geste imprudent : sa béquille glissa, il se rattrapa au bord de la table, mais l'extrémité de son moignon gangrené heurta le plancher. Il poussa un cri de souffrance et il serait tombé si Sorcor ne l'avait pas saisi à bras le corps.

« Du calme, je vous tiens. Du calme.

– Sorcor... », fit Kennit d'une voix défaillante ; il agrippa la table aux cartes et prit lourdement appui sur les bras de son second pour éviter de s'effondrer. « Peux-tu m'aider ? » Il leva la tête. Il se sentait tremblant, sans doute à cause de l'effort qu'il avait dû fournir pour rester debout : il n'y était pas habitué, voilà tout ; en tout cas, il n'allait certainement pas mourir de sa blessure. Il allait guérir comme il guérissait toujours, quelle que soit la gravité de son état. Il n'était pas en mesure d'empêcher le rictus de souffrance qui tordait ses traits ni la sueur qui emperlait son visage, mais il pouvait les tourner à son avantage. « Veux-tu me donner cette dernière chance ?

– Oui, cap'taine. » Dans le regard de Sorcor, la foi aveugle le disputait à la peine. « Je vais vous la capturer, cette vivenef, et vous monterez dessus. Faites-moi confiance », ajouta-t-il d'un ton implorant.

Malgré la douleur, Kennit ne put contenir un éclat de rire, qu'il déguisa aussitôt en quinte de toux. Lui faire confiance ! « Ai-je le choix ? » se demanda-t-il avec amertume, et, sans le faire exprès, il prononça ces mots tout hauts. Il porta vivement le regard vers Sorcor qui le contemplait d'un air inquiet, puis il plaqua un sourire maladif sur ses lèvres et s'efforça de mettre de la chaleur dans sa voix. Il secoua la tête. « Depuis le temps que nous nous connaissons, Sorcor, à qui d'autre que toi ai-je jamais fait confiance ? Non, je n'ai pas le choix : je dois encore une fois t'imposer le fardeau de notre amitié. »

Il tendit la main, saisit sa béquille, puis s'aperçut qu'il était incapable de la tenir fermement : le processus de guérison de son moignon épuisait toute son énergie. Il cligna les yeux, les paupières lourdes. « Je dois aussi te demander ton aide pour regagner mon lit. Les forces m'abandonnent.

– Cap'taine... », fit Sorcor, et il y avait dans sa voix toute l'abjecte affection d'un chien pour son maître. Kennit emmagasina cette pensée dans un coin de son esprit pour y réfléchir quand il se sentirait mieux, curieusement, en demandant l'aide de Sorcor, il avait rendu le second plus dépendant de son opinion que jamais. Il avait bien choisi l'homme; à sa place, il aurait sauté instinctivement sur l'occasion de s'emparer du pouvoir. Heureusement pour Kennit, Sorcor n'avait pas l'esprit aussi vif que lui.

Gêné, le second se courba et prit carrément son capitaine dans ses bras pour le transporter jusqu'à son lit; sous l'effet du mouvement inattendu, la douleur monta encore d'un cran, et Kennit s'agrippa aux épaules de Sorcor tandis qu'une vague de vertige déferlait sur son esprit. L'espace d'un instant, il revécut un souvenir ancien où son père, les favoris noirs, l'haleine alcoolisée, empestant le marin, dansait en tournoyant follement avec le petit Kennit dans les bras; c'était une époque à la fois terrifiante et heureuse. Sorcor le déposa délicatement sur sa couchette. « Je vais chercher Etta, d'accord ? »

Kennit acquiesça d'un faible hochement de tête, tout en cherchant à retenir la vision de son père; mais la chimère de son enfance voilée continua de danser en se moquant de lui, et un autre visage se pencha sur lui, élégant, avec un sourire ironique. « Voici un gamin qui promet; on arrivera peut-être à en faire quelque chose. » Il rejeta la tête contre son oreiller et chassa le souvenir de son esprit. La porte se referma sur le second.

« Tu ne mérites pas d'être entouré de gens pareils, fit une petite voix. Je ne comprends pas qu'ils t'aiment à ce point. Je dirais volontiers que je me réjouirai de ta chute le jour où ils découvriront la vérité sur ton compte, mais, malheureusement, ce jour-là, eux, ils auront le cœur brisé. Quelle chance te vaut d'avoir de tels fidèles ? »

D'un geste las, il leva son poignet à hauteur de ses yeux. Le visage miniature du bracelet serré sur son pouls le regardait sans aménité, et Kennit ne put retenir un bref éclat de rire devant son expression indignée. « La mienne, celle qui réside dans mon nom et court dans mon sang, voilà la chance qui me vaut leur fidélité. » Il se remit à rire, d'un rire plein de dérision. « La fidélité d'une putain et d'un brigand ! La belle affaire !

— Ta jambe est en train de pourrir, de se décomposer jusqu'à l'os, fit le petit visage avec une méchanceté brutale. Elle va puer, suinter et dévorer la vie de ta chair, tout ça parce que tu n'as pas le courage d'amputer la partie corrompue de ton corps. » Il eut un sourire sardonique. « Saisis-tu ma parabole, Kennit ?

— La ferme », répondit l'intéressé. Il s'était mis à transpirer, à suer dans sa belle chemise propre, dans son beau lit propre, à suer comme un vieil ivrogne puant. « Si je suis mauvais, que dire de toi ? Car tu fais partie intégrante de moi.

— Le bois dont je suis issue avait un cœur noble autrefois, repartit l'amulette. Tu y as plaqué tes traits et c'est ta voix qui sort de ma bouche, mais le bois n'oublie pas. Je ne suis pas toi, Kennit, et je fais le serment de ne jamais le devenir.

— Personne... ne te l'a... demandé. » Le souffle lui manquait ; il ferma les yeux et sombra dans l'inconscience.

8

Méfiance et alliance

Son premier décès d'esclave eut lieu en début d'après-midi. Le chargement se déroulait lentement et avec difficulté ; le vent d'est soulevait un méchant clapot tandis que les nuages qui s'amoncelaient sur l'horizon annonçaient une nouvelle tempête d'hiver le lendemain matin. Des barques faisaient la navette entre le quai et le mouillage de la *Vivacia* et transportaient les chaînes d'esclaves qu'il fallait stimuler à coups de verge pour les obliger à grimper l'échelle de corde pendue au bastingage de la vivenef. L'opération était délicate : certains des prisonniers étaient en piètre état physique, d'autres reculaient devant l'escalade, d'autres encore avaient simplement du mal à passer d'une embarcation instable à une échelle accrochée à un navire tout aussi instable. Mais l'homme qui mourut décida lui-même de son sort ; à mi-hauteur, grimpant maladroitement à cause des fers qui enserraient ses chevilles, il éclata soudain de rire. « Je crois que je vais prendre le plus court chemin, finalement ! » s'exclama-t-il, puis il se suspendit à l'échelle, les

254

jambes dans le vide, et lâcha prise. Il tomba comme une pierre dans la mer et le poids de ses chaînes l'entraîna au fond ; il n'aurait pas pu se sauver même s'il avait changé d'avis.

Dans les ténèbres, loin en dessous de la coque de la *Vivacia*, un nœud de serpents se désenchevêtra soudain, et la vivenef perçut les disputes qui les opposaient pour une part de viande ; elle sentit également le goût salé du sang humain quand les courants en apportèrent une bouffée jusqu'à elle, et l'horreur qu'elle éprouvait s'accrut encore lorsqu'elle constata que l'équipage ne se doutait de rien. « Il y a des serpents au fond ! » leur cria-t-elle, mais ils ne lui prêtèrent pas plus d'attention qu'aux supplications des esclaves.

Après cet incident, Torg, furieux, fit encorder les prisonniers ; ils n'en avaient que plus de difficulté à monter à bord, mais le lieutenant paraissait prendre un plaisir qui le vengeait à leur répéter que celui qui sauterait à l'eau serait responsable de la mort de toute sa cordée, nul ne s'y risqua, et Torg se félicita de son astuce.

Dans les cales, c'était encore pire : les esclaves exhalaient un tel accablement qu'un miasme de malheur emplissait peu à peu Vivacia de l'intérieur ; ils étaient serrés comme harengs en caque et enchaînés les uns aux autres, si bien qu'il leur était impossible de bouger le petit doigt sans la coopération de leurs compagnons d'attache. Leur peur enténébrait les soutes, elle coulait dans leur urine, roulait dans leurs larmes, et Vivacia se sentait suffoquée de détresse humaine.

Dans la soute aux chaînes, Hiémain vibrait en harmonie avec elle et ajoutait sa note particulière de misère, Hiémain qui l'avait abandonnée et qui se trouvait de nouveau à son bord. Etendu par terre dans le noir, les poignets et les chevilles encore enchaînés, le visage souillé, marqué de l'image de Vivacia, il ne pleurait pas, ne se plaignait pas, et ne dormait pas non plus. Les yeux grands ouverts dans l'obscurité, il était à l'écoute des sensations qui lui parvenaient et il partageait avec la vivenef sa claire perception des esclaves et de leur désespoir.

Tel le cœur qu'elle ne possédait pas, Hiémain résonnait au rythme de la désolation des esclaves. Il sentait tout le spectre de leur affliction, depuis celle du simple d'esprit incapable de comprendre le brutal changement qui s'était produit dans son existence jusqu'à celle du sculpteur vieillissant dont les œuvres de jeunesse ornaient encore les appartements privés du Gouverneur. Au plus bas et au plus noir de ses cales, à peine au-dessus de la sentine, se trouvaient ceux qui avaient le moins de valeur : faces-de-carte, ils n'avaient guère comme statut que celui de lest humain, et les survivants seraient vendus au premier prix en Chalcède; les artisans étaient regroupés dans une soute sèche qui servait parfois au transport de balles de soie ou des tonneaux de vin; ils avaient droit au confort d'une litière de paille et d'une longueur de chaîne suffisante pour se tenir debout à tour de rôle. Kyle n'avait pas réussi à s'en procurer autant qu'il l'aurait souhaité : le gros de sa cargaison était composé de simples manœuvres et marchands, de compagnons tombés dans une mauvaise passe, de forgerons, de vignerons, de dentelliers plongés dans les dettes par la maladie, le démon du jeu ou de l'alcool, ou un jugement mal pesé, et qui les remboursaient à présent de leur propre chair.

C'était une autre sorte d'affliction qui frappait les occupants du gaillard d'avant : certains hommes de l'équipage avaient émis des réserves sur le plan du capitaine dès son origine, d'autres avaient participé sans états d'âme à la mise en place des chaînes et des tire-fond, comme s'ils installaient simplement un nouveau système d'arrimage pour la cargaison ; mais, au cours des deux jours passés, la réalité s'était imposée à eux. Des esclaves montaient à bord, des hommes, des femmes et quelques adolescents, et tous étaient tatoués ; quelques-uns portaient leurs fers avec l'aisance que donne l'expérience, d'autres regardaient encore d'un air incrédule les chaînes qui les entravaient et regimbaient sous leur poids. Aucun n'avait jamais voyagé dans les cales d'un bateau, les esclaves en partance de Jamaillia allaient en Chalcède et n'en revenaient jamais. Les membres d'équipage apprenaient eux aussi, certains avec difficulté, à ne pas voir les yeux ni les visages, et à ne pas écouter les voix qui suppliaient, maudissaient ou vociféraient : fret, marchandises, moutons bêlants poussés dans des enclos bondés, chacun affrontait la situation à sa manière, inventait une façon de considérer ces humains tatoués, trouvait de nouvelles associations de mots. L'humeur blagueuse de Confret s'était évaporée dès le premier jour ; Clément, cherchant le soulagement dans la badinerie, faisait des plaisanteries qui n'étaient pas drôles et retournaient au contraire le couteau dans la plaie d'une conscience blessée; Gantri se taisait et accomplissait son devoir, mais il savait qu'une fois le voyage achevé jamais il ne remettrait les pieds sur un transport d'esclaves. Seul Torg paraissait satisfait; dans les tréfonds de sa petite âme crasseuse, il vivait enfin le rêve de sa jeunesse; il arpentait les rangées d'hommes et de femmes soumis grâce au fouet et il savourait la vision de cette cargaison enchaînée qui lui donnait le sentiment d'être enfin libre. Il avait déjà pris note mentalement de ceux auxquels il devait porter une attention particulière, qui bénéficieraient d'un supplément de sa « discipline ». Torg, se disait Vivacia, était une charogne qui, retournée, laissait voir les vers grouillants jusque-là dissimulés.

Hiémain et elle faisaient mutuellement écho à leur détresse intime, et tout au fond de son désespoir, la vivenef avait la conviction que rien ne serait arrivé si sa famille ne l'avait pas trompée, si quelqu'un de son sang l'avait commandée, il n'aurait pu que partager ce qu'elle ressentait; elle savait qu'Ephron Vestrit ne l'aurait jamais exposée à une telle situation, et qu'Althéa en aurait été elle aussi incapable. Mais Kyle Havre ne lui prêtait nulle attention, et, s'il avait le moindre remords, il n'en avait fait part à personne. La seule émotion que Hiémain percevait chez son père était une colère d'un froid brûlant, proche de la haine, envers sa propre chair et son propre sang, et Vivacia soupçonnait Kyle de les considérer l'un et l'autre comme les deux faces d'un même problème . un

258

navire qui ne se pliait pas à ses désirs à cause d'un garçon qui rejetait la personnalité que son père lui ordonnait d'endosser. Elle craignait qu'il ne fût résolu à briser l'un ou l'autre, voire les deux si possible.

Elle n'en avait rien dit à Hiémain, Kyle ne l'avait pas amené auprès d'elle la veille au soir, lorsqu'il l'avait rembarqué de force. Il l'avait jeté dans son ancien cachot, puis était venu se vanter devant la figure de proue de la capture de son fils ; d'une voix assez forte pour être audible de tous les hommes qui travaillaient sur le pont, il lui avait raconté qu'il avait trouvé Hiémain réduit en esclavage et qu'il l'avait acheté au nom de Vivacia, une fois qu'ils auraient pris la mer, il ferait conduire le garçon jusqu'à elle et elle pourrait lui donner tous les ordres qu'elle voudrait, car son père, lui, par les yeux de Sa, son père ne voulait plus entendre parler de lui.

Son monologue s'était prolongé à la mesure du silence obstiné de Vivacia, qui avait gardé le regard tourné vers l'horizon, et la péroraison de Kyle, la fureur aidant, s'était achevée en vociférations incohérentes. Une saute de vent avait apporté à la vivenef l'odeur de l'alcool ; tiens donc, c'était un nouveau vice à l'actif de Kyle Havre, de monter à bord pris de boisson ! Elle avait refusé de lui répondre, aux yeux de Kyle, Hiémain et elle n'étaient que les pièces d'une machine, les éléments d'une poulie qui, montés d'une certaine façon, devaient obligatoirement fonctionner d'une certaine façon. S'ils avaient été un violon et son archet, avait songé Vivacia, ils les auraient frappés

259

l'un contre l'autre en exigeant qu'ils fassent de la musique.

« Je t'ai acheté cette sale petite vermine ! avait-il hurlé en conclusion. Tu la voulais, tu l'as ! Elle porte ta marque et elle est à toi pour le restant de sa pitoyable existence de parasite ! » Il avait commencé à s'éloigner à grands pas, puis s'était arrêté brusquement pour lancer à la figure de proue d'une voix grondante : « Et tu as intérêt à t'en satisfaire, parce que c'est la dernière fois que je me tue à te faire plaisir ! »

C'est seulement à cet instant qu'elle avait enfin pris conscience de la jalousie qui sous-tendait ses paroles. Il avait naguère convoité Vivacia, ce navire magnifique, inestimable, de l'espèce la plus rare, un homme qui possédait un tel bateau entrait dans la confrérie fermée de ceux qui commandaient une vivenef et faisaient commerce des produits exotiques du fleuve du Désert des Pluies, et il suscitait l'envie de ceux qui n'avaient qu'un navire classique sous leurs ordres. Il connaissait sa valeur, il l'avait désirée, courtisée, et, quand il avait éliminé Althéa, il avait cru avoir vaincu tous ses rivaux ; mais toutes ses attentions n'avaient pas suffi à conquérir Vivacia, et elle s'était détournée de lui pour un petit maigrichon qui n'avait aucune idée de ce qu'elle représentait. Comme un amoureux éconduit, Kyle avait vu s'écrouler son rêve de la posséder un jour, et les fragments qui en restaient ne contenaient plus que la lie aigre de la haine.

Eh bien, le sentiment est réciproque, s'était-elle dit.

Elle avait plus de mal à définir l'émotion qu'elle éprouvait à l'endroit de Hiémain; peut-être n'était-elle pas très différente de celle que Kyle ressentait envers elle.

La nuit avait passé et le matin était là. Clément vint s'accouder à son bastingage tout en se fourrant subrepticement une petite chique de cindine entre la gencive et la lèvre. Vivacia fronça les sourcils : elle n'aimait pas qu'il fît usage de cette drogue car elle brouillait la perception qu'il avait d'elle; d'un autre côté, elle comprenait parfaitement qu'il en ressentît le besoin, étant donné les circonstances. Elle attendit donc qu'il eût caché le restant de la barrette dans la manchette retroussée de sa chemise pour demander à mi-voix :

« Clément, va dire au capitaine que je souhaite voir Hiémain immédiatement. »

Le jeune garçon blasphéma tout bas : « Oh, Sar! Vivacia, pourquoi tu me mets dans une situation pareille? Et si je lui disais simplement que tu veux lui parler?

– Non, parce que je n'en ai pas envie. Je préfère ne pas lui parler du tout. Je veux seulement qu'on m'amène Hiémain sans plus tarder.

– Je t'en prie, pas ça! fit le jeune marin d'un ton implorant. Le vieux est déjà à cran parce que des faces-de-carte disent qu'ils sont malades; d'après Torg, ils jouent la comédie, mais ils répondent que, si on ne les loge pas mieux, ils vont tous mourir.

– Clément..., dit Vivacia d'un ton menaçant.

– Oui, m'dame. »

261

L'attente ne fut pas longue : Kyle traversa le pont d'un pas furieux et se campa sur le gaillard d'avant. « Qu'est-ce que tu veux encore ? » demanda-t-il d'un ton sec.

Vivacia envisagea de garder un silence hautain, mais préféra répondre : « Hiémain, comme on a dû vous le dire, je pense.

— Plus tard, quand nous serons au large et que ce petit corniaud ne pourra plus se sauver.

— Non, immédiatement. »

Kyle s'en alla sans un mot.

Elle n'avait pas encore débrouillé les sentiments que lui inspirait Hiémain : elle était heureuse de le savoir de nouveau à bord, mais elle devait affronter en même temps l'égoïsme inhérent à cette satisfaction, et aussi l'humiliation de savoir que, bien qu'il l'eût repoussée puis abandonnée, elle l'accueillerait à bras ouverts. Où était donc sa fierté ? Dès l'instant où il avait remis le pied à bord, crasseux, recru de fatigue et malade de désespoir, elle avait renoué le lien avec lui, elle s'était agrippée à lui et à tout ce qui faisait de lui un Vestrit pour affirmer sa propre identité, et, presque aussitôt, elle s'était sentie mieux, davantage elle-même, comme si elle avait puisé en lui une certitude, une affirmation de sa personnalité. Elle n'avait jamais eu conscience de ce phénomène jusque-là ; elle se savait unie à lui, mais n'y avait vu que « l'amour » si cher aux humains. A présent, le doute s'était insinué en elle, et, troublée, elle se demandait s'il n'y avait pas un élément malsain dans sa façon de se raccrocher à lui et de fonder sur lui sa perception d'elle-même.

Peut-être était-ce à cause de cet aspect de leur lien qu'il avait tenté de lui échapper.

C'était un terrible déchirement que d'avoir besoin d'une personne et d'éprouver en même temps de la colère à cause de ce besoin. Elle refusait de dépendre de quelqu'un pour établir son identité ; elle allait parler franchement à Hiémain, lui demander s'il la considérait comme un parasite et si c'était la raison de sa fuite. Elle redoutait de l'entendre répondre par l'affirmative, déclarer qu'en effet elle prenait sans rien donner en retour ; pourtant, malgré sa crainte, elle lui poserait la question parce qu'il lui fallait une certitude : sa vie et son esprit lui appartenaient-ils, ou bien n'était-elle qu'une ombre des Vestrit ?

Elle laissa quelques minutes encore à Havre, mais, ce délai passé, nul n'avait été envoyé à la porte de Hiémain.

C'était intolérable.

Plus tôt, elle avait noté que la cargaison était mal répartie : l'équipage n'était pas habitué à charger de la marchandise humaine. Le déséquilibre n'était pas grave, mais pouvait le devenir. Elle poussa un soupir, puis déplaça légèrement son centre de gravité, et se mit à donner de la bande sur tribord ; la gîte était presque imperceptible, mais, par certains côtés, Kyle était un bon capitaine, et Gantri un second encore meilleur, et ils la remarqueraient.

Ils réarrangeraient le fret avant de prendre la mer, et, à ce moment-là, elle se mettrait à pencher sur bâbord, et peut-être aussi à tirer sur son ancre. Le regard glacé, elle contemplait la terre ; sous le ciel où s'amoncelaient les nuages, les tours immaculées de Jamaillia paraissaient ternes, du blanc éteint des coquilles vides. Patiente, Vivacia se balançait au rythme des vagues et en accentuait le mouvement.

*

Elles étaient assises ensemble dans la grande cuisine, et Keffria songeait qu'elle adorait cette pièce autrefois. Enfant, elle aimait à s'y rendre en compagnie de sa mère ; à l'époque, Ronica Vestrit organisait souvent de petites réceptions et son péché mignon était de préparer elle-même les plats qu'elle allait servir à ses hôtes ; la cuisine était vivante alors, car les garçons jouaient avec leurs cubes sous la vaste table en bois tandis qu'elle-même, Keffria, perchée sur un tabouret, regardait sa mère hacher menu les herbes aromatiques destinées à l'assaisonnement des petits friands à la viande ; elle l'aidait à écaler les œufs durs ou à émonder les amandes légèrement étuvées.

La Peste sanguine avait mis fin à ces jours heureux. Parfois, Keffria avait l'impression que toute joie, tout enjouement, tout bonheur simple avaient péri dans la maison en même temps que ses frères ; en tout cas, les petites fêtes pleines de gaieté avaient cessé. Elle n'avait plus aucun souvenir de sa mère préparant des friandises comme avant, ni même passant du temps dans la cuisine. A présent qu'elles avaient réduit leur domesticité, Keffria prêtait elle-même la main à la confection des plats lorsque les circonstances l'exigeaient, mais pas Ronica.

Sauf ce soir-là : elles s'étaient rendues à la cuisine alors que les ombres commençaient à s'allonger, et, dans une triste parodie d'un temps révolu, elles avaient travaillé côte à côte, tranché, pelé, mitonné, touillé, tout en discutant du choix des vins et des tisanes, du café qu'il fallait faire plus ou moins fort, de la nappe à étendre sur la table ; en revanche, elles n'avaient guère parlé du motif pour lequel les Festrée les avaient contactées pour annoncer leur visite. L'échéance du remboursement ne tombait que quelques jours plus tard, mais la somme se trouvait déjà dans un coffre renforcé près de la porte ; néanmoins, elles n'oubliaient pas, sans jamais l'évoquer mais en partageant la même inquiétude, qu'il n'avait pas été donné suite à la lettre de Keffria. Cependant, les Festrée n'étaient pas les Khuprus, et il n'y avait probablement aucun lien entre les deux affaires. Probablement.

Depuis qu'elle était devenue femme, Keffria savait que les Marchands du Désert des Pluies venaient deux fois l'an percevoir le remboursement de la vivenef ; elle savait aussi que, lorsque le navire s'éveillait à la conscience, le montant des versements augmentait, comme le voulait la coutume : le calcul se fondait sur la supposition que les vivenefs serviraient au commerce des articles exotiques et lucratifs qui se pratiquait sur le fleuve du Désert des Pluies. La plupart des propriétaires faisaient rapidement fortune dès l'éveil de leur bateau, ce qui n'était pas le cas des Vestrit, naturellement. Parfois, Keffria se laissait aller à se demander si la décision de son père concernant les

265

marchandises magiques avait été judicieuse; oui, parfois, comme ce soir...

Une fois la cuisine achevée et la table mise, les deux femmes s'assirent en silence près de la cheminée. Keffria prépara de la tisane et la servit.

« Je persiste à penser que nous devrions inviter Malta à se joindre à nous, dit-elle. Elle doit apprendre à...

– Elle en a déjà appris bien plus que nous ne nous en doutions, coupa sa mère d'un ton las. Non, Keffria, fais-moi plaisir. Ecoutons, toi et moi, ce que les Festrée ont à dire, et discutons ensemble de ce qu'il convient de faire. Je crains que les décisions que nous prendrons ce soir ne modifient radicalement le cap des Vestrit. » Elle soutint le regard de sa fille. « Je ne veux pas te faire de peine, mais je ne sais pas comment tourner ça de façon agréable : nous sommes les deux dernières femmes de la famille Vestrit, j'en ai peur, car Malta est Havre jusqu'au bout des ongles; je ne prétends pas que Kyle soit un mauvais homme, mais uniquement que ce qui se complote ici ce soir est du seul ressort des Marchands de Terrilville; or les Havre n'en font pas partie.

– Fais comme tu l'entends », répondit Keffria d'un air fatigué. Un jour, se disait-elle sans la moindre aigreur, tu vas mourir et je cesserai de me trouver prise entre le marteau et l'enclume; peut-être laisserai-je alors toutes les responsabilités à Kyle pour ne m'occuper que de mes jardins, sans autre souci que la taille de mes rosiers ou l'éclatement des pieds d'iris, pour me reposer enfin ! Kyle ne lui demanderait rien, elle en était sûre. Aujourd'hui, lorsqu'elle songeait à son époux, elle avait l'impression d'ébranler une cloche fêlée : elle n'avait pas oublié l'écho merveilleux que son nom éveillait autrefois dans son cœur, mais elle ne l'entendait plus et n'arrivait plus à le faire résonner à nouveau en elle. L'amour, songea-t-elle avec abattement, plonge ses racines dans la possession : l'amour de sa famille, l'amour qui régnait dans son couple, même l'amour de sa fille pour elle, tout naît des objets et du pouvoir que l'on a sur eux ; si on remet ce pouvoir aux autres, on s'assure leur amour. Quelle dérision ! Depuis cette découverte, l'affection qu'on lui portait ou non ne lui importait plus guère.

Tout en buvant sa tisane à petites gorgées, elle contemplait le feu auquel elle ajoutait du bois de temps en temps. On pouvait encore éprouver du plaisir à certaines choses simples : la chaleur de la cheminée, une bonne tasse de tisane. Keffria se promit de savourer le peu qui lui restait.

Un gong retentit, lointain, et Ronica se leva brusquement pour une ultime vérification des préparatifs ; les lumières de la pièce étaient assourdies depuis longtemps, mais elle enfila sur les chandelles les fourreaux à motif de feuilles pour atténuer encore leur éclat. « Refais de la tisane, dit-elle à mi-voix. Caoloun en est friande. » Puis elle eut une conduite étrange : elle s'approcha de la porte intérieure de la cuisine, l'ouvrit brutalement et la franchit vivement pour scruter le couloir à gauche et à droite comme si elle espérait y surprendre quelqu'un.

Elle rentra, et Keffria lui demanda : « Selden s'est encore levé ? Cet enfant est un véritable oiseau de nuit !

— Non, il n'y avait personne », répondit sa mère d'un ton distrait. Elle referma la porte et retourna auprès de la table. « Tu n'as pas oublié le cérémonial de salutation ? demanda-t-elle tout à coup à sa fille.

— Bien sûr que non. Ne t'inquiète pas, je ne te ferai pas honte.

— Tu ne m'as jamais fait honte », fit Ronica, l'air absente, et Keffria n'aurait su dire pourquoi ces mots faisaient bondir son cœur de joie.

On frappa à la porte et Ronica alla ouvrir, Keffria sur ses talons. Deux silhouettes encapuchonnées apparurent dans l'ouverture ; la voilette de l'une d'elle s'ornait d'un semis de bijoux de feu écarlates dont l'effet était à la fois magnifique et d'une étrangeté un peu inquiétante. Jani Khuprus ! Keffria sentit une terreur glacée naître au fond d'elle. Le coffre à rêve ! L'espace d'un instant, l'épouvante lui donna le tournis ; éperdue, elle attendit que sa mère dise quelque chose, n'importe quoi, pour les tirer de cette situation, mais Ronica restait bouche close, atterrée elle aussi, incapable du moindre salut ; alors Keffria prit une grande inspiration en formant le vœu de ne pas se tromper. « Je vous souhaite la bienvenue sous notre toit. Entrez, et que ce toit soit aussi le vôtre. »

Mère et fille reculèrent afin de laisser le passage aux deux Marchandes du Désert des Pluies. Keffria s'arma de tout son courage quand les visiteuses ôtèrent leurs gants, leurs capuches et leurs voiles. Les

268

yeux violets de l'une d'elles disparaissaient presque sous les excroissances de ses paupières, et Keffria eut le plus grand mal à soutenir son regard et à lui sourire, mais elle y parvint ; cependant, Jani Khuprus, la femme aux bijoux de feu, avait un visage étonnamment lisse et intact pour une Marchande du Désert des Pluies ; elle aurait presque pu se promener en plein jour dans une rue de Terrilville sans attirer les regards tant les marques de ses origines étaient légères : une ligne grumeleuse qui suivait le contour de ses lèvres et de ses paupières, le blanc de ses yeux qui luisait d'un éclat bleuté dans la pièce assombrie, tout comme ses cheveux, ses dents et ses ongles ; l'ensemble ne manquait d'ailleurs pas d'une séduction vaguement effrayante. Ronica gardant toujours le silence, Keffria reprit, comme en plein rêve : « Nous vous avons préparé une collation pour vous remettre de votre long voyage. Voulez-vous prendre place à notre table ?

– Très volontiers », répondirent-elles presque à l'unisson.

Visiteuses et hôtesses échangèrent des révérences, puis, de nouveau, Keffria dut prendre la parole à la place de sa mère, toujours muette. « Moi, Keffria Vestrit de la famille Vestrit des Marchands de Terrilville, je vous reçois à notre table et dans notre maison. Nous n'avons pas oublié les serments anciens qui lient Terrilville au Désert des Pluies, ni notre accord particulier concernant la vivenef *Vivacia*, produit de nos deux familles.

– Moi, Caoloun Festrée de la famille Festrée des Marchands du Désert des Pluies, j'accepte votre hospitalité, dans votre maison et à votre table. Je n'ai pas oublié les serments anciens qui lient le Désert des Pluies à Terrilville, ni notre accord particulier concernant la vivenef *Vivacia*, produit de nos deux familles. » La femme s'interrompit, puis désigna soudain sa compagne. « J'amène dans votre maison et à votre table mon hôte qui sera donc la vôtre. Vous est-il possible d'étendre votre hospitalité à Jani Khuprus, notre parente ? » Elle regardait Keffria, c'était donc à Keffria de répondre.

« J'ignore le rituel pour une telle requête, avoua-t-elle franchement ; je me contenterai donc de déclarer que l'hôte de Caoloun, notre amie de longue date, est plus que bienvenue chez nous. Permettez que je prenne un moment pour sortir un nouveau couvert. » Elle espérait de tout son cœur qu'une personnalité aussi auguste que le chef de la famille Khuprus ne s'offenserait pas de son manque de cérémonie.

Jani sourit et jeta un coup d'œil à Caoloun comme pour lui demander l'autorisation de prendre la parole ; l'autre femme lui fit un petit sourire. « Pour ma part, je serais très heureuse de laisser de côté tout formalisme ; je tiens à vous dire que cette visite impromptue est plus de mon fait que de celui de Caoloun. Je l'ai priée de l'arranger et de me permettre de l'accompagner, afin qu'elle puisse m'introduire chez vous. Si cela a pu occasionner quelque gêne, je souhaite m'en excuser dès maintenant.

– Nullement, répondit Keffria. S'il vous plaît, soyons à l'aise les unes avec les autres comme il sied à des voisines, des amies et des parentes. » Sa déclaration englobait les trois femmes présentes dans la pièce ; comme par accident, elle effleura la main de sa mère pour l'implorer silencieusement de sortir de son silence choqué.

Caoloun s'était tournée vers Ronica avec une expression curieuse. « Ma vieille amie, vous voici bien taciturne ce soir. L'hôte que je vous amène vous met-elle mal à l'aise ?

— Comment serait-ce possible ? » fit Ronica d'une voix défaillante. Elle se reprit et poursuivit d'un ton plus assuré : « Je ne fais que m'en remettre à ma fille ce soir ; elle est entrée dans son héritage, il convient donc mieux que ce soit elle plutôt que moi qui vous accueille et parle au nom des Vestrit.

— Et de façon ô combien éloquente », dit Jani Khuprus avec une chaleur non feinte. Elle sourit à la cantonade. « Je crains de n'avoir pas fait preuve de la même délicatesse ; je pensais que venir en personne faciliterait ma démarche, mais peut-être aurait-il mieux valu que j'envoie une lettre.

— C'est parfait, je vous assure, répondit Keffria en posant un quatrième verre sur la table et en approchant une chaise supplémentaire. Asseyons-nous toutes et restaurons-nous ensemble ; j'ai du café, si quelqu'un le préfère à la tisane. » Elle se sentait prise du soudain et curieux désir de mieux connaître Jani Khuprus avant d'aborder le sujet qui l'amenait chez elle. Lentement, lentement : s'il fallait démêler cette énigme, elle voulait que cela se passe lentement, afin d'être sûre d'en comprendre les tenants et les aboutissants.

« C'est une table charmante que vous avez préparée là », fit Jani Khuprus en prenant place. Il n'échappa pas à Keffria qu'elle s'asseyait la première, ni que Caoloun paraissait attendre ses ordres, et elle se réjouit soudain que les olives servies soient les plus fines, que sa mère ait exigé de la pâte d'amandes préparée du jour, que seuls les plats les plus raffinés composent le repas ; c'était en effet une table charmante garnie de mets somptueux et délicats tels que Keffria n'en avait plus vu depuis des mois. Ronica avait refusé de ternir ce banquet à cause de leurs difficultés financières, et Keffria en était soulagée.

Pendant quelque temps, on parla de tout et de rien, et, peu à peu, Ronica retrouva son calme et sa grâce habituels ; elle conduisit les échanges par des chenaux sans risque, et le repas fut accompagné de compliments sur les plats, le vin, le café, et d'autres généralités. Cependant, Keffria remarqua que, chaque fois que Jani menait la conversation, c'est-à-dire fréquemment, elle racontait des historiettes et des anecdotes qui illustraient la fortune et l'influence de sa famille ; pourtant, on n'y percevait nulle vantardise ; leur but n'était pas d'humilier les Vestrit ni leur table. Au contraire, elle comparait toujours favorablement leur cuisine à celle de quelque grande réception, leur société à celle de quelque grand personnage, et Keffria finit par conclure qu'elle faisait exprès de leur livrer des détails sur elle-même : son époux était toujours vivant, elle avait trois fils et deux filles en vie, ce qui constituait une très grande famille selon les critères du Désert des Pluies. Leur nouvelle fortune née de la découverte des bijoux de feu leur laissait plus de temps pour voyager et organiser des fêtes, pour rapporter des objets d'art et en apprendre davantage sur le monde. N'était-ce pas là véritablement le plus grand avantage de la richesse que de permettre d'entretenir sa famille et ses amis comme ils le méritaient ? S'il prenait un jour l'envie aux Vestrit de remonter le fleuve, ils seraient les bienvenus chez elle.

Keffria songea qu'on eût dit la parade nuptiale d'un oiseau, et, à nouveau, elle sentit son cœur se glacer. Jani se tourna brusquement vers elle, comme si elle avait émis un petit bruit qui avait attiré son attention. De façon inattendue, elle eut un sourire éblouissant et déclara : « J'ai bien reçu votre message l'autre jour, ma chère, mais, je l'avoue, je ne l'ai pas compris. C'est d'ailleurs une des raisons pour lesquelles j'ai prié Caoloun d'arranger notre visite.

– C'est ce que je supposais », répondit Keffria d'une voix défaillante. Elle jeta un coup d'œil à sa mère, qui croisa son regard et eut un petit hochement de tête. Keffria puisa quelque force dans le calme revenu de Ronica. « A franchement parler, j'étais dans une position très embarrassante, et j'ai considéré que le mieux était de vous mettre au courant, simplement et avec sincérité, de ce qui s'était passé. Je vous assure que le coffre à rêve vous sera rendu dans les plus brefs délais si on le retrouve. »

La phrase n'était pas aussi bien tournée qu'elle l'aurait souhaité, et elle se mordit la lèvre. Jani pencha la tête d'un air perplexe.

« J'ai été surprise moi aussi, et j'ai appelé mon fils pour l'interroger à ce sujet ; un acte aussi impulsif et passionné ne pouvait être que le fait de mon cadet. Reyn a un peu bégayé et beaucoup rougi, car, jusque-là, il n'avait manifesté aucun intérêt pour le beau sexe, mais il a fini par avouer avoir envoyé le coffre à rêve, et aussi donné le châle au bijou de feu. » Elle hocha la tête avec une expression d'affection maternelle. « Je l'ai réprimandé, mais il ne regrette pas son geste, je le crains ; il est très amoureux de votre Malta. Il ne m'a pas parlé, naturellement, du rêve qu'ils ont partagé ; cela aurait été fort, euh... indélicat de la part d'un garçon bien élevé ; en revanche, il m'a dit avoir la conviction que Malta voyait sa cour d'un bon œil. » Elle sourit à la cantonade. « Je présume donc que la jeune demoiselle a trouvé le coffre et en a apprécié le contenu.

– C'est ce que nous devons présumer nous aussi », fit Ronica sans laisser à Keffria le temps de répondre. Les deux Vestrit échangèrent un regard dont la signification ne pouvait échapper à personne.

« Oh, Sa ! soupira Jani d'un ton d'excuse. Dois-je comprendre que vous ne partagez pas l'enthousiasme de votre jeune demoiselle pour la cour de mon fils ? »

Keffria se sentit la bouche subitement sèche, et elle prit une gorgée de vin qui n'arrangea rien : elle avala de travers, s'étrangla et se mit à tousser. Sa quinte était passée et elle retrouvait son souffle quand sa mère reprit la parole.

« Notre petite Malta est une enfant espiègle qui passe son temps à faire des tours et des plaisanteries. »

Le ton de Ronica était badin, mais son expression compatissante. « Non, Jani, ce n'est pas la cour de votre fils qui nous fait froncer le sourcil, mais l'attitude puérile de Malta ; quand elle aura l'âge de se faire courtiser, il sera naturellement le bienvenu, et, s'il gagne ses faveurs, nous ne pourrons que nous sentir honorées d'une telle alliance. Cependant, Malta, même si elle a l'apparence d'une jeune femme, n'est encore qu'une enfant et, malheureusement, elle en a aussi l'amour du mensonge et des mauvais tours. Elle n'a que treize ans et n'a pas encore été présentée officiellement en société. Votre fils a dû la voir vêtue de sa robe de Marchande, lors de l'assemblée à laquelle vous avez participé ; je suis sûre que, s'il l'avait rencontrée telle qu'elle s'habille tous les jours, dans sa tenue de petite fille, il se serait rendu compte de son... erreur. »

Le silence tomba dans la pièce. Jani regarda tour à tour les deux femmes assises en face d'elle. « Je vois », dit-elle enfin. Elle paraissait à présent mal à l'aise. « Voilà donc pourquoi la jeune fille n'est pas présente ce soir. »

Ronica lui sourit. « Elle est au lit depuis longtemps, comme la plupart des enfants de son âge. » Elle but une gorgée de vin.

« Me voici dans une position embarrassante, fit Jani d'une voix lente.

— La nôtre est bien plus inconfortable encore, malheureusement, répondit doucement Keffria. Je veux être parfaitement sincère : vous nous avez abasourdies, ma mère et moi, en parlant à l'instant d'un châle orné d'un bijou de feu ; je vous assure que nous ignorions tout d'un tel présent ; quant au coffre à rêve, s'il a été ouvert... non, il est évident qu'il l'a été, puisque votre fils en a partagé le rêve... eh bien, Malta est là aussi la coupable. » Elle poussa un grand soupir. « Je dois vous présenter mes plus humbles excuses pour ses manières déplorables. » Malgré tous ses efforts pour se maîtriser, Keffria sentit sa gorge se serrer. « Je ne sais plus que faire. » Elle entendit un chevrotement naître dans sa voix. « Je ne la croyais pas capable de tant de duplicité.

– Mon fils va être déçu, dit Jani. Il est très naïf ; il approche des vingt ans mais il n'a jamais témoigné jusque-là du moindre intérêt à chercher femme, et je crains qu'il n'ait fait preuve de précipitation. Ah, Sa ! » Elle secoua la tête. « Voilà qui change la perspective de bien des choses. » Elle jeta un coup d'œil à Caoloun qui lui rendit son regard avec un sourire gêné.

« La famille Festrée, expliqua-t-elle à mi-voix, a cédé aux Khuprus le contrat de la vivenef *Vivacia*. Ils en détiennent désormais tous les droits et toutes les dettes. »

Keffria eut l'impression de tituber, puis de tomber dans un silence opaque, et c'est à peine si elle entendit Jani reprendre : « C'est mon fils qui a mené les négociations avec les Festrée, et je venais ce soir parler en son nom, mais, à l'évidence, la proposition que j'avais à faire n'est pas à l'ordre du jour. »

Elle n'avait pas besoin d'en dire davantage : les Khuprus avaient prévu de remettre la dette de la *Vivacia*

276

en tant que présent de mariage. C'était un cadeau d'un coût extravagant, un geste typique des habitants du Désert des Pluies mais d'une démesure qui laissait Keffria pantoise : annuler la dette d'une vivenef contre le consentement d'une femme ? C'était ridicule !

« Ça a dû être un fameux rêve », murmura Ronica d'une voix sèche.

La réflexion était déplacée et presque grossière dans ses implications, et, plus tard, Keffria devait toujours se demander si sa mère savait quel en serait l'effet : les quatre femmes éclatèrent soudain de rire et la tension se dissipa. Que les hommes étaient donc influençables ! Et il n'y eut plus autour de la table que quatre mères aux prises avec les amourettes maladroites de leurs enfants et les incidents qui en naissaient.

Jani Khuprus reprit son souffle. « Il me semble, dit-elle d'un ton mi-figue mi-raisin, que notre problème trouvera sa solution avec le temps. Mon fils va devoir attendre, et ça ne lui fera pas de mal. » Elle sourit à Ronica et Keffria avec la tolérance d'une mère pour une autre. « Je vais lui parler très sérieusement, et lui expliquer que sa cour ne pourra débuter qu'après la présentation officielle de Malta en tant qu'adulte. » Elle s'interrompit pour calculer mentalement. « Si elle a lieu au printemps, nous pouvons prévoir les épousailles pour l'été. »

Keffria n'en croyait pas ses oreilles. « Les épousailles ! Mais elle a quatorze ans à peine ! s'écria-t-elle.

– Certes, elle serait jeune, convint Caoloun, mais d'autant plus adaptable, et, pour une femme de

Terrilville qui entre dans une famille du Désert des Pluies, c'est un avantage. » Elle sourit à Keffria et les protubérances charnues de son visage s'agitèrent hideusement. « Moi-même, je n'avais que quinze ans. »

Keffria inspira profondément, incapable de savoir si elle allait se mettre à hurler ou simplement jeter les deux visiteuses à la porte. Sa mère serra son bras, et Keffria réussit à fermer la bouche.

« Il est beaucoup trop tôt pour parler de mariage, déclara Ronica sans ambages. Je vous l'ai dit, Malta adore les gamineries; je crains que, de son point de vue, cette affaire n'en soit qu'une de plus, et qu'elle n'ait pas pris la proposition de cour de votre fils avec tout le sérieux qu'elle mérite. » Son regard passa lentement de Caoloun à Jani. « Il n'est pas nécessaire de précipiter les choses.

— Vous parlez en Marchande de Terrilville, répondit Jani; vous jouissez de longues existences et portez de nombreux enfants, mais le temps est un luxe dont nous ne disposons pas. Mon fils aura bientôt vingt ans, il a enfin trouvé une femme qu'il désire, et vous nous demandez de le faire attendre? Plus d'une année? » Elle se laissa aller contre le dossier de sa chaise. « C'est impossible, fit-elle à mi-voix.

— Je refuse de contraindre mon enfant », dit Keffria avec force.

Jani eut un sourire avisé. « Mon fils n'a pas l'impression qu'il soit question de contraindre quiconque, et j'ai confiance en lui. » Son regard se posa tour à tour sur la mère et la fille. « Allons, nous sommes entre femmes; si Malta était aussi immature

que vous le prétendez, le rêve le lui aurait révélé. »
Nul ne répondit et elle poursuivit d'une voix d'une
douceur inquiétante : «Notre offre est généreuse;
n'espérez pas trouver mieux ailleurs.

– Elle est plus que généreuse, elle est renversante,
dit Ronica. Mais, vous l'avez fait remarquer, nous
sommes entre femmes, et, en tant que telles, nous
savons que le cœur d'une femme ne s'achète pas.
Nous vous demandons seulement d'attendre un peu
que Malta mûrisse et soit capable de prendre elle-
même ses décisions.

– Si elle a ouvert le coffre et partagé le rêve qu'il
contenait, je pense qu'on peut la considérer comme
apte à prendre elle-même ses décisions, surtout si,
pour ce faire, elle a dû défier sa mère et sa grand-
mère, comme cela paraît être le cas. » La voix de Jani
Khuprus commençait à perdre sa courtoisie veloutée.

« Il ne faut pas confondre le geste d'une enfant qui
n'en fait qu'à sa tête et le choix pondéré d'une femme.
Je vous le répète, vous devez attendre. » Le ton de
Ronica était ferme.

Jani Khuprus se leva. « Sang ou or, la dette doit être
payée, dit-elle. La prochaine échéance est dans peu de
temps, Ronica Vestrit, et vous avez déjà manqué un
versement complet. Par contrat, j'ai le droit de décider
de la nature du payement. »

Ronica se dressa elle aussi et se tint face à Jani.
« Votre or est là, dans la cassette près de la porte. Je
vous le donne librement, en juste règlement d'une partie de notre dette. » Elle secoua lentement la tête. « Je
refuse et je refuserai toujours de vous donner ma fille

ou ma petite-fille, sauf si elle vous suit de son plein gré.
C'est tout ce que j'ai à déclarer, Jani Khuprus, et devoir
le dire tout haut ne nous grandit ni l'une ni l'autre.

— Voulez-vous me faire comprendre que vous
n'honorerez pas votre contrat ? demanda sèchement
Jani.

— Je vous en prie ! s'exclama soudain Caoloun d'une
voix stridente. Je vous en prie ! répéta-t-elle plus calmement quand tous les regards se furent tournés vers
elle. N'oublions pas qui nous sommes, et n'oublions
pas non plus que nous avons du temps ; pas aussi peu
que certains le croient, pas autant que d'autres le sou-
haiteraient, mais nous en avons. Et nous devons surtout
penser aux sentiments de deux jeunes gens. » Ses yeux
violets en forme d'amande passaient d'une femme à
l'autre, quêtant la bonne volonté. « Je propose, reprit-
elle à mi-voix, un compromis, qui nous épargnera peut-
être à toutes bien des tensions. Jani Khuprus doit accepter l'or cette fois-ci, car, vous en serez d'accord, Jani,
vous êtes tout autant tenue par ce que nous avons
convenu, Ronica et moi, dans cette même cuisine, que
Ronica elle-même par les termes du contrat. Nous
sommes toutes du même avis sur cette question,
n'est-ce pas ? »

Keffria retint son souffle et demeura parfaitement
immobile, mais personne ne la regardait. La première,
Jani Khuprus acquiesça raidement de la tête ; quand elle
l'imita, Ronica évoqua plutôt une femme vaincue qui
courbe le cou.

Caoloun poussa un soupir de soulagement. « Voici
donc le compromis que je propose. Ronica, je vous

parle en femme qui connaît Reyn, le fils de Jani, depuis toujours : c'est un jeune homme parfaitement honorable et digne de confiance, et vous n'avez pas à craindre qu'il profite de la naïveté de Malta, qu'elle soit encore une enfant ou déjà femme ; pour cette raison, je pense que vous pourriez l'autoriser à commencer sa cour dès maintenant, sous l'égide d'un chaperon, naturellement, et en lui interdisant tout nouveau cadeau qui risquerait d'éveiller davantage chez une jeune fille l'esprit de lucre que l'amour. Permettez simplement à Reyn de la voir régulièrement ; si elle n'est pas encore mûre, il s'en rendra compte rapidement et sera plus confus que nous ne pouvons l'imaginer d'avoir commis une telle erreur ; mais si elle est vraiment adulte, laissez à ce jeune homme la possibilité, avant tous les autres, de conquérir son cœur. Est-il excessif de vous demander qu'il soit le premier à courtiser Malta ? »

La proposition permettait d'apaiser tant de tensions entre les deux familles que Ronica préféra laisser Keffria décider elle-même. Sa fille s'humecta les lèvres. « Je pense pouvoir accepter, à condition qu'ils soient bien chaperonnés et qu'il n'y ait plus de présents onéreux qui puissent tourner la tête de Malta. » Elle soupira. « En vérité, c'est elle-même qui a ouvert cette porte, et peut-être doit-elle apprendre sa première leçon de femme adulte : il ne faut pas prendre à la légère l'affection d'un homme. »

Les trois autres femmes acquiescèrent à ces paroles.

9

Navires et serpents

Le tatouage était grossier, exécuté à la va-vite et exclusivement à l'encre bleue, mais c'était tout de même à son image que le garçon était marqué. Elle le regarda, épouvantée. « C'est ma faute, dit-elle. Sans moi, rien ne te serait arrivé.

– C'est vrai, répondit-il d'un ton las ; mais ce n'est pas ta faute pour autant. »

Et il se détourna pour s'asseoir lourdement sur le pont. Se doutait-il seulement de la douleur que lui causaient ces mots ? Elle tenta de partager ses émotions, mais le jeune adolescent qui vibrait de détresse la veille était aujourd'hui parfaitement immobile. Il appuya sa tête contre le bastingage, inspira profondément le vent pur qui balayait les ponts de la vivenef et le relâcha dans un soupir.

L'homme de barre s'efforçait de ramener Vivacia dans le chenal principal ; avec une malice presque indolente, elle s'y opposa en se faisant toujours plus lourde à manœuvrer. Ça, c'était pour Kyle Havre qui croyait pouvoir la plier à sa volonté.

« Je ne sais pas quoi te dire, avoua Hiémain à mi-voix. Quand je pense à toi, j'éprouve de la honte, comme si je t'avais trahie en m'enfuyant ; d'un autre côté, quand je songe à moi-même, je ressens de la déception car j'ai failli réussir à retrouver ma liberté. Je ne veux pas t'abandonner, mais je ne tiens pas non plus à rester enfermé ici. » Il secoua la tête, puis se radossa à la lisse. Il était couvert de crasse, ses vêtements étaient en lambeaux, et Torg, en l'amenant à Vivacia, n'avait pas ôté les chaînes qui lui entravaient les pieds et les poignets. Dos à elle, le regard levé vers les voiles, Hiémain poursuivit : « J'ai parfois l'impression d'être deux individus en un, dont chacun aspire à une existence différente de l'autre ; ou, plus exactement, quand je me joins à toi, je ne suis pas le même que quand je suis seul. Lorsque nous sommes ensemble, je perds... quelque chose ; j'ignore quel nom lui donner : ma capacité à n'être que moi-même, peut-être ? »

Une vague angoisse s'empara de Vivacia : les réflexions de Hiémain se rapprochaient trop de ce qu'elle comptait lui dire. Elle avait quitté le port de Jamaillia la veille au matin, mais Torg avait attendu le lendemain pour lui amener le jeune garçon, et elle avait observé pour la première fois ce qu'on lui avait infligé ; son plus grand choc avait été de voir le dessin grossier à l'encre bleue sur sa joue. Plus rien ne le désignait désormais comme matelot, et encore moins comme le fils du capitaine : il ressemblait à un esclave ; pourtant, malgré tous ses malheurs, il conservait apparemment son calme.

Comme en réponse à ses pensées, il déclara : « Je n'ai plus de place pour les émotions. Par ton biais, je suis tous les esclaves à la fois, et, quand je me laisse aller à partager ce que tu ressens, j'ai l'impression que je vais devenir fou ; je m'en abstiens donc et je m'efforce de ne rien éprouver du tout.

— C'est vrai, ces émotions sont trop puissantes, dit Vivacia à voix basse. La souffrance de ces hommes et de ces femmes est trop grande et elle s'empare de moi au point que je ne peux plus m'en échapper. » Elle s'interrompit, puis reprit d'un ton hésitant : « C'était encore pire quand tu n'étais pas là : ton absence me donnait le sentiment d'être à la dérive ; je pense que tu es l'ancre qui me permet de conserver mon identité ; c'est pourquoi, je crois, une vivenef a besoin d'un membre de sa famille à son bord. ».

Hiémain ne répondit pas mais, comme il ne bougeait pas, elle espéra qu'il l'écoutait. « Je puise en toi, fit-elle, je prends tout sans rien te donner en échange. »

Il remua légèrement, et répondit d'un ton étrangement monocorde : « Tu m'as donné de la force, et plus d'une fois.

— Mais seulement dans le but de te conserver auprès de moi. Je te raffermis pour te conserver, afin de savoir toujours qui je suis. » Elle rassembla son courage. « Hiémain, qu'étais-je avant de devenir une vivenef ? »

Il agita ses chaînes et frotta distraitement ses chevilles irritées ; il ne paraissait pas avoir conscience de l'importance de la question. « Un arbre, je suppose, ou plutôt plusieurs arbres, si le bois-sorcier grandit comme les autres essences. Pourquoi me demandes-tu ça?

– Pendant ton absence, il m'a semblé me rappeler... les détails d'une autre vie, comme le fait de sentir le vent dans mon visage, mais en plus puissant, me déplacer très vite, de mon propre chef. Je me souvenais presque d'avoir été... quelqu'un... qui n'avait rien à voir avec les Vestrit, quelqu'un qui n'avait aucun rapport avec ce que je connais de ma vie présente. C'était très effrayant, mais... » Elle s'interrompit au bord d'une pensée qu'elle rejetait.

Après un long silence, elle reprit : « Je crois que j'aimais cette existence, alors. Aujourd'hui... je pense que j'ai fait de ces rêves que les hommes appellent cauchemars. Mais une vivenef ne dort pas, et je ne suis donc pas parvenue à m'en extraire complètement. Les serpents du port, Hiémain ! » Elle parlait à présent d'un ton pressant, à mi-voix, en s'efforçant de tout lui faire comprendre d'un seul coup. « Personne d'autre que moi ne les a vus, tout le monde reconnaît maintenant l'existence du blanc qui me suit, mais il y en avait d'autres, beaucoup d'autres, dans la vase du fond du port ! J'ai bien essayé d'avertir Gantri, et il m'a répondu de ne pas leur prêter attention ; mais c'était impossible parce que, je ne sais comment, c'étaient eux les responsables des rêves que... Hiémain ? »

Il s'était assoupi sous le chaud soleil, réaction prévisible après les épreuves qu'il avait endurées.

Vivacia n'en fut pas moins déçue : elle avait besoin de partager ce qu'elle savait, sans quoi elle avait l'impression qu'elle allait sombrer dans la folie, mais nul ne semblait désirer l'écouter. Malgré le retour de Hiémain à bord, elle se sentait toujours aussi seule, et elle se demandait s'il ne restait pas sur son quant-à-soi, elle ne pouvait le lui reprocher, mais elle était incapable de ne pas lui en vouloir ; elle éprouvait aussi une colère sans objet défini : la famille Vestrit avait fait d'elle ce qu'elle était, suscité des besoins en elle, mais, depuis son éveil, elle n'avait pas connu une seule journée en compagnie de quelqu'un qui restât auprès d'elle sans contrainte. Et Kyle qui espérait la voir naviguer docilement et avec entrain alors que son ventre était plein de misère et qu'elle n'avait pas de compagnon ! Ce n'était pas juste !

Le bruit de pas rapides sur le pont rompit le fil de ses pensées.

« Hiémain ! fit-elle d'un ton pressant. Ton père vient par ici ! »

*

« Tu es loin du chenal ! Tu n'es donc pas capable de tenir un cap ? » aboya Kyle à l'adresse de Confret.

L'intéressé le regarda de sous ses paupières lourdes. « Non, commandant, répondit-il d'un ton égal, comme s'il ne faisait pas preuve d'insolence, je ne peux pas. Chaque fois que je redresse la barre, le navire s'écarte de la route

— N'accuse pas le navire ! J'en ai assez d'entendre tous les hommes d'équipage s'en prendre à lui pour dissimuler leur incompétence !

– Bien, commandant. » Confret tourna les yeux vers l'étrave et orienta de nouveau la barre pour corriger le cap ; la *Vivacia* réagit aussi lentement que si elle traînait une ancre flottante. Comme en réponse à cette idée, Kyle vit un serpent apparaître dans son sillage et battre l'eau, et il eut l'impression que le regard de l'horrible bête se posait droit sur lui.

Il sentit le brasier dormant de sa colère commencer à s'éveiller. C'en était trop ! Cette fois, c'en était vraiment trop ! Il n'avait rien d'une femmelette, il était capable de faire front à tous les coups du sort, temps défavorable, cargaisons délicates, et même simple malchance ; rien de tout cela ne lui faisait perdre son calme. Mais là, c'était différent : il se heurtait à l'opposition brute de ceux-là mêmes pour lesquels il se tuait au travail ! Il ignorait combien de temps encore il supporterait cette attitude.

Pourtant, Sa le savait, il avait fait des efforts avec le petit ! Qu'est-ce que son fils aurait pu vouloir de plus ? Il lui avait offert ce satané bateau à la simple condition qu'il devienne un homme ; eh bien non : ce morveux s'était sauvé et il s'était fait tatouer comme un esclave à Jamaillia !

Alors Kyle avait baissé les bras, il l'avait ramené à bord et remis à l'entière disposition de la vivenef. Ne répétait-elle pas sur tous les tons qu'elle avait besoin de lui ? Il avait fait conduire le gosse sur le gaillard d'avant ce matin même, dès qu'ils étaient sortis du port, et Vivacia aurait dû être satisfaite. Eh bien non, encore une fois : elle se vautrait dans l'eau comme une truie, penchait d'un côté puis de l'autre, et s'écartait constamment du meilleur chenal ! A naviguer n'importe comment, elle l'humiliait autant que son propre fils !

Tout aurait pu être si simple, pourtant ! Il se rendait à Jamaillia, embarquait une cargaison d'esclaves, les emmenait en Chalcède et les vendait avantageusement pour le plus grand profit de la famille et l'orgueil de son nom. Il tenait bien son équipage et entretenait le navire ; en toute justice, il aurait dû naviguer parfaitement ; quant à Hiémain, il aurait dû devenir un solide gaillard apte à prendre sa suite, un fils fier de saisir un jour la barre de sa propre vivenef. Mais non ; à quatorze ans, il était déjà défiguré par deux tatouages d'esclave, dont le plus grand était dû à sa propre réaction impulsive, sous le coup de la colère, à une suggestion facétieuse de Torg. Sa, qu'il regrettait que Gantri ne l'ait pas accompagné ce jour-là au lieu du lieutenant ! Le second aurait su le dissuader, lui, alors que Torg avait obéi sur-le-champ, au grand remords de Kyle. S'il devait recommencer...

Un mouvement sur tribord attira son attention. Toujours ce fichu serpent qui fendait l'eau, l'œil rivé sur lui ! D'un blanc encore plus répugnant que le ventre d'un crapaud, il suivait le navire ; il n'avait pas l'air très dangereux : lors des brefs coups d'œil qu'il avait pu lui jeter, Kyle avait eu l'impression d'une créature vieille et grasse, mais elle inquiétait l'équipage et la vivenef, et lui-même s'apercevait soudain qu'il n'appréciait pas non plus sa présence. Elle soutenait son regard, contrairement aux animaux habituels, et il avait l'impression de se trouver face à un homme qui cherchait à lire ses pensées.

Il quitta la barre pour s'éloigner d'elle et se dirigea vers la proue à grands pas, la tête toujours pleine de réflexions troublées.

Le bateau puait bien plus que ne l'avait promis Torg, il puait plus que des latrines, il puait comme un charnier. On avait déjà passé trois morts par-dessus bord, dont une femme qui s'était apparemment suicidée : on l'avait trouvée inerte au milieu de ses chaînes après qu'elle s'était étouffée en se bourrant la bouche et la gorge avec des lambeaux de tissu arrachés à ses vêtements. Comment pouvait-on s'infliger un traitement aussi stupide ? Pourtant, plusieurs hommes en avaient été ébranlés, même si aucun ne s'en était ouvert directement à lui.

Il jeta un coup d'œil vers tribord : ce fichu serpent était toujours là, progressant à la même allure que le navire, sans le quitter des yeux. Kyle détourna le regard.

Le monstre lui faisait penser, sans qu'il sût trop pourquoi, au tatouage de la joue du gosse, peut-être parce qu'il ne pouvait pas plus échapper à l'un qu'à l'autre. Il regrettait son geste envers Hiémain, mais il était impossible de revenir en arrière ; il savait aussi qu'on ne le lui pardonnerait jamais : inutile donc de présenter des excuses, que ce fût au gamin ou à sa mère ; ils lui en voudraient jusqu'à la fin de ses jours. Pourtant, il ne lui avait pas vraiment fait de mal, il ne lui avait pas fait crever les yeux ni couper une main ; il l'avait simplement fait tatouer. Nombre de marins portaient ainsi sur la peau la représentation de leur navire ou de sa figure de proue ; pas sur le visage, certes, mais cela revenait au même. Cela n'empêcherait pas Keffria de piquer une crise quand elle verrait Hiémain ; lui-même voyait l'expression horrifiée de sa femme chaque fois que son regard tombait sur son fils. Ainsi, même le plaisir de rentrer chez soi lui était désormais interdit : il pourrait bien rapporter tout l'or du monde, sa famille ne verrait que le tatouage sur la figure du gosse.

A côté du navire, le serpent dressa la tête hors de l'eau et le regarda d'un air entendu.

Kyle s'aperçut que, dans sa colère, il avait parcouru le bateau sur toute sa longueur jusqu'au gaillard d'avant ; Hiémain y était assis, recroquevillé sur lui-même. Il se sentit humilié à la vue de la créature abjecte qu'était son fils aîné. Ça, son héritier ? Le garçon qu'il avait imaginé prenant un jour la barre à sa place ? Quel dommage que Malta fût une fille ! Elle aurait fait un bien meilleur héritier que Hiémain.

Un brusque éclair de fureur le parcourut et il se sentit les idées plus claires. Tout était de la faute de Hiémain, il s'en rendait compte à présent ; il l'avait amené à bord pour satisfaire la vivenef et l'obliger à naviguer correctement, et ce prêtraillon n'avait réussi qu'à en faire une garce rétive. Eh bien, si elle refusait de se comporter comme il fallait malgré la présence du morveux à bord, il n'avait aucune raison de supporter davantage ce petit pleurnichard ! Deux enjambées et, saisissant Hiémain par le col de sa chemise, il le hissa à sa hauteur. « Je devrais te balancer à ce foutu serpent ! » cria-t-il au garçon stupéfait dont les pieds ne touchaient même plus le pont.

Hiémain leva vers son père un regard horrifié, mais il serra les dents et ne dit rien.

Kyle leva une main et, voyant que le garçon ne tressaillait même pas, il lui assena un revers avec toute la force dont il était capable ; il sentit une douleur aiguë dans les doigts quand ils frappèrent le visage tatoué du garçon, qui fut projeté en arrière dans un cliquètement de chaînes et retomba durement sur les planches. Il n'essaya pas de se relever, défiant son père par son absence même de résistance.

« Espèce de petit salaud ! Espèce de petit salaud ! » hurla Kyle, et il se précipita sur le garçon avec l'intention de le jeter par-dessus bord et de le laisser couler. C'était non seulement la solution parfaite, mais aussi le seul geste digne d'un homme. Personne ne lui ferait de reproche : ce morveux n'était qu'un poids mort, une gêne, et il portait malheur en plus. Il fallait qu'il se débarrasse de ce geignard doucereux avant qu'il ne l'humilie davantage.

Près du navire, une tête blanche comme la mort se dressa soudain hors de l'eau, les mâchoires béantes. Kyle resta paralysé devant la gueule écarlate et les yeux rouges et pleins d'espoir. La créature était très grande, beaucoup plus que Kyle ne l'avait imaginé à partir des brefs aperçus qu'il en avait eu, et elle parvenait sans effort à rester à la hauteur de la *Vivacia* malgré toute la longueur émergée de son corps. Elle attendait son repas.

*

Le nœud avait suivi sa pourvoyeuse jusque dans un de ses lieux de repos, comme Shriver venait de s'en rendre compte, lorsque Maulkin fit brusquement une boucle de son corps et changea de cap pour filer à travers le Plein comme s'il chassait une proie ; pourtant, Shriver ne voyait rien qui méritât une telle poursuite.

« Suivons-le ! » trompeta-t-elle à l'intention du reste du nœud, et elle se précipita derrière lui, Sessuréa non loin d'elle. Quelques instants plus tard, elle se rendit compte que les autres ne l'avaient pas écoutée : ils étaient restés près de la pourvoyeuse, uniquement préoccupés de leur ventre, du plaisir de grandir, de muer et de grandir encore. Elle chassa leur infidélité de ses pensées et redoubla d'efforts pour rattraper Maulkin.

Elle y parvint, mais seulement parce qu'il s'était arrêté tout à coup dans une attitude de profonde fascination, la gueule béante, les ouïes grandes ouvertes et battantes.

« Qu'y a-t-il ? » demanda Shriver, avant de percevoir la trace infime d'un goût inattendu dans l'eau ; elle était incapable d'en déterminer la nature, mais il évoquait un retour bienvenu et l'accomplissement d'une promesse. Sessuréa la rejoignit et elle vit ses yeux s'agrandir quand il sentit à son tour la même saveur.

« Qu'est-ce que c'est ? fit-il.

– C'est Celle-Qui-Se-Souvient, répondit Maulkin d'une voix empreinte de révérence. Venez, nous devons la trouver. » Il ne parut pas remarquer que, de son nœud, seuls deux membres l'avaient accompagné ; il ne s'intéressait qu'au goût diffus qui menaçait de s'évanouir avant qu'il ait pu remonter à sa source. Il se remit en route avec une puissance et une vitesse dont Shriver et Sessuréa étaient incapables; ils le suivirent pourtant avec acharnement en s'efforçant de repérer l'éclat de ses faux yeux dorés qui apparaissait par intermittence dans la vase en suspension. La saveur devint de plus en plus forte, presque au point de brouiller tous leurs autres sens.

Quand ils rattrapèrent Maulkin à nouveau, il se tenait à distance respectueuse d'une pourvoyeuse aux reflets argentés dans le plein ténébreux. Son parfum imprégnait les eaux et sa douceur rassasiait les trois nouveaux venus; on y sentait l'espoir et la joie, mais surtout la promesse de souvenirs, de souvenirs à partager entre tous, de savoir et de sagesse à la disposition de chacun. Pourtant Maulkin ne s'approchait pas et ne demandait rien.

« Quelque chose ne va pas », trompeta-t-il doucement, le regard profond et pensif. Un léger éclair coloré parcourut son corps, puis disparut. « Ce n'est pas normal. Celle-Qui-Se-Souvient nous ressemble, toutes les traditions sacrées l'affirment, mais je ne vois que la pourvoyeuse au ventre d'argent; pourtant, tous mes sens me disent qu'Elle est proche. Je ne comprends pas. »

Intimidés et troublés, ils regardèrent la pourvoyeuse argentée se déplacer lentement devant eux; elle n'avait qu'un seul suivant, un gros serpent blanc qui ne s'écartait pas d'elle. Il planait tout en haut du Plein, la tête dressée dans le Manque.

« Il lui parle, dit Maulkin, pensant à mi-voix. Il lui présente une requête.

– Pour retrouver des souvenirs ? demanda Sessuréa, et sa crinière se dressa, frissonnante d'espoir.

– Non ! » Maulkin avait pris soudain un ton incrédule, presque furieux. « Pour avoir à manger ! Il la supplie seulement de lui donner à manger, de lui donner ce dont elle ne veut pas ! »

Sa queue fouetta l'air avec tant de brusquerie et de violence qu'elle souleva la vase du fond. « Ce n'est pas normal ! s'écria-t-il. C'est une illusion, une duperie ! Elle dégage le parfum de Celle-Qui-Se-Souvient, et pourtant elle n'est pas de notre race ! Et celui-ci lui parle, et pourtant il ne lui parle pas car elle ne répond pas, or il est promis de toute éternité qu'elle répondrait à toutes les suppliques ! Ce n'est pas normal ! »

On sentait une vaste douleur dans les profondeurs de sa colère ; sa crinière s'évasa, lâchant un nuage suffoquant de toxines, et Shriver s'en écarta. « Maulkin, fit-elle d'une voix douce, Maulkin, que devons-nous faire ?

– Je n'en sais rien, répondit-il avec amertume. Il n'y a rien dans les traditions sacrées, rien dans mes souvenirs effilochés pour me guider. Je ne sais pas. Pour ma part, je vais la suivre, simplement pour essayer de comprendre. » Il poursuivit plus bas : « Si vous décidez de retourner auprès du nœud, je ne vous en ferai pas le reproche ; peut-être vous ai-je induits en erreur ; peut-être mes souvenirs ne sont-ils tous que des mensonges nés de mes poisons. » Sous le coup de la déception, sa crinière retomba soudain, inerte, et, sans même regarder si ses deux compagnons le suivaient, il se lança sur les traces de la pourvoyeuse d'argent et de son parasite blanc.

*

« Kyle ! Lâchez-le ! » s'exclama Vivacia ; ce n'était pas un ordre mais l'expression de sa terreur. Eperdue, elle se pencha en battant des bras pour chasser le serpent blanc. « Va-t'en, immonde créature ! Eloigne-toi de moi ! Tu ne l'auras pas, tu ne l'auras jamais ! »

Ses mouvements firent danser tout le bâtiment qui, déséquilibré, se mit à tanguer follement. Ses puissants bras de bois battaient l'air sans autre résultat que de secouer violemment le bateau. « Va-t'en ! Va-t'en ! cria-t-elle au serpent, puis : Hiémain ! Kyle ! »

Mais Kyle continua de traîner son fils vers le bastingage et la créature ; alors Vivacia rejeta la tête en arrière et hurla : « Gantri ! Au nom de Sa, venez ici ! GANTRI ! »

Partout dans le navire, des voix s'élevaient dans un brouhaha assourdissant ; les matelots s'interpellaient pour savoir ce qui se passait tandis que, dans les cales, les esclaves poussaient des cris inarticulés, terrifiés à l'idée de se trouver pris au piège dans le noir, sous la ligne de flottaison, par un accident, un incendie, un naufrage ou une tempête. La peur et la détresse qui régnaient dans la vivenef devinrent soudain palpables, miasme épais qui empestait la sueur et les excréments ; il laissa un goût cuivré dans la bouche de Kyle et une pellicule graisseuse de désespoir sur sa peau.

« Arrêtez ! Arrêtez ! » s'écria-t-il d'une voix rauque sans savoir à qui il s'adressait. Il saisit Hiémain par le devant de sa robe en haillons et le secoua violemment, mais ce n'était pas contre le garçon qu'il se battait.

Gantri apparut sur le pont, pieds et torse nus, le visage pâle et l'air égaré, visiblement tiré de son sommeil. « Qu'est-ce qui se passe ? » demanda-t-il d'une voix tendue, puis, à la vue de la tête du serpent dressée à hauteur du bastingage, il émit un cri, et, plus près de l'affolement que Kyle ne l'avait jamais vu, il s'empara d'une meule qui traînait sur le pont, la leva à deux mains et la projeta sur le serpent avec une telle force que Kyle entendit ses muscles craquer. La bête évita négligemment le projectile d'un léger écart du cou, puis se renfonça lentement dans l'eau, et seule une perturbation du rythme des vagues indiqua où elle s'était trouvée.

Comme au sortir d'un cauchemar, Kyle perdit soudain toute compréhension de ce qu'il était en train de faire ; il regarda l'enfant qu'il tenait dans sa poigne et se demanda quel sort il lui réservait. Ses forces l'abandonnèrent brusquement et il laissa tomber Hiémain sur le pont, à ses pieds.

Respirant à grandes goulées, Gantri se tourna vers son commandant. « Qu'est-ce qui se passe ? fit-il d'une voix tendue. Qu'est-ce qui l'a mise dans cet état ? »

Haletante, Vivacia poussait des cris aigus de terreur auxquels répondaient les hurlements incohérents des esclaves des cales. Hiémain, étendu sur le pont, ne bougeait pas ; Gantri s'approcha de lui en deux enjambées, l'examina, puis se tourna vers Kyle avec une expression effarée. « C'est vous qui avez fait ça ? demanda-t-il. Mais pourquoi ? Vous l'avez frappé si durement qu'il est inconscient ! »

Kyle ne put que regarder son second en silence, incapable de répondre. Gantri secoua la tête, puis leva les yeux au ciel comme s'il implorait une aide d'en haut. « Reprends-toi ! ordonna-t-il sèchement à la figure de proue. Je vais m'occuper de lui, mais ressaisis-toi, tu mets tout le monde sur les dents ! Clément ! Clément, il me faut le coffre à pharmacie ; et dis à Torg que je veux la clé de ces foutues chaînes ! Du calme, du calme, ma jolie, on va reprendre la situation bien en main ; du calme, je t'en prie ; le serpent est parti, et je vais soigner le petit. » A un matelot qui observait la scène bouche bée, il cria : « Evans, va sous le pont, réveille mon quart et dis-leur d'aller tranquilliser les esclaves ! Qu'ils leur expliquent qu'il n'y a rien à craindre ! »

Kyle entendit Vivacia déclarer à Gantri d'une voix hachée : « J'ai touché le serpent ; je l'ai frappé, et à cet instant il m'a reconnue. Mais ce n'était pas moi !

– Ne t'inquiète pas, ça va aller », répondit le second d'un ton obstinément apaisant.

Le navire fit une nouvelle embardée quand Vivacia se pencha en avant pour se laver les mains dans la mer ; elle continuait à émettre de petits cris effrayés.

Faisant un effort sur lui-même, Kyle baissa les yeux sur son fils. Hiémain était bel et bien assommé. Il massa les phalanges gonflées de sa main droite et prit alors conscience de la violence avec laquelle il avait frappé le garçon, une violence suffisante pour lui déchausser des dents, voire lui briser un ou plusieurs os du visage. Incroyable : il avait été sur le point de jeter le gosse au serpent ! Son propre fils ! Il savait qu'il avait giflé Hiémain, il s'en souvenait parfaitement ; mais pourquoi ? Qu'est-ce qui l'y avait poussé ? « Il va bien, dit-il d'un ton brusque à Gantri. Il joue sans doute la comédie, tout simplement.

– C'est très probable, en effet », répondit le second d'un ton caustique. Il parut vouloir ajouter un commentaire, puis il se ravisa, resta un instant silencieux et déclara enfin : « Capitaine, nous devrions fabriquer une arme, comme une pique ou une lance, je ne sais pas, pour nous défendre contre ce monstre.

– Ca ne servirait vraisemblablement qu'à l'enrager, répondit Kyle, mal à l'aise. Les serpents suivent toujours les transports d'esclaves, et jamais aucun n'a attaqué le navire lui-même. Celui-ci se satisfera des cadavres d'esclaves que nous jetterons par-dessus bord. »

Gantri le regarda d'un air abasourdi, comme s'il n'était pas sûr d'avoir bien entendu. « Et si nous n'en jetons pas ? demanda-t-il en articulant avec soin. Si nous sommes aussi doués et efficaces que vous le prétendez, et que nous ne tuions pas la moitié de la cargaison en route ? Si le serpent commence à crever de faim ? Et si Vivacia ne supporte pas sa présence, tout simplement ? Est-ce qu'il ne faudrait pas se débarrasser de lui, dans ces conditions ? » Un peu tardivement, il s'aperçut que les marins s'étaient attroupés sur le pont pour écouter l'échange entre le second et le

298

capitaine. « Retournez au travail ! leur cria-t-il sèchement. Si quelqu'un n'a rien à faire, qu'il vienne me le dire, je lui trouverai une occupation ! » Les hommes se dispersèrent et il reporta son attention sur Hiémain. « Il m'a l'air juste sonné, marmonna-t-il. Clément ! » brailla-t-il à nouveau, à l'instant où le jeune matelot apparaissait avec un trousseau de clés à la main et le coffre à pharmacie sous le bras.

Hiémain commençait à se réveiller, et Gantri l'aida à se redresser. Assis sur le pont, prenant appui sur ses mains derrière lui, le garçon balaya le navire d'un regard vague pendant que le second lui ôtait ses chaînes. « C'est de la démence ! » fit Gantri d'un ton furieux en examinant d'un œil noir les chevilles éraflées et suintantes, puis il lança par-dessus son épaule : « Clément, tire un seau d'eau de mer ! » Il s'adressa ensuite à Hiémain : « Nettoie bien ces plaies à l'eau salée et fais-toi un pansement. Rien de tel pour soigner ça ; ça te laisse une belle cicatrice bien solide, tu peux me croire ; j'en ai eu ma part. » Il fronça le nez d'un air dégoûté. « Et lave-toi par la même occasion ; les enchaînés dans les cales ne sentent pas bon, mais ils ont une excuse ; pas toi. »

Il leva les yeux vers Kyle, toujours debout près d'eux, soutint le regard de son capitaine et poussa l'audace jusqu'à secouer la tête en signe de désapprobation ; Kyle serra les dents mais ne dit mot. Gantri se leva et s'approcha de Vivacia. Elle tordait le cou en arrière pour voir ce qui se passait sur le pont, les yeux démesurément agrandis et les mains crispées sur la poitrine. « Bon, fit le second d'un ton uni, maintenant ça suffit. Dis-moi exactement ce que tu veux pour te conduire correctement. »

Prise ainsi au débotté, Vivacia esquissa un mouvement de recul, mais elle se tut.

« Alors ? reprit Gantri, et l'agacement perçait dans sa voix. Tu pousses tout le monde à bout ; au nom de Sa, qu'est-ce qu'il te faut pour être heureuse ? De la musique ? De la compagnie ? Quoi ?

– Il me faut... » Elle s'interrompit et parut perdre le fil de sa pensée. « Je l'ai touché, Gantri ! Je l'ai touché, et il m'a reconnue ! Il a dit que je n'étais pas Vivacia et que je n'étais pas une Vestrit ! Il a dit que j'étais l'un d'eux ! » Voilà qu'elle délire, songea Kyle, furieux ; elle raconte n'importe quoi, comme un idiot de village !

« Vivacia, fit Gantri d'un ton sévère, les serpents ne parlent pas. Il n'a rien dit, il t'a seulement effrayée. Nous avons tous cu peur, mais c'est fini, et personne n'est gravement blessé ; mais tu aurais pu nous faire du mal à t'agiter comme une folle et... »

Elle ne l'écoutait pas ; elle plissa son front de bois, fronça les sourcils, puis parut se rappeler sa première question. « Je veux que tout redevienne comme avant ! » Ce n'était pas un souhait mais une supplique désespérée.

« Comme avant quoi ? » demanda Gantri, à bout de ressources. Il avait déjà perdu la partie, Kyle le savait ; à quoi bon s'enquérir de ce que voulait la vivenef ? Elle voulait toujours l'impossible. Elle était gâtée, voilà tout ; c'était une femelle gâtée qui avait une idée disproportionnée de sa propre importance, et chercher à lui faire plaisir n'était pas la bonne méthode. Plus Gantri la cajolerait, plus elle ferait tourner ceux qui l'entouraient en bourrique : c'était dans la nature des femmes. Pourquoi n'avait-on pas sculpté un homme à sa place ? Un homme aurait su entendre raison.

« Comme avant Kyle », dit lentement Vivacia. Elle jeta un regard noir à l'intéressé. « Je veux qu'Ephron Vestrit reprenne la barre, et qu'Althéa revienne à bord, et Brashen aussi. » Elle se cacha le visage dans les mains et se détourna. « Je veux savoir qui je suis à nouveau. » Sa voix tremblait comme celle d'un enfant.

« Je ne peux pas les faire revenir ; personne ne peut les faire revenir. » Gantri secoua la tête. « Allons, Vivacia, nous faisons ce que nous pouvons ; Hiémain est débarrassé de ses chaînes, mais je ne peux pas l'obliger à être heureux ; je ne peux pas obliger les esclaves à être heureux. Je fais ce que je peux. » Il avait un ton presque implorant.

Vivacia courba le cou. « Je n'en peux plus, dit-elle, et il y avait des larmes dans sa voix étouffée. Je sens tout ce qui se passe à mon bord, tu sais. Je sens tout.

– Foutaises ! » gronda Kyle. Il en avait assez ; il domina l'horreur que lui inspirait son déchaînement de fureur : oui, il s'était mis en colère, mais Sa était témoin que sa patience avait été mise à rude épreuve. Il était temps de faire savoir à tout un chacun qu'il ne supporterait plus la moindre incartade. Il s'approcha du bastingage, près de son second. « Gantri, ne l'encouragez pas à pleurnicher ; ne l'incitez pas à jouer les enfants gâtés. » Il regarda Vivacia dans les yeux. « Vivenef, tu vas naviguer, un point c'est tout ; comme il faut ou comme un radeau en rondins, mais tu vas naviguer. Je me fous de tes états d'âme : nous avons un travail à effectuer et nous allons le mener à bien, et, si ça ne te plaît pas d'avoir des cales pleines d'esclaves, eh bien avance plus vite ! Plus tôt nous arriverons en Chalcède, plus tôt nous en serons débarrassés ! Quant à Hiémain, il se complaît dans le malheur, il a refusé de se comporter comme mon fils, il a refusé son poste de mousse à bord, il s'est mis luimême dans la peau d'un esclave, et c'est ce qu'il est maintenant. C'est ton image qu'il porte sur la figure ; il est à toi et tu peux en faire ce que tu veux, je n'interviendrai pas. S'il ne te convient pas, tu peux bien le jeter par-dessus bord, ça m'est parfaitement égal. »

Kyle se tut, le souffle court. Tous les yeux étaient braqués sur lui, et il n'aimait pas l'expression de Gantri : le second le regardait comme s'il était fou, avec un profond malaise. Kyle se rembrunit encore. « Gantri, allez prendre votre quart ! » ordonna-t-il d'un ton sec. Il leva les yeux vers la voilure. « Faites déferler toute la toile, et que les hommes se remuent ! Faites-moi avancer ce sabot ! Si une mouette pète près de nous, je veux qu'elle gonfle les voiles ! » Là-dessus, il regagna sa cabine à grands pas. Sur les conseils d'un capitaine expérimenté de transport d'esclaves, il avait acheté de l'encens à Jamaillia ; il allait en faire brûler pour échapper un moment à la puanteur des esclaves, pour échapper un moment à tous les incapables qui l'entouraient.

*

La paix était presque entièrement revenue sur le navire, le calme absolu ne régnait jamais à bord d'un transport d'esclaves : des cris montaient toujours des cales pour demander de l'eau, de l'air, des voix suppliantes s'élevaient pour implorer de voir simplement la lumière du jour, des bagarres éclataient entre les esclaves. Il était étonnant de constater les blessures que pouvaient s'infliger des hommes enchaînés, la promiscuité, la puanteur, les maigres rations de pain et d'eau les poussaient à s'attaquer les uns aux autres comme des rats enfermés dans une barrique.

Hiémain songeait que leur situation, à Vivacia et lui, n'était guère différente. A leur façon, ils partageaient le sort des esclaves attachés coude à coude dans les cales, en ce qu'ils ne disposaient d'aucun espace pour se couper l'un de l'autre, pas même dans leurs pensées ni dans leurs rêves. Aucune amitié ne pouvait survivre à un tel confinement, surtout si les remords venaient subrepticement se glisser entre eux : Hiémain avait abandonné Vivacia, l'avait laissée seule face à son destin ; quant à la vivenef, sa première réaction en voyant son visage tatoué avait été de murmurer : « C'est ma faute, sans moi, rien ne te serait arrivé.

– C'est vrai, avait-il répondu ; mais ce n'est pas ta faute pour autant. »

A l'expression bouleversée qu'elle avait eue, il avait compris que ses paroles lui avaient fait mal, mais il était trop épuisé et trop accablé par son propre malheur pour essayer de les adoucir par d'autres paroles probablement inutiles.

Cela s'était passé plusieurs heures plus tôt, avant que son père se jette sur lui dans une explosion de rage. La vivenef n'avait plus prononcé le moindre mot depuis le départ de Gantri. Hiémain s'était pelotonné dans l'angle de sa proue en se demandant quelle folie s'était emparée de son père ; allait-il de nouveau s'en prendre à lui sans crier gare ? Il se sentait trop abattu pour parler ; il ignorait pourquoi Vivacia se taisait elle aussi, mais il était presque soulagé de son silence.

Quand elle parla enfin, ce fut pour demander tout banalement : « Qu'allons-nous faire ? »

La futilité de la question l'agaça. Il déplia le linge humide pour le rafraîchir, le replia et l'appliqua de nouveau sur sa pommette enflée, puis, sans réfléchir, il répondit d'un ton mordant :« Ce que nous allons faire ? Pourquoi t'adresser à moi ? Je n'ai plus le libre choix de mes actes ; donne-moi plutôt tes ordres, puisque je suis ton esclave !

— Je n'ai pas d'esclave », répliqua Vivacia avec une raideur glaciale. Elle poursuivit d'une voix où l'on sentait monter l'indignation : « Si tu tiens à faire plaisir à ton père en te prenant pour un esclave, dis que c'est à lui que tu appartiens, pas à moi. »

La colère longtemps contenue de Hiémain trouva sa cible. « Dis plutôt que mon père tient à te faire plaisir sans se préoccuper de mon avis ! Sans toi et ta nature anormale, il ne m'aurait jamais forcé à servir à ton bord.

— Ma nature anormale ? Et d'où vient-elle, cette nature anormale ? Je ne l'ai pas voulue ; je suis ce que ta famille m'a faite ! Tu parlais de libre choix tout à l'heure, en prétendant ne plus en avoir, mais je suis plus esclave que tu ne le seras jamais, même si tu devais te faire tatouer toute la figure ! »

Hiémain poussa un grognement ; il n'en croyait pas ses oreilles. Sa colère grandit encore pour s'accorder à celle de Vivacia. « Toi, une esclave ? Fais-moi voir tes tatouages au visage, les fers à tes poignets ! Tu as beau jeu de parler d'asservissement ! Vivacia, je ne joue pas la comédie ; cette marque que je porte sur la joue, je la garderai toute ma vie ! » Et, avec un effort, il termina : « Je suis un esclave.

– Tiens donc ! » La voix de Vivacia était dure. « Naguère, tu te prétendais prêtre et tu affirmais que nul n'y pourrait rien changer ; mais c'était avant ta fuite, naturellement ; depuis qu'on t'a ramené pieds et poings liés, tu ne cesses de démentir tes propos. Je te croyais plus courageux, Hiémain Vestrit, plus résolu à façonner toi-même ta propre vie. »

L'indignation s'empara de lui. Il se redressa pour regarder la figure de proue par-dessus son épaule. « Que sais-tu du courage, vivenef ? Que sais-tu de ce qui est exclusivement humain ? Quoi de plus dégradant que de se voir soumis à quelqu'un qui prend les décisions à ta place, qui t'affirme que tu es un " objet " qui lui " appartient " ? Que de ne plus avoir ton mot à dire sur tes propres déplacements, sur tes propres actes ? Comment conserver sa dignité, sa foi, sa confiance dans le lendemain, dans ces conditions ? Tu me parles de courage...

Que sais-je du courage ? Que sais-je de ces choses-là ? » Le regard qu'elle jeta à Hiémain était effrayant.

« Que sais-je, sinon que je suis un " objet ", une propriété ? » Ses yeux flamboyèrent. « Comment oses-tu proférer de telles obscénités devant moi ? »

Hiémain resta bouche bée, sidéré, puis il tenta de se reprendre. « Ce n'est pas pareil ! C'est plus difficile pour moi ! Je suis né humain et...

– Silence ! » Le mot claqua comme un coup de fouet. « Je n'ai pas demandé qu'on te tatoue le visage, mais ta famille a passé trois générations à graver sa marque sur mon âme. Oui, mon âme ! L'objet que je suis a l'audace d'en revendiquer une ! » Elle toisa Hiémain, s'apprêtant à poursuivre, puis elle retint soudain sa respiration ; une expression étrange passa sur ses traits, si bien que le garçon eut l'impression fugitive de se trouver face à une inconnue.

« Nous nous disputons, fit-elle d'un ton étonné. Nous ne sommes pas d'accord. » Elle hocha la tête d'un air presque satisfait. « Si je puis m'opposer à toi, c'est que je ne suis pas toi.

– Naturellement, » L'espace d'un instant, Hiémain resta interdit : pourquoi tant de surprise devant une telle évidence ? Puis son irritation reprit le dessus. « Je ne suis pas toi et tu n'es pas moi. Nous sommes chacun un être unique, avec des désirs et des besoins uniques ; si tu ne t'en étais pas encore aperçue, il est grand temps que tu en prennes conscience ; il faut que tu commences à être toi-même, Vivacia, que tu découvres tes propres ambitions, tes propres envies, tes propres idées. As-tu jamais songé à ce dont tu pourrais vraiment avoir besoin, en dehors de me posséder ? »

Avec une soudaineté qui le laissa pantois, Vivacia se coupa de lui. Elle détourna le regard, certes, mais la séparation fut beaucoup plus profonde ; Hiémain eut un hoquet comme s'il avait reçu une douche d'eau glacée, puis il fut pris de frissons et la tête lui tourna. S'il n'avait pas été assis, il aurait été bien près de tomber. Se recroquevillant contre le vent brusquement devenu plus froid, il avoua, abasourdi : « Je ne me rendais pas compte de l'énergie que je mettais à me tenir à l'écart de toi.

– Ah ? » répondit-elle presque avec douceur. Sa récente colère avait disparu, du moins en apparence : Hiémain ne percevait plus rien de ce qu'elle éprouvait. Il se leva, se pencha par-dessus le bastingage pour la regarder et s'aperçut qu'il essayait de déchiffrer les émotions de la figure de proue d'après la position de ses épaules. Elle ne se retourna pas vers lui.

« Mieux vaut que nous restions séparés, dit-elle d'un ton sans réplique.

– Mais..., fit Hiémain en bégayant, je croyais qu'une vivenef avait besoin d'un compagnon, de quelqu'un de sa famille.

– Cela n'avait pas l'air de te préoccuper quand tu t'es sauvé. Ne t'en inquiète pas plus aujourd'hui.

– Je ne voulais pas te faire de mal », dit-il d'un ton hésitant. Sa propre colère s'était évaporée ; peut-être n'était-elle en réalité que l'écho de celle de la vivenef ? « Vivacia, je suis là, que je le veuille ou non, dans ces conditions, il n'y a pas de raison pour que..

– La raison, c'est que tu t'es toujours tenu à l'écart de moi ; tu viens de le reconnaître toi-même. En outre, il est peut-être temps que j'apprenne qui je suis sans toi.

— Je ne comprends pas.

— Oui, parce que, quand j'essayais de te dire quelque chose d'important tout à l'heure, tu n'écoutais pas. » Elle ne paraissait pas vexée ; elle affichait même un calme étudié qui rappela soudain à Hiémain Bérandol quand son précepteur cherchait à lui faire toucher du doigt un point évident.

« Sans doute, reconnut-il humblement. Je t'écoute, maintenant, si tu veux me parler.

— C'est trop tard », répondit-elle sèchement. Puis elle adoucit sa repartie : « Je préfère ne pas t'en faire part tout de suite ; je vais d'abord tenter de m'y retrouver toute seule. Il est peut-être temps que j'apprenne l'introspection au lieu d'attendre les explications d'un Vestrit. »

Ce fut au tour de Hiémain de se sentir abandonné et exclu. « Mais... que vais-je faire ? »

Elle se tourna vers lui, et c'est presque avec bonté qu'elle le regarda de ses yeux verts. « Un esclave pose ce genre de question et attend qu'on lui réponde ; un prêtre trouve la réponse en lui-même. » Elle eut un demi-sourire. « A moins que tu ne saches plus qui tu es sans moi ? » Et, avant même qu'il pût ouvrir la bouche, elle lui présenta de nouveau son dos, la tête haute, les yeux braqués sur l'horizon ; elle s'était coupée de lui.

Au bout d'un moment, il se leva péniblement, prit un seau que Clément avait apporté un peu plus tôt et le fit descendre au bout d'une corde le long du bord. La ligne lui scia les mains quand il le remonta plein, puis il s'empara du linge qu'il avait appliqué sur sa pommette et descendit dans les cales aux esclaves. Vivacia ne lui avait pas accordé le moindre coup d'œil.

*

Je ne sais pas si j'y arriverai, songeait-elle, effrayée. *Je ne sais pas comment être moi-même sans aide. Et si je devenais folle ?* Le regard sur l'horizon, au-delà des îles et des écueils qui parsemaient le large chenal, elle déploya ses sens pour goûter le vent et l'eau, et perçut aussitôt la présence de serpents, non plus seulement le gros blanc qui la suivait dans son sillage comme un chien obèse en laisse, mais d'autres aussi qui la filaient à distance. Elle les chassa résolument de ses pensées, et regretta de ne pouvoir en faire autant de la détresse des esclaves et de l'incompréhension de l'équipage ; mais les humains étaient trop près d'elle, ils étaient trop souvent en contact avec son bois-sorcier. Malgré elle, elle sentait Hiémain qui passait d'esclave en esclave, lavait visages et mains avec son linge humide et frais, donnait les maigres réconforts dont il était capable. *A la fois prêtre et Vestrit*, se dit-elle, et elle éprouva une étrange fierté, comme si le jeune garçon était une partie d'elle-même. Mais c'était faux, et elle en prenait conscience un peu plus à chaque instant qui passait : elle était pleine des humains et de leurs émotions, mais tout cela n'était pas elle-même. Elle s'efforça de les accepter, de les isoler dans un coin et de trouver sa propre identité, une identité séparée d'eux, mais elle n'y parvint pas, ou bien sa personnalité ne représentait pas grand-chose.

Au bout d'un moment, elle redressa le menton et serra les mâchoires. *Si je ne suis rien de plus qu'un navire, je serai un navire fier et digne.* Elle repéra le courant principal du chenal et s'y dirigea ; grâce à d'infimes mouvements qu'elle-même percevait à peine, elle ajusta son vaigrage pour lisser sa coque, et elle perçut le plaisir soudain qu'éprouva Gantri, à la barre, à la sentir courir allègrement au vent. Elle pouvait lui faire confiance ; le visage caressé par la brise, elle ferma les yeux et s'ouvrit à ses propres rêves. *Qu'est-ce que j'espère de ma vie ?* leur demanda-t-elle.

*

« Tu as menti à mon capitaine. » L'*Ophélie* avait la voix doucement rauque d'une courtisane, suave comme du miel sombre. « Mon garçon », ajouta-t-elle avec retard. Elle jeta un coup d'œil en biais à Althéa ; à l'image de nombreuses autres figures de proue de son époque, elle avait été fixée au coltis du navire et non sous le beaupré. Le regard qu'elle adressa à Althéa par-dessus son ample épaule nue était rédhibitoire : répondre par un mensonge était hors de question.

Mais Althéa n'osa même pas ouvrir la bouche. Elle était assise en tailleur sur une petite passerelle construite, lui avait-on dit, dans le seul but de faciliter les échanges entre Ophélie et ses visiteurs. Elle secoua le cornet entre ses deux mains; il était disproportionné, tout comme les dés qu'il contenait, car ils appartenaient à l'*Ophélie*. En apprenant qu'il y avait un matelot supplémentaire à bord, la figure de proue avait aussitôt exigé qu'Althéa passe une partie de ses quarts à la divertir; elle adorait les jeux de hasard, surtout parce que, comme Althéa le soupçonnait, ils lui fournissaient l'occasion de bavarder; la jeune fille la soupçonnait aussi de tricher de façon systématique, mais elle avait décidé de fermer les yeux. Ophélie tenait à jour, par un système de bâtons à encoches, les sommes que lui devait chaque membre de l'équipage, et certains bâtons portaient les encoches de nombreuses années; celui d'Althéa en possédait déjà une quantité respectable. Elle ouvrit le cornet, regarda à l'intérieur et se renfrogna. «Trois mouettes, deux poissons, annonça-t-elle en inclinant le récipient afin que la figure de proue en examine le contenu. Tu gagnes encore.

— En effet», répondit Ophélie. Elle eut un sourire torve. «On augmente les mises, cette fois?

— Je te dois déjà davantage que je n'ai d'argent, répondit Althéa.

— Précisément; par conséquent, si on ne modifie pas les gages, je n'ai aucune chance de me faire payer. Que dirais-tu de jouer pour ton petit secret?

— Pourquoi prendre cette peine? Tu le connais déjà, il me semble.» En son for intérieur, Althéa forma le vœu qu'il ne s'agît que de son sexe; si là s'arrêtait ce que savait Ophélie et ce qu'elle risquait de révéler, la jeune fille restait relativement en sécurité. La violence n'était pas un phénomène inconnu sur une vivenef, mais il était rare : les émotions dégagées étaient trop perturbantes pour le navire. D'ailleurs, la plupart des vivenefs réprouvaient la brutalité, bien qu'il se racontât que le *Taillis* avait des tendances vicieuses et qu'il avait été jusqu'à exiger le fouet pour un matelot maladroit qui avait renversé de la peinture sur son pont. Mais l'*Ophélie*, malgré ses airs de harengère, était une grande dame qui avait bon cœur, et Althéa se savait à l'abri d'un viol à son bord, même si la cour rustique d'un marin cherchant à se montrer galant pouvait s'avérer tout aussi furieuse et source de contusions. *Rappelle-toi Brashen, par exemple*, se dit-elle, et elle regretta aussitôt cette pensée : en ce moment, dès qu'elle n'y prenait pas garde, il surgissait brusquement dans son esprit ; elle aurait peut-être dû le chercher à Chandelle pour lui faire ses adieux et mettre un point final à leurs relations, car c'était sans doute ce qui la taraudait. En tout cas, elle n'aurait pas dû lui permettre d'avoir le dernier mot.

« Tu as raison, je connais au moins une partie de ton secret. » L'*Ophélie* eut un petit rire guttural. A sa propre demande, ses lèvres étaient peintes en rouge, ce qui accentuait la blancheur de ses dents quand elle riait. Baissant à la fois les cils et la voix, elle poursuivit : « Et, pour l'instant, je suis la seule à être informée ; tu n'aimerais pas que ça change, j'en suis sûre.

– Mais ça ne changera pas, j'en suis sûre, répondit Althéa d'un ton doucereux en secouant énergiquement le cornet. Une aussi grande dame que toi ne s'abaisserait pas à dévoiler le secret d'une autre.

– Ah non ? » Ophélie eut un sourire en coin. « Tu ne crois pas de mon devoir d'avertir mon capitaine qu'un de ses matelots n'est pas ce qu'il pense ?

– Hmm. » Le voyage risquait de devenir très inconfortable si Tenira décidait d'enfermer Althéa jusqu'à l'arrivée. « Eh bien, que proposes-tu ?

– Trois manches ; chaque fois que j'en gagne une, j'ai le droit de te poser une question à laquelle tu dois répondre avec franchise.

– Et si c'est moi qui gagne ?

– Je garde ton secret pour moi. »

Althéa secoua la tête. « Tes gages ne sont pas aussi élevés que les miens.

– Alors, tu peux me poser une question.

– Non, ce n'est pas encore suffisant.

– Eh bien, que veux-tu, dans ce cas ? »

Althéa agita le cornet en réfléchissant.

Malgré la saison, il faisait presque bon au soleil, résultat de la chaleur émise par les marécages littoraux qu'ils longeaient, à l'ouest. Toute cette zone côtière n'était qu'un méli-mélo de marais, d'îlots herbus et de bancs de sable qui se déplaçaient tout au long de l'année. Les eaux chaudes venues de la terre qui se mêlaient à celles de la mer avaient un effet destructeur sur les navires ordinaires, car les vers foreurs et autres animaux nuisibles y pullulaient, mais elles laissaient insensible la coque en bois-sorcier de l'*Ophélie*, et le seul inconvénient que l'équipage voyait à ce passage était l'odeur de soufre que la brise apportait de temps en temps. Le vent soulevait les petites mèches de cheveux qui s'étaient échappées de la queue de cheval d'Althéa et réveillait ses courbatures; malgré son titre de matelot en surplus, elle avait largement de quoi s'occuper grâce aux bons soins de Tenira; cependant, c'était un homme juste et Ophélie un navire magnifique au tempérament agréable. Althéa se rendit compte soudain qu'elle était heureuse depuis une semaine.

« Tu sais bien ce que je veux, dit-elle à mi-voix, mais je ne suis pas sûre que même toi puisses me le donner.

– Tu penses très fort; on ne te l'a jamais dit? Je crois que je t'apprécie deux fois plus que tu ne m'apprécies, moi. » La voix d'Ophélie était empreinte d'affection. « Tu aimerais que je demande à Tenira de te garder à bord, n'est-ce pas?

– Pas seulement; j'aimerais qu'il connaisse mon identité et qu'il accepte quand même de me laisser travailler sous ses ordres.

– Ouille! fit Ophélie avec dérision. Ça, c'est du gage! Naturellement, je ne pourrais rien promettre, sinon de faire mon possible. » Elle cligna de l'œil. « Secoue le cornet, petite. »

La vivenef gagna la première manche haut la main.

« Bon, eh bien, pose ta question, murmura Althéa.

– Pas tout de suite; je tiens à savoir de combien de questions je dispose avant de commencer. »

Elle remporta les deux manches suivantes tout aussi rapidement. Althéa ne parvenait pas à voir comment elle s'y prenait pour tricher, car ses vastes mains cachaient presque entièrement le cornet.

« Eh bien, ronronna la figure de proue en tendant la boîte à Althéa pour lui montrer le dernier tirage, j'ai trois questions. Voyons voir... » Elle réfléchit un instant. « Quel est ton vrai nom ? »

La jeune fille soupira. « Althéa Vestrit. » Elle avait parlé très bas, en sachant que le navire l'entendrait tout de même.

« Oh non ! fit Ophélie dans un murmure d'indignation ravie. Tu es une Vestrit ? La fille du Premier Marchand qui s'est enfuie en abandonnant sa propre vivenef ? Mais comment as-tu pu, monstre sans cœur que tu es ? Te rends-tu compte de ce que tu as fait subir à la *Vivacia* ? Ce petit bout de bateau venait à peine de s'éveiller et tu le laisses pour ainsi dire seul face au vaste monde ! Comment peut-on se montrer aussi égoïste et méchante... Allons, raconte-moi vite, vite, ou je vais mourir d'impatience !

– Je n'ai pas eu le choix. » Althéa prit son souffle. « On m'a chassée du navire familial », fit-elle tout bas, et soudain tout lui revint, la douleur de la disparition de son père, l'outrage de son déshéritement, sa haine de Kyle. Sans y penser, elle posa la paume sur la grande main compatissante qu'Ophélie lui tendait. Comme si des vannes s'ouvraient en elle, elle se sentit submergée de pensées et d'émotions jusque-là contenues, et sa respiration devint hachée ; elle avait oublié combien il lui manquait de partager simplement ses sentiments avec quelqu'un ; un torrent de paroles lui échappa, et, à mesure qu'elle évoquait le mal qu'on lui avait fait, l'expression d'Ophélie passa de l'attente fébrile à la pitié.

« Oh, mon enfant, ma chère enfant, quelle tragédie ! Mais pourquoi n'être pas venue nous voir ?

315

Pourquoi avoir accepté qu'on vous sépare, Vivacia et toi?

– Venue voir qui? demanda Althéa, égarée.

– Mais les vivenefs, pardi! Quand tu t'es évanouie dans la nature et que Havre a pris le commandement de Vivacia, on ne parlait que de ça dans le port de Terrilville, et nous étions nombreuses à être bouleversées; nous avions toujours supposé que c'était toi qui piloterais la *Vivacia* quand ton père aurait fait son temps. Elle aussi, elle était dans tous ses états, la pauvre! C'est à peine si nous arrivions à lui faire dire deux mots de suite. Et puis ce garçon, ce, euh... Hiémain est monté à son bord, et nous en avons été heureuses pour elle; pourtant, elle ne paraissait toujours pas satisfaite, et, si tu m'affirmes qu'on l'a embarqué contre son gré, ça explique beaucoup de choses. Mais je ne vois toujours pas pourquoi tu n'es pas venue nous trouver.

– Je n'y ai pas pensé, reconnut Althéa; pour moi, c'était une affaire purement familiale; d'ailleurs, je ne comprends pas : en quoi les autres vivenefs auraient-elles pu intervenir?

– Tu ne nous accordes guère de crédit, petite. Nous aurions pu intervenir de bien des façons, mais notre menace suprême aurait été de refuser de naviguer, toutes autant que nous sommes, tant qu'on n'aurait pas donné à la *Vivacia* un compagnon volontaire, membre de sa famille. »

Althéa en resta pantoise. Au bout d'un moment, elle réussit à bredouiller : « Vous auriez fait ça pour nous?

– Ma mignonne, ça aurait été pour nous toutes. Tu es peut-être trop jeune pour t'en souvenir, mais, autrefois, une vivenef du nom de *Parangon* a été maltraitée de la même façon et elle en est devenue folle. » Ophélie ferma les yeux et secoua la tête. « A l'époque, nous n'avons pas réagi, et, à cause de notre inaction, l'une des nôtres a subi des dommages irréparables. Nulle vivenef n'entre dans le port de Terrilville ni n'en sort sans voir Parangon, tiré hors de l'eau, enchaîné à terre, abandonné à sa folie... Les navires parlent entre eux, Althéa ; nous bavardons autant que les marins, et il n'y a pas plus bavard qu'un marin. Nous avons conclu un pacte il y a bien longtemps ; si nous avions su, nous aurions parlé en ta faveur, et, si cela n'avait pas suffi, oui, nous aurions refusé de naviguer. Nous ne sommes guère nombreuses et nous ne pouvons nous permettre de laisser l'une d'entre nous à l'écart.

— J'ignorais tout ça, murmura Althéa.

— Et moi j'ai peut-être eu la langue trop bien pendue. Tu te rends compte que, si la nouvelle de l'existence d'un tel pacte venait à se répandre, elle risquerait d'être... mal comprise. Nous ne sommes pas insoumises par nature, et nous ne déclencherions pas une telle rébellion sans nécessité ; mais nous ne supporterions pas non plus de rester les bras croisés à regarder l'une des nôtres se faire maltraiter. » L'accent traînant de la harengère avait quitté la voix d'Ophélie, et Althéa avait à présent l'impression d'entendre une matriarche de Terrilville.

« Est-il trop tard pour demander votre aide ?

— Ma foi, nous sommes loin de chez nous ; il va falloir du temps ; mais, fais-moi confiance, je ferai passer le mot à toutes les vivenefs que nous croiserons. En attendant, n'essaye surtout pas de parler pour toi-même. Nous ne pouvons pas grand-chose tant que la *Vivacia* elle-même n'a pas regagné Terrilville. Ah, j'espère que je serai là ! Je ne voudrais manquer ça pour rien au monde. L'une d'entre nous, et je souhaite ardemment être celle-là, lui demandera sa version de l'histoire ; si elle se juge aussi lésée que toi, ce dont je ne doute pas, car je déchiffre tes émotions presque aussi facilement que celles d'un membre de ma famille, nous agirons. Il y a en permanence une ou deux vivenefs dans le port de Terrilville ; nous parlerons à nos familles respectives et, à mesure que d'autres vivenefs arriveront, elles se joindront à nous pour demander aux leurs de parler aux Vestrit. L'idée, comprends-tu, est de faire pression sur nos familles afin qu'elles fassent pression à leur tour sur la tienne, l'ultime recours étant naturellement la grève de la navigation ; c'est une position que nous n'aurons pas à adopter, je l'espère, mais qui reste envisageable si nous y sommes obligées. »

Althéa garda le silence un long moment.

« A quoi penses-tu ? demanda enfin Ophélie.

– Au fait que j'ai perdu la plus grande partie d'une année loin de mon bateau. J'ai beaucoup appris et je pense être meilleur marin qu'avant, mais je n'ai pas été témoin du prodige des premiers mois de sa vie, et, cela, rien ne peut le compenser. Tu as raison, Ophélie, je suis un monstre d'égoïsme, ou peut-être de bêtise et de lâcheté. Comment ai-je pu la laisser entre les griffes de Kyle ?

– Tout le monde commet des erreurs, mon enfant, répondit Ophélie avec douceur, et j'aimerais que toutes soient aussi faciles à réparer. Ne t'inquiète pas, nous te rétablirons à ta place sur ton bateau. Ne t'en fais pas.

– Je ne sais comment te remercier. » C'était comme pouvoir respirer à nouveau ou se redresser après avoir longtemps porté une lourde charge ; jamais elle ne s'était doutée que les vivenefs pussent vivre dans une telle communauté de sentiments ; elle ne percevait que le lien exclusif qui l'unissait à Vivacia et n'avait jamais pensé qu'avec le temps son navire pourrait nouer des amitiés avec ses semblables, que Vivacia et elles pouvaient avoir des alliés en dehors d'elles-mêmes.

Ophélie gloussa et dit en reprenant son accent populaire : « Bon, eh bien, tu dois encore répondre à une question. »

Althéa secoua la tête en souriant. « Tu m'as posé bien plus de trois questions !

– Que nenni ! déclara Ophélie d'un ton hautain. Je ne me rappelle t'avoir demandé que ton nom, et la suite, c'est toi qui me l'as racontée de ton propre chef. Tu as vidé ton sac toute seule, petite.

– Possible... Non, attends ; tu m'as demandé pourquoi je n'étais pas venue chercher de l'aide auprès des vivenefs, je m'en souviens.

– Ce n'était pas une question, mais un moyen d'entretenir la conversation ; cependant, même si je t'accorde ce point, tu me dois encore une réponse. »

Se sentant d'humeur généreuse, Althéa dit : « Eh bien, vas-y, dans ce cas. »

Ophélie sourit et une lueur malicieuse joua dans son regard. L'espace d'un instant, elle se mordilla le bout de la langue, puis elle demanda rapidement : « Qui est cet homme aux yeux sombres qui te donne des rêves aussi... stimulants ? »

10

Tempête

« Essayons ceci », dit Hiémain. Il remonta le plus possible l'anneau de métal le long de la jambe décharnée de la jeune fille, prit une bande de linge mouillé et l'enroula sans serrer autour de la cheville à vif; puis il la recouvrit de la bague de fer. « C'est mieux ? »

Sa patiente ne répondit pas, mais, dès qu'il écarta les mains, elle se remit à frotter sa cheville contre son entrave.

« Non, non », fit-il à mi-voix. Il posa les doigts sur sa jambe et elle cessa son mouvement, mais elle ne dit rien et ne le regarda pas, comme d'habitude. Encore une journée comme celle-là et elle serait infirme à vie. Il n'avait à sa disposition ni herbes ni huiles, aucun médicament ni pansement digne de ce nom, rien que de l'eau de mer et des chiffons. La jeune fille limait peu à peu ses propres tendons, apparemment incapable de s'empêcher de frotter sa cheville contre le métal.

« Laisse tomber, dit dans le noir une voix d'un ton amer. Elle est folle. Elle ne sait plus ce qu'elle fait, et elle va crever avant d'arriver en Chalcède, de toute façon. Tu fais durer le plaisir avec tes nettoyages et tes pansements, c'est tout ; laisse-la partir, si c'est le seul moyen qu'elle a trouvé de s'en aller. »

Hiémain leva sa bougie et scruta les ténèbres, mais ne parvint pas à savoir qui s'était exprimé. Dans cette partie de la cale, il n'arrivait même pas à se tenir debout, et les esclaves enchaînés avaient une liberté de mouvement encore inférieure, malgré la mer grosse et le roulis de la *Vivacia* qui les entrechoquaient sans cesse, chair contre chair, chair contre bois. Ils détournèrent les yeux de la flamme en battant des paupières comme si c'était le soleil qui brillait dans l'obscurité. Il poursuivit son chemin le long de la chaînée en s'efforçant d'éviter de marcher dans les immondices. La plupart des esclaves restaient silencieux et impassibles sur son passage, réservant leur énergie pour survivre. Il vit un homme assis qui clignait les yeux en s'efforçant d'attirer son attention. « Puis-je vous aider ? demanda-t-il à mi-voix.

– Oui : est-ce que tu as la clé de ces chaînes ? fit d'un ton sarcastique quelqu'un près de lui tandis qu'un autre lançait : comment ça se fait que tu te balades librement ?

– Pour vous maintenir en vie », répondit Hiémain évasivement. Quel lâche il faisait ! Il craignait que ces gens ne le tuent s'ils apprenaient qu'il était le fils du capitaine. « J'ai un seau d'eau de mer et un linge, si vous voulez vous laver.

– Passe-moi le tissu », fit le premier d'un ton bourru. Hiémain plongea le linge dans l'eau et le lui tendit en s'attendant à ce qu'il se nettoie le visage et

322

les mains : nombre d'esclaves paraissaient puiser un certain réconfort dans ces rites d'ablution ; mais non : l'homme rampa aussi loin qu'il le put pour placer le chiffon sur l'épaule nue d'un de ses voisins inertes. « Tiens, bouffe-à-rat », dit-il, presque sur le ton de la plaisanterie, et il frotta doucement une grosseur sanguinolente qui saillait sur l'épaule de l'homme. L'intéressé ne réagit pas.

« Bouffe-à-rat s'est fait mordre méchamment il y a quelques nuits ; j'ai attrapé le rat et on l'a partagé, mais il ne se sent pas dans son assiette depuis. » Il soutint le regard de Hiémain avec des yeux à l'éclat soudain brillant, mais c'est d'un ton doux qu'il demanda : « Tu crois que tu pourrais le faire sortir d'ici ? S'il doit mourir dans les fers, que ce soit à la lumière, en plein air, sur le pont.

— C'est la nuit, en ce moment, répondit stupidement Hiémain.

— Ah bon ? fit l'homme, étonné. Bon, eh bien, qu'il meure à l'air pur, au moins.

— Je vais me renseigner », dit Hiémain, mal à l'aise : était-ce la vérité ? L'équipage ne s'occupait pas de lui, il mangeait à part, dormait à part ; certains des hommes qu'il avait connus au départ de Terrilville le regardaient parfois avec un mélange de pitié et d'horreur devant ce qu'il était devenu, et les nouveaux matelots embarqués à Jamaillia le traitaient comme un esclave : s'il s'approchait d'eux, ils se plaignaient de sa puanteur et le repoussaient, à coups de pied le cas échéant. Moins il attirait l'attention, mieux cela valait. Il en était venu à désigner le pont et le gréement sous le vocable général d'« extérieur » ; son nouveau monde, c'était l'« intérieur », univers d'odeurs suffocantes, de chaînes encroûtées de crasse, et d'humains qui s'en trouvaient prisonniers. Quand il montait sur le pont afin de remplir son seau, il avait l'impression de s'aventurer en pays étranger : les hommes s'y déplaçaient librement, ils criaient, riaient parfois, le vent, la pluie et le soleil touchaient leur visage et leurs bras nus ; jamais de tels plaisirs, qui lui paraissaient autrefois aller de soi, n'avaient paru plus extraordinaires à Hiémain. Il aurait pu rester à l'air libre, il aurait pu rentrer peu à peu dans le quotidien d'un simple mousse, mais non : il était descendu dans les cales et ne pouvait plus désormais oublier ni se cacher ce qui s'y passait. Aussi, chaque jour, il se levait au soleil couchant, emplissait son seau, prenait ses chiffons soigneusement nettoyés et se rendait dans les cales pour offrir aux esclaves le maigre confort d'une toilette à l'eau de mer. L'eau douce aurait été bien préférable, mais il n'y en avait qu'une quantité limitée à bord ; Hiémain devait donc se contenter de ce qu'il avait, et il s'en servait pour nettoyer les plaies que les esclaves ne pouvaient soigner seuls. Il ne passait pas voir chaque homme et chaque femme tous les jours : ils étaient trop nombreux ; mais il faisait ce qu'il pouvait, et, quand il se roulait en boule au matin, il dormait à poings fermés.

Il toucha la jambe immobile de l'homme. Elle était brûlante. Il n'en avait plus pour longtemps.

« Tu pourrais mouiller le linge à nouveau, s'il te plaît ? »

La voix et l'accent de celui qui avait parlé étaient étrangement familiers aux oreilles de Hiémain. Il essaya de se rappeler où il les avait entendus tout en trempant le chiffon dans l'eau qui restait au fond du seau, non pour le nettoyer, car il y avait beau temps que l'eau n'était plus propre, mais pour le rafraîchir. L'homme le lui prit des mains pour essuyer le front et le visage de son voisin, après quoi il replia le linge et le passa sur son propre visage et ses mains. « Je te remercie », dit-il en rendant le tissu à Hiémain.

Avec un brusque frisson, la mémoire revint au jeune garçon. « Vous êtes de Moëlle, n'est-ce pas ? Près du monastère de Kelpiton ? »

L'homme eut un sourire bizarre, comme si ces paroles le peinaient et lui réchauffaient le cœur à la fois. « Oui, répondit-il à mi-voix, oui, c'est exact. » Plus bas encore, il se reprit : « Ou plutôt, c'était exact avant qu'on m'envoie à Jamaillia.

– J'habitais à Kelpiton ! fit Hiémain dans un murmure qui résonna comme un cri à ses propres oreilles. Je vivais au monastère, je devais devenir prêtre. Je travaillais parfois aux vergers. » Il mouilla le linge et le tendit de nouveau à son interlocuteur.

« Ah, les vergers... » La voix de l'homme s'éloigna comme il se penchait pour baigner doucement les mains de son compagnon. « Au printemps, quand les arbres fleurissaient, on aurait dit des cascades blanches et roses, et leur parfum était un vrai bonheur.

– On entendait les abeilles, mais c'était comme si les arbres eux-mêmes bourdonnaient ; et puis, une semaine plus tard, quand les fleurs tombaient, le sol en était tout blanc et rose...

– Et un brouillard vert apparaissait sur les branches quand les premières feuilles poussaient, chuchota l'homme. Sa me sauve, gémit-il soudain, es-tu un démon venu me tourmenter ou un esprit messager?

– Ni l'un ni l'autre », répondit Hiémain. Il se sentit soudain honteux. « Je ne suis qu'un garçon avec un seau et un bout de chiffon.

– Tu n'es pas prêtre de Sa?

– Plus maintenant.

– Le chemin qui mène à la prêtrise peut être sinueux mais, une fois qu'on l'a emprunté, on ne le quitte plus. » La voix de l'homme avait pris une cadence particulière, et Hiémain comprit qu'il récitait un extrait d'anciennes écritures.

« Mais on m'a retiré du séminaire.

– On ne peut en retirer personne et nul ne peut le quitter. Toutes les vies mènent à Sa, et chacun est appelé à la prêtrise. »

Au bout d'un moment, Hiémain s'aperçut qu'il était assis dans le noir, sans autre mouvement que celui de sa poitrine qui montait et descendait au rythme de sa respiration. La bougie s'était consumée sans qu'il s'en rendît compte : son esprit avait suivi la voie tracée par les mots de l'homme, s'étonnant, s'interrogeant. Tous les hommes étaient appelés à la prêtrise... Même Torg, même Kyle Havre? Non, tous les appels n'étaient pas entendus, toutes les portes n'étaient pas ouvertes.

Il n'eut pas besoin de signaler à son interlocuteur qu'il était revenu à la réalité : l'homme le perçut.

« Va, prêtre de Sa, dit-il à mi-voix dans l'obscurité. Apporte les petits réconforts dont tu es capable, plaide notre cause, implore un peu de bien-être pour nous ; et, quand l'occasion se présentera de faire davantage, Sa t'en donnera le courage, j'en suis sûr. » Hiémain sentit qu'on lui fourrait le chiffon dans la main.

« Vous aussi, vous étiez prêtre de Sa ? demanda Hiémain à voix basse.

— Je suis et reste prêtre, un prêtre qui refuse de se soumettre à une fausse doctrine. Nul ne naît pour être esclave ; cela, je crois, Sa ne le permettrait pas. » Il s'éclaircit la gorge. « Le crois-tu aussi ?

— Naturellement. »

L'homme prit un ton de conspirateur. « Un marin nous apporte à manger et à boire une fois par jour ; à part lui et toi, nul ne s'approche de nous. Si je disposais d'un objet métallique, je pourrais m'attaquer à ces chaînes ; pas un outil dont la disparition ne passerait pas inaperçue, mais n'importe quoi qui soit en métal et dont tu puisses t'emparer alors qu'on ne te regarde pas.

— Mais... même si vous vous libériez, à quoi bon ? Que peut un homme seul contre tout un équipage ?

— Si j'arrive à couper la longue chaîne, nous serons nombreux.

— Mais que pourriez-vous faire ? demanda Hiémain avec une sorte d'horreur.

— Je l'ignore. Je m'en remettrais à Sa. Après tout, il t'a envoyé à moi, non ? » Il parut sentir l'indécision du jeune garçon. « Ne réfléchis pas, ne fais pas de projet, ne t'inquiète pas ; Sa te fournira l'occasion, tu la reconnaîtras et tu agiras. » Il s'interrompit. « Tout ce que je te demande, c'est de t'entremettre pour que Kelo ait le droit de mourir sur le pont – si tu l'oses.

– J'oserai », répondit Hiémain malgré lui. En dépit de l'obscurité et de la puanteur ambiantes, il eut l'impression qu'une petite lumière s'était rallumée en lui. Il aurait le courage de porter la supplique des esclaves ; que pouvait-il lui en coûter ? Rien de pire que ce qui lui était déjà arrivé. Son courage ! se dit-il avec étonnement. Il avait retrouvé son courage !

A tâtons dans le noir, il chercha son seau et son chiffon. « Je dois y aller ; mais je reviendrai.

– Je sais », répondit l'homme à mi-voix.

*

« Tu voulais me voir ?

– Ce n'est pas naturel, ce n'est pas naturel du tout.

– Quoi donc ? demanda Gantri d'un ton las. Ce sont encore les serpents ? J'ai fait ce que j'ai pu, Vivacia ; Sa le sait, j'ai essayé de les chasser, mais leur lancer des cailloux le matin ne sert à rien si je largue des cadavres par-dessus bord l'après-midi. Je ne peux pas les forcer à s'en aller, fais comme s'ils n'étaient pas là, voilà tout.

– Ils me parlent tout bas, dit Vivacia, mal à l'aise.

– Les serpents te parlent ?

– Non, pas tous ; seulement le blanc. » Elle tourna un regard tourmenté vers le second. « Pas avec des mots, pas avec la voix, mais il s'adresse à moi, et il me pousse à... à des actes indicibles. »

Gantri dut faire un effort pour ne pas éclater de rire. Des actes indicibles énoncés sans mots ! Il chassa son hilarité : ce n'était vraiment pas drôle. D'ailleurs, il avait parfois le sentiment de n'avoir jamais rien connu d'amusant dans toute son existence.

« Je n'y peux rien, dit-il. J'ai essayé, mais sans succès.

– Je sais, je sais. Je dois me débrouiller toute seule ; j'en suis capable et j'y arriverai. Mais ce soir, il ne s'agit pas des serpents.

– De quoi, alors ? » demanda Gantri en se contraignant à la patience. Elle était folle, il en était presque sûr ; elle était folle, et il avait contribué à la pousser dans la folie. Quelquefois, il se disait qu'il ferait mieux de faire la sourde oreille quand elle parlait, comme si elle n'était qu'un esclave qui implorait un peu de miséricorde ; à d'autres moments, il se sentait le devoir d'écouter ses divagations et ses peurs sans fondement, parce que ce qu'il appelait sa folie n'était rien d'autre que son incapacité à se fermer à la détresse des prisonniers détenus dans ses cales, et qu'il avait participé à créer cette masse de désespoir. Il avait installé les chaînes, il avait embarqué les esclaves, de ses propres mains il avait attaché des hommes et des femmes dans le noir, sous le pont sur lequel il marchait ; il sentait la puanteur de leur confinement, il entendait leurs cris. Peut-être était-ce lui qui était fou, car une clé pendait à sa ceinture et il ne faisait rien.

« J'ignore ce que c'est, dit Vivacia, mais c'est quelque chose de dangereux. » On aurait cru entendre un enfant en proie à la fièvre et qui peuple l'obscurité de créatures enrayantes. Il y avait une supplique muette dans sa voix : fais-les partir !

« Ce n'est que la tempête qui se lève, répondit Gantri. On le sent tous, et la mer grossit ; mais tu t'en tireras bien, tu es un bon navire. Ce n'est pas un petit coup de tabac qui va te gêner, ajouta-t-il d'un ton encourageant.

– Non. J'accueillerais même avec plaisir une tempête qui chasserait un peu de ma puanteur ; non, ce n'est pas le gros temps que je redoute.

– Alors, je ne sais pas quoi faire pour toi. » Il hésita, puis posa la question traditionnelle : « Veux-tu que j'aille chercher Hiémain et que je te l'envoie ?

– Non. Non, laisse-le où il est. » Elle parlait de lui d'un air lointain, comme si c'était pour elle un sujet douloureux sur lequel elle ne souhaitait pas s'attarder.

« Bon, eh bien, si tu as besoin de moi, avertis-moi. » Et il s'apprêta à s'éloigner.

« Gantri ! fit-elle d'un ton pressant. Gantri, attends !

– Oui, quoi ?

– Je t'ai conseillé de trouver une place sur un autre navire, tu t'en souviens, n'est-ce pas ? Je t'ai dit d'aller travailler sur un autre bateau.

– Je m'en souviens, répondit-il à contrecœur. Oui, je m'en souviens. »

Et il se détourna de nouveau pour s'en aller ; à cet instant, une silhouette indistincte apparut devant lui, et il fit un bond en arrière en retenant un cri. Cependant il reconnut aussitôt Hiémain ; la nuit l'avait rendu presque insubstantiel dans ses haillons, au point de lui donner l'aspect d'un spectre. Il était décharné et il

330

avait le visage aussi pâle que celui d'un esclave, en dehors du tatouage qui couvrait sa joue. Il empestait la cale, et Gantri recula involontairement; il n'aimait pas croiser Hiémain, et surtout pas seul dans le noir : le garçon était devenu pour lui une accusation vivante, le rappel de tout ce que Gantri préférait passer sous silence. « Qu'est-ce que tu veux ? » demanda-t-il d'un ton bourru; mais il entendit comme une plainte dans sa propre voix.

Hiémain répondit avec simplicité : « Un des esclaves est mourant; j'aimerais l'amener sur le pont.

– A quoi bon, s'il est mourant ? » Gantri s'exprimait avec brutalité pour éviter de laisser libre cours à son désespoir.

« Pourquoi l'interdire, dans ce cas ? répliqua Hiémain. Une fois qu'il sera mort, il faudra le tirer sur le pont pour se débarrasser de son corps, de toute façon. Pourquoi pas tout de suite, et lui permettre de mourir là où l'air est frais et pur ?

– Pur ? Tu as le nez bouché ? Ce navire pue de la poupe à la proue !

– Pour vous, peut-être; mais il respirerait plus à l'aise sur le pont.

– Je ne peux pas faire monter un esclave et le laisser là; je n'ai personne pour le surveiller.

– Moi, je veux bien le surveiller, proposa Hiémain d'une voix douce. Il n'est pas dangereux; sa fièvre est si forte qu'il finira par mourir sans avoir bougé d'un pouce.

– Sa fièvre ? répéta Gantri d'un ton sec. C'est une face-de-carte, alors ?

– Non, il est dans la cale avant.

– Mais comment a-t-il pu attraper la fièvre ? Les seuls cas se sont toujours produits chez les faces-de-carte ! » Il avait pris un ton furieux comme si c'était la faute de Hiémain.

« C'est un rat qui l'a mordu ; son voisin de chaîne pense que c'est la cause. » Le garçon hésita. « Il faudrait peut-être le mettre à l'écart des autres, au cas où. »

Gantri grogna. « Tu joues sur mes inquiétudes pour parvenir à tes fins. »

Hiémain le regarda sans ciller. « Pouvez-vous me fournir une seule bonne raison de ne pas transporter ce malheureux sur le pont pour y mourir ?

– Je n'ai pas les hommes nécessaires pour ça en ce moment ; la mer est grosse et une tempête s'annonce. Je veux avoir tout mon quart sous la main au cas où j'aurais besoin de lui. La partie du chenal qui nous attend est difficile à négocier et, avec une tempête, mieux vaut se tenir prêt à réagir.

– Si vous me donnez la clé, je me chargerai de l'amener moi-même sur le pont.

– Tu ne serais pas capable de transporter un homme adulte depuis la cale avant.

– Je demanderai à un autre esclave de m'aider.

– Hiémain..., fit Gantri d'un ton impatient.

– Je t'en prie, intervint Vivacia d'une voix douce. Je t'en prie, fais monter cet homme. »

Sans pouvoir se l'expliquer, Gantri refusait de baisser les bras ; ce n'était qu'un petit geste de charité, et pourtant il ne voulait pas l'accomplir. Pourquoi ? Parce que, si montrer un peu de pitié pour un mourant allait dans le sens du bien, alors... Il chassa cette idée. Il était second, il avait un travail à effectuer, et il consistait à mener le navire comme le capitaine l'entendait ; ce n'était pas à lui de décider ce qui était bien ou mal. D'ailleurs, même s'il avait regardé ses pensées en face, s'il avait dit tout haut : « C'est mal », qu'aurait-il pu y changer à lui tout seul ?

« Tu as dit que, si j'avais besoin de toi, je devais t'en avertir », lui rappela le navire.

Gantri jeta un coup d'œil au ciel nocturne qu'obscurcissaient les nuages de plus en plus épais. Si Vivacia se mettait à faire son entêtée, elle risquait de doubler le travail de l'équipage durant la tempête ; mieux valait ne pas la contrarier.

« Si la mer grossit encore, des vagues balaieront peut-être le pont, déclara-t-il à Vivacia et Hiémain d'un ton d'avertissement.

— Je ne pense pas que ça dérangera beaucoup un homme à l'agonie, répondit le jeune garçon.

— Sar ! s'exclama Gantri, exaspéré. Je ne peux pas te donner ma clé, garçon, ni la permission d'amener un esclave en bonne santé sur le pont. Allons, viens ! Si je dois en passer par là pour satisfaire le bateau, je vais m'en occuper moi-même. Mais dépêchons-nous, qu'on en finisse vite. »

Il haussa la voix. « Confret ! Je te confie le bateau ! Je descends ! Appelle-moi si tu as besoin de moi !

— Bien, lieutenant !

— Montre-moi le chemin, dit Gantri à Hiémain d'un ton brusque. S'il y a la fièvre dans la cale avant, il faut que je voie ça moi-même. »

*

Hiémain garda le silence tandis qu'ils se rendaient auprès du mourant. Il avait exposé sa requête à Gantri et ne voyait pas que lui dire d'autre. Il avait douloureusement conscience du fossé qui les séparait désormais l'un et l'autre : Gantri, bras droit et conseiller écouté de son père, était à l'extrême opposé de lui, esclave et fils indigne. En se frayant un chemin dans la cale bondée, il avait l'impression de faire pénétrer un étranger dans son cauchemar personnel.

Gantri lui avait donné une lanterne qui éclairait bien mieux que les bougies dont il avait l'habitude, et elle agrandissait le cercle visible de la détresse, faisait mieux ressortir la crasse et l'avilissement qui régnaient dans la cale. Il respirait à petits coups, par la bouche, technique qu'il avait mise au point au cours de ses visites. Derrière lui, il entendait Gantri tousser par intermittence, et, une fois, il eut l'impression que le second avait un haut-le-cœur, mais il ne se retourna pas pour vérifier. Etant donné sa fonction, l'homme n'avait pas dû avoir l'occasion de s'aventurer dans les profondeurs des cales depuis quelque temps; il avait des subordonnés pour cela. Quant au capitaine, Hiémain pensait qu'il n'était pas descendu sous le pont depuis leur départ de Jamaillia.

A l'approche du mourant, ils durent se courber de plus en plus pour ne pas se cogner au plafond. Les esclaves étaient si serrés qu'il était difficile d'éviter de marcher sur eux, ils s'agitaient nerveusement dans la lumière et la présence de la lanterne suscitait des murmures. « Le voilà », annonça Hiémain, bien que ce fût inutile. Au prêtre, voisin du mourant, il dit : « C'est Gantri, le second. Il m'a permis de transporter votre ami sur le pont. »

L'intéressé se redressa en clignant les yeux dans l'éclat de la lanterne. « La miséricorde de Sa soit sur vous, dit-il à mi-voix. Je m'appelle Sa'Adar. »

Gantri ne réagit ni à la présentation de l'homme ni à sa revendication de l'état de prêtre ; il paraissait, c'est du moins l'impression qu'eut Hiémain, gêné par le fait de saluer un esclave. Il s'accroupit et palpa prudemment la jambe brûlante du mourant. « Il a la fièvre, fit-il comme si personne ne s'en doutait. Il faut le sortir d'ici avant qu'il contamine les autres. »

Il se pencha de côté pour atteindre un des gros crampons plantés dans les membrures de la *Vivacia* : c'était là qu'était accrochée la chaîne principale. L'air salé et l'humidité dégagée par la transpiration des esclaves entassés avaient bloqué le cadenas qui la fixait au crampon, et Gantri dut batailler avant de parvenir à faire tourner la clé, après quoi il dut tirer sur le cadenas jusqu'à ce qu'il s'ouvre. La longue chaîne tomba parmi les ordures. « Détache-le de ses voisins, ordonna Gantri à Hiémain avec brusquerie, puis rattache les autres et transportons celui-là sur le pont. Allons, dépêche-toi ! Je n'aime pas la façon dont la *Vivacia* affronte ces vagues. »

Hiémain comprit que Gantri n'avait nulle envie de toucher la chaîne encroûtée d'immondices qui passait à travers l'anneau que chaque esclave portait à la cheville ; depuis longtemps, les excréments humains et le sang séché ne gênaient plus beaucoup le garçon, et il suivit la rangée d'hommes et de femmes, la lanterne à la main, en tirant la chaîne derrière lui jusqu'à ce qu'il arrivât au mourant, qu'il libéra.

« Un instant, avant que tu l'emmènes », fit le prêtre esclave. Il se pencha vers son ami. « Que Sa te bénisse, toi son instrument. La paix soit avec toi. »

Soudain, vif comme un serpent, Sa'Adar s'empara de la lanterne et la jeta avec une violence et une précision extraordinaires. Hiémain vit les yeux de Gantri s'agrandir d'horreur juste avant que la lampe de métal ne le heurte en plein front ; le verre explosa sous l'impact et Gantri s'effondra en gémissant ; la lanterne tomba près de lui et se mit à rouler de-ci de-là, au gré des mouvements du bateau, laissant derrière elle une traînée sinueuse de pétrole. Sa flamme brûlait toujours.

« Va chercher la lampe ! ordonna sèchement l'esclave à Hiémain tout en lui arrachant la chaîne des mains. Vite, avant qu'un incendie se déclenche ! »

Empêcher le feu de prendre était le plus urgent, Hiémain en était convaincu, mais, alors qu'il se dirigeait, courbé en deux, vers la lanterne, il sentit les esclaves qui s'agitaient autour de lui, et il entendit le raclement métallique de la longue chaîne qu'on retirait des anneaux. Il saisit la lampe et l'écarta du pétrole répandu par terre, puis il poussa un cri : il s'était entaillé le pied sur un morceau de verre ; mais son exclamation de douleur se transforma en hurlement d'horreur quand il vit un des esclaves libérés refermer

336

calmement les mains autour de la gorge de Gantri toujours inconscient.

« Non ! » s'écria-t-il, mais, au même instant, l'esclave abattit violemment le crâne de Gantri sur le crampon auquel était fixée la longue chaîne. A la façon dont la tête rebondit, Hiémain comprit qu'il était trop tard : le second était mort, et les esclaves se libéraient à mesure que la chaîne quittait leurs anneaux de cheville. « Bon travail, mon garçon », dit un esclave à Hiémain qui contemplait fixement le cadavre du second. L'homme s'empara de la clé accrochée à la ceinture de Gantri. Les événements se déroulaient trop vite pour Hiémain ; il y participait, mais, en même temps, il ignorait quelle y était sa place, et, en tout cas, il ne voulait prendre aucune responsabilité dans la mort du second.

« Ce n'était pas un mauvais homme ! s'exclama-t-il brusquement. Il ne fallait pas le tuer !

— Silence ! fit sèchement Sa'Adar. Tu vas alerter les autres avant que nous ne soyons prêts. » Il jeta un regard à Gantri. « Tu ne peux pas prétendre qu'il était bon alors qu'il se prêtait à ce qui se passait à bord de ce navire ; de plus, il faut savoir se montrer cruel pour réparer des cruautés pires encore », ajouta-t-il à mi-voix. Si c'était un dit de Sa, Hiémain ne l'avait jamais entendu. Les yeux du prêtre se reportèrent sur lui. « Songes-y, fit-il d'un ton autoritaire ; aurais-tu rattaché les chaînes qui nous tenaient prisonniers ? Toi qui portes comme nous un tatouage sur le visage ? »

Et il s'éloigna sans attendre de réponse, ce dont Hiémain, non sans remords, se réjouit, car il n'aurait su quoi dire. Si, en rattachant la chaîne, il avait pu sauver

337

la vie de Gantri, l'aurait-il fait? Si, en rattachant la chaîne, il avait condamné tous ces hommes à une vie d'asservissement, l'aurait-il fait? Il ignorait les réponses à ces questions. Il regarda le visage inerte de Gantri en songeant que le second ne devait pas les connaître non plus.

Le prêtre se déplaçait rapidement dans la cale pour détacher d'autres chaînes courantes. Les murmures des esclaves libérés semblaient ne faire qu'un avec le bruit de la tempête qui montait au-dehors. « Fouille les poches de ce salaud ; essaye de trouver les clés de ces fers », dit quelqu'un dans un chuchotement rauque, mais Hiémain ne réagit pas. Incapable de bouger, il regarda avec un détachement hébété deux esclaves examiner les vêtements du second ; Gantri ne portait pas d'autre clé, mais les hommes s'approprièrent vivement son couteau et d'autres menus objets, et l'un d'eux cracha sur son cadavre. Hiémain restait pétrifié, la lanterne à la main.

A mi-voix, le prêtre s'adressa à ceux qui se trouvaient le plus près de lui : « Nous sommes encore loin de la liberté, mais nous pouvons l'atteindre si nous nous y prenons comme il faut. Tout d'abord, pas un bruit ; gardez le silence ; il faut libérer autant des nôtres que possible sans que personne se rende compte de rien sur le pont. Nous sommes plus nombreux, mais nos chaînes et notre état physique jouent contre nous ; cependant, la tempête peut peser en notre faveur dans la balance : elle occupera peut-être les hommes d'équipage jusqu'au moment où il sera trop tard pour eux. »

338

Il jeta un coup d'œil à Hiémain avec un sourire dur. « Viens, mon garçon, et apporte ta lanterne ; nous devons accomplir l'œuvre de Sa. » Aux esclaves libérés, il dit : « Nous devons vous laisser dans le noir pendant que nous allons délivrer les autres. Soyez patients, soyez braves et priez. N'oubliez pas que, si vous agissez trop tôt, vous nous condamnez tous, et que ce courageux enfant aura travaillé en vain. » Puis il s'adressa de nouveau à Hiémain : « Passe devant ; il faut libérer tout le monde, cale après cale, après quoi nous prendrons l'équipage par surprise. C'est notre seule chance. »

Toujours en pleine stupeur, Hiémain se mit en route. Au-dessus de sa tête, il entendit les premières gouttes d'une violente averse s'écraser sur les ponts de Vivacia. De l'intérieur comme de l'extérieur, la tempête qui couvait depuis longtemps s'abattait sur le navire.

*

« Je me fous du temps qu'il fait ! Je veux ce navire !
– Oui, commandant. » Sorcor ouvrit la bouche comme pour ajouter un commentaire, puis il se ravisa.

« Prenons-le en chasse », reprit Kennit. Il se tenait dans le passavant et regardait la mer, agrippé des deux mains au bastingage comme un simple terrien. Devant lui, la coque argentée de la vivenef tranchait les vagues de plus en plus hautes, en luisant par intermittence comme pour l'attirer à sa suite dans la nuit. Sans la quitter du regard, il dit : « J'ai un bon pressentiment pour celle-ci ; je crois que nous allons la capturer. »

La proue de la *Marietta* plongea dans une lame et une explosion d'embruns inonda le pirate et son second ; l'impact de l'eau glacée fit presque du bien au corps enfiévré de Kennit, mais il faillit lui faire perdre l'équilibre. Le capitaine parvint néanmoins à rester sur place et à garder sa jambe valide appuyée sur le pont. Le navire bascula en franchissant la crête d'une vague et Kennit dut s'accrocher de toutes ses forces à la lisse pour ne pas tomber ; sa béquille lui échappa et fut emportée loin de lui par une vague dont l'eau s'évacua par les dalots. C'est à peine s'il arrivait à tenir sur sa jambe en s'accrochant au bastingage. « Nom de Sa, Sorcor, donne de l'assiette à ce bateau ! » rugit-il pour cacher son humiliation.

Le second n'avait pas dû l'entendre : il était déjà parti vers la timonerie en criant des ordres aux matelots sur son passage.

« Je vais te ramener à la cabine », dit la putain, toujours présente, derrière lui. Comme c'était précisément ce qu'il s'apprêtait à lui demander, cela lui était naturellement impossible, à présent ; il allait devoir patienter jusqu'à ce qu'elle croie que l'idée venait de lui, ou bien qu'il invente une bonne raison de descendre chez lui. Fichue femelle ! Sa jambe valide commençait à se fatiguer, et l'autre pendait, inutile, poids mort et douloureux.

« Va chercher ma béquille », ordonna-t-il à la femme, et il se réjouit de la voir courir de-ci de-là sur le pont noyé par les vagues ; en même temps, il remarqua qu'elle avait acquis le pied marin et qu'elle se déplaçait à présent sans maladresse. Si elle avait été homme, il aurait jugé qu'elle avait les qualités d'un bon matelot.

Le coup de tabac s'était déchaîné avec la brutalité caractéristique des eaux où ils se trouvaient. Des cataractes se mirent à tomber sur le navire, tandis que le vent paraissait changer constamment de direction, et Kennit entendit Sorcor hurler des ordres à l'équipage : le petit grain qu'ils semblaient devoir affronter à l'origine gagnait en puissance et en violence. Il y avait toujours du courant dans le chenal de l'Aussière, et il pouvait être difficile à négocier à certaines marées, mais à présent la tempête s'y joignait pour emporter le bateau à toute allure. La vivenef courait devant eux ; Kennit s'attendait à la voir ferler ses voiles ; Sorcor, lui, avait envoyé des hommes prendre des ris : le vent et le courant poussaient déjà la *Marietta* assez vite sans qu'on offre aux rafales des prises supplémentaires. Un peu plus loin en avant s'étendait l'île Tordue, et le meilleur passage se trouvait à l'est : la vivenef l'emprunterait sûrement. En conséquence, les pirates prendraient par l'ouest, en profitant de la tempête et du courant pour la doubler, puis lui couper la route. Le coup était audacieux et Kennit ignorait si son navire et lui-même s'en tireraient vivants ; mais, bah ! ses jours étaient comptés, de toute façon, et, s'il ne pouvait pas mourir sur le pont d'une vivenef, autant périr sur celui de la *Marietta*.

Sorcor avait pris la barre ; Kennit s'en rendit compte à l'entrain que mettait le navire à affronter chaque vague. Il plissa les yeux pour les protéger de la pluie battante et chercha leur proie du regard. Trois vagues passèrent sans qu'il la vît, puis il la repéra en même temps qu'il l'entendit hurler.

Elle tenait mal la tempête ; ses voiles déferlées la poussaient constamment de biais contre les vagues ; à la grande horreur de Kennit, elle plongea brutalement dans un creux, disparut, puis réapparut, durement ballottée. Des silhouettes indistinctes couraient en tous sens sur ses ponts, nombreuses, mais nul ne paraissait s'occuper d'essayer de sauver le bâtiment, et Kennit poussa un gémissement : être à deux doigts de capturer une vivenef et la voir sombrer corps et biens à cause de l'incompétence de son équipage ! Non, c'était trop injuste !

« Sorcor ! » cria-t-il pour couvrir le vacarme de la tempête. Il n'allait pas être possible d'attendre de lui couper la route : telle qu'elle était partie, elle allait bientôt s'éventrer sur les rochers. « Sorcor ! Rattrape-la et prépare un bon groupe d'abordage ! » Le vent et la pluie emportèrent ses paroles, et il essaya de se rendre à l'arrière en se tenant au bastingage et en sautant sur sa jambe valide. A chaque bond, il avait l'impression de plonger son moignon dans de l'huile bouillante. Tout à coup, le froid le saisit et il se mit à trembler. Les vagues devenaient de plus en plus hautes et, chaque fois qu'elles déferlaient, il ne pouvait que s'agripper de toutes ses forces à la lisse ; l'une d'elles finit par faire glisser sa jambe fatiguée, et, pendant un moment qui lui parut interminable, il se retint avec la dernière énergie au bastingage pendant que l'eau s'écoulait violemment sur lui avant de s'évacuer par les dalots ; puis Etta le saisit sans se soucier de sa jambe blessée, l'obligea à passer un bras par-dessus son épaule et le releva en le tenant par la taille.

« Laisse-moi te ramener à l'intérieur ! dit-elle d'un ton implorant.

– Non ! Aide-moi à me rendre à la barre ; je m'en occuperai ; je veux que Sorcor mène en personne un groupe d'abordage.

– Mais on ne peut pas arraisonner un navire par un temps pareil !

– Conduis-moi à l'arrière, c'est tout.

– Kennit, tu ne devrais même pas te trouver dehors ce soir ; je sens la fièvre qui brûle en toi. Je t'en prie ! »

Une violente fureur s'empara aussitôt de lui. « Est-ce que je n'ai donc plus statut d'homme ? Ma vivenef est là, sa capture est imminente, et tu voudrais que j'aille me reposer dans ma cabine comme un invalide ? Maudite sois-tu, femelle ! Accompagne-moi à la barre ou bien écarte-toi de mon chemin ! »

Elle choisit de l'aider, et ce fut un trajet de cauchemar sur le pont qui penchait d'un côté et de l'autre sous les assauts de la tempête ; elle hissa Kennit le long de la petite échelle de la timonerie comme s'il n'était rien d'autre qu'un sac de pommes de terre ; il y avait de la colère dans sa force, et, quand Kennit heurta du moignon un échelon et que la souffrance faillit lui faire perdre connaissance, elle ne lui présenta aucune excuse. En haut de l'échelle, elle prit son bras comme si c'était un bout de tissu mouillé, le passa

343

autour de ses épaules, puis souleva Kennit et le traîna jusqu'à la barre. Sorcor, n'en croyant pas ses yeux, chassa l'eau qui brouillait sa vue et regarda son capitaine bouche bée.

« Je prends le gouvernail ; notre vivenef est en difficulté. Organise un groupe d'abordage, mi-matelots, mi-pirates. Il faut nous en emparer rapidement, avant qu'elle s'engage trop loin dans le chenal de l'Aussière. »

Loin devant eux, ils aperçurent leur proie alors qu'elle se trouvait au sommet d'une vague. Elle réagissait comme une épave, poussée çà et là au gré du vent et des lames ; une rafale apporta aux pirates son hurlement désespéré quand elle plongea brusquement dans un creux de mer.

Elle se dirigeait vers l'ouest de l'île Tordue.

Sorcor secoua la tête et cria pour se faire entendre malgré la tempête : « Impossible de l'atteindre, vu sa façon de naviguer ! Et, même si on avait les hommes nécessaires, on ne pourrait pas l'aborder par un temps pareil ! Laissez tomber, commandant ! Il y en aura d'autres. Laissez celle-ci à son sort !

– Son sort, c'est moi ! » rugit Kennit. Une colère démesurée montait en lui : le monde entier conspirait contre son but. « Je prends la barre ! Je connais ce chenal, je l'ai déjà franchi avec la *Marietta* ! Toi, désigne quelques hommes pour donner un peu de toile afin que nous rattrapions la vivenef ! Aide-moi simplement à nous porter à sa hauteur et à essayer de la drosser sur les hauts-fonds ! Si nous n'arrivons à rien, alors j'abandonnerai ! »

Ils entendirent à nouveau la figure de proue pousser un cri, un long hurlement de désespoir qui leur glaça les sangs et qui résonna longtemps à leurs oreilles. « Oh, Sa ! s'exclama Etta en frissonnant alors que le cri s'éteignait. Il faut la sauver ! » On eût dit une supplication. Elle regarda les deux hommes tour à tour ; la pluie avait aplati sa chevelure sur son crâne et dégoulinait comme des larmes sur son visage. « Je suis assez forte pour tenir la barre, déclara-t-elle. Si Kennit se tient derrière moi et guide mes mains, nous arriverons à maintenir la *Marietta* sur son cap.

– D'accord. » Sorcor avait répondu si promptement que Kennit comprit que c'était là sa seule objection : il ne pensait pas son capitaine capable de manier la barre en se tenant sur une seule jambe.

A contrecœur, il reconnut que son second avait sans doute raison. « Exactement », dit-il comme s'il n'avait jamais eu d'autre projet en tête. Sorcor s'écarta pour les laisser passer. La mise en place fut délicate, mais Etta finit par poser les mains sur le gouvernail, Kennit derrière elle ; il saisit la roue d'une main pour aider la jeune femme et, de l'autre bras, agrippa Etta par la taille pour conserver son équilibre. Il sentit en elle une grande tension, mais aussi une exaltation contenue. L'espace d'un instant, serré contre elle, il eut l'impression d'embrasser son navire lui-même.

« Dis-moi quoi faire ! cria-t-elle par-dessus son épaule.

– Tiens ton cap, c'est tout, répondit-il. Je t'avertirai quand il y aura une manœuvre à effectuer ! » Des yeux, il suivit la vivenef argentée qui fuyait devant la tempête.

*

Il se tenait appuyé sur elle, et elle sentait son poids, non comme un fardeau, mais comme un abri contre le vent et la pluie. Son bras gauche l'enveloppait et il s'accrochait de la main à son épaule; pourtant, elle avait peur : pourquoi s'était-elle lancée dans une telle aventure? Etta serrait si fort les rayons de la barre que ses phalanges commençaient à devenir douloureuses, et elle raidissait les bras pour s'opposer aux mouvements brusques du navire. Autour d'elle, tout n'était que ténèbres, rafales de pluie et de vent, et mer bouillonnante. En avant du bateau, elle aperçut soudain des éclats d'eau d'un blanc argenté, là où les vagues se précipitaient sur des rochers couverts de bernacles. Elle ignorait que faire; elle risquait de diriger le bateau droit sur un écueil sans en avoir la moindre idée avant le choc; elle risquait de tuer tout le monde à bord.

Alors elle entendit Kennit lui parler à l'oreille. Malgré la tempête, il ne criait pas; sa voix n'était guère qu'un murmure. « C'est facile, tu vas voir. Lève les yeux, regarde devant toi; maintenant, essaye de sentir le bateau à travers la barre. Là... Desserre les doigts; tu n'arriveras jamais à réagir si tu étrangles le bois ainsi. Comme ça, tu peux le sentir; il te parle, n'est-ce pas? Qui est-ce, se demande-t-il, quel est ce contact léger sur la barre? Tiens-le avec fermeté et rassure-le; allons, encore, donne-lui un peu de mou, pas trop, et maintiens-le ainsi. »

346

Il parlait avec les accents qu'il prenait quand il était amoureux, d'une voix basse et murmurante, chaude et encourageante. Elle ne s'était jamais sentie aussi proche de lui, à partager son amour pour le navire qu'il guidait dans la tempête ; elle ne s'était jamais sentie plus forte, les mains serrées sur les rayons de bois de la roue, à diriger l'étrave de la *Marietta* droit dans les vagues. Sur le pont, elle entendait Sorcor crier des ordres aux matelots, qui prenaient des ris dans certaines voiles selon un schéma qui lui échappait encore,mais qu'elle se découvrait soudain l'envie de comprendre ; elle en était capable, et elle y parviendrait ; c'était ce que le bras de Kennit qui l'enserrait, ce que son poids contre son dos, ce que sa voix douce à son oreille lui assuraient. Elle plissa les yeux contre la pluie battante et, tout à coup, le froid et l'humidité trouvèrent leur place dans cette nouvelle existence ; ils n'avaient rien d'agréable, non, mais ce n'étaient plus des éléments à craindre ni à éviter ; à l'instar du vent, ils faisaient partie de la nouvelle vie d'Etta, une vie qui l'emportait aussi rapidement que le courant entraînait le bateau et qui faisait d'elle chaque jour un individu nouveau, un individu à qui elle pouvait accorder son respect.

« Pourquoi ne peut-il toujours en être ainsi ? » demanda-t-elle.

Il feignit la surprise et répondit plus fort. « Quoi ? Tu préfères la tempête qui nous pousse vers les Récifs Maudits à une navigation paisible sur des eaux calmes ? »

Elle éclata de rire, et le serra contre elle en même temps que la bourrasque et la nouvelle vie dans laquelle il l'avait plongée. « Kennit, la tempête, c'est toi », dit-elle. Plus bas, elle ajouta en aparté : « Et je me préfère quand je cours devant tes rafales. »

11

Jours d'expiation

Certaines religions, Hiémain le savait, affirment qu'il existe des royaumes où les démons règnent et détiennent le pouvoir de torturer les hommes pour l'éternité. Le navire, battu par la violence du vent et de la pluie, peuplé de créatures bipèdes qui hurlaient et se battaient entre elles, ressemblait à un de ces mondes souterrains. Les saintes écritures de Sa n'évoquaient aucune croyance en de tels lieux ; ce sont les hommes eux-mêmes qui créent leurs propres tourments, songeait Hiémain, non le bienveillant Parent de Tous, qui regarde seulement ses enfants avec douleur. Cette nuit-là, le jeune garçon avait embrassé l'entière vérité des enseignements de Sa : tous les occupants du navire étaient humains, tous étaient des créatures de Sa, et pourtant ce n'était pas le vent rageur ni la pluie battante qui parcourait le bateau en versant le sang et en laissant derrière eux des corps sans vie. Non ; les seuls responsables en étaient les hommes du bord qui s'entre-tuaient. Sa n'avait rien à y voir. Sa n'était pour rien dans cette horreur.

Dès l'instant où Sa'Adar avait assommé Gantri avec la lanterne, la situation avait complètement échappé à Hiémain ; ce n'était pas lui qui avait entamé ce carnage, il n'était pas responsable de ce massacre. Il ne se rappelait même pas avoir essayé de peser le pour et le contre ; il avait simplement suivi Sa'Adar pour l'aider à détacher les esclaves, car ce geste lui avait paru juste. Plus juste qu'avertir son père et son équipage ? Non, il ne fallait pas poser cette question, il ne fallait même pas lui permettre d'exister. Toutes ces morts n'étaient pas de sa faute, il se le répétait sans cesse. Ce n'était pas sa faute ; ce torrent de haine une fois déchaîné, comment un garçon tout seul aurait-il pu l'endiguer ? Il était pareil à une feuille emportée par un vent de tempête.

Il se demandait si Gantri avait partagé cette impression.

En compagnie de Sa'Adar, il libérait les faces-de-carte, au plus profond des cales de la *Vivacia*, quand des hurlements avaient retenti au-dessus d'eux. Dans leur hâte de se précipiter dans la mêlée, les faces-de-carte l'avaient littéralement piétiné, Sa'Adar à leur tête, la lanterne à la main. Hiémain s'était retrouvé seul dans le noir complet, effrayé, désorienté, et à présent il avançait à tâtons dans les cales crasseuses en enjambant les esclaves trop faibles ou trop terrifiés pour prendre part à la révolte ; d'autres erraient sans but, égarés, en s'appelant les uns les autres et en demandant ce qui se passait. Hiémain se fraya un passage parmi eux, les contournant quand il ne pouvait faire autrement, mais ne parvint pas à trouver l'escalier qui menait au panneau de cale ; il était sûr de connaître chaque pouce du navire, mais l'intérieur de la *Vivacia* s'était transformé en un labyrinthe ténébreux de mort et de puanteur plein de gens terrorisés. Au-dessus de lui, sur le pont, il entendait des pas précipités et des cris de colère et de peur à la fois, ainsi que des hurlements d'agonie.

Soudain, un nouveau cri éclata, suraigu, résonnant dans la cale et suscitant en écho des cris de terreur parmi la masse des esclaves. « Vivacia ! » fit Hiémain dans un hoquet. Puis : « Vivacia ! » cria-t-il en espérant qu'elle l'entendrait et comprendrait qu'il venait la rejoindre. Ses mains rencontrèrent soudain l'escalier et il le grimpa quatre à quatre.

A peine sorti sur le pont, sous une pluie battante, il trébucha sur le corps d'un matelot : le cadavre de Clément émergeait d'un panneau de cale à demi fermé. Dans l'obscurité, Hiémain ne vit pas comment il s'était fait tuer, mais il était bel et bien mort ; il s'agenouilla près de lui, au milieu du fracas des combats qui se poursuivaient sur le navire, toute son attention concentrée sur le jeune matelot sans vie. La poitrine de Clément était encore tiède ; les flots de pluie et les embruns avaient déjà refroidi son visage et ses mains, mais le reste de son corps perdait sa chaleur plus lentement.

Hiémain se rappela soudain que d'autres mouraient au même instant, esclaves et hommes d'équipage mélangés, et que Vivacia partageait leur agonie à tous ; elle la ressentait toute seule.

Il se retrouva debout, en train de courir tant bien que mal vers elle, avant d'avoir compris ce qu'il faisait.

Quelques hommes d'équipage avaient trouvé refuge dans le passavant pour dormir sous de grossiers abris de toile, préférant le vent et la pluie à la puanteur suffocante des ponts inférieurs; à présent, les tentes improvisées étaient effondrées, déchiquetées par les éléments tandis que les hommes se déchiraient entre eux, les chaînes des fers soudain transformées en armes mortelles. Hiémain se faufila entre les combattants saisis par la frénésie du sang en hurlant : « Non ! Non ! Arrêtez ! Le navire ne pourra pas le supporter ! Il faut arrêter tout de suite ! » Mais nul ne l'écoutait. Des corps jonchaient le pont, certains agités de soubresauts, d'autres inertes; il les enjamba d'un bond : il ne pouvait rien pour eux. Le seul à qui il pouvait peut-être apporter son aide était le navire qui criait à présent son nom dans la nuit. Hiémain se prit les pieds dans un objet, un cadavre, peut-être, et tomba sur le pont; il se releva, évita un homme qui cherchait à l'attraper et avança à tâtons dans la pluie et l'obscurité jusqu'à ce que ses mains touchent l'échelle qui menait au gaillard d'avant.

« Vivacia ! » cria-t-il d'une voix qui lui parut ténue et pitoyable dans la tempête croissante; pourtant, elle l'entendit.

« Hiémain ! Hiémain ! » hurla-t-elle à tue-tête, comme un enfant en proie à un cauchemar appelle sa mère. Il grimpa sur le gaillard d'avant, mais retomba en arrière alors que la *Vivacia* se cabrait follement sur une vague; l'espace d'un instant, il ne put que se retenir à un barreau de l'échelle en essayant de ne pas se noyer. La vague passée, il se redressa et courut sans

352

réfléchir jusqu'au bastingage avant auquel il s'agrippa. Il ne percevait rien de la figure de proue et ne voyait d'elle qu'une ombre.

« Vivacia ! » cria-t-il.

Elle ne répondit pas. Il serra la lisse à s'en faire mal aux mains, tendit son esprit vers elle de toutes ses forces, et, soudain, comme deux mains qui se joignent avec bonheur dans une nuit froide, sa conscience entra en contact avec la sienne. Puis l'horreur et le bouleversement de la vivenef se déversèrent dans l'esprit de Hiémain.

« Ils ont tué Confret ! Il n'y a plus personne à la barre ! »

La figure de proue et le garçon plongèrent dans l'eau froide et salée, et le pont de bois-sorcier devint glissant sous les doigts de Hiémain. Dans les ténèbres, il partagea la conscience et le désespoir de la vivenef tout en s'efforçant de survivre ; il sentit la mort omniprésente en elle et perçut aussi sa course erratique alors que les vents de la tempête la poussaient dans les vagues de plus en plus hautes. Son équipage avait été chassé de ses tâches ; retranchés dans la dunette, certains vendaient chèrement leur peau ; d'autres agonisaient lentement sur le pont qu'ils avaient si souvent parcouru pour répondre à leurs devoirs ; à mesure que les vies s'éteignaient, on eût dit que Vivacia perdait des parties d'elle-même. Jamais Hiémain n'avait eu autant conscience de la vastitude de la mer et de la petitesse du navire qui protégeait son existence. Malgré les vagues qui déferlaient sur ses ponts, il réussit à rester debout. « Que dois-je faire ? cria-t-il.

– Va à la barre ! lui répondit-elle à travers le mugissement du vent. Reprends le contrôle du gouvernail ! » Sa voix s'enfla soudain en un puissant rugissement. « Et dis-leur de cesser de s'entre-tuer, ou ils mourront tous ! Tous, j'en fais le serment ! »

Hiémain se retourna vers le passavant, prit une inspiration la plus profonde possible et hurla aux hommes aux prises les uns avec les autres : « Vous l'avez entendue ! Elle va tous nous tuer si vous ne cessez pas tout de suite de vous battre ! Arrêtez vos combats ! Occupez-vous des voiles, ceux qui savent, ou personne ne survivra à cette nuit ! Et laissez-moi me rendre à la barre ! »

La vivenef fonça de nouveau dans une vague, la muraille liquide attrapa le jeune garçon par-derrière et l'emporta ; il n'y avait plus de pont, plus de gréement, plus rien que de l'eau qui ne donnait aucune prise à ses mains. Peut-être était-il déjà passé par-dessus bord sans même s'en rendre compte. Il ouvrit la bouche pour crier, mais c'est de l'eau saumâtre qui s'y engouffra ; et puis, brutalement, il se trouva plaqué contre le bastingage de bâbord. Il s'y agrippa et résista à la puissance du flot qui cherchait à le pousser à la mer. A côté de lui, un esclave eut moins de chance : il heurta la lisse, vacilla puis tomba à l'eau.

La vague enfin s'écoula par les dalots. Sur le pont, des hommes se convulsaient comme des poissons échoués, suffoquant et recrachant de l'eau. Dès qu'il en fut capable, Hiémain se redressa et se dirigea tant bien que mal vers l'arrière, comme un insecte dans une mare, se dit-il, luttant aveuglément parce que ce

354

qui vit essaye toujours de rester vivant. La plupart des hommes qui occupaient le pont n'étaient manifestement pas des marins, vue la façon éperdue dont ils se jetaient sur les bastingages et les cordes pour s'y accrocher, et ils parurent aussi surpris par la déferlante suivante que par la précédente. On avait dû trouver une clé de fers, car certains esclaves n'arboraient plus aucune chaîne, tandis que d'autres portaient les leurs sans y prêter plus d'attention que si c'était leur chemise. Des visages apeurés apparaissaient dans les panneaux de cale ouverts et criaient des conseils et des questions aux groupes du pont ; au passage de chaque vague géante, ils reculaient pour éviter de se faire tremper, mais ils ne paraissaient pas se préoccuper de l'eau qui inondait l'intérieur du navire. Des cadavres d'esclaves et d'hommes d'équipage flottaient dans le passavant, allant et venant au gré des soubresauts du navire. Il les contempla, effaré : s'étaient-ils battus pour leur liberté seulement pour périr noyés ? Avaient-ils tué tout l'équipage pour rien ?

Il entendit soudain s'élever la voix de Sa'Adar. « Le voici, c'est notre petit gars ! Hiémain, mon garçon, viens par ici ! Ils se sont barricadés là-dedans ! Y a-t-il un moyen d'enfumer ces rats pour les obliger à sortir ? » Il commandait un groupe de faces-de-carte à l'expression triomphante qui se tenaient devant la porte du quartier des officiers dans la dunette ; malgré la tempête et les mouvements désordonnés du bateau, ils voulaient leur curée.

« Nous allons sombrer si je n'arrive pas à la barre ! » leur cria-t-il. Cherchant au plus profond de lui-même, il s'efforça de prendre un ton autoritaire, comme un homme. « Cessez de vous entre-tuer, ou c'est la mer qui nous achèvera tous ! Laissez sortir l'équipage pour qu'il reprenne le navire en main aussi bien qu'il le pourra, je vous en conjure ! Nous embarquons de l'eau à chaque vague ! » Il se rattrapa à l'échelle de la dunette au moment où un nouveau paquet de mer s'abattait, et il vit avec horreur l'eau s'engouffrer dans les cales comme de la bière dans des chopes. « Refermez solidement ces panneaux ! hurla-t-il. Et mettez des hommes aux pompes, sinon tous les malades et ceux qui se cachent sous les ponts vont finir noyés avant nous ! » Il leva les yeux vers les mâts. « Il faut aussi ferler les voiles pour donner moins de prise au vent !

– Pas question que je grimpe là-haut ! déclara un esclave d'une voix forte. Je ne me suis pas libéré de mes chaînes pour crever d'une autre façon !

– Alors tu mourras quand nous coulerons ! » rétorqua Hiémain, et sa voix se fêla, prenant le timbre aigu d'un enfant. Certains esclaves essayaient sans grande conviction de refermer les panneaux, mais aucun n'osait lâcher la prise qu'il avait trouvée pour effectuer efficacement le travail.

« Des écueils ! hurla Vivacia. Des écueils ! Hiémain, la barre, la barre !

– Laissez sortir les hommes d'équipage ; promettez-leur de les épargner s'ils vous sauvent la vie ! » rugit le jeune garçon à Sa'Adar, et puis il grimpa l'échelle aussi vite qu'il le put.

Confret était mort à la barre, frappé par-derrière. Celui qui l'avait tué l'avait laissé sur placc, à demi enchevêtré dans les poignées, et seul le poids de son corps avait empêché le gouvernail de claquer de droite et de gauche sous l'assaut des vagues. « Je regrette, pardonne-moi, si tu savais comme je regrette... » Hiémain tenait des propos sans queue ni tête tout en écartant le corps élancé de son dernier poste. Il s'approcha de la barre et la saisit, interrompant violemment son roulement erratique. Il inspira profondément et cria : « DIS-MOI QUE FAIRE ! » Il forma le vœu que sa voix porterait jusqu'à l'autre bout du navire malgré la tempête.

« A BABORD TOUTE ! » lui répondit Vivacia, et sa voix parut venir non seulement portée par le vent mais aussi en vibrant à travers ses mains ; il s'aperçut que les poignées de la barre étaient elles aussi en bois-sorcier. Il s'y accrocha mieux, et, ignorant s'il péchait ou non, il tendit son esprit, non pas vers Sa, mais vers l'unicité avec le navire, en abandonnant toute crainte de se perdre en lui.

« Du calme », murmura-t-il, et il sentit la vivenef s'accorder avec lui presque avec frénésie ; il y avait de la peur en elle, mais aussi du courage. Il partageait à présent sa perception de la tempête et du courant, et la coque de bois-sorcier était devenue une extension de lui-même.

La barre avait été conçue pour un adulte bien musclé ; Hiémain avait observé comment on pilotait, il avait même pris la place du timonier une fois ou deux par temps calme, mais jamais lors d'un grain pareil, et jamais sans personne près de lui pour lui donner des instructions et rattraper la barre si elle menaçait de lui échapper. Hiémain usa de tout le poids de son corps frêle pour la faire tourner, et chaque quart qu'il gagna était une petite victoire, mais le navire était-il capable de réagir à temps aux mouvements du gouvernail ? Il lui sembla qu'ils plongeaient plus droit dans la vague suivante, qu'ils la tranchaient au lieu d'être déportés par la masse liquide. Sous la pluie battante, il plissa les yeux, mais ne vit que l'obscurité ; ils auraient aussi bien pu se trouver en plein milieu de la mer Sauvage, sans rien que de l'eau à l'infini autour d'eux. Le ridicule de sa situation le frappa soudain : la vivenef et lui luttaient pour sauver les passagers du bateau alors que tous les autres étaient occupés à s'entre-tuer.

« Il faut que tu m'aides, dit-il calmement, en prononçant tout haut des mots qu'elle percevrait de toute façon. Il faut que tu joues le rôle de ta propre vigie à l'affût des vagues et des écueils. Donne-moi tout ce que tu sais. »

Dans le passavant, des hommes criaient ; certaines voix paraissaient étouffées, et Hiémain supposa que les esclaves négociaient avec l'équipage pris au piège ; mais, à la fureur qui transparaissait dans leur ton, il y avait peu de chance qu'ils trouvent un terrain d'entente à temps pour sauver le navire. Ne pense plus à eux, se dit-il. « Il n'y a plus que toi et moi, ma dame, fit-il à mi-voix, toi et moi seuls. Tâchons de garder la vie sauve. » Et il resserra les mains sur la barre.

Entendit-il la réponse de la vivenef ? Fut-ce sa propre résolution qui lui donna une vigueur nouvelle ? Toujours est-il qu'il se dressa dans une attitude de défi face à la pluie et à l'obscurité qui brouillaient sa vue.

Il ne capta aucun appel de Vivacia, mais sa perception du navire lui parut changer. Les voiles contrariaient ses manœuvres, cependant il n'y pouvait rien ; la pluie se modifia, toujours aussi insistante, mais comme plus légère ; néanmoins, alors que la tempête commençait à se calmer et que les premières lueurs grises de l'aube pointaient, la barre devint plus lourde et difficile à manier. « Nous sommes pris dans le courant ! » Le cri de Vivacia porta jusqu'à Hiémain. « Il y a des rochers droits devant ! Je connais ce chenal depuis des années ! Il n'aurait pas fallu passer par ici ! Je suis incapable de m'écarter toute seule des écueils ! »

Hiémain entendit un bruit de chaînes, puis le choc d'un corps lourd sur le pont. Il jeta un coup d'œil et vit un groupe d'hommes qui avançaient dans sa direction en poussant entre eux plusieurs prisonniers porteurs de fers aux pieds et aux poignets. Lorsqu'ils furent arrivés près du jeune garçon, quelqu'un poussa durement le captif de tête, qui tomba à genoux sur le pont détrempé. D'une voix tonnante, Sa'Adar déclara : « Il prétend nous piloter en lieu sûr si nous lui laissons la vie sauve ! » Plus bas, il ajouta : « Il affirme que nous ne passerons pas ces rochers sans son aide, et que lui seul connaît le chenal. »

Alors l'homme se redressa péniblement, et, malgré la maigre lumière de l'aurore, Hiémain reconnut Torg. Sa chemise était déchirée dans le dos et des lambeaux flottaient dans le vent. « C'est toi ? » fit Torg. Il rit tout bas, incrédule. « C'est toi qui nous as fait ça ? Toi ? » Il secoua la tête. « Non, c'est impossible ; tu es faux jeton, mais tu n'as pas de tripes. Tu t'accroches à

359

la barre comme si le navire t'appartenait, mais tu ne le commandes pas en réalité. » Malgré ses chaînes et les visages haineux qui l'entouraient, il cracha par terre. « Tu n'as même pas eu le cran de le prendre alors qu'on te l'offrait sur un plateau d'argent. » Il parlait vite et avec violence, comme si les vannes de sa rage avaient soudain lâché. « Oh, je savais tout du petit marché entre ton père et toi ; je l'avais entendu en parler un jour. Il devait te nommer second le jour de tes quinze ans ! Moi, j'avais trimé pour lui comme un chien pendant sept, mais il s'en fichait bien ! Il pouvait bien crever, le vieux Torg ! Le commandement reviendrait à Gantri et le poste de second à un gamin avec des joues comme des fesses de bébé ! Et moi je serais à tes ordres ! »

Il éclata de rire. « Eh ben, il est mort, le Gantri, il paraît ! Et ton père ne vaut pas beaucoup mieux. » Il croisa les bras sur sa poitrine. « Tu vois cette terre sur tribord ? C'est l'île Tordue ; il aurait fallu passer de l'autre côté, parce que, devant nous, il n'y a que des rochers et du courant. Alors, si tu veux un marin à la barre de ce rafiot, tu aurais peut-être intérêt à ne pas faire le méchant avec Torg ; tu devrais peut-être même lui proposer mieux que la vie sauve pour vous tirer le cul de ce piège à rats ! » Et il eut un sourire de crapaud, soudain certain que les révoltés avaient besoin de lui, qu'il était en mesure de retourner la situation à son profit. « Et tu ferais peut-être bien de te magner, parce que les écueils ne sont plus très loin. » Derrière lui, les nouveaux matelots embauchés à Jamaillia jetèrent des coups d'œil inquiets vers l'avant malgré l'obscurité.

« Que devons-nous faire ? demanda Sa'Adar à Hiémain. Peut-on lui faire confiance ? »

Les circonstances étaient tellement horribles qu'elles en devenaient risibles : on lui demandait son avis, à lui, Hiémain ! On remettait la survie du navire tout entier entre ses mains ! Il leva les yeux vers le ciel qui s'éclairait ; dans le gréement, deux esclaves s'évertuaient à ferler des voiles. Que Sa les prenne tous en pitié ! Il resserra les mains sur la barre et se tourna vers Torg, qui arborait une expression suffisante. Le lieutenant était-il capable de jeter le bateau sur les rochers par pure vengeance ? Pouvait-on pousser si loin l'esprit de revanche, au point d'y laisser la vie ? Hiémain sentit son tatouage le picoter. « Non, dit-il enfin. Je ne lui fais pas confiance, et je préférerais le tuer plutôt que lui remettre la barre de mon navire. »

Une face-de-carte haussa les épaules. « Les inutiles meurent, dit-il d'un ton froid.

– Attendez ! » s'écria Hiémain, mais il était trop tard. D'un geste aussi efficace que celui d'un débardeur déplaçant des balles de marchandises, la face-de-carte souleva le marin corpulent au-dessus de sa tête, puis le projeta par-dessus l'étrave avec une force telle qu'il tomba à genoux. Torg avait disparu et tout s'était passé en un clin d'œil, sans fioritures ; il n'avait même pas eu le temps de pousser un cri. Hiémain avait simplement conseillé de ne pas lui faire confiance et Torg était mort. Les autres marins s'étaient agenouillés et suppliaient en pleurant qu'on les épargne.

Un affreux dégoût envahit Hiémain, et ce n'étaient pas les marins implorants qui le lui inspiraient.

361

« Enlevez-leur ces chaînes et envoyez-les dans la mâture, ordonna-t-il d'un ton cassant à Sa'Adar. Qu'ils prennent autant de ris que possible et qu'ils m'avertissent s'ils aperçoivent des écueils. » C'était un ordre stupide et inutile : trois hommes n'étaient pas en mesure de manœuvrer à eux seuls un navire de cette taille. Alors que Sa'Adar déverrouillait les fers, Hiémain demanda presque malgré lui : « Où est mon père ? Est-il vivant ? »

Les trois hommes le regardèrent d'un air égaré, et ils comprirent qu'aucun d'entre eux ne savait la vérité : son père avait dû interdire à l'équipage tout bavardage à propos de son fils. « Où est le capitaine Havre ? demanda-t-il d'une voix tendue.

– Il est sous le pont, la tête et les côtes amochées », répondit un des marins.

Hiémain réfléchit mûrement et décida en faveur du navire. S'adressant à Sa'Adar, il déclara : « J'ai besoin du capitaine. Qu'on me l'amène avec ménagement ; il ne me servirait à rien inconscient. » Et les inutiles meurent, ajouta-t-il *in petto* tandis que le prêtre envoyait des hommes chercher le commandant. La menace d'un garde-chiourme devenait la règle de conduite d'un esclave ; pour sauver l'équipage, il allait devoir démontrer aux asservis libérés qu'ils étaient utiles. « Otez leurs chaînes à ces deux-là aussi, ordonna-t-il ; que tous les marins en état de se déplacer montent dans la mâture. »

Une face-de-carte haussa les épaules. « Il ne reste que ces deux-là. »

Deux survivants seulement, et son père ! Que Sa lui pardonne ! Il se tourna vers l'homme qui avait jeté

Torg par-dessus bord. « Toi ! Tu as tué un marin qui aurait pu nous être utile, alors tu vas prendre sa place. Monte au nid-de-pie et crie-moi ce que tu vois. » Il promena sur ceux qui l'entouraient un regard mauvais ; les voir rester les bras ballants le mettait soudain dans une fureur noire. « Vous autres, assurez-vous que les panneaux de cale sont bien fermés, et occupez-vous aussi des pompes ! Le navire enfonce trop, je le sens ! Combien d'eau nous avons embarquée, Sa seul le sait ! » Et c'est d'une voix plus calme mais tout aussi sèche qu'il ajouta : « Débarrassez le pont de tous les corps, et faites-moi disparaître ces tentes effondrées. »

Les yeux du premier homme se portèrent vers la minuscule plate-forme au sommet du grand mât. « Là-haut ? Mais je ne peux pas grimper là-haut ! »

Le courant se comportait à présent comme une créature vivante, et la marée fonçait dans l'étroit chenal comme dans un bief. Aux prises avec la barre, Hiémain répondit brutalement : « Remue-toi si tu tiens à la vie ! Tes peurs ne m'intéressent pas ! Seul compte le navire, à présent ! Sauve-le si tu veux te sauver toi-même !

— C'est bien la première fois que je t'entends parler comme un vrai fils. »

Du sang coagulé noircissait tout un côté du visage de Kyle Havre ; il se déplaçait avec une étrange contorsion du corps afin de ménager ses côtes brisées, et il avait le teint plus blême que le ciel gris qui surplombait la mer. Il regarda son fils qui tenait la barre du navire, les faces-de-carte qui se hâtaient

363

lourdement d'aller exécuter ses ordres, les débris qui jonchaient le pont, résultat de l'insurrection, et il secoua lentement la tête. « Il te fallait ça pour trouver ta virilité ?

— Je l'ai toujours possédée, répondit Hiémain du tac au tac ; mais vous refusiez de la reconnaître parce que je n'étais pas vous ; je n'étais pas fort, je n'étais pas grand, je n'étais pas brutal. J'étais moi.

— Tu n'as jamais fait le moindre effort ; tu ne t'es jamais intéressé à ce que je pouvais te donner. » Kyle secoua de nouveau la tête. « Ce bateau et toi, vous n'êtes que des enfants gâtés. »

Hiémain resserra sa prise sur la barre. « Ce n'est pas le moment de discuter de ça. La *Vivacia* ne peut pas se piloter toute seule ; elle m'aide, mais j'ai besoin de vos yeux aussi ; j'ai besoin de votre savoir. » Il ne pouvait dissimuler l'amertume qui perçait dans sa voix. « Conseillez-moi, père.

— C'est vraiment ton père ? demanda Sa'Adar, abasourdi. Il a réduit son propre fils en esclavage ? »

Ni Hiémain ni Kyle ne lui répondirent, le regard fixé droit devant eux dans la tempête, et, au bout d'un moment, le prêtre les quitta pour se retirer à l'arrière du navire.

« Que comptes-tu faire ? demanda soudain Kyle. Même si tu franchis sans casse ce chenal, tu n'as pas à bord assez d'hommes expérimentés pour manœuvrer ce bateau ; les eaux sont traîtresses, par ici, même pour un équipage entraîné. » Il eut un grognement méprisant. « Tu vas perdre ta vivenef avant même de l'avoir conquise.

« – Je ne puis faire que mon possible, dit Hiémain à mi-voix. Je n'ai pas choisi de me retrouver dans cette situation ; mais je crois que Sa viendra à mon secours.

– Sa ! » Kyle haussa les épaules d'un air écœuré. Puis il reprit : « Maintiens-la au milieu du chenal. Non, quelques quarts un peu plus à bâbord... là. Maintenant, tiens le cap. Où est Torg ? Tu devrais l'envoyer en haut nous annoncer ce qu'il voit. »

Hiémain réfléchit un instant, mêlant l'opinion de son père aux émotions de Vivacia, puis il effectua la correction nécessaire. « Torg est mort, dit-il enfin. Il s'est fait jeter par-dessus bord parce qu'un esclave l'a considéré comme inutile. » Du menton, il désigna l'homme qui s'accrochait, pétrifié de terreur, à mi-hauteur du mât. « Normalement, il devrait être de vigie. »

Un silence épouvanté suivit ces paroles, puis, avec un effort, son père dit : « Tu as fait tout ça... » Il parlait à voix basse afin de n'être entendu que de Hiémain. « Tu as fait tout ça uniquement pour t'emparer du navire aujourd'hui au lieu d'attendre quelques années ? »

Aux oreilles de Hiémain, la question en elle-même donnait la mesure de la distance qui les séparait. L'abîme entre eux était immense et infranchissable.

« Ce qui s'est produit à bord de ce navire n'avait rien à voir avec ce que vous croyez. » C'était une déclaration stupide, mais il aurait pu user sa salive jusqu'à la fin de ses jours sans réussir à faire comprendre ses motivations à son père. Tout ce qui les unissait vraiment, c'était le navire. « Essayons de lui faire franchir ces écueils, proposa-t-il. Ne parlons que de ça : c'est le seul sujet sur lequel nous sommes d'accord. »

Après un très long silence, son père vint se placer derrière lui et posa sur la barre une main légère à côté de celle de son fils ; puis il leva les yeux vers le gréement et repéra un de ses hommes. « Calt ! Laisse tomber ce que tu fais et grimpe au nid-de-pie ! »

Puis il balaya du regard toute l'eau qui s'étendait devant le bateau. « On y va », dit-il doucement à Hiémain tandis que la vivenef prenait soudain de la vitesse.

*

« Vous m'avez vendue, dit Malta d'une voix faible. Vous m'avez vendue à un monstre pour rembourser un bateau, pour qu'on m'emmène dans un bivouac au milieu des marécages où il me poussera des verrues partout et où je ferai des enfants pendant que vous autres vous vous enrichirez grâce à de nouveaux contrats avec la famille Khuprus. Si vous vous imaginez que je ne sais pas comme ça marche, vous vous trompez ! En général, quand on donne une femme de Terrilville à un homme du Désert des Pluies, sa famille y gagne plus que sa part de profit ! »

On l'avait tirée de bonne heure de son lit et amenée dans la cuisine pour lui annoncer la nouvelle. Le petit-déjeuner n'était même pas encore prêt.

« Malta, tu te trompes », dit sa mère de son ton le plus raisonnable.

Au moins, sa grand-mère affichait franchement ce qu'elle éprouvait. Elle termina d'emplir la bouilloire et la posa sur le fourneau, puis se pencha pour tisonner le feu. « En réalité, tu t'es vendue toute seule, fit-elle d'un ton faussement affable, contre une écharpe, un bijou de feu et un coffre à rêve ; et ne prétends pas que tu ignorais ce que tu faisais : tu en sais bien plus long sur beaucoup de choses que tu ne le laisses paraître ! »

Malta se tut un moment, puis déclara d'un ton maussade : « Tous ces objets sont dans ma chambre ; je peux les rendre. » Le bijou de feu... elle renâclait à l'idée de s'en séparer ; mais cela valait mieux que se retrouver promise à un habitant pustuleux du Désert des Pluies. Elle se revit l'embrassant dans son rêve et un frisson d'horreur la parcourut : derrière son voile, ses lèvres devaient être couvertes de verrues, et la seule idée de ce baiser lui donna envie de cracher. Ce n'était pas juste d'envoyer un songe où il était si beau alors qu'il ressemblait en vérité à un crapaud !

« C'est un peu tard, dit sa mère avec sévérité. Si tu ne nous avais pas menti à propos du coffre à rêve, la situation aurait peut-être pu s'arranger... Non, c'est faux : tu avais déjà accepté une écharpe et un bijou de ce garçon, et tu lui avais fait don d'une coupe dans laquelle tu avais bu. » Elle s'interrompit, puis reprit d'un ton radouci : « Malta, personne ne t'oblige à te marier ; nous avons seulement consenti à ce que le jeune homme te rencontre, et tu ne resteras jamais seule avec lui : il y aura toujours grand-mère, Rache, Nounou ou moi-même lors de vos rendez-vous. Tu n'auras rien à craindre. » Elle s'éclaircit la gorge et poursuivit d'un ton nettement plus froid : « D'un autre côté, je ne tolérerai aucune impolitesse : je ne veux aucun retard, ni aucune grossièreté envers ce jeune homme ; tu le traiteras comme n'importe quel visiteur honorable de notre maison. Par conséquent, je ne veux pas entendre parler de verrues, de marécages ni d'enfants. »

Malta se leva de table pour aller se couper une tranche du pain de la veille. « Parfait ; il me suffira de me taire », fit-elle. Comment pourraient-elles l'en empêcher ? Comment pourraient-elles l'obliger à faire la conversation à son invité ou à se montrer aimable avec lui ? Elle ne ferait pas semblant de le trouver à son goût, il s'apercevrait rapidement qu'il la dégoûtait et il ne reviendrait plus, voilà tout. Elle s'interrogea : aurait-elle l'autorisation de garder l'écharpe au bijou si elle lui annonçait qu'elle refusait de l'épouser ? Le moment était sans doute mal choisi pour poser la question à sa mère et à sa grand-mère. Mais Reyn pouvait reprendre le coffre à rêve quand il voulait : une fois ouvert, il avait pris une affreuse teinte gris terne, comme de la cendre de cheminée. Il dégageait encore un parfum agréable, mais ce n'était pas un motif suffisant pour le conserver.

« Malta, nous ne pouvons pas nous permettre de faire affront à ces gens », dit sa mère.

Elle avait l'air très fatiguée, voire épuisée, ces temps-ci ; de nouvelles rides étaient apparues sur son visage et elle soignait encore moins sa coiffure que d'habitude ; elle aurait bientôt la mine aussi rébarbative que grand-mère, qui fronçait d'ailleurs les sourcils à présent. « La question n'est pas de savoir si nous pouvons ou non nous permettre de leur faire affront. Il existe de nombreuses façons de se débarrasser d'un visiteur malvenu ; la grossièreté en est une, mais pas chez nous.

– Quand mon père va-t-il rentrer ? demanda Malta, sautant du coq à l'âne. Est-ce qu'il nous reste des conserves de pêches ?

– On ne l'attend pas avant la fin du printemps, répondit sa mère avec lassitude. Pourquoi ?

– Parce qu'à mon avis il ne me forcerait pas à faire semblant d'aimer quelqu'un que je ne connais même pas... Il n'y a donc rien de bon à manger dans cette maison ?

– Mets du beurre sur ta tartine ! Et personne ne te demande d'aimer ce garçon ! éclata grand-mère. Tu n'es pas une prostituée, il ne te paye pas pour lui faire des grâces pendant qu'il te reluque ! Je dis simplement que tu dois le traiter avec courtoisie. Je suis sûre que c'est un véritable gentilhomme ; Caoloun me l'a assuré, or je la connais depuis très longtemps. Tout ce qu'on te demande, c'est de te montrer respectueuse avec lui. » Elle poursuivit un ton plus bas : « Il jugera très vite que tu ne lui conviens pas, j'en suis sûre, et alors il cessera de te courtiser. » La façon dont elle avait tourné sa phrase en faisait une insulte, comme si Malta n'était pas digne du jeune homme.

« Je ferai mon possible », dit Malta à contrecœur. Elle jeta le morceau de pain rassis sur la table. Cela lui ferait au moins quelque chose à raconter à Delo, qui se vantait toujours, mine de rien, du nombre de jeunes hommes reçus chez elle. C'étaient tous des amis de Cerwin, Malta le savait, mais Delo les connaissait par leur prénom, ils la taquinaient, et ils lui offraient parfois des douceurs et des colifichets ; une fois, Malta avait reçu l'autorisation d'accompagner Delo avec Rache au marché aux épices ; un des amis de Cerwin avait reconnu la compagne de Malta, et il s'était incliné très bas devant elle, sa cape flottant au vent. Il avait proposé de leur offrir de la tisane aux épices, mais Rache avait répondu qu'elles devaient rentrer. Malta avait eu l'impression de n'être qu'une gamine. Rien qu'une fois, il serait agréable de pouvoir dire à Delo qu'un jeune homme était venu la voir chez elle ; il n'était pas utile de préciser qu'il était sans doute couvert de verrues. Elle pourrait peut-être en faire un personnage mystérieux, dangereux... Elle sourit et ses yeux se firent lointains et rêveurs, comme ils le seraient lorsqu'elle parlerait du jeune homme à son amie. Sa mère déposa sans douceur un pot de miel devant elle.

« Merci », dit Malta en se servant d'un air absent.

Peut-être même que Cerwin serait jaloux.

*

« Vas-tu me laisser la vie sauve ? » demanda Kyle Havre à mi-voix, alors que le matin grisaillait le ciel. Il s'était efforcé de s'exprimer posément, mais une violence mêlée de peur avait percé sous ses mots, et Hiémain y avait aussi décelé de la fatigue. La longue nuit s'était achevée, et il avait fallu leur force à tous deux à la barre, toute l'acuité visuelle de Calt et tous les avertissements de Vivacia pour leur faire franchir le chenal. Hiémain n'avait pu s'empêcher d'admirer la ténacité de son père qui n'avait pas cessé la lutte un instant. Il se tenait toujours déjeté sur son flanc gauche à cause de ses côtes brisées, mais il avait contribué à sauver le navire ; et voilà qu'il demandait à son fils de lui laisser la vie. Ces paroles avaient dû lui arracher la gorge.

« Je ferai tout ce qui est en mon pouvoir pour ça, dit Hiémain ; je vous en donne ma parole. » Son regard passa de son père à Sa'Adar, toujours accoudé à la poupe, et il se demanda quel poids aurait sa voix dans la décision à venir. « Vous ne me croyez pas, mais votre mort me peinerait. J'ai pleuré toutes les morts qui ont eu lieu sur ce bateau. »

Les yeux de Kyle Havre restèrent braqués vers l'avant, et il répondit simplement : « Un quart de plus à tribord. »

Tout à coup, ils débouchèrent dans une vaste zone aux eaux calmes. L'île Tordue s'éloignait par l'arrière et ils arrivaient au débouché du chenal de l'Aussière.

Hiémain corrigea le cap. Dans la mâture, il entendait des hommes qui se disputaient à grands cris sur ce qu'il fallait faire et comment s'y prendre. Son père avait raison : il était impossible qu'ils parviennent à manœuvrer le navire avec pour tout équipage deux marins expérimentés et valides. Il resserra les doigts sur la barre : il devait bien exister un moyen ! « Aide-moi, vivenef, murmura-t-il. Aide-moi à décider que faire. » Il sentit sa réaction, mais il n'y perçut nulle assurance, seulement de la confiance en lui.

« Il y a un autre bateau derrière nous, cria Sa'Adar, et il se rapproche très vite. » Il l'observa à travers la pluie grise et persistante. « C'est le pavillon au corbeau ! s'exclama-t-il d'un ton ravi. Sa est vraiment venu à notre secours ! » L'homme arracha sa chemise en haillons et se mit à l'agiter à l'attention de l'autre navire.

*

« C'est un enfant qui tient la barre ! » cria Sorcor. La tempête s'était apaisée, et la pluie elle-même commençait à cesser, mais il devait encore hausser la voix pour se faire entendre. « Et leurs ponts sont sens dessus dessous. Il a dû y avoir une mutinerie à bord.

— Tant mieux... pour nous ! » répondit péniblement Kennit. Tout lui coûtait, tout était un effort. Il reprit son souffle. « Prépare un groupe d'abordage ! Nous l'attaquerons dès qu'elle atteindra le chenal principal !

— Le petit a l'air de bien tenir la barre, même avec les voiles de travers. Attendez ! » Au ton de sa voix, Sorcor n'en croyait pas ses yeux. « Cap'taine, ils nous hèlent ! On dirait que l'homme de poupe nous fait signe d'approcher !

— Eh bien, faisons-lui plaisir. Groupe d'abordage, paré ! Non, attendez ! » Il prit une inspiration et tenta de se lever. « Je vais le mener moi-même. Gankis, viens prendre la barre ! Etta, où est ma béquille ? »

C'était vrai : la vivenef lui était apportée sur un plateau d'argent, sa chance avait donc tenu ! Il avait cru en elle, il avait persévéré, et voilà, sa magnifique dame des mers était là ! Alors qu'ils s'en approchaient, il songea qu'il n'avait jamais rien vu de plus beau. De la dunette de la *Marietta*, il avait une vue plongeante sur elle ; des cadavres avaient été entassés sur des morceaux de toile, et ses voiles étaient troussées comme les jupes d'une radasse, mais sa coque argentée luisait et ses lignes parfaites étaient un enchantement pour l'œil.

Il vacilla et Etta le retint aussitôt par le bras. Gankis l'avait remplacé à la barre, et le vieux matelot lui adressa un regard étrange où se mêlaient la compassion et la peur.

« Je ne trouve pas ta béquille ; tiens, appuie-toi sur moi, je vais te conduire au bastingage. » En grognant sous l'effort, elle l'entraîna, et il l'accompagna à petits bonds mal assurés jusqu'à ce qu'il pût s'accrocher des deux mains à la lisse. « Mon amour, dit-elle tout bas, je crois que tu ferais mieux de descendre te reposer un moment. Que Sorcor s'occupe de capturer la vivenef !

— Non ! » répondit-il avec violence. Il avait déjà du mal à tenir sur une seule jambe, et voilà qu'elle venait l'épuiser en discussions ridicules ! « Non. Elle est à moi et je serai parmi les premiers sur ses ponts. C'est ma chance qui me l'a donnée.

— Je t'en prie, fit Etta d'une voix brisée. Mon chéri, mon amour, si tu pouvais te voir en ce moment...

— Sar ! » Sorcor les avait rejoints et il poussa le juron dans un souffle. « Oh, Kennit, oh, cap'taine...

— C'est moi qui mènerai le groupe d'abordage », dit son commandant d'un ton sans réplique. L'homme ne discuterait pas; après tout, Kennit avait bien réussi à faire taire cette satanée femelle.

« Bien, commandant, fit Sorcor d'une voix très basse.

– Vous êtes fou ? cria Etta au second. Mais regardez-le donc ! Il est épuisé ! Je ne l'aurais jamais laissé rester sur le pont si j'avais su ce que ça lui coûterait...

– Laissez-le faire », coupa Sorcor à mi-voix. Il avait apporté la béquille de Kennit, mais il la déposa doucement sur le pont. « Je vais vous bricoler une chaise de gabier, commandant, et je veillerai à ce que vous montiez sans risque à bord de votre vivenef.

– Mais... », fit Etta.

Sorcor l'interrompit encore une fois. « Je lui donne ma parole, dit-il sèchement. Regardez-le ! Laissez-moi tenir parole envers mon capitaine. » Plus bas, il ajouta : « Je ne crois pas qu'on puisse faire beaucoup plus, maintenant.

– Mais... », répéta-t-elle. Elle regarda Kennit et, quand il la regarda à son tour, elle eut l'impression que quelque chose se figeait en elle. La respiration bloquée, elle l'observa longuement. Enfin, elle s'adressa à Sorcor qui se tenait derrière Kennit. « Dans ce cas, je l'accompagne, dit-elle calmement.

– Nous serons deux, alors », répondit Sorcor.

12

Restaurations

Le second arracha Althéa de son profond sommeil en tirant délicatement sur sa manche. « Hé ! fit à mi-voix Grag Tenira. Le capitaine veut te voir tout de suite. Il est de quart de rade, tu le trouveras sur le pont. Allez, debout ! » Et il s'en alla sans même vérifier si elle obéissait.

A peine une seconde plus tard, les pieds nus d'Althéa se posaient sur le plancher. Autour d'elle, le gaillard d'avant baignait dans le silence et l'obscurité ; l'équipage avait quartier libre ce soir-là, et, sans exception, tous ses membres s'étaient rendus à terre pour faire la fête. Althéa, qui avait plus envie de solitude que de bière, avait prétexté qu'elle n'avait pas assez d'argent et elle était restée à bord pour dormir et fainéanter.

L'*Ophélie* avait fait relâche dans un petit port insulaire nommé Rincétain, une des rares colonies parfaitement légales des îles du Passage Intérieur. Prospère, fondée à l'origine près d'un gisement stanni-fère et bénéficiant d'eau douce en abondance, la ville minière commençait à se transformer en centre de commerce, et les habitants pouvaient s'offrir certains produits du Désert des Pluies que le capitaine Tenira avait à proposer. Il tirerait aussi un joli profit en vendant les barils de viande salée qu'il avait embarqués à Jamaillia, et il repartirait pour Terrilville avec une cargaison d'articles en étain. C'était un commerçant avisé, et, malgré le peu de temps qu'elle avait passé à son bord, Althéa s'était prise peu à peu d'admiration pour lui.

Alors qu'elle émergeait sur le pont et cherchait des yeux le commandant, la singularité de la situation lui apparut soudain : le capitaine, de quart de rade, au port ? Et qui envoyait le second la chercher ? Un horrible soupçon naquit en elle : Ophélie avait livré son secret ! Quand Althéa repéra le commandant en train de fumer sa bouffarde près de la figure de proue, le soupçon devint certitude. Le jeune matelot perché sur le bastingage, non loin de là, devait être Grag, qui ne voulait pas manquer de voir Althéa démasquée. Elle sentit son cœur se serrer.

Elle s'arrêta un instant dans les ombres pour refaire sa queue de cheval et se passer les mains sur le visage afin d'en effacer les traces du sommeil, puis elle rajusta du mieux possible ses vêtements usés. Se faire jeter hors du *Moissonneur* avait été éprouvant, mais cette fois ce serait pire : ces hommes connaissaient sa famille et ils rapporteraient toute l'histoire à Terrilville. Eh bien, puisqu'il en était ainsi... Le menton levé, l'œil sec, le ton calme, se promit-elle. Courage et dignité. Elle aurait quand même apprécié que son estomac cesse de faire des nœuds. Elle aurait aussi apprécié de disposer d'un peu plus de temps pour se préparer.

Comme elle se dirigeait vers l'avant, elle entendit s'élever dans l'air nocturne la voix au timbre riche d'Ophélie, comme si la vivenef souhaitait qu'Althéa surprît ses paroles. « Et toi, Tomie Tenira, tu es en train de devenir un vieux grippe-sou maniaque, sans plus aucun sens de l'aventure !

– Ophélie..., fit le capitaine d'un ton menaçant.

– Il n'a plus aucun sens de l'humour non plus », fit Ophélie à Grag en aparté. La lumière de la lanterne de pont laissait le visage du second dans l'ombre, et Althéa n'entendit aucune réponse de sa part. Elle sentit un sourire ironique se dessiner sur ses lèvres ; que pensait aujourd'hui Grag Tenira de sa cavalière d'autrefois ?

Puis elle effaça son sourire et c'est les traits lisses qu'elle salua Tenira : « A vos ordres, commandant.

– En effet », dit le capitaine Tenira d'un ton appuyé. Il ôta sa bouffarde d'entre ses lèvres. « Tu sais pourquoi nous t'avons fait venir, n'est-ce pas ? »

Althéa s'efforça de ne pas faire la grimace. « J'ai bien peur que oui, commandant. »

Tenira se radossa au bastingage avec un grand soupir. « Nous en avons parlé, Grag et moi ; Ophélie a eu son mot à dire aussi, et davantage, comme d'habitude. Je te dis ceci pour ton propre bien, jeune fille : emballe tes affaires ; Grag te donnera un peu d'argent et t'accompagnera à terre. Il y a une pension bien tenue rue de la Palourde ; il t'y conduira.

– Bien, commandant », fit-elle, désespérée. Au moins, il n'était pas furieux et ne lui jetait pas des accusations à la figure ; en conservant sa dignité, il permettait à la jeune fille de garder la sienne, et elle l'en remerciait. Mais la trahison d'Ophélie lui restait en travers de la gorge. Elle tourna son regard vers la figure de proue qui l'observait d'un air contrit par-dessus une épaule confortable. « Je t'avais demandé de ne pas me dénoncer », lui dit Althéa avec un doux reproche. Elle scruta le visage de bois. « Je n'arrive pas à croire que tu m'aies vendue.

– Oh, tu es injuste, ma chérie, très injuste ! protesta Ophélie avec énergie. Je t'avais prévenue que je ne pouvais pas cacher un tel secret à mon capitaine ; j'ai dit aussi que j'essayerais de trouver un moyen pour que tu restes à bord, si tu le souhaitais, sous ta véritable identité ; mais comment aurais-je pu m'y prendre sans révéler ton vrai nom ? » Ophélia s'adressa au commandant. « Tomie, tu joues au chat et à la souris avec elle ! Ce n'est pas bien ! Dis-lui le reste, et tout de suite ! Cette pauvre enfant s'imagine que tu as l'intention de l'abandonner ici !

– L'idée vient d'Ophélie, pas de moi, répondit le capitaine à contrecœur. Elle s'est entichée de toi. » Il tira une bouffée de sa pipe pendant qu'Althéa attendait la suite, suspendue à ses lèvres. « Grag va te donner de quoi t'arranger, prendre un bain, acheter des vêtements convenables et tout le tremblement. Demain après-midi, tu remonteras à bord sous l'identité d'Althéa Vestrit, et nous te ramènerons à Terril-ville.

– Et encore, intervint Ophélie, tu ne sais pas le plus beau; tu n'imagines pas le mal que j'ai eu à convaincre Tomie. Grag n'a pas posé de problème, naturellement; il a un caractère facile, n'est-ce pas, mon agneau? » Elle poursuivit sans attendre le murmure d'assentiment du jeune homme : « Tu feras fonction de second pour le restant du voyage! annonça-t-elle d'un air de triomphe; un jour, à peu près, après notre départ de Rincétain, le pauvre Grag va être pris d'une telle rage de dents qu'il devra rester alité, et Tomie te demandera de prendre sa place, parce qu'il sait que tu naviguais avec ton père. »

Grag se pencha pour examiner l'expression d'Althéa; la voyant éberluée, il éclata de rire, et ses yeux bleus se tournèrent vers Ophélie pour partager son ravissement.

Althéa n'en croyait pas ses oreilles. « C'est vrai? demanda-t-elle. Mais comment pourrais-je vous remercier? »

Le capitaine Tenira retira sa pipe de sa bouche. « En faisant parfaitement ton travail, de façon qu'on ne raconte pas ensuite que j'étais complètement fêlé de t'employer; tu peux aussi me remercier en gardant secret le fait que tu as navigué sur l'*Ophélie* sous l'identité d'un garçon sans que j'en sache rien. » Il se tourna brusquement vers la figure de proue. « Et j'espère que tu sauras tenir ta langue là-dessus aussi, espèce de vieille commère. Pas un mot à quiconque, homme ou bateau.

– Voyons, Tomie, comment peux-tu douter de moi? » se récria Ophélie, en levant les yeux au ciel et en portant une main à son cœur dans un geste théâtral de douleur; puis elle fit un grand clin d'œil à la jeune fille.

On entendit Grag s'étrangler, et son père se tourna brusquement vers lui. « Cesse de ricaner bêtement, mon gars! On se moquera autant de toi que de moi si cette histoire se répand!

— Je ne ricane pas, cap'taine, mentit gaiement Grag. Je me réjouis simplement à l'avance de pouvoir bouquiner et fainéanter jusqu'à Terrilville. » Il jeta un coup d'œil à Althéa pour partager sa plaisanterie; son regard s'attarda sur son visage, et elle songea qu'il cherchait à reconnaître sous ses vêtements douteux de mousse la jeune fille qu'il avait rencontrée autrefois. Elle baissa les yeux, gênée, tandis que le commandant déclarait à son fils : « Ça, je te fais confiance! Mais tiens-toi prêt à retrouver la santé en vitesse si jamais j'estime avoir besoin de toi sur le pont. » Le capitaine Tenira se tourna vers Althéa et c'est presque d'un ton d'excuse qu'il ajouta : « Je ne dis pas que ça se produira, attention; il paraît que tu obéis prestement et que tu es aussi vive que les meilleurs matelots. Bon, eh bien, vois-tu un problème à... euh, repasser de l'état de garçon à celui de fille? »

Althéa secoua la tête en réfléchissant. « Je peux descendre à la pension sous mon identité de mousse, y faire ma toilette, et, demain matin, faire des courses en ville pour trouver des " cadeaux " destinés à ma sœur; ensuite, je regagne ma chambre, je me change, j'arrange ma coiffure et je m'éclipse par la porte de derrière, sans me faire remarquer, j'espère.

– Eh bien, souhaitons que tout se passera aussi simplement.

– Je ne sais vraiment pas comment vous remercier, commandant, comment vous remercier tous. » Althéa engloba Ophélie dans son regard chaleureux.

– Il y a quand même une chose que j'aimerais te demander », dit le capitaine Tenira.

Au ton embarrassé qu'il avait employé, Althéa se raidit. « Quoi donc, commandant ?

– Ophélie nous a parlé de ta situation vis-à-vis de ton bateau. Si tu me passes cette audace, jeune fille, je te conseille de t'arranger pour que cette affaire ne sorte pas de votre famille. Bien sûr, je me porterai garant pour toi si tu me prouves ta valeur ; je te remettrai une étiquette avec le tampon de second si tu exécutes bien ton travail ; je te soutiendrai au Conseil des Marchands et je parlerai pour toi le cas échéant. Mais j'aimerais autant qu'on n'en arrive pas là. Les affaires de la famille Vestrit doivent se régler sous le toit des Vestrit. Je connaissais ton père, pas très bien, mais assez pour savoir que c'est ce qu'il préférerait.

– Je vous le promets, si c'est possible, capitaine, répondit Althéa d'un ton grave. C'est ce que je préférerais moi aussi ; mais, si j'y suis obligée, je recourrai à tous les moyens pour récupérer mon bateau.

– J'étais sûr qu'elle dirait ça ! » fit Grag d'un ton victorieux. Il échangea un regard triomphant avec Ophélie.

« J'ai connu ton arrière-grand-mère, dit Ophélie, et tu lui ressembles beaucoup, physiquement et moralement. Elle souhaiterait que tu commandes son bateau ;

ça, c'était une femme qui savait naviguer. Je me rappelle le jour où elle a fait entrer pour la première fois la *Vivacia* dans le port de Terrilville, il y a même une note sur l'événement dans mon journal de bord, si tu veux la voir. Il y avait une belle brise et... »

Le capitaine Tenira l'interrompit.

« Pas maintenant. » Il regarda la jeune fille dans les yeux. « J'ai des raisons de te demander de régler les affaires des Vestrit au sein de la famille Vestrit, des raisons égoïstes : je ne tiens pas à ce qu'on me voie prendre parti pour un Marchand contre un autre. » Devant la mine perplexe d'Althéa, il secoua la tête. « Tu es partie de Terrilville depuis longtemps, et la situation devient tumultueuse là-bas ; ce n'est pas le moment de dresser les Marchands les uns contre les autres.

— Je sais, répondit la jeune fille à mi-voix, nous avons assez de problèmes comme ça avec les Nouveaux Marchands.

— J'aimerais que nous n'ayons que ceux-là ! s'exclama Tenira avec ferveur. Mais je crains que nous ne devions nous attendre à pire encore. J'ai appris la nouvelle à Jamaillia, sais-tu ce que ce petit imbécile de Gouverneur a fait ? Il a engagé des mercenaires chalcédiens comme corsaires pour patrouiller dans le Passage Intérieur ! Il paraît qu'il leur a octroyé le droit de faire relâche à Terrilville pour embarquer de l'eau et des vivres, et gratuitement, s'il te plaît ! D'après lui, c'est le moins que Terrilville puisse faire pour aider à chasser les pirates. Quand nous avons quitté Jamaillia, son bateau messager était parti depuis deux jours, avec des documents autorisant l'officier des douanes du Gouverneur à faire en sorte que ses mercenaires chalcédiens soient bien traités. « A recueillir des contributions pour leur approvisionnement », selon sa jolie tournure de phrase.

– Nous n'avons jamais autorisé des navires chalcédiens armés à entrer dans le port de Terrilville ; seulement des marchands, observa Althéa à mi-voix.

– Tu comprends vite, fillette. A mon avis, Terrilville leur refusera l'autorisation ; il sera d'ailleurs intéressant de voir dans quel camp les Nouveaux Marchands se regrouperont. Je crains qu'il n'y en ait davantage pour soutenir le Gouverneur et ses chiens chalcédiens que... »

Ophélie l'interrompit.

« Tomie, garde tes histoires de politique pour plus tard ; tu auras le temps de l'assommer avec ça lors de tous les repas d'ici à Terrilville. Le plus urgent, c'est qu'Athel redevienne Althéa. » Son regard rencontra celui de l'intéressée. « Allez, fillette, va chercher tes affaires. Grag t'accompagnera à terre jusqu'à la porte de la pension. » Elle eut un sourire égrillard et elle fit soudain un clin d'œil au second. « Et fais attention à bien te tenir, Grag, car sinon Althéa viendra tout me raconter. Allons, vas-y, mais veille à ne pas dépasser le pas de la porte. »

L'humour de la vivenef parut démonter Althéa davantage que Grag ; il devait y être habitué. « Merci, commandant, dit-elle au capitaine Tenira en bredouillant. Je vous suis infiniment reconnaissante. » Et elle s'éloigna en hâte dans les ombres pour dissimuler son visage.

Quand elle reparut sur le pont, Grag l'attendait près du panneau de cale. Elle jeta son sac de marin sur son épaule en appréciant que le jeune homme ne propose pas de le porter à sa place. Elle le suivit le long de la passerelle, puis par les venelles qui montaient vers la ville. Il marchait à bonne allure. Althéa ne trouvait rien à dire, et il paraissait aussi mal à l'aise qu'elle. La nuit était douce, et la lumière des tavernes à matelots devant lesquelles ils passaient éclairait les rues. Quand ils arrivèrent à la porte de la pension, Grag s'arrêta.

« Voilà, nous y sommes », fit-il d'un air gêné. Il hésita, comme s'il voulait ajouter un mot.

Althéa décida de le mettre à l'aise. « Puis-je vous offrir une bière ? » demanda-t-elle en indiquant la taverne d'en face.

Il jeta un coup d'œil à l'établissement, et ses yeux bleus étaient écarquillés quand il les ramena sur Althéa. « Je ne crois pas que je m'y sentirais bien, dit-il avec franchise. Et puis mon père m'écorcherait vif si j'emmenais une dame dans un endroit pareil. » Au bout d'un moment, il ajouta : « Mais merci quand même. » Pourtant, il ne fit pas mine de s'éloigner.

Althéa baissa la tête pour dissimuler son sourire. « Eh bien, bonne nuit, dans ce cas.

– Oui. » Il agita les pieds, embarrassé, puis remonta son pantalon d'un coup sec. « Euh..., je dois vous retrouver demain pour vous ramener au navire, et il faut que ça se passe " comme par hasard ", selon ce qu'a dit Ophélie. » Il baissa les yeux. « Je n'ai pas envie de vous chercher dans toute la ville, voulez-vous que nous nous donnions rendez-vous quelque part ? » Il releva les yeux vers elle.

« Ce serait une bonne idée, dit-elle à mi-voix. Que proposez-vous ? »

Il détourna le regard. « Il y a un établissement au bout de la rue, là-bas. » Il pointa le doigt dans l'obscurité. « Ca s'appelle *Chez Eldoi* ; on y sert de la soupe de poisson et du pain frais ; c'est très bon. On pourrait s'y retrouver ; je vous offrirais à déjeuner et vous pourriez me raconter vos aventures depuis votre départ de Terrilville. » Ses yeux rencontrèrent ceux d'Althéa et il parvint à sourire. « Ou bien depuis la dernière fois que nous avons dansé ensemble. »

Ainsi, il n'avait pas oublié. Elle lui rendit son sourire.

Il avait un visage honnête, ouvert et franc. Elle songea à ce qu'elle avait vu de lui, en particulier la relation qu'il partageait avec son père et Ophélie ; l'affection et l'absence de retenue qui existaient entre eux suscitèrent soudain en elle la soif de plaisanteries simples et de moments de pure convivialité. Quand elle sourit au jeune homme, il se mit à rayonner avant de détourner les yeux. « A demain midi, donc, dit-elle d'un ton amène.

– Parfait. Parfait, c'est entendu. Eh bien, bonne nuit. » Et c'est presque avec précipitation qu'il prit congé. Il remonta son pantalon une nouvelle fois, puis repoussa sa coiffe sur l'arrière de son crâne. Althéa sourit en le regardant s'éloigner. Il avait la démarche vive et chaloupée d'un marin, et il revint à la jeune fille qu'elle l'avait trouvé très bon danseur.

*

« Tu sais quoi ? demanda Tarloc d'une voix d'ivrogne. J'te connais ; j'suis sûr que j'te connais.

– Pas étonnant : Je suis le second de ton bateau », répondit Brashen avec dégoût. Il pivota sur son siège pour ne pas être obligé de faire face au matelot, mais Tarloc ne saisit pas le sens de son geste.

« Non ! Non, j'veux dire, ouais, c'est vrai, t'es le second du *Veille du Printemps* ; mais j't'ai connu avant. Bien avant. » Avec des mouvements exagérément précautionneux, il s'installa près de Brashen. Un peu de bière déborda de sa chope quand il s'assit.

Son voisin, sans se tourner vers lui, prit sa propre chope et but comme s'il n'avait pas remarqué sa présence. Dans la taverne, Brashen était seul à sa table avant que le vieux poivrot grisonnant vînt le rejoindre ; il avait envie de solitude. C'était le premier port où le *Veille du Printemps* faisait relâche depuis leur départ de Chandelle, et Brashen avait besoin de temps pour réfléchir.

Son poste était à peu près tel qu'il se l'était imaginé et ses responsabilités à bord d'un bâtiment à faible tirant d'eau étaient loin d'excéder ses capacités ; la plupart des hommes travaillaient sur le navire depuis un certain temps et connaissaient assez bien leurs tâches. Il avait dû appuyer ses ordres de quelques coups de poing, surtout lors de sa prise de fonction, mais cela n'avait pas été une surprise : les matelots défiaient toujours un nouveau second, qu'il vînt de

386

l'extérieur ou qu'il sortît de leurs rangs. Les marins étaient comme ça. Posséder des connaissances et du savoir-faire ne suffisait pas; un second devait savoir se servir de ses poings pour se faire obéir. Brashen en était capable; ce n'était pas le problème.

C'étaient ses missions à terre qui le gênaient. A l'origine, le navire suivait la côte de Jamaillia vers le nord en cabotant le long d'un littoral de plus en plus découpé; à présent, il s'aventurait d'île en île et frôlait ce qui, de notoriété publique, était territoire pirate, jusqu'à y pousser des incursions. La petite ville où il était mouillé était typique de la région : on n'y trouvait guère qu'un quai et une poignée d'entrepôts bâtis sur des fondrières malsaines; deux ou trois tavernes abritaient quelques prostituées fatiguées, et des cabanes à l'air miséreux défiguraient la colline derrière les établissements. Brashen ne voyait aucun motif à l'existence de ce hameau.

Pourtant, il avait passé tout l'après-midi une épée suspendue à la ceinture et un gourdin à la main, surveillant les arrières de son capitaine et restant debout auprès de lui alors qu'il était assis à une table dans un des entrepôts. Entre les pieds de son commandant, il avait vu un coffre rempli d'argent. Trois des loups de mer les plus inquiétants que Brashen eût jamais vus avaient apporté des échantillons de marchandise, et on avait négocié les prix. L'état et la diversité des produits trahissaient leur source. Brashen avait éprouvé un brusque sentiment de dégoût envers lui-même quand son capitaine s'était tourné pour lui demander son avis sur des manuscrits éclaboussés de sang mais amplement enluminés. « Que valent-ils ? » avait demandé le capitaine Finny.

Brashen avait repoussé un affreux souvenir. « Pas qu'on se fasse tuer à cause d'eux », avait-il répondu sèchement. Finny avait éclaté de rire, puis proposé un chiffre. Brashen ayant acquiescé de la tête, les pirates qui vendaient leur butin s'étaient brièvement concertés, puis avaient accepté la somme. Brashen s'était senti souillé par cette transaction ; dès le début, il avait soupçonné le *Veille du Printemps* de faire le trafic de ce genre de produits, mais jamais il ne s'était imaginé en train d'examiner de la marchandise couverte de sang humain.

« Tiens, v'là c'que j'te propose, fit Tarloc d'un air matois. J'prononce un nom ; si tu te le rappelles, tu m'fais un clin d'œil et on n'en parle plus. Plus jamais. »

Par-dessus son épaule, Brashen répondit à mi-voix : « Et si tu la fermais tout de suite, que tu arrêtes de m'énerver, et que je ne te colle pas deux yeux au beurre noir ?

– C'est pas une façon de parler à un ancien compagnon de bord ! » fit Tarloc d'un ton geignard.

L'homme était trop soûl pour son propre bien : trop ivre pour comprendre le sens d'une menace, mais pas assez pour rouler sous la table. Néanmoins, Brashen pouvait remédier à cette dernière possibilité. Il changea de tactique et se retourna vers Tarloc en se forçant à sourire. « Tu as raison, tu sais ! Je ne me rappelle pas avoir navigué avec toi, mais qu'est-ce que ça change ? Puisqu'on est compagnons de bord aujourd'hui, buvons ensemble ! Garçon ! Du rhum par ici, et du bien sombre, pas la bière pisseuse que tu nous as servie jusqu'ici ! »

L'expression de Tarloc s'illumina considérablement. « Ah, ben, j'aime mieux ça ! » fit-il d'un ton approbateur. Il prit sa chope et avala rapidement la bière qu'elle contenait afin d'être prêt pour l'arrivée du rhum. Il s'essuya la bouche du revers de la main et fit à Brashen un sourire rayonnant qui laissa voir ses chicots. « Il m'semblait bien t'avoir reconnu dès que t'es monté à bord, j'te jure. Mais c'est que ça fait un bout de temps ; voyons, combien ? Dix ans ? Il y a dix ans, à bord de l'*Espoir* ? »

Le *Désespoir*. Brashen avala une lampée de sa propre chope et fit semblant de réfléchir. « Moi, tu veux dire ? Il y a dix ans ? Tu te trompes, mon gars, il y a dix ans, je n'étais qu'un gosse, rien qu'un gosse.

– C'est vrai, t'étais qu'un gamin. C'est pour ça que j'étais pas sûr, au début. T'avais pas un poil au menton, à l'époque.

– Non, en effet », acquiesça son interlocuteur d'un ton affable. Le garçon se présenta, porteur d'une bouteille et de deux verres ; Brashen serra les dents et paya l'alcool, puis, avec un sourire complice à Tarloc, il poussa de côté un des deux verres et déversa le rhum, qui émit un gargouillis joyeux, dans la chope vide du matelot. Tarloc était aux anges. Brashen se servit de façon beaucoup plus modérée, puis leva son verre. « Aux compagnons de bord d'hier et d'aujourd'hui ! »

Puis ils burent. Tarloc avala une solide rasade de rhum, eut un hoquet, puis se radossa avec un soupir. Il se grattait avec énergie le nez et la barbe. Soudain, il pointa le doigt sur Brashen. « L'*Enfant du Vent*! s'exclama-t-il avec un grand sourire ébréché. C'est ça, non?

– Quoi donc ? » demanda Brashen d'un air détaché. Les yeux plissés, il observa l'homme tout en buvant lentement une gorgée de rhum. Tarloc suivit son exemple et avala une lampée de sa chope.

« Allons, voyons ! fit-il au bout d'un moment d'une voix sifflante. T'étais sur l'*Enfant du Vent* quand on l'a abordé. T'étais un petit gamin tout sec et nerveux, qui s'est mis à cracher et à griffer quand on a voulu le faire descendre de la mâture. T'avais tout juste un couteau pour te défendre, mais tu t'es battu jusqu'à ce que t'en puisses plus !

– L'*Enfant du Vent*... Non, ça ne me dit rien, Tarloc. » Brashen mit une note de menace dans sa voix. « Tu ne vas pas me raconter que tu étais pirate, si ? »

L'homme était trop stupide ou trop soûl pour nier. Il éclata d'un rire d'ivrogne dans sa chope en faisant gicler le rhum, puis se laissa aller contre le dossier de sa chaise pour s'essuyer le menton avec sa manche. « Hé, comme nous tous ici ! Tu crois qu'y a un seul gars dans toute cette pièce qui ait jamais fait un peu le pirate ? Non, m'sieur ! » Il se pencha de nouveau et prit un ton confidentiel. « T'as pas été trop lent à signer le rôle, quand tu t'es retrouvé avec une lame contre les côtes. » Il se radossa. « Mais, si j'me souviens bien, tu t'faisais pas appeler " Brashen Trell de Terrilville ", en c'temps-là. » Il frotta son nez rougeaud en réfléchissant. « J'essaye de m'rappeler », dit-il d'une voix bredouillante. Il s'appuya lourdement sur la table, puis posa sa tête sur ses bras. « Me rappelle pas c'que c'était ; mais j'me souviens de ton surnom. » Il leva un gros doigt et le pointa vaguement vers Brashen. « La Fouine, à cause que t'étais tout maigre et vif comme pas deux. » Les paupières de l'homme se fermaient petit à petit. Il prit une longue inspiration et se mit à ronfler.

Sans bruit, Brashen quitta sa place. Les marchandises devaient être presque toutes chargées, à présent. Il n'en faudrait pas beaucoup pour hâter un peu le départ du bateau ; peut-être, en se réveillant, Tarloc s'apercevrait-il que son navire était parti sans lui : ce ne serait pas le premier matelot à s'enivrer et à se retrouver abandonné à terre. Brashen baissa les yeux sur l'homme qui ronflait. Les années n'avaient pas été tendres avec lui depuis l'époque de l'*Enfant du Vent* ; Brashen ne l'aurait pas reconnu s'il n'avait pas dévoilé son identité. Il prit la bouteille de rhum, puis, dans un accès de générosité, il la reboucha et la nicha au creux du bras du vieux pirate ; si Tarloc se réveillait trop tôt, il y avait des chances qu'il retarde son retour au bateau pour avaler une lampée ou deux ; et, s'il reprenait conscience trop tard, peut-être le rhum lui apporterait-il quelque consolation. Brashen n'avait rien contre lui, sauf qu'il lui remettait en mémoire un temps qu'il aurait préféré oublier.

La Fouine, se dit-il en quittant la taverne pour affronter le brouillard glacé du début de soirée. *Je ne suis plus la Fouine.* Comme pour s'en convaincre, il prit une barrette de cindine dans sa poche et en trancha un bout d'un coup de dents. Alors qu'il se fourrait la chique dans la joue, l'âcreté de la drogue lui fit monter les larmes aux yeux. Il n'en avait sans doute jamais eu d'aussi bonne qualité, et c'était un cadeau de séparation que lui avaient fait les pirates avec lesquels le capitaine et lui avaient négocié plus tôt dans la journée. Une barrette de cindine gratuite !

Non, il n'était plus la Fouine, songea-t-il avec un sourire forcé, en dirigeant ses pas vers le quai où l'attendait le *Veille du Printemps*. La pauvre Fouine n'avait jamais goûté à pareille cindine.

13

Pirates et prisonniers

« Ce sont des pirates, espèce d'imbécile ! lança Kyle à Sa'Adar. Rassemblez vos hommes pour les repousser ! Nous avons encore une chance de leur échapper : avec Hiémain à la barre, Vivacia va...

– En effet, ce sont des pirates, répondit le prêtre d'un air triomphant, et ils arborent le pavillon au corbeau ; ce sont les pirates qu'espèrent tous les esclaves de Jamaillia : ils capturent les transports de chair humaine et libèrent les prisonniers. Et ils jettent les équipages aux serpents puants qui les suivent partout. » Il prononça cette dernière phrase dans un grondement féroce qui détonnait avec son sourire ravi. « En vérité, Sa est venu à notre aide », ajouta-t-il, puis il s'éloigna à grands pas vers le passavant, où les esclaves montraient du doigt le pavillon au corbeau en poussant des cris de joie.

La nouvelle s'était répandue dans tout le bateau comme une traînée de poudre. Alors que la *Marietta* se plaçait bord à bord avec la vivenef, des grappins jaillirent, et Hiémain perçut l'inquiétude de Vivacia

393

lorsque les crocs acérés raclèrent ses ponts pour se prendre dans son bastingage. « Du calme, ma dame », fit-il à mi-voix ; l'appréhension du navire se mêlait à celle qu'il éprouvait aussi. Il ne restait plus d'équipage pour résister à la capture, même si lui-même avait encore eu le courage de se battre et de voir couler le sang. L'épuisement pesait sur lui comme un manteau lourd et glacé. Il demeura devant la barre, les mains sur les poignées, tandis que l'autre bateau se rapprochait, halé par les grappins. Comme des fourmis surgissant d'un nid dérangé, des matelots aux vêtements criards se déversèrent par-dessus ses bordages. Dans le passavant, quelqu'un criait des ordres aussi bien aux pirates qu'aux esclaves ; avec une obéissance et une rapidité quasi magiques, des hommes commencèrent à envahir la mâture et à prendre les ris, prompts et efficaces. Hiémain entendit descendre la chaîne d'ancre. Une voix autoritaire donnait des ordres auxquels les esclaves se prêtaient, tout en évitant de gêner les pirates.

Hiémain restait immobile et, il l'espérait, invisible parmi les autres esclaves. Il ressentait presque du soulagement : ces pirates étaient en train de s'emparer de son bateau, mais au moins ils œuvraient avec compétence. La vivenef se trouvait aux mains de vrais marins.

Malheureusement, son soulagement ne dura pas : un peu plus tard, des cadavres furent jetés par-dessus bord. Le serpent blanc, que Hiémain croyait loin derrière, arrêté par la tempête, creva soudain la surface de l'eau, la gueule béante ; plus loin, d'autres aux teintes plus vives hissèrent la tête hors de l'eau pour observer le navire avec prudence et curiosité. L'un d'eux déploya soudain une vaste crête et tendit le cou pour émettre un mugissement de défi.

Vivacia poussa un cri à leur vue. « Non ! Faites-les partir ! » s'exclama-t-elle. Puis elle ajouta : « Pas Gantri, non ! Ne le donnez pas à ces bêtes immondes ! Hiémain ! Dis-leur d'arrêter, dis-leur d'arrêter ! »

On entendit pour toute réponse un éclat de rire effrayant.

Hiémain jeta un regard à son père, dont les yeux paraissaient morts. « Il faut que j'aille auprès d'elle, dit-il d'un ton d'excuse. Restez ici. »

Kyle eut un grognement méprisant. « A quoi bon te fatiguer ? Tu l'as déjà perdue ! Tu as prêté l'oreille à ce prêtre et laissé les pirates monter à bord. Tu n'as pas levé le petit doigt, tout comme la nuit dernière, où tu n'as rien fait pour nous prévenir de la rébellion des esclaves. » Il secoua la tête. « Un moment, cette nuit, j'ai cru t'avoir mal jugé, mais je me trompais.

— De même, je n'ai pas levé le petit doigt pour vous empêcher de transformer mon navire en transport d'esclaves », dit Hiémain d'un ton amer. Il toisa lentement son père. « Je ne me trompais pas non plus, j'en ai peur », dit-il. Il bloqua la barre à l'aide d'une boucle de corde et s'en alla vers l'étrave sans un regard en arrière. *Pour le bateau*, songea-t-il. *C'est pour le bateau que je le fais.* Il n'avait pas laissé son père seul et blessé parce qu'il le haïssait ; il ne l'avait pas abandonné en espérant plus ou moins qu'il se ferait tuer : la vivenef avait besoin de lui et il se rendait auprès d'elle, voilà tout. Il se dirigeait vers le gaillard d'avant ; arrivé au passavant, il se fraya discrètement un chemin parmi les esclaves attroupés.

A la lumière du jour, les anciens prisonniers offraient un spectacle encore plus affreux que dans la quasi-obscurité des cales. Ecorchée par les chaînes et les mouvements du navire, leur peau couverte de haillons apparaissait croûteuse et blême. Les privations en avaient presque réduit certains à l'état de squelettes ambulants ; quelques-uns portaient de meilleurs vêtements que leurs camarades, ayant dépouillé les morts ou récupéré les affaires des hommes d'équipage. Les faces-de-carte s'étaient apparemment approprié la garde-robe du capitaine et semblaient plus à l'aise que nombre de leurs compagnons : beaucoup avaient le regard clignotant, égaré, d'animaux restés en cage dans le noir et qu'on vient de libérer. On avait découvert les réserves du navire ; des barriques de biscuits avaient été hissées sur le pont et leur couvercle défoncé. Certains esclaves restaient figés, avec entre leurs mains de pleines poignées de biscuits comme pour se convaincre qu'ils avaient de quoi manger quand ils le voulaient. Délivrés de leurs chaînes, ils paraissaient ne pas encore se rappeler comment on se déplace librement ni comment on agit à son gré ; la plupart traînaient encore les pieds, et les regards qu'ils échangeaient évoquaient ceux de bœufs entre eux. On leur avait volé leur humanité, et il faudrait du temps avant qu'ils la regagnent.

Hiémain s'efforçait de les imiter, se faufilant d'un groupe à un autre. Sa'Adar et ses faces-de-carte se tenaient au milieu du passavant et paraissaient souhaiter la bienvenue aux pirates. Le prêtre s'adressait à trois d'entre eux ; aux rares mots que Hiémain surprit, il leur tenait un discours fleuri de salut et de remerciement. Aucun des trois hommes ne semblait particulièrement impressionné ; le plus grand avait même l'air dégoûté. Hiémain partageait son sentiment.

Cependant, tout cela ne le regardait pas. Seule comptait Vivacia. Ses vaines supplications ş'étaient muées en petits cris inarticulés. Hiémain repéra deux faces-de-carte sur le côté sous le vent du navire, occupés à jeter par-dessus bord, à gestes mécaniques, les cadavres entassés de matelots et d'esclaves. L'air détaché, ils ne parlaient que de la gloutonnerie du serpent blanc qui attrapait les corps. Hiémain aperçut Clément lorsqu'il passa le bastingage, et jamais il ne devait oublier l'image de ses pieds nus émergeant de son pantalon en haillons quand le serpent saisit la dépouille de son ami dans sa vaste gueule. « Sa nous pardonne », murmura-t-il. Il se détourna du macabre spectacle et s'accrocha à l'échelle qui menait sur le gaillard d'avant. Il venait de commencer à monter quand il entendit Sa'Adar ordonner à une face-de-carte : « Va chercher le capitaine Havre. » Hiémain s'arrêta un instant, puis grimpa l'échelle quatre à quatre et se précipita vers l'étrave. « Vivacia ! Je suis là ! Je suis là ! » fit-il à voix basse.

« Hiémain ! » s'exclama-t-elle dans un hoquet. Elle se tourna vers lui en tendant la main, et il se pencha pour la toucher. L'hébétude et la terreur ravageaient les traits de la figure de proue. « Il y a eu tant de morts ! chuchota-t-elle ; il y a eu tant de morts cette nuit ! Et qu'allons-nous devenir à présent ?

– Je l'ignore, répondit-il, refusant de mentir. Mais je te promets que, de mon seul gré, je ne te quitterai plus jamais. Je ferai aussi tout ce qui est en mon pouvoir pour éviter de nouvelles morts ; mais il faut que tu m'aides. Il le faut.

– Mais comment ? Personne ne m'écoute ; je ne suis rien pour ces gens.

– Pour moi, tu es tout. Sois forte, sois courageuse. »

Il y eut une soudaine animation dans le passavant, un murmure général qui se transforma en rugissement bestial. Hiémain n'eut pas besoin de regarder ce qui se passait. « Ils ont amené mon père ! Il faut les empêcher de le tuer !

– Pourquoi ? » La soudaine dureté de sa voix glaça le sang de Hiémain.

« Parce que je lui ai promis que j'essayerais. Il a passé la nuit entière avec moi, à me donner des conseils ; malgré tout ce qui nous sépare, il m'a aidé à ne pas t'éventrer sur les rochers. » Hiémain reprit son souffle. « Et aussi parce que je ne pourrais pas les laisser abattre mon père sans réagir ; je deviendrais un monstre.

– Nous ne pouvons rien faire, dit-elle avec amertume. Je n'ai pas réussi à sauver Gantri, je n'ai pas réussi à sauver Clément ; même Findo, avec son violon, je n'ai pas pu le sauver. Malgré tout ce que ces esclaves ont enduré, ils ont seulement appris à ne pas faire attention à la souffrance d'autrui. Aujourd'hui, c'est la douleur qui leur sert de monnaie dans toutes leurs transactions ; rien d'autre ne les affecte, rien d'autre ne les satisfait. » La vivenef commençait à ne plus maîtriser sa voix. « Et c'est de ça qu'ils m'emplissent, de leur souffrance, de leur soif de faire mal, de...

– Vivacia, fit doucement Hiémain, puis, plus fermement : Vivenef ! Ecoute-moi ! Tu m'as envoyé dans les cales soigner les esclaves pour me rappeler qui je suis, et tu as eu raison. Tu as eu parfaitement raison. Maintenant, rappelle-toi qui tu es à ton tour, et ce qui te guide ; souviens-toi de tout ce que tu sais du courage. Nous allons en avoir besoin. »

Comme en réponse à ses propos, il entendit Sa'Adar crier d'une voix autoritaire : « Hiémain ! Descends ! Ton père prétend que tu vas prendre sa défense ! »

Une respiration, deux, trois. Se trouver soi-même au centre de tout, découvrir Sa au centre de soi-même. Ne pas oublier que Sa est tout et que tout est Sa.

« Ne crois pas pouvoir te cacher ! tonna Sa'Adar. Viens ici ! C'est le capitaine Kennit qui te l'ordonne ! »

Hiémain ramena ses cheveux en arrière, se leva, puis, en se tenant le plus droit possible, il gagna l'extrémité du gaillard d'avant et baissa les yeux sur le groupe d'hommes. « Nul ne me donne d'ordre sur le pont de mon propre navire ! » jeta-t-il, puis il attendit la réaction de ses auditeurs.

– Ton navire ? Toi, que ton père lui-même a réduit en esclavage, tu prétends posséder ce navire ? » Hiémain reprit espoir : c'était Sa'Adar qui avait répondu, pas un des pirates.

399

Pendant que le prêtre parlait, il les regarda qui le dévisageaient, bouche bée. « Ce bateau m'appartient comme j'appartiens à ce bateau : par droit du sang. Et, si vous croyez pouvoir remettre mes revendications en question, demandez à mon père comment il s'est débrouillé avec ce navire. » Il inspira profondément et s'efforça de prendre un ton de commandement. « La vivenef *Vivacia* est à moi.

— Emparez-vous de lui et amenez-le ici ! ordonna Sa'Adar à ses faces-de-carte, d'un air mécontent.

— Posez la main sur lui et vous êtes tous morts ! » Le ton de Vivacia n'était plus celui d'un enfant effrayé, mais celui d'une matriarche outragée. Malgré l'ancre et les grappins qui la maintenaient, elle parvint à faire rouler sa coque. « N'en doutez pas ! rugit-elle soudain. Vous m'avez souillée de vos excréments, et je ne me suis pas plainte ! Vous avez versé le sang sur mes ponts, et je devrai éternellement supporter toutes ces morts, mais je n'ai pas réagi. Cependant, faites du mal à Hiémain et ma vengeance n'aura de fin qu'avec votre mort à tous ! »

Le balancement s'accentua sans que le *Marietta* pût l'imiter ; la corde d'ancre gémit, et, spectacle plus effrayant pour Hiémain, les serpents au loin se mirent à battre l'eau de leur queue en trompetant d'un air interrogateur. Leurs affreuses têtes s'avançaient et se reculaient, la gueule ouverte comme si elles attendaient à manger. Une des créatures, plus petite que les autres, se propulsa soudain en avant pour attaquer le serpent blanc, qui se mit à crier et à mordre son agresseur à l'aide de ses myriades de crocs. Des hurlements d'effroi s'élevèrent des ponts de Vivacia et les esclaves s'écartèrent du bastingage et descendirent du gaillard d'avant pour former un groupe serré. D'après le ton de certains cris, Hiémain comprit que peu d'entre eux avaient la moindre idée de ce qu'était une vivenef.

Tout à coup, une femme se détacha de la troupe des pirates, traversa le pont en courant et grimpa sur le gaillard d'avant. Hiémain n'avait jamais vu sa pareille : grande et mince, elle portait les cheveux très courts, et le tissu de bonne qualité de ses jupes et de son ample chemise, trempé, collait à son corps comme si elle avait été de quart toute la nuit ; pourtant, elle ne paraissait pas plus dépenaillée qu'une tigresse qui sort de l'eau. Elle atterrit devant Hiémain avec un choc sourd. « Descends, dit-elle, et c'est son regard plus que sa voix qui en faisait un ordre. Descends le voir tout de suite ; ne le fais pas attendre. »

Sans lui répondre, il s'adressa au navire : « Ne crains rien.

– Ce n'est pas nous qui avons quelque chose à craindre », répliqua Vivacia. Avec plaisir, Hiémain vit la femme pâlir de stupéfaction ; entendre parler la vivenef était une chose, c'en était une autre de se trouver assez près pour distinguer l'éclat furieux de ses yeux. La figure de proue jeta un regard de mépris à la femme, puis elle secoua la tête pour écarter de son visage ses boucles sculptées. C'était un geste typiquement féminin, le défi lancé à une rivale. Le pirate repoussa les courtes mèches noires de son front et rendit son regard à la vivenef. L'espace d'un instant,

Hiémain fut frappé de les trouver à la fois si différentes et si semblables.

Sans attendre davantage, il bondit avec légèreté du gaillard d'avant et atterrit dans le passavant. La tête droite, il s'avança d'un pas assuré vers les pirates. Il n'eut pas un coup d'œil pour Sa'Adar : plus il le voyait, moins il l'imaginait en prêtre.

Le chef des pirates était un homme de grande taille, bien musclé ; ses yeux noirs brillaient au-dessus de la trace de cautère qu'il portait à la joue. C'était donc lui-même un ancien esclave. Sa chevelure indisciplinée était ramenée en queue de cheval et retenue par un mouchoir couleur or. Comme chez la femme, sa tenue opulente était trempée et lui collait à la peau ; il n'hésitait donc pas à mettre la main à la pâte, songea Hiémain, qui en éprouva malgré lui un certain respect.

Il soutint son regard. « Je m'appelle Hiémain Vestrit, des Vestrit, Marchands de Terrilville. Vous foulez les ponts de la vivenef *Vivacia*, qui appartient elle aussi à la famille Vestrit. »

Mais c'est un personnage de haute taille, au teint pâle, qui répondit à la place de l'homme à la cicatrice. « Je suis le capitaine Kennit. Tu t'adresses à mon estimé second, Sorcor ; et ce navire qui était à toi est désormais à moi. »

Hiémain le parcourut du regard, effaré au point de ne savoir que dire. Il s'était habitué à la puanteur des humains, mais cet homme empestait la maladie. Il jeta un coup d'œil au moignon de jambe et nota la béquille sur laquelle Kennit s'appuyait, la cuisse enflée qui tirait sur le tissu de son pantalon comme la chair à saucisse gonfle le boyau. Quand il croisa ses yeux pâles, il observa qu'ils étaient grands et brillants de fièvre, que sa peau était tendue sur les os de son visage. Lorsqu'enfin il parla, il déclara d'une voix douce au mourant : « Ce navire ne pourra jamais vous appartenir. Il ne peut appartenir qu'à un membre de la famille Vestrit. »

D'un petit geste de la main, Kennit désigna Kyle. « Pourtant, celui-ci affirme en être propriétaire. » Le père de Hiémain réussit tant bien que mal à se redresser, et même à se tenir presque droit ; il ne se laissa aller à manifester nulle peur ni douleur. C'était à présent un homme qui attendait son verdict. Il n'adressa pas la moindre parole à son fils.

Hiémain formula sa réponse avec soin. « Il en est " propriétaire ", en effet, au sens où on peut posséder un bien. Mais la vivenef est à moi ; je ne prétends pas en être propriétaire, pas plus qu'un homme ne peut se dire propriétaire de son fils. »

Le capitaine le toisa d'un air dédaigneux. « Tu m'as l'air un peu jeune pour te prétendre père ; et, d'après la marque sur ta joue, j'ai l'impression que c'est le navire ton propriétaire. Si je comprends bien, ton père est entré par mariage dans une famille de Marchands, mais c'est toi qui es du sang de cette famille.

– Je suis Vestrit par le sang, oui. » Hiémain s'était exprimé d'un ton posé.

« Ah ! » Nouveau petit geste en direction de Kyle. « Alors nous n'avons pas besoin de ton père ;

seulement de toi. » Kennit s'adressa à Sa'Adar. « Vous pouvez en disposer, comme vous le demandiez ; et de ces deux-là aussi. »

Il y eut un bruit d'éclaboussures suivi d'un coup de trompe d'un des serpents. Hiémain se tourna sur tribord juste à temps pour voir deux faces-de-carte faire basculer le deuxième matelot jamaillien par-dessus bord. Il tomba en hurlant jusqu'à ce que le serpent blanc interrompe son cri d'un claquement des mâchoires. « Attendez ! » s'exclama Hiémain, mais nul n'y prêta attention. Vivacia poussa un cri d'horreur et voulut frapper les serpents à coups de poing, mais ils se trouvaient trop loin. Des faces-de-carte étaient en train de s'emparer du père de Hiémain. Le garçon se jeta, non sur eux, mais sur Sa'Adar et l'agrippa par le devant de sa chemise. « Vous aviez promis de leur laisser la vie sauve ! S'ils aidaient à manœuvrer le bateau pendant la tempête, vous leur aviez promis la vie sauve ! »

Sa'Adar haussa les épaules en souriant. « Ce n'est pas moi qui décide, mon garçon, mais le capitaine-Kennit. Il n'est pas tenu par ma parole.

– Votre parole a si peu de valeur qu'on ne pourrait obliger personne à la respecter ! » cria furieusement Hiémain. Il pivota vers les hommes qui avaient saisi son père. « Relâchez-le ! »

Sans l'écouter, ils entraînèrent son père, malgré sa résistance, vers le bastingage. Physiquement, Hiémain ne pouvait rien contre eux ; aussi s'adressa-t-il encore une fois au capitaine Kennit, disant à mots précipités : « Relâchez-le ! Vous avez vu la réaction de la vivenef face aux serpents ? Si vous leur jetez quelqu'un de sa famille, sa colère sera terrible !

— Je n'en doute pas, acquiesça le capitaine pirate d'un ton languide ; mais il ne fait pas vraiment partie de sa famille ; elle s'en remettra donc.

— Pas moi ! déclara Hiémain avec rage. Et vous apprendrez vite que, si on blesse l'un de nous, nous saignons tous les deux. » Son père se débattait tou jours, mais sans un mot et sans beaucoup d'énergie. Près du bateau, le serpent blanc trompeta avec impatience. Hiémain se savait trop chétif pour l'emporter sur les deux faces-de-carte, sans parler de tous les hommes dont disposait le pirate.

Kennit, en revanche, c'était une autre affaire. Vif comme un serpent, Hiémain le saisit par le devant de sa chemise et lui donna une secousse, de façon à faire tomber sa béquille et à l'obliger à dépendre de lui pour rester debout. Le brusque mouvement arracha un cri de douleur au mourant. Son second s'avança avec un grondement.

« Arrière ! fit Hiémain. Et ordonnez à ces hommes d'arrêter ! Sinon, je flanque un coup de pied dans son moignon et j'éclabousse le pont avec sa chair pourrie !

— Attendez ! Lâchez-le ! » L'ordre émanait, non de Sorcor, mais de la femme. Les hommes se figèrent, indécis, regardant tour à tour Sa'Adar et la femme. Hiémain ne perdit pas son temps à leur parler. Entre ses poings, Kennit était au bord de l'évanouissement ; le jeune garçon lui imprima une nouvelle secousse et dit d'une voix menaçante : « Vous brûlez de fièvre et vous puez la pourriture. En ce moment, même avec une seule jambe valide, vous avez le pouvoir de nous tuer tous les deux, mon père et moi ; mais, dans ce cas, vous ne posséderez pas mon bateau plus de quelques jours avant de nous suivre au fond. Et tous ceux que vous laisserez sur le pont de la *Vivacia* mourront eux aussi ; le navire s'en chargera. Alors je vous propose de trouver un terrain d'entente. »

Le capitaine Kennit leva lentement les mains et agrippa les poignets de Hiémain. Le jeune garçon n'en avait cure : pour le moment, il avait le pouvoir de causer à l'homme une souffrance effroyable, dont le choc suffirait peut-être à le tuer. Les rides profondes qui creusaient le visage du pirate disaient à Hiémain qu'il le savait aussi. La sueur perlait au front de l'homme. L'espace d'un bref instant, l'œil de Hiémain fut accroché par une curieuse broche de poignet que le pirate portait : un visage minuscule, semblable à celui de Kennit, lui souriait d'un air de jubilation méchante. Hiémain en fut troublé. Il reporta son regard sur le visage de l'homme et le plongea dans les profondeurs glacées de ses yeux bleus. Ils le lui rendirent et parurent lire au plus profond de lui. Hiémain refusa de se laisser intimider.

« Eh bien ? Qu'en dites-vous ? demanda-t-il sèchement avec une infime saccade. Acceptez-vous de négocier »

Sans voir les lèvres du pirate remuer, Hiémain l'entendit répondre dans un murmure tout juste audible « Voici un gamin qui promet ; on arrivera peut-être à en faire quelque chose.

— Quoi ? » fit Hiémain d'un ton furieux. L'ironie de l'homme suscitait en lui une violente colère.

Une étrange expression était apparue sur les traits du pirate. Il regardait Hiémain avec une sorte de fascination ; un instant, il parut l'avoir déjà vu auparavant, et Hiémain, lui aussi, ressentit la singulière impression d'avoir déjà vécu la même scène, d'avoir effectué les mêmes gestes et prononcé les mêmes paroles. Il y avait dans le regard de Kennit quelque chose d'irrésistiblement attirant, quelque chose qui exigeait qu'on reconnût son existence. Le silence qui régnait entre eux paraissait les lier l'un à l'autre.

Hiémain sentit soudain un objet pointu contre ses côtes. Le poignard à la main, la femme dit : « Emmenez doucement Kennit, Sorcor. Petit, tu viens de manquer l'occasion d'une mort rapide ; tout ce que tu as gagné, c'est de périr en même temps que ton père, et chacun d'entre vous priera le ciel pour être le premier à y passer.

— Non. Non, Etta, écarte-toi. » Le pirate maîtrisait bien sa souffrance et avait conservé sa diction d'homme instruit ; il dut néanmoins reprendre son souffle avant de poursuivre : « Quel est ton marché, garçon ? Que te reste-t-il à proposer ? Ton navire, donné de ton plein gré ? » Kennit secoua lentement la tête. « Il m'appartient déjà, de quelque manière que tu voies la situation ; je suis donc perplexe : que crois-tu pouvoir échanger ?

— Une vie contre une autre », répondit Hiémain d'une voix lente. Il savait que ce qu'il proposait dépassait sans doute ses compétences. « J'ai été formé à l'art de guérir, car j'étais autrefois promis à la prêtrise de Sa. » Il jeta un coup d'œil au moignon du pirate. « Vous avez besoin de mon savoir-faire, vous ne l'ignorez pas. Je vous sauverai la vie si vous ne tuez pas mon père.

— Tu vas probablement vouloir me couper la jambe encore plus haut pour tenir ton pari. » Le ton du pirate était plein de mépris.

Hiémain leva les yeux pour chercher une trace d'assentiment dans le regard de l'homme. « Vous savez déjà que c'est nécessaire, répondit-il. Vous attendiez seulement que la douleur de la gangrène devienne telle que celle de l'amputation soit un soulagement. » Il baissa de nouveau les yeux sur la jambe. « Vous avez attendu presque trop longtemps ; mais je reste prêt à honorer notre marché : votre vie contre celle de mon père. »

Kennit vacilla entre les poings de Hiémain, qui dut le raffermir sur son pied. Tout autour d'eux, figés comme dans un tableau, des hommes les observaient ; les faces-de-carte tenaient son père contre le bastingage afin qu'il vît bien le serpent qui attendait sa proie avec impatience.

« Voilà un bien piètre marché, dit Kennit d'une voix défaillante. Augmente la mise. Ajoute aussi ta vie. » Il eut un rictus qui se voulait sourire. « De cette façon, si je gagne en mourant, nous perdons tous ensemble.

— Vous avez une curieuse conception de la victoire, fit Hiémain.

— Dans ce cas, vous pouvez inclure votre équipage dans le pari, intervint soudain Vivacia, parce que, si vous me volez la vie de Hiémain, je vous promets de vous envoyer tous par le fond. » Elle s'interrompit. « Et c'est le seul marché que j'aie à proposer.

– L'enjeu est de taille, observa Hiémain à mi-voix. Néanmoins, si vous êtes d'accord, je l'accepte aussi.

– Vu ma position actuelle, j'aurais du mal à toper », fit le pirate. Il s'exprimait toujours d'un ton calme et charmeur, mais Hiémain le sentait s'affaiblir. Un petit sourire tordit les lèvres de Kennit. « Tu n'essayes pas d'obtenir la promesse que, si je survis, je te rendrai ton navire ? »

Hiémain secoua lentement la tête avec un sourire aussi mince que celui du pirate. « Vous ne pouvez pas m'en dépouiller, pas plus que je ne puis vous le donner ; vous devrez le comprendre par vous-même, je pense. Mais votre parole suffira à m'engager pour le reste du marché – ainsi que celle de votre second et de la femme. » Il regarda l'intéressée derrière Kennit et ajouta : « Et si les esclaves font du mal à mon père à bord de ce navire, je considérerai le marché comme nul et non avenu.

– Il n'y a pas d'esclave à bord de ce navire ! » déclara Sa'Adar avec emphase.

Hiémain ne lui prêta nulle attention et attendit que la femme accepte sa proposition d'un petit hochement de tête.

« Si tu as la parole de mon capitaine, t'as la mienne aussi, fit Sorcor d'un ton bourru.

– Parfait », dit Hiémain. Il tourna la tête et s'adressa à Sa'Adar : « Dégagez le chemin jusqu'aux quartiers de mon père ; je veux qu'on y mette le capitaine pirate au lit. Et que mon père prenne la cabine de Gantrı pour se reposer. Je m'occuperai de ses côtes plus tard. »

Une fraction de seconde, Sa'Adar rendit son regard à Hiémain en plissant les yeux. Le jeune garçon ignorait ce que pensait l'homme, mais il savait que le prêtre ne respecterait aucune parole, pas même la sienne propre, il faudrait le surveiller de près.

La foule des esclaves s'ouvrit pour laisser un passage jusqu'à la dunette ; certains s'écartèrent en maugréant, d'autres restèrent impassibles. Quelques-uns regardèrent Hiémain et parurent se souvenir d'un garçon porteur d'un seau d'eau et d'un chiffon humide et frais. Hiémain vit son père emmené vers la cabine de Gantri ; il ne jeta pas le moindre coup d'œil à son fils et ne prononça pas un mot.

Hiémain décida de pousser son avantage pour situer les limites de son pouvoir. Il lança un regard aux faces-de-carte qui flanquaient Sa'Adar. « Il règne un désordre intolérable sur ce pont, dit-il calmement. Je veux qu'on le débarrasse de la toile et des cordages qui l'encombrent, et qu'on nettoie le bois à fond. Ensuite, attaquez-vous aux cales. Des hommes libres n'ont pas d'excuse pour vivre dans la crasse. »

Les faces-de-carte se tournèrent vers Sa'Adar, puis de nouveau vers Hiémain.

Ce fut Sorcor qui résolut le dilemme. « Vous pouvez obéir au gamin, ou vous pouvez m'obéir à moi. Ce qui compte, c'est que ce soit fait, et en vitesse. » Làdessus, il s'en alla donner des ordres à son propre équipage. Les faces-de-carte s'écartèrent lentement de

Sa'Adar pour effectuer les tâches qu'on leur avait désignées ; le prêtre ne bougea pas d'un pouce. Sorcor continuait à donner ses instructions. « ... et Cori à la barre, avec Brig pour commander le pont. Je veux qu'on remonte l'ancre et qu'on mette à la voile dès que la *Marietta* s'écartera. On se rend tous à Anse-au-Taureau. Allez, vivement, maintenant ! Montrez-leur comment travaille un vrai matelot ! » Il jeta de nouveau un coup d'œil aux faces-de-carte qui s'éloignaient lentement et inclut dans son regard le prêtre qui restait immobile, les bras croisés. « Vivement, j'ai dit ! Il y a du boulot pour tout le monde ! N'obligez pas Brig à en trouver à votre place ! »

En deux enjambées, il se plaça près de Hiémain, qui soutenait plus le capitaine pirate qu'il ne le menaçait à présent, et, avec autant de douceur que s'il portait un nourrisson endormi, le robuste second passa les bras autour de Kennit. Il adressa un sourire de loup à Hiémain. « Tu as osé toucher une fois le capitaine. Ça n'arrivera plus.

— En effet, je pense que ce ne sera plus nécessaire, répondit le jeune garçon, mais le regard noir et froid de la femme qu'il sentait dans son dos lui glaçait les entrailles.

— Je vais vous accompagner jusqu'à votre cabine, commandant, proposa Sorcor.

— Après que je me serai présenté au navire », répondit Kennit, et, au grand étonnement de Hiémain, il s'efforça de rajuster sa chemise.

Le jeune garçon sourit. « Je me ferai un plaisir de vous faire faire la connaissance de Vivacia. »

La lenteur méthodique avec laquelle Kennit traversa le pont serra le cœur de Hiémain ; cet homme ne survivait que par sa seule force de volonté et sa conscience de soi ; si l'une ou l'autre venait à lui manquer, il mourrait aussitôt. Tant qu'il était résolu à vivre, Hiémain disposait d'un puissant allié pour le guérir ; mais, s'il baissait les bras, tout le savoir-faire du monde serait impuissant devant l'infection qui le gagnait.

Monter l'échelle qui menait au gaillard d'avant fut une tâche ardue. Sorcor fit de son mieux pour préserver la dignité de son maître tout en l'aidant, alors qu'Etta, qui les avait précédés, s'était retournée pour lancer un regard furieux aux esclaves béants. « Vous n'avez rien de mieux à faire que de jouer les badauds ? leur lança-t-elle, puis, s'adressant à Brig, elle suggéra : Il y a sans doute des esclaves malades dans les cales ; on pourrait employer ceux-ci pour les amener à l'air libre. » Quelques instants plus tard, Kennit prenait pied sur le gaillard d'avant. Etta voulut saisir son bras, mais il l'écarta d'un geste. Le temps que Hiémain parvienne à son tour en haut de l'échelle, Kennit s'était servi de sa béquille pour gagner péniblement l'étrave.

Vivacia leva les yeux par-dessus son épaule, et elle toisa son visiteur avant de dire d'un ton doux et réservé : « Capitaine Kennit.

– Ma dame Vivacia. » Et il s'inclina, pas autant qu'un homme en bonne santé, mais ce fut davantage qu'un simple hochement de tête. Quand il se redressa, il rendit son regard scrutateur à la vivenef. Hiémain éprouvait un sentiment de malaise, car les narines de l'homme s'évasèrent et on lisait dans le sourire qui lui étira les lèvres à la fois de l'approbation et de la convoitise. Son évidente appréciation troubla Vivacia, et, dans un geste d'adolescente, elle se recula en couvrant sa poitrine de ses mains. Le sourire de Kennit ne s'en fit que plus large. Les yeux de Vivacia s'agrandirent, mais elle paraissait incapable de retenir le sourire qui montait à ses lèvres.

Elle fut la première à prendre la parole. « J'ignore ce que vous attendez de moi. Pourquoi avez-vous tenté de vous emparer ainsi de moi ? »

Kennit s'approcha d'un pas. « Ah, ma dame de bois et de vent, ma beauté vive ! Ce que j'attends de vous ne saurait être plus simple : je vous désire pour moi. Par conséquent, ma question ne peut être que celle-ci : que voulez-vous de moi ? Que dois-je faire pour vous conquérir ?

– Je ne... Personne ne m'a jamais... » Manifestement déconcertée, elle se tourna vers Hiémain. « Ce garçon est mien et je suis sienne ; nous nous sommes rendus compte que rien jamais ne changerait cela. Vous ne pouvez assurément pas vous interposer entre nous.

– Non ? C'est avec la même affection qu'une sœur parle de son frère, jusqu'à ce qu'un amant vole son cœur. »

Hiémain restait pantois. La seule autre personne aussi abasourdie que lui, peut-être, par cet échange était la femme qui était montée à bord avec Kennit. Ses yeux s'étaient rétrécis, comme ceux d'un chat lorsqu'il observe un chien agressif. Elle est jalouse, se dit Hiémain, elle est jalouse des mots doux qu'il adresse au navire – tout comme moi, il dut se l'avouer, du trouble et du plaisir manifestes de Vivacia.

Le grain fin des joues de la figure de proue avait rosi, et la respiration qui soulevait ses seins qu'elle dissimulait s'était accélérée. « Je suis un navire, non une femme, fit-elle. Vous ne pouvez devenir mon amant.

– Croyez-vous ? Ne vous conduirai-je pas sur des mers où nul autre n'oserait s'aventurer, ne verrons-nous pas ensemble des terres où naissent les légendes ? Ne nous risquerons-nous pas sous des cieux dont les étoiles n'ont pas encore reçu de nom ? Notre aventure, à nous deux, ne formera-t-elle pas une histoire telle que le monde entier nous vénérera ? Ah, Vivacia, je te le dis sans détour : je te conquerrai. Et tu n'auras rien à craindre, je te l'assure. »

De Kennit, le regard de la vivenef passa à Hiémain. La confusion la rendait jolie, tout comme le doux plaisir que lui procuraient les propos du pirate. « Jamais vous ne prendrez la place de Hiémain auprès de moi, quoi que vous en disiez, répondit-elle non sans mal. Il est de ma famille.

– Naturellement ! s'exclama Kennit avec chaleur. Tel n'est pas mon souhait ; si tu te sens en sécurité avec lui, nous le garderons à bord pour toujours. » Il sourit de nouveau à Vivacia, d'un sourire à la fois malicieux et entendu. « C'est avec moi que je ne veux pas que tu te sentes en sécurité, ma dame. » Il croisa les bras et, malgré sa béquille et sa jambe tronquée, il parvint à prendre l'allure d'un bel homme effronté. « Je n'ai nulle envie d'être ton petit frère. »

Durant sa cour, la douleur de son moignon avait dû s'accentuer, car il vacilla soudain et son sourire se mua en grimace de souffrance. Il courba la tête avec un hoquet, et, aussitôt, Sorcor apparut à côté de lui.

« Vous êtes blessé ! Il faut vous reposer ! s'exclama la *Vivacia* avant que quiconque pût dire un mot.

– Je le crains », reconnut Kennit avec tant d'humilité que Hiémain comprit soudain : le pirate était ravi de la réaction du navire. Il alla jusqu'à se demander si l'homme ne l'avait pas cherchée. « Je dois donc te quitter ; mais je reviendrai te voir, si tu le veux bien, dès que j'en serai capable.

– Oh oui, je vous en prie ! » Elle laissa tomber ses mains qui cachaient sa poitrine et en tendit une au pirate, comme pour l'inviter à toucher sa paume.

Il réussit encore une fois à s'incliner, mais ne fit pas mine de répondre à son geste. « Jusqu'au revoir », dit-il avec une nuance de cajolerie. Il se détourna pour déclarer d'une voix plus rauque : « Sorcor, je vais encore avoir besoin de ton assistance. »

Alors que Kennit s'appuyait sur le solide marin et se mettait en route pour l'arrière, Hiémain surprit le regard que la femme posait sur la figure de proue. Il n'avait rien d'amène.

« Sorcor ! » Tous se retournèrent au ton impérieux de la *Vivacia*. « Prenez soin de lui ; et, quand vous en aurez fini, je voudrais emprunter quelques-uns de vos archers. J'aimerais qu'au moins on décourage ces serpents.

– Cap'taine ? » demanda Sorcor, dubitatif.

Kennit s'appuyait lourdement sur lui, son visage était couvert de transpiration, mais il sourit quand même. « Donne à ma dame ce qu'elle désire. Je marche sur une vivenef ! Courtise-la à ma place, mon ami, en attendant que je puisse la charmer moi-même. » Avec un soupir qui évoquait un râle d'agonie, il bascula soudain dans les bras du second ; alors que Sorcor l'empoignait et l'emportait vers l'ancienne cabine de son père, Hiémain s'interrogeait sur l'étrange sourire qu'arborait toujours le pirate. La femme suivait les deux hommes, sans quitter des yeux le visage du capitaine Kennit.

Hiémain fit demi-tour et se dirigea lentement vers l'étrave jusqu'au point où s'était tenu Kennit. Il remarqua que nul ne faisait le moindre geste pour l'en empêcher, il était plus libre à bord du navire qu'il ne l'avait jamais été.

« Vivacia », fit-il doucement.

Elle regardait Kennit s'éloigner. Elle sortit de sa rêverie pour lever les yeux vers Hiémain ; ils étaient agrandis d'étonnement, et des étincelles y dansaient.

Elle tendit une main et il se pencha pour lui toucher la paume. Les mots étaient inutiles, pourtant il les prononça : « Sois prudente.

– Oui, c'est un homme dangereux, convint-elle. Kennit... » ajouta-t-elle d'une voix caressante.

*

Quand il ouvrit les yeux, il se trouva dans une cabine bien installée. On avait choisi avec soin le grain du bois des panneaux afin qu'ils s'harmonisent entre eux. Les appliques étaient en bronze et retrouveraient tout leur éclat une fois bien astiquées, des cartes roulées emplissaient les casiers qui leur étaient réservés comme de grosses gelines dans leurs cages; elles devaient constituer un véritable trésor de renseignements, toute la fortune réunie d'une famille de Marchands de Terrilville. La cabine comptait d'autres détails délicats : la table de toilette avec sa cuvette et son pot à eau en porcelaine assortis, les tableaux encadrés solidement fixés aux parois, les volets méticuleusement sculptés qui se refermaient sur les fenêtres aux vitres épaisses, bref, une chambre élégante et de bon goût. Certes, elle avait été récemment pillée et les biens du commandant éparpillés, mais Etta s'occupait en silence de tout remettre en place. Il régnait une forte fragrance d'encens à bon marché qui ne parvenait pas à dissimuler la puanteur sous-jacente propre à un transport d'esclaves. Pourtant, il paraissait évident aux yeux de Kennit que la *Vivacia* n'était employée à cet usage que depuis peu; à force de nettoyage, on devrait pouvoir faire disparaître l'odeur, et elle redeviendrait un vaisseau propre et brillant. Quant à la cabine, c'était celle qui convenait à un vrai capitaine.

Kennit baissa les yeux sur lui-même. On l'avait déshabillé et un drap recouvrait ses jambes.

« Et où est notre capitaine en herbe ? » demanda-t-il a Etta.

Elle pivota d'un bloc au son de sa voix et se précipita à son chevet. « Il est allé soigner les côtes et la tête de son père. Il a dit qu'il n'en aurait pas pour longtemps, et qu'il désirait que la cabine ait été rangée avant d'essayer de te guérir. » Elle le regarda en secouant la tête. « Je ne comprends pas que tu lui fasses confiance. Il sait sûrement que, toi vivant, le navire ne lui appartiendra jamais ; et je ne comprends pas non plus que tu laisses un simple adolescent pratiquer sur toi ce que tu as interdit à trois guérisseurs compétents à Anse-au-Taureau.

– Parce qu'il fait partie de ma chance, répondit-il doucement, cette même chance qui m'a donné si facilement ce navire. Il était écrit que je m'approprierais le bateau, et le petit en est inséparable. »

Il aurait voulu lui faire comprendre, mais nul ne devait savoir ce qu'avait dit l'amulette quand le garçon avait plongé son regard si profondément dans le sien ; nul ne devait être au courant du lien qui s'était forgé entre eux en cet instant, un lien qui effrayait autant qu'il intriguait Kennit. Il reprit la parole pour empêcher Etta de poser de nouvelles questions. « Eh bien, sommes-nous déjà en route ?

– Sorcor nous ramène à Anse-au-Taureau ; il a placé Cory à la barre et Brig sur le pont. Nous suivons la *Marietta*.

– Je vois. » Il sourit à part lui. « Et que penses-tu de ma vivenef ? »

Etta lui répondit en faisant une moue mi-figue mi-raisin. « Elle est très jolie, et je suis jalouse d'elle déjà. » Elle croisa les bras et adressa un regard oblique à Kennit. « Ca m'étonnerait que nous nous entendions très bien ; elle est trop étrange, ni femme, ni bois, ni

418

bateau. Je n'aime pas les discours charmeurs que tu lui tiens, et je n'aime pas non plus ce petit Hiémain.

– Et moi, comme toujours, je reste indifférent à ce qui te plaît ou ne te plaît pas », rétorqua Kennit avec impatience. « Que puis-je donner à un navire pour conquérir son cœur, sinon des paroles ? Elle est femme, mais pas dans le même sens que toi. » Voyant que la prostituée gardait la mine maussade, il ajouta d'un ton violent : « Et, si je n'avais pas si mal à la jambe, je te jetterais sur le dos pour te rappeler ce que tu es pour moi ! »

De glacés, les yeux noirs d'Etta devinrent brûlants. « J'aimerais que tu en sois capable », dit-elle doucement, et, avec écœurement, Kennit vit apparaître sur ses lèvres un sourire chaleureux en réponse à sa rebuffade.

*

Kyle Havre gisait sur la couchette nue de Gantri, tourné vers la cloison. Tout ce que les esclaves, dans leur pillage, avaient laissé des affaires du second jonchait le sol ; il ne restait que peu de choses. Hiémain enjamba une chaîne en bois sculpté et une chaussette dépareillée. Tout ce qui avait appartenu à Gantri, ses livres, ses vêtements, ses outils de sculpture, tout avait été volé ou fracassé, par les esclaves lors de leur mise à sac, ou plus tard par les pirates durant leur récupération beaucoup mieux organisée du butin.

« C'est Hiémain, père », annonça-t-il en fermant la porte derrière lui. La clenche ne fonctionnait plus : pendant l'insurrection, quelqu'un avait préféré donner

419

un coup de pied dans le battant plutôt que d'essayer le bouton ; néanmoins, elle demeura fermée, et les deux faces-de-carte que Sa'Adar avait postées comme sentinelle ne cherchèrent pas à la rouvrir.

L'homme couché ne bougea pas.

Hiémain posa la cuvette et les linges qu'il avait récupérés dans le bureau saccagé de Gantri et se tourna vers l'homme. Vivement, il appuya les doigts sur le pouls de la gorge, et il sentit son père se réveiller en sursaut à son contact. Kyle s'écarta du garçon avec un frisson d'horreur et un cri incohérent, puis il se redressa précipitamment sur son séant.

« Tout va bien, dit Hiémain d'un ton rassurant. Ce n'est que moi. »

Son père eut un rictus moqueur qui lui découvrit les dents. « Ce n'est que toi, c'est vrai, reconnut-il, mais je te fiche mon billet que tout ne va pas bien ! »

Il avait une expression épouvantable, encore pire qu'au moment où les esclaves essayaient de le jeter aux serpents. *Vieux*, se dit Hiémain. *Il a l'air vieux tout à coup.* Une barbe de plusieurs jours couvrait ses joues, encroûtée du sang qui avait coulé de sa blessure à la tête ; Hiémain était venu dans l'intention de nettoyer les plaies de son père et de les panser ; à présent, il éprouvait une étrange répugnance à le toucher. Ce n'était pas la vue du sang, et ce n'était pas l'orgueil face à une tâche aussi humble : le temps qu'il avait passé dans les cales à soigner les esclaves l'avait débarrassé depuis belle lurette de telles réticences. Il répugnait à toucher l'homme parce que c'était son père et qu'un contact risquait de renforcer ce lien.

Hiémain n'essaya pas de fuir ses propres sentiments : il aurait tout donné pour ne pas avoir d'attache avec cet homme.

« J'ai apporté un peu d'eau pour votre toilette, dit-il ; il n'y en a guère, parce que les réserves d'eau douce sont très basses en ce moment. Avez-vous faim ? Voulez-vous que j'aille vous chercher des biscuits de mer ? C'est à peu près tout ce qui reste.

– Ça va », dit son père d'un ton sans réplique, sans répondre à ses questions. « Ne te fatigue pas pour moi. Tu as des amis autrement importants auprès desquels faire l'empressé. »

Hiémain ne releva pas l'expression. « Kennit dort. Si je veux avoir une chance de le sauver, il va avoir besoin de tout le repos qu'il pourra prendre pour se fortifier.

– Tu ne plaisantais donc pas ; tu vas guérir l'homme qui t'a volé ton bateau.

– Pour empêcher votre exécution, oui. »

Son père eut un grognement méprisant. « Foutaises ! Tu l'opérerais même s'ils m'avaient jeté au serpent. C'est ta morale · courber l'échine devant celui qui a le pouvoir. »

Hiémain tenta d'envisager la question avec impartialité. « Vous avez sans doute raison ; mais ce n'est pas parce qu'il a le pouvoir ; cela n'a aucun rapport avec celui qu'il est. C'est la vie, père. Sa est la vie. Tant que la vie existe, il y a toujours possibilité d'amélioration. Par conséquent, en tant que prêtre de Sa, je me dois de le préserver de la mort. Même lui. »

Son père éclata d'un rire amer. « Même moi, tu veux dire ! »

Hiémain répondit d'un simple hochement de tête.

Kyle présenta à son fils l'entaille qu'il portait à la tête. « Autant nous y mettre tout de suite, prêtre, puisque tu n'es bon qu'à ça. »

Hiémain ne mordit pas à l'hameçon. « Voyons d'abord vos côtes.

– Comme tu voudras. » A gestes raides, son père ôta ce qui restait de sa chemise. Son flanc gauche était bleu et noir; Hiémain fit la grimace en repérant l'empreinte nette d'une botte dans la chair. Le coup avait manifestement été infligé alors que son père était déjà au sol. Le jeune garçon ne disposait que de bouts de tissus et d'eau; le coffre à pharmacie du bateau avait disparu. Obstiné, il décida de bander au moins les côtes assez pour les maintenir à peu près en place. Sous ses mains, son père poussa un hoquet de souffrance, mais n'essaya pas de s'écarter. Quand Hiémain eut fait le dernier nœud, Kyle Havre demanda :

« Tu me hais, n'est-ce pas ?

– Je n'en sais rien. » Hiémain plongea un linge dans la cuvette d'eau et entreprit de nettoyer le sang du visage de son père.

« Moi, je le sais, reprit Kyle au bout d'un moment. C'est inscrit sur tes traits. C'est à peine si tu supportes de te trouver dans la même pièce que moi, et encore moins de me toucher.

– Vous avez tenté de me tuer, répondit Hiémain d'un ton calme, sans avoir prévu une telle réplique.

– C'est vrai; c'est vrai, je l'ai fait. » Kyle eut un rire où perçait la perplexité. « Mais je suis incapable de comprendre pourquoi. Ca me paraissait sensé sur le moment. »

Hiémain sentit qu'il n'obtiendrait pas davantage d'explications, et peut-être n'en voulait-il pas. Il en avait assez d'essayer de comprendre son père. Il n'avait pas envie de le haïr : il avait envie de ne rien ressentir du tout pour lui. Il s'aperçut tout à coup qu'il regrettait la présence de son père dans sa vie. « Pourquoi fallait-il qu'il en soit ainsi ? se demanda-t-il tout haut.

– C'est toi qui l'as décidé, affirma Kyle Havre. Nous n'étions pas obligés d'en arriver là. Si tu avais seulement voulu suivre ma façon de faire... si tu t'étais contenté d'obéir, sans poser de questions, nous n'en serions pas où nous en sommes. N'aurais-tu pas pu, une seule fois dans ta vie, faire confiance à quelqu'un pour savoir ce qui est bon pour toi ? »

Hiémain promena son regard dans la cabine comme s'il observait le navire tout entier. « Je crois que rien de ce qui se passait ici n'était bon pour quiconque.

– Parce que tu as tout gâché ! Toi et le bateau ! Si vous aviez coopéré, nous serions à mi-chemin de Chalcède à l'heure qu'il est ; et Gantri, Clément... et tous les autres seraient encore en vie. C'est toi le responsable, pas moi ! C'est toi qui l'as voulu ! »

Hiémain chercha une réponse, mais n'en trouva pas. Il se mit à panser la tête de son père du mieux qu'il put.

*

Ils travaillaient bien, ces pirates aux habits colorés. Depuis Ephron, elle n'avait jamais joui d'un équipage si prompt à l'obéissance et, en retour, elle acceptait leur maîtrise compétente de sa voilure et de son gréement avec une sorte de soulagement. Sous la direction de Brig, les anciens esclaves formaient une procession ordonnée, tirant des seaux d'eau et les portant sous le pont pour nettoyer les cales ; d'autres pompaient l'eau de cale infecte tandis que d'autres encore s'activaient sur le pont, armés de pierres à poncer. Ils pourraient frotter les taches de sang tant qu'ils voudraient, son bois ne les rendrait plus, elle le savait, mais elle n'en dit rien. Avec le temps, les humains constateraient l'inanité de leurs efforts et renonceraient. Les vivres éparpillés avaient été rassemblés et réarrimés. Quelques hommes œuvraient à retirer les chaînes et les fers qui festonnaient ses cales. Lentement, ils lui rendaient sa véritable identité. Elle était presque aussi satisfaite que le jour de son éveil.

Satisfaite... Elle ressentait aussi une autre émotion, une émotion dérangeante. Quelque chose de beaucoup plus attirant que la satisfaction.

Elle étendit sa conscience. Dans la cabine du second, Kyle Havre était assis au bord de l'étroite couchette tandis que son fils nettoyait sans un mot sa blessure à la tête. Ses côtes étaient déjà bandées. Il régnait un silence dans la pièce qui allait au-delà de la simple absence de bruit, comme si les deux personnes présentes ne partageaient même pas un langage commun. C'était douloureux et elle s'éloigna.

Dans la cabine du capitaine, le pirate s'agitait dans sa somnolence. Elle n'avait pas conscience de lui aussi nettement que de Hiémain, mais elle sentait la fièvre dans son foie, le rythme irrégulier de sa respiration. Comme un papillon attiré par une flamme, elle s'approcha de lui. Kennit... Elle prononça son nom pour en goûter la saveur. Un homme mauvais, et dangereux. Un homme charmant, mauvais et dangereux. Elle n'aimait pas sa compagne, *a priori* ; mais Kennit lui-même... Il avait dit qu'il la conquerrait. C'était impossible, naturellement : il n'était pas de la famille. Mais elle s'aperçut qu'elle attendait ses tentatives avec grand plaisir. Ma dame de bois et de vent, l'avait-il nommée. Ma beauté vive. Quelles bêtises à dire à un navire ! Elle repoussa ses cheveux de son visage et prit une profonde inspiration.

Peut-être Hiémain avait-il raison. Peut-être était-il temps qu'elle découvre ce qu'elle voulait pour elle-même.

14

Celle-qui-se-souvient

« Je me suis trompé. Ce n'était pas Celle-Qui-Se-Souvient. Allons-nous-en.

– Mais... je ne comprends pas », dit Shriver d'un ton implorant. Une grande entaille courait sur son épaule, là où le serpent blanc l'avait mordue, mordue avec ses dents, comme s'il était un requin et non un serpent. Une épaisse suppuration verte commençait déjà à refermer la blessure, mais la douleur restait vive alors que Shriver s'efforçait de suivre Maulkin. Sessuréa demeurait à la traîne, aussi perplexe qu'eux.

« Je ne comprends pas non plus. » La crinière de Maulkin flottait derrière lui, repoussée par la vitesse de sa nage. Derrière eux, le serpent blanc trompetait de façon insouciante et se gorgeait insatiablement. Léger comme de vieux souvenirs, un goût de sang parfumait l'atmosphère. « Je me rappelle son odeur ; je n'ai aucun doute là-dessus. Mais cette... cette créature... n'est pas Celle-Qui-Se-Souvient. »

Sessuréa battit soudain de la queue pour les rattraper. « Ce serpent blanc, demanda-t-il brusquement d'une voix où perçait la crainte, qu'est-ce qui n'allait pas chez lui?

— Rien, répondit Maulkin d'un ton que la douceur rendait plus effrayant encore. J'ai peur qu'il n'ait rien d'anormal, sinon qu'il est plus engagé que nous dans le passage que nous empruntons tous à présent. Bientôt, malheureusement, nous serons tous comme lui.

— Je ne comprends pas », répéta Shriver. Mais une angoisse glacée montait en elle, l'impression que tout deviendrait clair si elle le voulait.

« Il a oublié, rien de plus. » La voix de Maulkin ne laissait paraître aucune émotion.

— Oublié... quoi? demanda Sessuréa.

— Tout », répondit Maulkin. Sa crinière se rabattit brusquement et perdit ses couleurs. « Tout sauf la nourriture, la mue et la croissance. Tout le reste, tout ce qui est vrai et important, il l'a oublié, et je crains le même sort pour nous si Celle-Qui-Se-Souvient ne se manifeste pas bientôt à nous. » Il se retourna soudain et enveloppa ses deux compagnons dans ses anneaux. Loin de se débattre, ils en tirèrent du réconfort; son contact aiguisait leurs souvenirs et leur savoir. Ensemble, ils tombèrent lentement dans la vase molle et s'y enfoncèrent, toujours entremêlés.

Ils s'apaisèrent dans l'étreinte de leur chef. Bientôt, seules leurs têtes émergèrent encore du limon. Ils se détendirent, leurs branchies palpitant à l'unisson. Lentement, d'un ton rassurant, Maulkin leur rapporta la tradition sacrée.

« Après la première naissance, nous étions Maîtres. Nous grandîmes, nous apprîmes, nous expérimentâmes. Et, tout ce que nous apprenions, nous le partagions les uns avec les autres, afin que la sagesse augmente toujours. Mais nul organisme n'est conçu pour durer éternellement. Le temps de l'accouplement vint, les essences furent échangées, mêlées et déposées. Nous nous débarrassâmes pour toujours de nos anciennes dépouilles, sachant que nous en prendrions de nouvelles, sous la forme de nouveaux êtres. Et c'est ce que nous fîmes. Nous apparûmes petits et neufs, nous mangeâmes, nous muâmes et nous grandîmes. Mais nous ne nous souvenions pas tous. Certains seulement n'avaient pas oublié, et ils étaient les gardiens de nos souvenirs communs. Quand l'heure fut propice, ceux qui se souvenaient nous appelèrent au moyen de leurs parfums ; ils nous ramenèrent d'où nous venions et nous rendirent notre mémoire ; nous émergeâmes alors à nouveau Maîtres, libres de sillonner à la fois le Plein et le Manque, pour amasser encore plus de savoir et d'expérience, afin de les partager à nouveau à l'époque de l'accouplement. »

Il s'interrompit dans son récit familier. « Je ne me rappelle plus aujourd'hui combien de fois cela se produisit, avoua-t-il. D'un cycle à l'autre, nous avons survécu ; mais cette dernière époque de mue et de croissance... n'est-elle pas la plus longue de toutes ? Ne sont-ils pas toujours plus nombreux ceux qui, chez nous, oublient que nous sommes destinés à devenir Maîtres ? Je crains que nous ne déclinions, mes fidèles. Autrefois, ne me rappelais-je pas bien davantage qu'aujourd'hui ? Et vous ? »

Ses questions touchaient un point sensible dans le cœur de Shriver. Elle plaqua sa crinière contre celle de Maulkin, risquant l'empoisonnement afin de sentir le picotement des souvenirs et des êtres. Ses pensées devinrent plus claires. « Autrefois, j'avais beaucoup plus à me rappeler, reconnut-elle. Aujourd'hui, parfois, il me semble ne plus avoir en mémoire qu'un fait clair : c'est toi qu'il nous faut suivre, toi qui détiens les vrais souvenirs. »

La voix de trompe de Maulkin était grave et douce. « Si Celle-Qui-Se-Souvient ne nous rejoint pas rapidement, même moi je risque de l'oublier.

— Alors rappelle-toi ceci par-dessus tout : nous devons continuer à chercher Celle-Qui-Se-Souvient. »

Remerciements

L'auteur aimerait remercier Gale Zimmermann de Software Alternatives, Tacoma, Washington, dont l'aide rapide et compatissante a permis d'éliminer le virus informatique qui a failli dévorer cet ouvrage.

Cet ouvrage a été réalisé par

FIRMIN DIDOT

GROUPE CPI

Mesnil-sur-l'Estrée

*pour le compte de France Loisirs
en avril 2003*

Imprimé en France
Dépôt légal : avril 2003
N° d'édition : 38390 - N° d'impression : 63407